# Nina Bilinszki

# A *Storm* BETWEEN US

Roman

**Besuche uns im Internet:**
**www.knaur.de**

Hat dir dieses Buch gefallen? Lesetipps und vieles mehr rund um
unsere romantischen Lieblingsbücher findest du auf Instagram: @knaurromance

Aus Verantwortung für die Umwelt hat sich die Verlagsgruppe
Droemer Knaur zu einer nachhaltigen Buchproduktion verpflichtet.
Der bewusste Umgang mit unseren Ressourcen, der Schutz unseres Klimas
und der Natur gehören zu unseren obersten Unternehmenszielen.
Gemeinsam mit unseren Partnern und Lieferanten setzen wir uns
für eine klimaneutrale Buchproduktion ein, die den Erwerb von Klima-
zertifikaten zur Kompensation des $CO_2$-Ausstoßes einschließt.
Weitere Informationen unter: www.klimaneutralerverlag.de

Originalausgabe Januar 2022
Knaur Taschenbuch
© 2022 Knaur Verlag
Ein Imprint der Verlagsgruppe
Droemer Knaur GmbH & Co. KG, München

Dieses Buch wurde vermittelt von der
Literaturagentur erzähl:perspektive, München (www.erzaehlperspektive.de).
Redaktion: Michelle Stöger
Covergestaltung: ZERO Werbeagentur, München
Coverabbildung: Collage unter Verwendung
von Shutterstock.com / Sabphoto / tomertu / Makoto_Honda
Abbildungen im Innenteil: surachet khamsuk / Shutterstock.com,
ComicSans / Shutterstock.com
Satz: Adobe InDesign im Verlag
Druck und Bindung: CPI books GmbH, Leck
ISBN 978-3-426-52799-3

2  4  5  3  1

Liebe Leser*innen,

bei manchen Menschen lösen bestimmte Themen ungewollte Reaktionen aus. Deshalb findet ihr am Ende des Buches eine Triggerwarnung.

Achtung: Diese enthält Spoiler für das gesamte Buch.

Wir wünschen euch gute Unterhaltung mit *A Storm Between Us*.

Nina und der Knaur Verlag

*Für die PJs*
*Alex, Anabelle, Ava, Bianca,*
*Klaudia, Laura, Laura (Jesus),*
*Marie, Nicole und Tami.*
*Danke, dass ihr mich nehmt,*
*wie ich bin.*
*Ich liebe euch!*

# KAPITEL 1

## Mia

Ich hastete durch die leeren Gänge der Wirtschaftsfakultät zu dem Raum, in dem meine erste Vorlesung stattfand. Meine Schritte hallten unnatürlich laut von den Wänden wider, und mein keuchender Atem war meine einzige Begleitung. Außer mir hielten sich kaum Studierende auf den Fluren auf. Die meisten waren schon in ihren Vorlesungen, und es war noch zu früh für welche, die hier in ihren freien Stunden abhingen. Es hätte gespenstisch auf mich wirken können, wie der Beginn eines Horrorfilms, doch ich war jemand, der ohnehin lieber allein war.

Außerdem hatte ich gerade andere Sorgen.

Wie hatte ich nur verschlafen können? Ausgerechnet heute, da wir unsere Präsentationen vortragen mussten.

Das war mir noch nie passiert. Normalerweise war ich immer pünktlich. Ich wusste nicht einmal, ob ich meinen Wecker überhört, ihn im Halbschlaf ausgestellt oder ihn gestern Abend gar nicht eingeschaltet hatte. Was es auch war, es änderte nichts an der Tatsache, dass ich zu spät war. Viel zu spät. Hoffentlich hatte Mrs Greene, meine Dozentin in *Marktforschung und Statistik,* noch nicht begonnen.

Ich schlitterte um die letzte Ecke und stieß einen leisen Fluch aus, als ich die Tür zu meinem Raum bereits geschlossen vorfand. Zwei Sekunden gönnte ich mir, um mich zu sammeln und meine Atmung unter Kontrolle zu bekommen, dann drückte ich die Klinke hinunter. Möglichst geräuschlos schlüpfte ich hinein und ging an der Wand entlang zu meinem Platz in der letzten Reihe.

»… Sie alle haben Ihre Vorlagen rechtzeitig eingereicht, und ich werde Sie nacheinander aufrufen, damit Sie sie vortragen können. Jede und jeder von Ihnen hat zehn Minuten für die Präsentation und um danach Fragen zu beantworten. Ich hoffe, Sie haben alle geübt, um innerhalb der vorgegebenen Zeit zu bleiben, denn dann werde ich abbrechen – und wer nicht fertig ist, wird eine unvollständige Präsentation vorgetragen haben.«

Ein kollektives Murmeln ging durch die Menge der Studierenden, und Mrs Greene warf mir einen missbilligenden Blick zu, ohne ihre kleine Rede zu unterbrechen. Unpünktlichkeit fand sie respektlos, weshalb ich mir gar nicht erst die Mühe machte, ihr eine Erklärung liefern zu wollen. Wenigstens war heute Freitag und damit fast Wochenende. Das war das einzig Positive an meiner Situation.

»Die Eiskönigin ist zu spät«, raunte mir Madison im Vorbeigehen zu. Laut genug, damit ich es mitbekam, aber so leise, dass Mrs Greene sie nicht verstehen konnte. Ihre Sitznachbarinnen kicherten hämisch, wofür ich nur ein müdes Augenrollen übrighatte. Madison und ihre Freundinnen hatten es vom ersten Tag an auf mich abgesehen. Sie waren zu den meisten unfreundlich, aber auf mich hatten sie sich besonders eingeschossen. Mit meinen dunklen Klamotten, die nie eng saßen, stach ich schon auf den ersten Blick aus der Gruppe meiner Kommilitoninnen heraus. Dass ich mit niemandem aktiv das Gespräch suchte, machte mich noch sonderbarer. Doch was Madison vermutlich am meisten störte, war, dass sie mir mit ihren spitzen Bemerkungen keine Reaktion entlocken konnte. Dass sie mich die Eiskönigin nannte, war noch eine ihrer netteren Bezeichnungen. Ihr Repertoire war umfassend und einfallsreich, aber egal, was sie mir an den Kopf warf, ich hielt mein Gesicht so ausdruckslos wie möglich.

*Nichts, was sie sich ausdenken kann, ist so schlimm wie das, was ich mir selbst sage.*

Etwas in mir zog sich schmerzhaft zusammen, und ich schob diesen Gedanken ganz weit weg, während ich auf meinen Platz rutschte. Joan schenkte mir ein schüchternes Lächeln, das ich jedoch nicht erwiderte. Nach über einem halben Jahr hatte sie es immer noch nicht aufgegeben, sich mit mir anfreunden zu wollen. Als ich mich von ihr abwandte, konnte ich regelrecht spüren, wie ihr Lächeln in sich zusammenfiel. Für einen Moment schloss ich die Augen, weil meine Fassade zu bröckeln drohte. Manchmal war es unheimlich schwer, sie aufrechtzuerhalten. Joan war ein nettes Mädchen, sie hatte diese Behandlung nicht verdient. Aber es war besser so. Nicht nur für mich, sondern auch für alle anderen.

Ich zog Block und Bleistift aus meiner Tasche, behielt meine Jacke aber an. Draußen war es eiskalt gewesen, und obwohl ich den Weg hierher gerannt war, war die Kälte durch meinen ganzen Körper gedrungen.

Ich studierte Business Management mit Nebenfach Gesundheitsmanagement, und in unseren Vorträgen für heute ging es um den Wandel und die Bedeutung von Start-up-Unternehmen.

Mrs Greene rief Madison nach vorne. Sie warf ihre blonden Haare über ihre Schulter und stolzierte zu unserer Dozentin, die ihr lächelnd eine Hand auf die Schulter legte. »Madison hat die mit Abstand beste Präsentation eingereicht«, sagte Mrs Greene an die Klasse gewandt. »Schaut euch genau an, wie sie die Aufgabe strukturiert hat. Von ihr könnt ihr noch etwas lernen.«

Madison räusperte sich und setzte ein falsches Lächeln auf. Sobald Mrs Greene die erste Folie an die Wand warf, begann sie zu reden. »Meine Aufgabe war der strukturelle Wandel in Silicon Valley …«

Ich blendete sie aus und holte mein Notizbuch aus meiner Tasche. Nachdem ich gestern das neue Album von WayV, einer K-Pop-Untergruppe von NCT, angehört hatte, hatte ich mir Notizen dazu gemacht, die ich jetzt in eine verständliche Form bringen musste, um den Post in meinem Blog veröffentlichen zu können. Der Blog war meine Flucht aus der Realität, seit ich mein Studium am LaGuardia Community College begonnen hatte. Er gab mir nicht nur etwas zu tun, durch ihn hatte ich mir auch eine Followerschaft aufgebaut, dank der ich mich weniger allein fühlte. Der Blog half mir an den schwierigen Tagen, nicht wieder in alte Muster zu verfallen.

Eigentlich hatte ich den Post gestern schon veröffentlichen wollen, und ich hatte bei Instagram auch schon einige Nachfragen erhalten, wo die Albumbesprechung blieb. Ein Seufzen unterdrückend, antwortete ich ihnen kurz und erstellte zudem eine Story, dass der Blogpost am Nachmittag folgen würde, um weitere Fragen zu verhindern. Ich versuchte wirklich, meinen Posting-Rhythmus einzuhalten, immerhin hatte ich meine dreißigtausend Follower nicht durch Schludrigkeit erhalten. Aber manchmal kamen unvorhergesehene Dinge dazwischen – wie die K-Drama-Serie, von der ich mich gestern Abend nicht hatte trennen können. Eigentlich hatte ich nur kurz in die erste Folge reinschauen wollen, war dann aber daran hängen geblieben und hatte den Laptop erst nach eins ausgeschaltet – der Grund, der zu meinem Zuspätkommen geführt hatte.

Ein Lächeln schlich sich auf meine Lippen, das ich sofort zurückdrängte. Niemand sollte mich lächeln sehen. Vor allem nicht in Gedanken versunken. Erst recht nicht die Leute in meinen Vorlesungen. Diesen Teil von mir hatte ich zurückgelassen, als ich Seattle den Rücken gekehrt hatte. Die fröhliche, draufgängerische Mia, die an der Highschool beliebt gewesen war und viele Freunde gehabt hatte, gab es nicht mehr. Sie hatte mir und anderen nur Unglück gebracht, und ich wollte nie wieder für etwas Ähnliches verantwortlich sein.

*Es ist alles deine Schuld.*

Ich zwang mich mit aller Macht dazu, nach vorne zu sehen und mich doch auf die Präsentationen zu konzentrieren. Madison war gerade fertig und ging sichtlich selbstzufrieden zu ihrem Platz zurück. Ihren herausfordernden Gesichtsausdruck ignorierte ich geflissentlich.

Aber natürlich rief Mrs Greene als Nächste mich nach vorne. Ich unterdrückte ein Seufzen, zog meine Mappe aus meiner Tasche und stellte mich vor die Klasse.

Zurück im Wohnheim, warf ich meinen Rucksack in die Ecke und setzte mich an den Schreibtisch. Mein Zimmer, das ich mir mit einer Mitbewohnerin teilte, sah aus wie das vieler anderer zwanzigjähriger Frauen. Über meinem Bett hingen einige Poster von BTS, NCT und Jungkook. K-Pop war seit einigen Jahren meine Leidenschaft. Seit ich zum ersten Mal auf YouTube ein Video von BTS gesehen hatte, war es um mich geschehen gewesen. Obwohl ich kein Wort von dem verstand, was sie sangen, liebte ich die Musik, die Tänze und wie viel Gefühl sie mit ihrer Stimme rüberbringen konnten. Von BTS war es dann nicht weit zu all den anderen Bands gewesen, die am K-Pop-Himmel nur darauf gewartet zu haben schienen, von mir entdeckt zu werden. Unweigerlich war ich danach bei K-Drama-Serien gelandet und hatte begonnen, alles in mich aufzusaugen, was ich über Korea und seine Leute erfahren konnte.

Das war auch der Grund, warum ich meinen Blog eröffnet hatte. Auch wenn ich nach wie vor keine Korea-Expertin war, versuchte ich, in jeden Beitrag etwas einfließen zu lassen, was Land und Leute ausmachte. Diese Liebe zum Detail war es, die mir nicht nur in kürzester Zeit viele Follower geschenkt, sondern mich auch mit Gleichgesinnten zusammengebracht hatte. Leute, die meine Leidenschaft teilten und auf der ganzen Welt verstreut waren, doch – durchs Internet vereint – sich gar nicht so weit weg anfühlten. Ich wüsste nicht, was ich in den vergangenen zwei Jahren ohne sie getan hätte.

Die Zimmerseite meiner Mitbewohnerin Kady sah auf den ersten

Blick völlig anders aus, bei näherer Betrachtung dann aber doch sehr ähnlich. Sie war ebenfalls musikverrückt, auch wenn es eher Popsängerinnen waren, die es ihr angetan hatten. Beyoncé, Christina Aguilera, Lady Gaga und Taylor Swift zierten ihre Wände und schienen sich einen stummen Wettstreit mit den Postern an meinen Wänden zu liefern.

Die Tür wurde aufgestoßen, und Kady flog regelrecht in den Raum. Rotblonde Haare fielen wellig um ihre Schultern, unzählige Sommersprossen, die selbst jetzt im Winter nicht verschwanden, bedeckten ihr Gesicht, und ihre Brille war ihr mal wieder bis zur Nasenspitze heruntergerutscht.

»Oh, du bist auch schon da.« Kady schob sich die Brille mit dem Zeigefinger hoch und schälte sich aus ihrer dicken Jacke. »Ich dachte, du hättest heute diesen Auftritt.«

»Der Auftritt ist nächsten Samstag. Ich muss gleich los zur Bandprobe, aber vorher noch diesen Blogpost fertig machen.« Ich fügte gerade die Schlagworte hinzu, über die der Post in Suchmaschinen gefunden werden konnte.

Kady trat hinter mich und sah über meine Schulter auf den Bildschirm des Laptops. »Ah, das neue Album. Ist es gut?«

»Ich liebe es. Es vereint den typischen Sound der Band mit völlig neuen Elementen.«

Kadys Blick schnellte zu meinem Regal, auf dem ein Teil meiner beachtlichen CD-Sammlung stand, und sie zog die Stirn kraus. »Du bist der einzige Mensch, den ich kenne, der noch immer physische CDs kauft.«

Ich zuckte mit den Schultern. Ich mochte es einfach, CDs in den Händen zu halten, durch das Booklet zu blättern, in dem die Songtexte standen und die oftmals mit Fotos gespickt waren. »Damit unterstützt man die Musikerinnen und Musiker«, sagte ich stattdessen. »An Streaming-Diensten verdienen sie ja kaum was.«

»Ich weiß.« Kady nickte. »Aber man kann die Alben ja auch

downloaden. Denn sind wir mal ehrlich, es besitzt doch kaum noch jemand einen CD-Player.«

Sie hatte vollkommen recht. Auch ich hörte Musik nur noch über den Player auf meinem Handy, nichtsdestotrotz konnte ich mich nicht davon trennen, die Alben auch im Regal stehen zu haben. Es war genauso wie bei Buchliebhabern, die sich lieber eine Printversion ihres Lieblingsbuches ins Regal stellten, das sie anfassen und streicheln konnten, anstatt ein E-Book auf ihren Reader zu laden.

Doch ich sagte nichts davon zu Kady, sondern zuckte nur erneut mit den Schultern. Denn sonst hätte ich mich ihr noch weiter geöffnet, und das wollte ich nicht. Ich wollte mich nicht mit ihr anfreunden. Freundschaft war etwas, das nur Unheil brachte. Vor allem für diejenigen, die mit mir befreundet waren – das hatte ich leidvoll erfahren müssen. Daher sah ich Kady weiter möglichst teilnahmslos an, bis sie sich mit einem Seufzen abwandte und zu ihrer Zimmerhälfte ging.

Enttäuschung legte sich mit kalter Hand um mein Herz und drückte zu. *Es ist besser so,* redete ich mir ein, und obwohl ich das wusste, half es nicht dabei, die Empfindungen loszuwerden.

Abrupt drehte ich mich zu meinem Schreibtisch um und starrte für einige Sekunden auf den mittlerweile dunklen Bildschirm, dann machte ich mich an die Arbeit. Ich veröffentlichte den Blogbeitrag und postete zudem das Bild des hübsch gestalteten Albumcovers auf Instagram mit einer Kurzeinschätzung und dem Vermerk, dass die komplette Rezension auf meinem Blog zu finden sei.

Ein Blick auf die Uhr teilte mir mit, dass ich bald losmusste. Im Bad kämmte ich meine Haare und band sie locker im Nacken zusammen. Meinen dunklen Hoodie und die schwarze Jeans behielt ich an. Es hatte eine Zeit gegeben, zu der ich mich jetzt richtig in Schale geworfen und geschminkt hätte, doch mittlerweile fühlte ich mich so wohler. Keine freizügigen Klamotten, keine auffällige

Schminke mehr. Einfach Mia. Eine andere Version als zu meiner Highschoolzeit, aber eigentlich war ich trotzdem noch ich.

Ich warf einen letzten, prüfenden Blick in den Spiegel, dann verließ ich das Bad. Meine Noten hatte ich bereits in der Tasche verstaut, und unsere Instrumente durften wir auch außerhalb der Proben in unserem Raum eingeschlossen lassen, sodass wir sie nicht zweimal die Woche über den halben Campus schleppen mussten.

»Ich bin dann weg«, sagte ich im Vorbeigehen zu Kady, die am Schreibtisch über ihre Unterlagen gebeugt dasaß.

»Viel Spaß«, murmelte sie abwesend.

Ich wand meinen Schal um meinen Hals und schlüpfte in meine Daunenjacke, dann verließ ich das Wohnheim.

Draußen wehte mir ein böiger Wind den feinen Nieselregen wie tausend kleine Nadeln ins Gesicht. Ein Frösteln durchfuhr mich. Die Temperaturen lagen nur noch knapp über dem Gefrierpunkt, und wenn man den Meteorologen glauben durfte, sollte es in den kommenden Wochen noch kälter werden und dann auch Schnee geben. Der Winter in New York hielt einige Überraschungen für mich bereit. Ich konnte den Frühling schon jetzt kaum noch abwarten.

Mit einem lautlosen Seufzen zog ich die Kapuze über meinen Kopf und beschleunigte meine Schritte. Die hohen Gebäude ragten wie Riesen neben mir in den Himmel und gaben mir ein Gefühl von Sicherheit. Im Hintergrund waren die ersten Hochhäuser zu sehen, deren obere Etagen in den tief hängenden Wolken verschwanden. Es herrschte eine angenehme Anonymität in dieser großen Stadt, nach der ich gesucht hatte, als ich hierhergeflohen war. Obwohl es bereits dunkel und ungemütlich war, begegneten mir etliche Studentinnen und Studenten auf dem Campus, doch niemand schenkte mir Beachtung. Hier war ich nur eine unter vielen, unsichtbar in der Masse, was genau das war, was ich beabsichtigt hatte.

An der musikwissenschaftlichen Fakultät angekommen, zog ich

die schwere Glastür auf und trat ins Gebäude. In den Gängen war es still, und niemand war zu sehen, aber hinter einigen Türen war das leise Klimpern von Instrumenten zu hören. Wie immer erfüllte mich dieser Klang mit einer tiefen Zufriedenheit. Die Leidenschaft zur Musik war fest in meiner Seele verankert. Sie war ein Teil von mir, so wichtig wie Atmen, Schlafen und Essen. Ohne sie hätte ich die letzten zwei Jahre vermutlich nicht überstanden. Zu wissen, dass es anderen ebenso ging, selbst wenn ich sie nicht kannte und vermutlich nie mit ihnen reden würde, löste etwas in mir aus, das ich mit Worten nicht beschreiben konnte. Etwas Warmes pulsierte in meiner Brust, breitete sich in meinem ganzen Körper aus und ließ mich beschwingten Schrittes zu unserem Proberaum gehen.

Virginia und Chloe waren bereits da, als ich eintrat. Chloe hatte versucht, ihre blonde Lockenmähne mit einem Haarband zu bändigen, was ihr aber nur bedingt gelungen war. Sie saß hinter ihrem Schlagzeug und drehte ihre Sticks zwischen flinken Fingern. Virginia hängte sich gerade die Gitarre über die rechte Schulter und versuchte, ihre regenbogenfarbenen Haare unter dem Gurt zu befreien. Beide blickten auf, als sie mich hörten.

»Hey, Mia«, sagten sie fast zeitgleich. Sie waren so aufeinander eingestimmt, dass es manchmal fast gruselig war.

»Hi.« Ich senkte den Blick und schälte mich aus meiner dicken Jacke, um sie über eine Stuhllehne zu werfen. Dann ging ich zu meinem Keyboard.

Während ich meine Finger dehnte und kleine Übungen machte, um sie aufzuwärmen, unterhielten sich Virginia und Chloe über eine Serie, die sie bei Netflix gesehen hatten, von der gerade die zweite Staffel angelaufen war. Irgendein Regency-Kostümdrama, von dem ich bisher noch nichts mitbekommen hatte, weil ich zu sehr von meinen K-Dramen eingenommen war. Aber Virginia und Chloe schwärmten dermaßen von der Serie und wie toll die Schauspieler und Schauspielerinnen waren, dass ich mir vornahm, mal einen Blick in *Bridgerton* zu werfen.

Die Tür wurde mit Schwung aufgestoßen, und Lizzy, unsere Sängerin und Bassistin, rauschte in den Raum. Gemeinsam mit Virginia hatte sie vor einem halben Jahr den Aufruf gestartet, dass Mädels für die Frauen-Rockband *Purple Dragons* gesucht wurden, dem ich gefolgt war.

»Hey, Leute.« Lizzy streifte ihre Jacke ab und schob sich einige dunkle Haarsträhnen hinter das Ohr, die sich aus ihrem Zopf gelöst hatten. Ihre Wangen waren von der Kälte draußen gerötet, und ihre Augen funkelten vor Aufregung. »Seid ihr auch so gespannt auf nächsten Samstag wie ich?«

Virginia rieb die Hände aneinander. »Das wird so gut. Wir werden sie mit unserer Musik komplett umhauen.«

»Ugh.« Chloe verzog das Gesicht, als hätte sie in etwas Ungenießbares gebissen. »Können wir da bitte erst drüber reden, wenn es so weit ist? Ich hab echt Schiss. Da geht es zum ersten Mal um was. Was, wenn ich Schläge vergesse, komplett aus dem Takt gerate und damit das ganze Lied zerstöre?«

»Hey.« Mitfühlend legte Virginia ihrer Freundin eine Hand auf den Unterarm. »Das wird nicht passieren. Du bist so eine großartige Schlagzeugerin, du könntest unsere Lieder im Schlaf spielen. Es ist völlig normal, nervös zu sein, aber sobald du auf der Bühne bist, wirst du die Jury mit deiner Performance umhauen.«

Wenn möglich, wurde Chloes Gesichtsausdruck noch gequälter. »Erinnere mich doch nicht noch an die Jury. Das macht es noch viel realer … und Furcht einflößender.«

Lizzy lachte leise und ging auf die beiden zu. Kurzerhand zog sie Chloe in eine feste Umarmung. »Wir reden nicht mehr darüber, versprochen. Aber du wirst sehen, sobald du mit deinen Sticks hinter deinem Schlagzeug sitzt, ist die Nervosität vergessen.«

Obwohl sie noch immer in Lizzys Armen gefangen war, schüttelte Chloe den Kopf. »Die Angst geht nie weg. Sie ist ein ständiger Begleiter auf der Bühne, selbst wenn wir nur im Wohnheim spielen.«

»Trotzdem legst du jedes Mal eine perfekte Vorstellung hin.«

»Aber wird es auch nächsten Samstag so sein?« Chloe klang zweifelnd. »Ich will euch nicht diese einmalige Chance verbauen, weil ich aus dem Takt gerate.«

»Wirst du nicht.« Lizzy entließ Chloe aus ihren Armen und griff stattdessen nach ihren Händen. »Wir gewinnen zusammen, und wir verlieren zusammen. Es kann immer etwas schiefgehen, aber ich bin davon überzeugt, dass jede von uns ihr Bestes geben wird.«

Ein seltsames Ziehen machte sich in meiner Magengrube breit, denn ich konnte Chloe sehr gut verstehen. Die Angst, bei diesem wichtigen Auftritt zu versagen, begleitete auch mich seit einigen Tagen. Bisher war ich von Lampenfieber verschont geblieben, doch bei den bisherigen Auftritten im Wohnheim hatten wir auch nie etwas zu verlieren gehabt. Das war nächsten Samstag anders.

Denn dann fand ein Nachwuchswettbewerb für junge Bands statt, der gemeinsam von einem Plattenladen und einem Musiklabel organisiert wurde. Kayson, der Freund unserer Sängerin Lizzy, hatte den Plattenladen im letzten Jahr entdeckt. Der Laden organisierte in regelmäßigen Abständen Auftritte für unbekannte Bands, und bei einem davon hatten wir vor zwei Monaten mitgewirkt. Im Gegensatz zu den anderen Bands, die nur Cover gespielt hatten, hatten wir unseren einzigen eigenen Song performt. Das hatte den Veranstaltern so gut gefallen, dass sie uns zu diesem Nachwuchswettbewerb eingeladen hatten.

Doch daran wollte ich jetzt nicht denken.

Inzwischen hatte sich Chloe beruhigt, und alle standen an ihren Instrumenten.

Lizzy blickte in die Runde. »Seid ihr bereit?«

»Klar«, sagten Virginia und Chloe wie aus der Pistole geschossen, während ich bloß nickte.

Chloe gab mit ihren Sticks den Takt vor, dann stiegen wir ein. Sobald mein Keyboard die ersten Töne von sich gab, legte sich die mir bekannte Ruhe über mich. Die Musik konnte ich nicht nur hören, sie floss auch über meine Finger durch mich hindurch und resonierte in mir. Ich wurde eins mit ihr. Nicht nur mit der von mir erzeugten, sondern auch mit Lizzys Stimme, Virginias Gitarrenriffs und Chloes Schlägen. Ohne etwas sagen zu müssen, verschmolzen wir zu einer Einheit, die unser geiles Lied hervorbrachte. In Momenten wie diesen hatte ich das Gefühl, zu dieser Band, zu diesem Team zu gehören, obwohl ich ansonsten immer das Gegenteil darstellen wollte.

Wir spielten unser Repertoire durch, wobei wir unseren Fokus auf die drei Lieder legten, die wir nächsten Samstag vortragen wollten.

Kurz vor dem Ende unserer Probe ging die Tür auf, und Kayson, Lizzys Freund, schlüpfte in den Raum. Die beiden waren erst seit wenigen Monaten ein Paar, trotzdem war es nicht ungewöhnlich, dass er sie nach der Probe abholte. Was mich jedoch überraschte, war, dass Kayson dieses Mal nicht allein war.

Ein blonder Typ mit verwuschelten Haaren trat hinter ihm ein und lehnte sich gegen die Wand, die Hände tief in seinen Jackentaschen vergraben. Seine blauen Augen blitzten spitzbübisch, und mein Herz machte einen überraschten Satz. Für den Bruchteil einer Sekunde erstarrte ich, ehe ich mich daran erinnerte weiterzuspielen. Er war ohne Zweifel attraktiv, doch das allein hatte mich noch nie aus dem Konzept gebracht. Die Andeutung eines Lächelns zupfte an seinen Lippen, während sein Blick durch den Raum wanderte und auf mir zum Liegen kam. Ich spürte ihn wie eine Decke, die sich wärmend um meine Schultern legte, und mein verräterischer Puls beschleunigte sich noch mehr.

Was war das denn jetzt auf einmal?

Meine Finger spielten weiterhin die Melodie auf dem Keyboard, während der Rest von mir wie hypnotisiert von ihm war. Mittlerweile hatte er seine Jacke ausgezogen, und unter seinem eng anliegenden Shirt waren breite Schultern und ausgeprägte Armmuskeln zu erkennen. Seine Skinny Jeans zeigte, dass seine Beine ebenfalls trainiert waren und er irgendeine Art von Sport machen musste. Dass ich aber meinen Blick nicht von ihm abwenden konnte, selbst wenn ich gewollt hätte, lag an diesen atemberaubenden Augen, mit denen er mich nach wie vor ansah. Sie waren von einem hellen, aber intensiven Blau, wie der Himmel über dem Meer. Ein beständiges Funkeln lag darin, das den Wunsch in mir hervorrief, ihn anzulächeln, was ich normalerweise nie tun wollte.

Als wir unser Lied beendet hatten, konnte ich mich endlich von ihm losreißen. Mit wild hämmerndem Herz, als wäre ich einen verdammten Marathon gelaufen, drehte ich mich um und nahm mir einen Moment, um mich zu sammeln. So was war mir noch nie passiert. Nicht früher und erst recht nicht, seit ich am LaGuardia Community College war. Seitdem ich gut daran tat, mich von Männern fernzuhalten.

Nachdem sich mein Puls etwas normalisiert hatte, wandte ich mich wieder zurück, nur um gleich darauf zu erschrecken, weil er direkt hinter meinem Keyboard stand, nur einen knappen halben Meter von mir entfernt. Was wollte er von mir?

Sein Blick war offen und direkt auf mich gerichtet. »Hi, ich bin Noah.« Seine Stimme war genauso anziehend wie der Rest von ihm – warm, weich und tief –, und ich spürte, wie sich etwas in meiner Magengrube angenehm zusammenzog.

Verdammt, was sollte das? Ich reagierte doch sonst nicht so extrem auf Männer, die ich nicht kannte. Das war überhaupt nicht meine Art, vor allem nicht seit *jenem* Abend.

Ich schob den Gedanken weg und konzentrierte mich wieder auf mein Gegenüber. Noah legte den Kopf leicht schief und zog fragend die Augenbrauen hoch.

Oh, richtig, er wartete noch auf eine Antwort von mir.

Ich schluckte, weil meine Kehle plötzlich staubtrocken war. »Mia. Ich heiße Mia.«

Sehr eloquent.

Noah trat um das Keyboard herum, bis er direkt vor mir stand. Er berührte mich nicht, trotzdem spürte ich die Hitze, die von seinem Körper ausging, und machte automatisch einen Schritt zurück.

»Du spielst unfassbar gut Keyboard.«

Überrascht sog ich die Luft ein. Ich war mir fast sicher, dass er mit mir flirtete. Ein anzügliches Lächeln umspielte nun seine Lippen, und sein Blick huschte immer wieder über mein Gesicht, als versuchte er, jedes Detail davon in sich aufzunehmen. Während mein verräterisches Herz noch immer zu schnell schlug, als würde ihm die Aufmerksamkeit gefallen, brüllte mir eine Stimme in meinem Kopf zu, dass ich mich schnellstmöglich aus dieser Situation befreien sollte. Ich wusste, wie so etwas enden konnte, ich hatte es selbst erlebt.

*Es ist alles deine Schuld.*

Das ernüchterte mich so sehr, dass ich es endlich schaffte, den Blick von ihm abzuwenden. »Danke«, brachte ich irgendwie über die Lippen und machte einen Schritt zur Seite, um an ihm vorbei zu meiner Tasche gehen zu können.

Ich hörte, wie er mir folgte, und zog automatisch die Schultern hoch, als könnte ich mich so davor schützen, ein weiteres Mal von ihm angesprochen zu werden.

»Hast du Lust …«, setzte er an, wurde jedoch sofort von Lizzy unterbrochen.

»Lass Mia lieber in Ruhe. Sie mag das nicht.«

Erleichterung durchströmte mich, und ich sprach Lizzy einen stummen Dank aus, dass sie dazwischengegangen war.

»Aber ich wollte doch nur ...« Noahs Blick lastete auf mir, bohrte sich regelrecht zwischen meine Schulterblätter. Ich hielt mich absolut still, wagte nicht einmal zu atmen und zwang mich dazu, mich nicht zu ihm umzudrehen, konnte aber nicht verhindern, ihn aus den Augenwinkeln zu beobachten. Ein Ausdruck der Verwirrung huschte über sein hübsches Gesicht, als sei er es nicht gewohnt, von Frauen abgewiesen zu werden.

Kayson trat an ihn heran und klopfte ihm auf die Schulter. »Was ist jetzt, Mann? Wir kommen noch zu spät, der Film fängt in 'ner Viertelstunde an.«

»Sorry.« Endlich wandte sich Noah ab, und ich konnte wieder befreiter atmen.

Lizzy verabschiedete sich mit einer flüchtigen Umarmung von Virginia und Chloe und mahnte sie an, den Raum zweimal abzuschließen, ehe sie gingen, dann verließ sie gemeinsam mit Noah und Kayson den Proberaum.

Ich wartete eine Minute, um sicher zu sein, ihnen nicht draußen ein weiteres Mal zu begegnen, ehe ich meine Tasche schulterte und mit einem gemurmelten »Tschüss« ebenfalls zur Tür hinausging.

# KAPITEL 2

## *Noah*

*H*ey, Mann.« Theo begrüßte mich mit einem Schlag auf die Schulter, ehe er auf den Platz neben mich rutschte. *Grundlagen der Sporttherapie* war der einzige Kurs, den wir zusammen hatten.

Ich machte mir gar nicht die Mühe, meinen Kopf von der Tischplatte zu heben, sondern brummte nur etwas Unverständliches.

»Ich musste Noah heute wieder dazu zwingen, seinen Hintern aus dem Bett zu bewegen«, sagte Kayson gut gelaunt von meiner anderen Seite.

»So sieht er auch aus«, entgegnete Theo schmunzelnd.

Wenn ich etwas mehr Energie gehabt hätte, hätte ich ihnen die Meinung gesagt, doch dazu war ich nicht in der Lage. Es war zu früh, mein Koffeinspiegel war im Keller, und es war ganz allgemein … zu Montag. Montag war mein Hasstag, was unter anderem damit zusammenhing, dass ich jedes Wochenende zur Nachteule mutierte. Sobald ich wusste, dass ich am nächsten Morgen nicht früh aufstehen musste, blieb ich bis zum Morgengrauen wach, um dann bis mittags zu schlafen. Dass Kayson seit einem halben Jahr die Wochenenden komplett im Wohnheim seiner Freundin Lizzy verbrachte, verschärfte die Sache noch. Ich musste keine Rücksicht mehr auf einen Mitbewohner nehmen, der auch am Wochenende in aller Herrgottsfrüh aufstand, um trainieren zu gehen, weil er der Star des Basketballteams war.

Es war einfach mein natürlicher Biorhythmus: Würde man mich lassen, würde mein komplettes Leben nachts stattfinden. Doch jeden Montag rächte sich das. Ich konnte sonntags nicht einschlafen, egal zu welcher Uhrzeit ich ins Bett ging, und fühlte mich montags, als hätte mich ein Zug überrollt. Mehrfach.

Theo stupste mich mit dem Ellbogen in die Seite. »Wieso hast du diesen Kurs eigentlich gewählt, wenn du ihn doch immer verschläfst?« Das Grinsen war deutlich aus seiner Stimme herauszuhören, und ich fragte mich, wie man um diese Uhrzeit nur so ekelhaft gut gelaunt sein konnte.

»Um wach zu werden«, brummte ich. Außerdem hatte ich Sport als Zweitfach gewählt, um einen Ausgleich zu meinem Hauptfach zu haben. Wirtschaft war notwendig, weil es eins der Fächer war, mit denen ich den Sprung auf die Law School schaffen konnte. Darin musste ich meinen Bachelor machen, mit dem ich mich später an einer Law School anmelden konnte. Manchmal war der Stoff trocken und mit viel stupidem Lernen verbunden, trotzdem machte es mir auch Spaß. Sport war das komplette Gegenteil davon. Im Track-Team konnte ich mich, zusätzlich zu meinen eigenen Laufeinheiten, auspowern und alles, was ich über Regeneration und das Verhindern von Verletzungen lernte, immer auch gleich an mir anwenden. Das hieß aber noch lange nicht, dass ich deswegen montags besser drauf war.

»Wie lange habt ihr eigentlich gestern gebraucht, um das Chaos aufzuräumen?«, fragte Theo.

Mühsam richtete ich mich in eine aufrechte Position auf, bis ich ihn ansehen konnte. Am Samstag hatte es eine spontane Party im Wohnheim gegeben, nachdem Kayson mit seinem Basketballteam, den *Red Hawks,* einen wichtigen Sieg eingefahren hatte. »Nicht lang. Ich hab einige von den Erstis gezwungen, uns zu helfen, dann waren wir in einer halben Stunde fertig.«

Theo seufzte bedeutungsschwer. »Womit hast du sie diesmal erpresst?«

»Mit gar nichts«, sagte ich so überzeugend wie möglich.

Zweifelnd zog Theo die rechte Augenbraue hoch, und ich gab mich geschlagen.

»Ich hab ihnen angedroht, dass sie beim nächsten Mal zusehen können, wo sie ihr Bier herbekommen.«

Kayson lachte. »Du bist echt unmöglich.«

»Das gilt ja fast schon als Unterdrückung«, stimmte Theo grinsend zu.

»Hey!«, wehrte ich mich. »Das ist alles nur eure Schuld, weil ihr mich mit dem Aufräumen alleine gelassen habt, um mit euren Freundinnen zu kuscheln. Dabei haben wir die Party nur wegen euch überhaupt organisiert.«

»Eigentlich nur wegen Kayson«, korrigierte Theo mich.

»Und eigentlich bist du nur sauer, weil *du* die Nacht nicht mit einer Frau verbringen konntest«, fügte Kayson hinzu.

»Ich hasse euch«, grummelte ich, denn sie hatten recht. Es war viel zu lange her, seit ich das letzte Mal ungezwungenen Spaß mit einer Frau gehabt hatte. Das lag nicht nur daran, dass das Studium mir momentan alles abverlangte, sondern auch an meinem Nebenjob, durch den ich an den meisten Wochenenden arbeitete. Wenn ich doch mal freihatte, dann meistens, weil ich Kayson bei einem Spiel oder Theo bei einem Schwimmwettkampf anfeuern wollte. Wann ich das letzte Mal ausgegangen war, nur um eine Frau aufzureißen, wusste ich schon gar nicht mehr. Eigentlich hätte ich am Samstag die Möglichkeit dazu gehabt, doch nachdem Theo und Kayson recht früh mit ihren Freundinnen abgehauen waren, hatte ich mich selbst auf mein Zimmer verzogen. Irgendwie hatte mich keine der anwesenden Frauen genug gereizt, um sie anzusprechen.

Ich war erst einundzwanzig, aber manchmal fragte ich mich bereits, ob ich nicht langsam zu alt für den Scheiß wurde. Vielleicht erkannte ich aber auch, dass mir bei bedeutungslosem Sex etwas fehlte, auch wenn ich mir das noch nicht recht eingestehen wollte.

Von mir selbst genervt, rieb ich mir über die Schläfen, hinter denen es dumpf zu pochen begann. Diese Grübeleien brachten mich noch um.

Theo klopfte mir auf die Schulter. »Die nächste Party kommt bestimmt.«

Ehe ich ihm antworten konnte, wurde die Tür geöffnet, und Professor Ramirez betrat den Raum. Das war mein Stichwort, um den Kopf wieder auf meine Unterarme zu betten und die Augen zu schließen.

Es waren drei Kaffees nötig, bis ich mich einigermaßen menschlich fühlte und klarer denken konnte. Zur Mittagspause betrat ich mit Kayson die Mensa. Der würzige Duft von zerlaufenem Käse deutete darauf hin, dass heute Pizzatag war. Mein Magen begann, so laut zu knurren, dass ich befürchtete, es könnte sogar über das Stimmengewirr hinweg zu hören sein, als wir uns am Ende der Schlange anstellten.

»Musst du heute arbeiten?«, fragte Kayson, während er seinen Blick über die Auslage gleiten ließ.

»Nein, erst am Mittwoch wieder.«

»Wollen wir dann mal wieder einen Männerabend machen? Lizzy hat heute Probe, und Avery begleitet sie. Theo und ich haben also frei.«

Ein Schnauben entwich mir. »Das klingt so, als würden sie euch zwingen, Zeit mit ihnen zu verbringen.«

Kayson verdrehte die Augen. »Du weißt, wie ich das meine. Also?«

»Klar, wieso nicht.« Seit die beiden in einer Beziehung waren, sahen wir uns deutlich weniger. Zwar verbrachten wir immer noch jeden Tag unsere Mittagspause zusammen, doch Treffen von uns Jungs ohne die dazugehörigen Freundinnen waren Mangelware geworden. Aber wann sollten wir die auch noch einplanen, wenn Theo und Kayson zusätzlich ihre Sportlerkarrieren pushten und ich an mindestens vier Abenden im Restaurant arbeiten musste? Seit vier Monaten arbeitete ich bereits im *Traverna*, einem italienischen Lokal nur einige Blocks vom Campus entfernt.

Wir waren an der Essensausgabe angekommen, nahmen unsere Teller entgegen und bezahlten mit der Studentenkarte, ehe wir den Tisch in der hinteren Ecke ansteuerten, an dem Theo, Lizzy und Avery bereits saßen.

»Da seid ihr ja«, begrüßte Lizzy uns und stand auf, um Kayson einen Kuss zu geben.

»Braden hat wieder überzogen«, sagte er und setzte sich neben sie.

Ich rutschte neben Theo auf den Stuhl und stellte meinen Teller vor mir ab. »Ihr habt heute Abend Ausgang, hab ich gehört?«

Mit einem breiten Grinsen sah Theo zu mir auf. »Sogar ohne Auflagen, wir können total über die Stränge schlagen.«

Ich konnte nicht anders, als in Gelächter auszubrechen. Theo und Kayson waren so auf ihre Karrieren fixiert, dass sie alles andere hintenanstellten. Sie feierten keine ausufernden Partys, schlugen sich die Nächte nicht bis zum Morgengrauen um die Ohren, und ich hatte keinen der beiden jemals so richtig betrunken erlebt. »Über die Stränge schlagen« hieß bei Theo meistens, dass wir bis Mitternacht vor meiner Playstation saßen und versuchten, bei *Dead by Daylight* nicht zu sterben.

Avery stimmte in mein Lachen mit ein. »Wenn ich dich nicht genau kennen würde, hätte ich jetzt Angst.«

»Irgendwann werde ich das wirklich mal machen. So besoffen nachts nach Hause kommen, dass ich meinen Namen nicht mehr weiß und das ganze Bad vollkotze«, entgegnete Theo.

»Mit irgendwann meinst du dann, wenn deine aktive Karriere vorbei ist?«, konterte Avery.

»Oder wenn ich Olympia gewinne.«

»*Dann* hauen wir alle gemeinsam auf den Putz.« Seit ich Theo kannte, sprach er davon, dass es sein Traum war, einmal die Olympischen Spiele im Hundert-Meter-Freistil zu gewinnen, was seine beste Schwimmdisziplin war. Sollte es wirklich dazu kommen, würde mich nichts und niemand davon abhalten, mich mit ihm bis zur Besinnungslosigkeit zu betrinken. Egal, wohin es mich bis dahin verschlagen haben sollte.

»Jetzt aber mal im Ernst, was macht ihr heute Abend?«, griff Lizzy unser Gespräch wieder auf.

Mein Blick schweifte von Kayson zu Theo, und wir begannen gleichzeitig zu grinsen.

»Das ist Top Secret«, sagte Kayson verschwörerisch.

»Würden wir euch das verraten, müssten wir euch töten«, fügte ich hinzu.

Avery sah ziemlich unbeeindruckt in die Runde. »Ihr werdet einfach nur zocken, oder?«

»Machen sie jemals was anderes?«, stimmte Lizzy lachend zu.

»Oder …« Kayson deutete mit dem Zeigefinger nach oben, als hätte er die zündende Idee. »Wir machen mal was ganz Wildes und gehen bei Noah im Restaurant essen.«

»Och nee«, wiegelte ich sofort ab. »Es ist mein freier Tag, den will ich nicht auch noch an meinem Arbeitsplatz verbringen.« Es war nicht so, dass ich den Job nicht mochte. Er war gut bezahlt, und ich hatte sogar die Freiheit, Schichten zu tauschen, wenn ich für Klausuren lernen musste. Außerdem war ich meinem Chef echt dankbar, dass er mich sofort eingestellt hatte, obwohl ich keinerlei Vorkenntnisse im Kellnern aufweisen konnte. Er hatte mir meine Verzweiflung, wie dringend ich den Job benötigte, wohl angesehen. Ich war stolz darauf, sagen zu können, dass ich ihm bisher keinen Grund gegeben hatte, seine Entscheidung zu bereuen – von drei kaputten Biergläsern einmal abgesehen.

Trotz alldem und obwohl das Essen dort wirklich ausgezeichnet war, wollte ich meinen freien Tag lieber anderswo verbringen.

»Wir können ja gerne was essen gehen, aber dann in einem anderen Lokal«, lenkte ich ein.

Theo zuckte mit den Schultern. »Ist mir eigentlich egal.« Er warf einen Blick auf die Uhr und fluchte. »Mist, ich muss los, mein Training fängt gleich an. Wir schreiben einfach später und entscheiden spontan, was wir machen.« Er packte seine Sachen zusammen, drückte Avery einen Kuss auf die Lippen und rauschte mit seinem Tablett davon.

»Hast du nicht heute ein Gespräch mit der Studienberatung? Ich muss da auch mal einen Termin machen.« Interessiert lehnte Kayson sich näher zu mir.

»Ja, aber erst um drei.« Theo, Kayson und ich standen kurz vor dem Ende unserer Zeit am LaGuardia und mussten uns langsam überlegen, wie es weitergehen sollte. Eigentlich wussten wir das genau. Theo war auf dem besten Weg in ein professionelles Schwimmteam, Kayson würde hoffentlich bald von einem NBA-Team gedraftet werden, und ich musste an einer weiterführenden Uni meinen Bachelor machen, um es danach auf eine Law School zu schaffen. Während die Studienberatung Theo und Kayson bei ihren Wegen nur bedingt unterstützen konnte, sah es bei mir völlig anders aus. Meinen Bachelor konnte ich zwar an den meisten Unis absolvieren, doch ich wollte nicht an *irgendeine*. Ich wollte auf die Columbia, die zudem eine der besten Law Schools der Ostküste hatte. Die Voraussetzungen, um dort angenommen zu werden, waren nicht nur herausragende Noten. Es gab viele Kleinigkeiten, die bedacht werden mussten – wie zum Beispiel der Studienbeitrag, wenn man kein Stipendium erhielt.

Mein Magen zog sich schmerzhaft zusammen. Eigentlich hatte ich immer gedacht, dass mein Dad meine Studiengebühren bezahlen würde, wie er es am LaGuardia ebenfalls tat. Doch seit er vor über einem halben Jahr mit seiner zwanzig Jahre jüngeren Sekretärin durchgebrannt war, war irgendwie alles anders. Er hatte Mom den Geldhahn zugedreht, weshalb ich mir den Job im Restaurant gesucht hatte, um sie und meine jüngere Schwester, die in ihrem letzten Highschooljahr war, zu unterstützen. Dad zahlte momentan zwar noch meine Studiengebühren, aber ich hatte keinen Kontakt mehr zu ihm. Ein Mal hatte ich mit Dad nach seinem Auszug noch gesprochen. Es war in einem riesigen Streit geendet, bei dem ich ihn nur angeschrien hatte, und danach war er nie mehr rangegangen. Ich war einfach so sauer auf ihn. Nicht nur, weil er wohl schon was mit seiner Sekretärin gehabt haben musste, bevor er sich von Mom getrennt hatte. Seitdem hatte er auch all die Grundsätze, die unsere Familie geprägt hatten, mit Füßen getreten. Ich verstand einfach nicht, wie er so etwas tun konnte. Natürlich war mir bewusst, dass Leute sich mit den Jahren auseinanderlebten und Beziehungen auseinandergehen konnten, aber darum ging es mir überhaupt nicht. Dass er Mom und Karla jegliche Unterstützung entzogen hatte, wog für mich viel schwerer.

Vor allem, weil er gleichzeitig weiterhin meine Gebühren für das College übernahm.

Es war nur die Spitze des Eisbergs an Verfehlungen, die er sich in den letzten Monaten geleistet hatte, und der bloße Gedanke an meinen Vater löste mittlerweile rasende Wut in mir aus. Eigentlich wollte ich von ihm gar kein Geld mehr bekommen. Ich wollte mich nicht von jemandem aushalten lassen, für den ich keinen Funken Respekt mehr übrighatte, doch genau damit stand ich vor dem nächsten Problem. Ohne Unterstützung konnte ich mir die Columbia oder eine andere Universität nur mit einem Stipendium leisten. Meine Noten waren zwar gut, aber ob sie dafür ausreichten, war fraglich. Würde ich kein Stipendium erhalten, wäre mein Traum, Anwalt zu werden, für mich gestorben, und ich hatte keinen Plan B. Ich hatte keine Ahnung, was ich ansonsten mit meinem Leben anfangen wollte, weil sich die Frage bis vor Kurzem nicht für mich gestellt hatte.

Bei dem Gespräch heute wollte ich daher zwei Dinge mit der Studienberatung klären: Welche Dokumente waren für einen Wechsel auf die Uni nötig, und welche Empfehlungsschreiben sollte ich bei meinen Dozenten anfragen? Welche Universitäten hatten eine integrierte Law School, und wie hoch wären die Kosten, die ich dafür aufbringen musste? Bei meinen bisherigen Recherchen war ich nur auf welche gestoßen, die im Jahr mehr kosteten, als der Durchschnittsamerikaner verdiente, und das würde ich mit einem Nebenjob nicht stemmen können.

Außerdem wollte ich wissen, welche Alternativen es außer Jura für mich gäbe, und zwar hier in New York. Obwohl ich Jura noch nicht aufgeben wollte, musste ich mir langsam Gedanken über einen Plan B machen. Und sollte ich diesen Weg wählen müssen, wollte ich in der Stadt, die niemals schlief, bleiben. Hier kannte ich mich aus, und ich hatte einen Job, bei dem ich auch mehr Stunden arbeiten könnte, wenn es nötig wäre.

Nach meinen Nachmittagsvorlesungen machte ich mich auf den Weg zur Studienberatung. Sie befand sich im Verwaltungsgebäude nahe der Bibliothek und damit am entgegengesetzten Ende des Collegegeländes. Ich zog die Mütze fest über meine Ohren und krempelte den Kragen meiner Jacke bis zur Nasenspitze hoch, ehe ich aus dem Gebäude trat. Obwohl es kalt war, herrschte Trubel auf dem Campus. Eine kleine Gruppe hatte sich auf den Wiesen rechts von mir versammelt und übte einige Streetdance Moves. Die hinter ihnen in den Himmel aufragenden Hochhäuser boten das perfekte Ambiente dafür, sodass man sich fast wie in einem Hollywoodfilm fühlte.

Als ich die Verwaltung erreicht hatte, waren nicht nur meine Zehen, sondern auch meine Fingerspitzen halb eingefroren. Weil ich bis zu meinem Termin noch zehn Minuten Zeit hatte, stellte ich mich an die Heizung, um mich notdürftig aufzuwärmen. Aus dem

Augenwinkel bemerkte ich eine Bewegung, die mich aufblicken ließ. Ich wusste nicht einmal, was genau es war, das meine Aufmerksamkeit auf sich zog, aber als ich erkannte, wer ein paar Meter von mir entfernt vor dem Schwarzen Brett stand, machte mein Herz einen überraschten Satz.

Mia studierte die Aushänge. Ihre schwarzen Haare waren heute offen und verdeckten wie ein Schleier einen Teil ihres Gesichts. Trotzdem wusste ich sofort, dass sie es war. Wie am Freitag trug sie schwarze Kleidung, ihre Füße steckten in gefütterten Boots, und ein endlos langer Schal war um ihren Hals gewickelt. Nur ihre Stupsnase schaute heraus, doch die war unverkennbar.

Bevor ich mich dazu entschieden hatte, sie anzusprechen, setzten sich meine Beine bereits in Bewegung.

»Hey, Mia.«

Beim Klang meiner Stimme zuckte sie erschrocken zusammen und wirbelte zu mir herum. Ihre Augen waren weit aufgerissen, und etwas Verhaltenes lag darin, das mich einen Schritt zurückweichen ließ.

»Noah«, sagte sie überrascht und mit einer gewissen Vorsicht. Sie trat ebenfalls einen Schritt zurück und verschränkte die Arme vor der Brust. Ganz so, als wollte sie eine unsichtbare Barriere zwischen uns aufbauen. »Was machst du hier?«

»Ich hab einen Termin bei der Studienberatung«, erklärte ich.

Mia nickte, erwiderte aber nichts.

»Und du?« Ich warf einen Blick auf das Schwarze Brett, an dem überwiegend Jobanzeigen hingen. »Suchst du einen Nebenjob?«

»Nein, ich hab auch einen Termin. Ich hab mich für ein Einzelzimmer im Wohnheim beworben.«

Interessiert lehnte ich mich mit der Schulter gegen die Wand. »Warum? Kommst du mit deiner Mitbewohnerin nicht klar?«

Das wäre mein absoluter Horror. Ich wusste, dass ich mit Kayson den absoluten Jackpot in Sachen Mitbewohner ergattert hatte. Von der ersten Sekunde an hatten wir uns gut verstanden, als würden wir uns schon ewig kennen. Ich wüsste nicht, was ich getan hätte, hätte man mir jemanden zugeteilt, mit dem ich gar nicht klarkam.

»Doch, eigentlich schon«, sagte Mia zögerlich und zupfte eine imaginäre Fluse von ihrer Daunenjacke, den Blick auf ihre Schuhspitzen gesenkt.

»Sondern?«, hakte ich nach, während ich mich fragte, was mit ihr los war. Schon bei der Bandprobe war sie distanziert, geradezu abweisend gewesen, als wollte sie überhaupt nicht mit mir sprechen. Ich fragte mich, ob sie etwas gegen mich persönlich hatte, doch dann fiel mir mein Gespräch mit Lizzy wieder ein, die mir erzählt hatte, dass Mia alle Menschen um sich herum auf Abstand hielt. Ich trat einen weiteren Schritt von ihr zurück, um ihr zu signalisieren, dass ich sie nicht bedrängen wollte.

»Ich würde einfach lieber alleine wohnen, das ist alles«, sagte Mia und sah nun doch zu mir auf. Unsere Blicke trafen sich, verhakten sich ineinander, und selbst wenn ich es gewollt hätte, hätte ich nicht wegsehen können. Ich las Angst in Mias dunklen Augen und fragte mich unweigerlich, wovor sie sich fürchtete. Doch darunter schimmerte noch etwas anderes. Etwas, das ich nicht benennen konnte, das aber den Wunsch in mir wachrief, es näher zu erkunden.

Ich schüttelte den Kopf über mich selbst. Was für ein bescheuerter Gedanke. Normalerweise wollte ich Frauen nicht analysieren. Ich interpretierte vermutlich nur zu viel in diese Situation hinein, weil Mia mich beim letzten Mal schon kaum beachtet hatte. Ich war es nicht gewohnt, derart von Frauen abgewiesen zu werden.

»Dann viel Glück«, sagte ich zu Mia. »Ich hab gehört, dass es ohne triftigen Grund nahezu unmöglich ist, ein Einzelzimmer zu bekommen.«

Seufzend schob sich Mia eine Haarsträhne hinter das Ohr, dann vergrub sie die Hände tief in ihrer Jackentasche. »Ich weiß. Ich muss dann auch los. Wir sehen uns.«

Ohne eine Antwort abzuwarten, ging sie an mir vorbei und schnurstracks durch die breiten Glastüren hinaus ins Freie. Ich sah ihr hinterher, bis sie zwischen den anderen Studierenden verschwunden war. Warum war sie einfach abgehauen? Ich dachte, sie hätte einen Termin? War das nur ein Vorwand gewesen, um ihre Anwesenheit zu erklären, oder hatte sie es so eilig gehabt, von mir wegzukommen, dass sie lieber gleich den Rückzug antrat?

Noch immer starrte ich die mittlerweile wieder zugefallene Tür an, durch die Mia verschwunden war. Als ich sie das erste Mal bei einem Auftritt auf der Bühne gesehen hatte, hatte sie total ungezwungen gewirkt. Völlig frei, und als wäre sie eins mit der Musik. Ich erinnerte mich noch daran, dass ich damals gedacht hatte, sie könnte eine Kandidatin für eine heiße Nacht sein. Sie sah umwerfend aus, und wenn sie im Bett so leidenschaftlich wie auf der Bühne war, wäre das ein Garant für sehr viel Spaß.

Das war auch der Grund, warum ich sie letzte Woche nach der Bandprobe angesprochen hatte. Ich hatte ausloten wollen, ob wir uns bei einem lockeren Gespräch verstehen würden, doch ich war an der harten Wand von Mias Ablehnung abgeprallt. Wie auch jetzt hatte ich diese unsichtbare Distanz zwischen uns gespürt, mit der sie mich von sich fernhielt. Warum sie das wohl tat?

Ich schüttelte den Kopf und schob diese Gedanken weit weg. Warum dachte ich darüber nach? Ich hatte genug eigene Probleme, um die ich mich kümmern musste. Immerhin war ich hier, um genau diese in Angriff zu nehmen. Ich sollte mich nicht von Mias hübschem Gesicht und ihrer mysteriösen Aura ablenken lassen. Vermutlich würde ich sie so schnell eh nicht wiedersehen, der Campus war groß genug, dass man sich aus dem Weg gehen konnte.

Ich nickte, wie um mir meine Entscheidung selbst zu bestätigen, und ging den Gang entlang bis zum Büro der Studienberatung.

# KAPITEL 3

## Mia

Am Tag des Auftritts wachte ich mit einer nervösen, überschüssigen Energie auf, die meine Nervenenden zum Vibrieren brachte. Den ganzen Tag über konnte ich mich auf nichts konzentrieren. Ständig ging ich in Gedanken durch, was passieren könnte, wenn wir uns verspielten oder gleich komplett vor der Jury und den anderen Bands blamierten. Ich ging mir damit selbst auf die Nerven, denn alle Horrorszenarien, die mir mein Hirn vorgaukelte, waren kompletter Schwachsinn. Lizzy würde sich beim Singen nicht übergeben, mein Keyboard würde nicht in Flammen aufgehen, es war unmöglich, dass Chloes Schlagzeug explodierte, und es würde auch niemand von der Bühne fallen. Rein logisch wusste ich das, trotzdem konnte ich diese Gedanken nicht verhindern.

Daher machte ich drei Kreuze, als es am frühen Abend endlich an der Zeit war, aufzubrechen. Mit der U-Bahn fuhr ich nach Manhattan bis zum Union Square. Das *Wondrous* lag fünf Minuten von der Haltestelle entfernt, doch heute brauchte ich viel länger. Ich musste mich durch die Menschenmassen, bestehend aus Einheimischen und Touristen, hindurchschlängeln. An jeder Straßenecke stand der obligatorische Hotdog-Wagen oder Verkäufer, die Zeichnungen, Souvenirs oder andere Waren anboten. Manchmal kam mir New York wie ein emsiges Bienennest vor, was mir auch heute wieder ein Lächeln auf die Lippen trieb.

Mit etwas Verspätung kam ich am *Wondrous* an. Eigentlich war es eine Kneipe, in der einmal die Woche ein Karaoke-Abend stattfand, doch heute war das Lokal für Gäste gesperrt. Nur die geladenen Bands, die Leute des Labels und der Besitzer des Plattenladens würden anwesend sein.

Dementsprechend war die Außenbeleuchtung ausgeschaltet, um erst gar kein Publikum anzuziehen. Die anderen warteten bereits draußen auf mich. Chloe wirkte genauso nervös, wie ich mich fühlte, während Lizzy und Virginia cool wie immer aussahen. Kayson, Theo und Avery waren als Unterstützung ebenfalls dabei. Sie hatten sich früher getroffen, um vor dem Auftritt gemeinsam essen zu gehen, und mich auch gefragt, ob ich sie begleiten wollte, doch ich hatte abgelehnt. Mittlerweile fragte ich mich jedoch, ob es nicht besser gewesen wäre, sie zu begleiten. Selbst wenn ich nichts zu den Gesprächen beitrug, hätte ich mit ihnen mehr Ablenkung gehabt als allein in meinem Wohnheimzimmer.

»Hey«, begrüßte ich sie.

»Da bist du ja.« Lizzy grinste breit. »Dann können wir ja rein.« Sie drehte sich um und zog die Tür auf, von der ich bis zu der Sekunde befürchtet hatte, sie könnte abgeschlossen sein. Nachdem wir unsere Einladung zum Nachwuchswettbewerb vorgezeigt hatten, durften wir eintreten.

Das Innere sah gemütlich aus. Runde Holztische standen in regelmäßigen Abständen verteilt. Rechts von uns befand sich eine Bar, hinter der ein riesiges Regal voller Schnapsflaschen an der Wand hing, die von hinten angestrahlt wurden. Auf den Tischen standen altmodische Lampen mit Lampenschirm, die ein warmes Licht verteilten. Bilder von Musikern aus den Sechzigerjahren hingen an den Wänden und verliehen dem Laden das Flair einer Jazzkneipe.

Obwohl wir zu früh waren, waren wir bei Weitem nicht die Ersten. Vier weitere Bands saßen um einzelne Tische verteilt, und sie wirkten genauso nervös, wie ich mich fühlte. Seit wir den Raum betreten hatten, hatte sich mein Herzschlag verdoppelt, meine Atmung war flacher geworden, und ein Zittern hatte in meinen Fingern eingesetzt, das ich selbst dann nicht unterdrücken könnte, wenn ich es versuchen würde. Aber ich machte mir gar nicht erst die Mühe. Egal, was ich probierte, es würde sowieso nicht verschwinden. Erst wenn ich auf der Bühne stand, meine Finger auf den Tasten des Keyboards lagen und die ersten Töne erklangen, würde es langsam in das euphorische Gefühl umschlagen, das ich immer beim Musikmachen verspürte.

Jemand packte mein Handgelenk und zog mich weiter, und erst da fiel mir auf, dass ich stehen geblieben war. Die anderen hatten sich bereits an einen Tisch nahe der Bühne gesetzt, und Chris, der Besitzer des Plattenladens, stand bei ihnen.

»Hi, Mia«, begrüßte er mich, als ich zu ihnen stieß. »Schön, dass ihr es einrichten konntet. Ich bin gespannt, was ihr für uns vorbereitet habt.«

Der Klumpen in meinem Magen schwoll an. Erneut wurde mir bewusst, dass es heute um etwas ging. Bisher hatten wir nur gespielt, weil wir es liebten und andere damit unterhalten wollten. Natürlich hätte es auch da passieren können, dass jemandem unser Stil nicht gefiel, aber es wäre nur eine Meinung gewesen. Doch heute saß eine Jury vor uns, bei der nicht nur der persönliche Geschmack zählte, sondern auch der professionelle. Diese Männer und Frauen hatten bereits mehrere erfolgreiche Künstler unter Vertrag und würden vermutlich auf Anhieb unsere Stärken und Schwächen erkennen – und damit wissen, ob es sich lohnen würde, Zeit und Geld in uns zu investieren.

Ehe ich mich weiter in Gedanken verstricken konnte, trat Chris auf die Bühne. Neben ihm standen zwei Männer und eine Frau, die ich nicht kannte und vermutlich zum Plattenlabel gehörten.

»O mein Gott«, flüsterte Lizzy. Ihre Hand krallte sich in meinen Unterarm, und mit einem Ruck setzte sie sich aufrecht hin.

»Wow«, kam es auch von Chloe.

»Was ist los?« Die beiden, und auch einige der anderen Frauen, sahen aus, als wäre Freddie Mercury höchstpersönlich von den Toten auferstanden, dabei hatte ich keinen der drei je zuvor gesehen.

»Das ist Xander King«, seufzte Lizzy und deutete auf den rechten Typen. Mit seinen dunklen Haaren, die ihm etwas zu weit in die Stirn hingen, als hätte er mal wieder einen Friseurbesuch nötig, und seinem Fünftagebart sah er aus wie der typische Rockstar. Zumindest wenn man davon absah, dass sein Lächeln etwas verkniffen wirkte, als würde er sich auf der Bühne nicht wohlfühlen.

»Sagt mir nichts«, musste ich gestehen.

»Kennst du nicht *Rule of Three*?«, entgegnete Lizzy entrüstet.

Bei dem Namen klingelte etwas. »Sind das nicht die, denen der Drummer weggelaufen ist?«

Kollektives Stöhnen war die Antwort, aber ehe mir jemand antworten konnte, räusperte Chris sich und erlangte unsere Aufmerksamkeit. »Herzlich willkommen«, begrüßte er die Anwesenden. »Es freut mich, dass ihr so zahlreich erschienen seid. Wir haben zehn Bands eingeladen, die nacheinander je einen eigenen Song präsentieren. Jaydee und Porter vom Prestige Music Label sowie Xander King von der Band *Rule of Three* werden sich jeden Beitrag anhören, und im Anschluss verkünden wir, welche Bands ins Studio eingeladen werden.«

Applaus ertönte, und ein leises Raunen ging durch die Menge. Jaydee und Porter nickten in die Runde, während Xander etwas Unverständliches murmelte.

»Das bedeutet jedoch nicht«, sprach Chris weiter, »dass jede Band, die ins Studio eingeladen wird, einen Vertrag erhält. Es ist erst mal nur eine Möglichkeit, in einer privateren Atmosphäre mehr Material vorzeigen zu können. Ihr werdet dort mit dem Label darüber sprechen können, was ihr für Vorstellungen habt und ob diese sich mit dem Label decken. Aber es ist eine Chance, auf die andere Musiker viele Jahre hinarbeiten müssen, also legt euch ins Zeug.«

Unter erneutem Applaus verließen alle die Bühne, und Chris nickte der Band zu, die am Tisch links von uns saßen. Sie stiegen auf die Empore, holten ihre Instrumente hervor und legten los. Sie waren nicht schlecht, ihre Musik deutlich poppiger als unsere, aber mit einer eingängigen Melodie, die gleich ins Ohr ging. Allerdings verspielten sie sich einige Male, und ich war mir ziemlich sicher, dass die Sängerin an einer Stelle den Text vergaß. Was nur dadurch bestätigt wurde, dass sie sich besorgte Blicke zuwarfen, als sie die Bühne verließen.

Der Kontrast zur nächsten Band hätte größer nicht sein können. Sie spielten Heavy Metal, schrien eher, als dass sie sangen, und der Schlagzeuger drosch mit einer Wucht auf sein Instrument ein, dass ich kurzzeitig befürchtete, er könne es zerstören. Ich hatte von dieser Art Musik überhaupt keine Ahnung, aber rein handwerklich schienen sie es wirklich draufzuhaben.

So ging es weiter, eine Band nach der anderen, und sie alle waren grundverschieden. Jede schien ihren eigenen Sound bereits definiert zu haben, und ich fragte mich, wie lange sie wohl alle schon zusammen spielten. Erneut beschlichen mich Zweifel, ob wir gut genug waren, um hier zu bestehen. Denn obwohl wir unsere Instrumente beherrschten und Lizzy eine grandiose Sängerin war, hatten wir noch keinen eigenen Sound entwickelt. Wir experimentierten noch immer viel herum und hatten bisher überhaupt erst drei eigene Lieder, die wir vortragen konnten.

Wir waren als Letztes an der Reihe, und bis dahin war ich ein nervliches Wrack. Die Cola, die ich getrunken hatte, lag mir wie Blei im Magen, und meine Finger zitterten unaufhörlich. Für einen Moment befürchtete ich, dass ich nicht würde spielen können, doch sobald ich mein Keyboard aus der Tasche zog und aufstellte, breitete sich die ersehnte Ruhe in mir aus. Das Keyboard erdete mich, und auch wenn viele Aspekte des Musikmachens noch Zweifel in mir hervorriefen, war ich mir einer Sache absolut sicher: Spielen konnte ich.

Chloe gab mit ihren Sticks den Takt vor, dann legten wir los. Es war eine völlig neue Erfahrung im Vergleich zu unseren anderen Auftritten. Hier stand niemand vor der Bühne, wippte im Takt mit oder jubelte uns zu. Dagegen spürte ich die prüfenden Blicke von Jaydee, Porter und Xander wie eine schwere Decke auf meinen Schultern liegen. Ich versuchte, sie auszublenden, um mich nur auf unseren Song zu konzentrieren, doch es wollte mir einfach nicht gelingen.

Auch als wir das Lied beendet hatten, klatschte niemand – wie bei den anderen Bands auch. Lizzy bedankte sich für die Aufmerksamkeit, wir packten unsere Instrumente zusammen und verließen die Bühne. Chris erklärte, dass sie sich für eine halbe Stunde zurückziehen würden, um sich zu besprechen, dann wurde im Hintergrund leise Musik angestellt.

»Ihr wart großartig«, sagte Avery, als wir zurück an den Tisch kamen.

»Mit Abstand die beste Band«, fügte Kayson hinzu. Dann lehnte er sich über den Tisch und sprach leiser weiter. »Die anderen haben schon ganz neidisch geschaut.«

Lizzy schnaubte und verdrehte die Augen. »Als hättest du überhaupt ein Mal zu den anderen hingesehen.«

»Ich nicht, aber er.« Kayson reckte den Daumen in Theos Richtung.

»Hey! Halt mich da raus.« Abwehrend hob Theo die Hände.

»Wie auch immer. Jedenfalls wart ihr die Besten, und wenn sie euch nicht ins Studio einladen, haben sie keine Ahnung von Musik«, sagte Kayson mit Nachdruck.

Ein verträumter Ausdruck legte sich auf Lizzys Gesicht, und sie beugte sich für einen Kuss zu ihrem Freund. »Solange es dir gefallen hat, bin ich zufrieden.«

Theo machte würgende Geräusche. »Ihr seid echt schlimmer, als Avery und ich anfangs waren.«

»Jetzt tu nicht so, als wärt ihr schon seit Ewigkeiten zusammen«, entgegnete Kayson, ohne den Blick von Lizzy abzuwenden.

Mit dieser Art von Geplänkel ging es weiter, bis Chris, Xander,

Jaydee und Porter erneut auf die Bühne traten. Jaydee griff das Mikro, tippte dagegen, um zu prüfen, ob es noch eingeschaltet war, dann begann sie zu sprechen.

»Vielen Dank noch mal an alle, dass ihr gekommen seid und für die vielen spannenden Beiträge. Bei vier Bands haben wir uns dafür entschieden, sie für ein weiteres Vorspielen in unser Studio einzuladen. Bitte habt Verständnis, dass wir denen, die wir nicht einladen werden, keine ausführliche Begründung geben können. Kommen wir zu den glücklichen Gewinnern.«

Sie legte eine bedeutungsschwere Pause ein, während der mein Herz zu rasen begann. Lizzy beugte sich vor und streckte ihre Hände nach Virginia und mir aus. Einen Moment war ich irritiert, was sie wollte, dann griff Virginia Lizzys linke Hand und langte mit der anderen nach Chloes. Etwas zögerlich streckte ich meinen Arm zu Lizzy aus und schloss meine Finger um ihre, genau in dem Moment, als Jaydee weitersprach.

»Herzlichen Glückwunsch an *Scream Park, New Mode, Project XY* und die *Purple Dragons*.«

Im ersten Moment dachte ich, mich verhört zu haben. Jaydee konnte unmöglich unseren Bandnamen aufgerufen haben. Doch dann sprangen Lizzy, Virginia und Avery auf, und lautes Kreischen ertönte von ihnen. Chloe hingegen blieb mit einem ungläubigen Gesichtsausdruck sitzen, und ich war mir sicher, Tränen in ihren Augen glitzern zu sehen.

Sie hatten uns aufgerufen. Sie hatten uns tatsächlich aufgerufen und wollten mehr von uns hören.

Nur langsam sickerte die Erkenntnis in mein Bewusstsein, doch dann hielt mich ebenfalls nichts mehr auf meinem Sitz. Ich sprang auf, riss die Arme in die Höhe und jubelte laut. Unglaubliches Glück durchströmte mich, das mich fast schon schweben ließ. Niemals hätte ich damit gerechnet, dass sie uns nahmen. Es war nicht so, dass ich uns schlecht fand, aber wenn ich uns mit anderen Bands verglich, waren wir die totalen Newcomer. Nie und nimmer hätte ich gedacht, dass es ausreichen würde, um ein professionelles Plattenlabel zu begeistern. Doch wir hatten es geschafft. Wir hatten es tatsächlich geschafft.

»Das ist so geil, Mia«, schrie Lizzy mich regelrecht an und fiel mir um den Hals. Für den Bruchteil einer Sekunde spannte ich mich an. Alles in mir erstarrte, und ich musste mich zwingen, Lizzy nicht von mir zu stoßen. Ich konnte einfach nicht anders. Das war genau das, was ich zu verhindern versucht hatte, nachdem …

Nein, ich durfte nicht daran denken. Nicht jetzt.

Ich zwang mich dazu, meine Arme zu heben und sie ebenfalls um Lizzy zu legen, um nicht wie eine Statue zu wirken. Lizzy konnte nicht ahnen, was in mir vorging, und ich würde den Teufel tun, irgendjemandem freiwillig davon zu erzählen. Solche Situationen waren es, warum ich andere Leute auf Abstand hielt. Wer mir nicht zu nahe kam, würde niemals hinter meine Fassade blicken können und entdecken, dass es da einen dunklen Part in meiner Vergangenheit gab, über den ich nicht reden wollte.

Auch in der Band war ich zwar möglichst freundlich zu allen gewesen, aber hatte jegliche Anfragen zu einem privaten Treffen bisher abgelehnt. So gern ich die Mädels hatte, wollte ich nicht ihre Freundin werden. Ich *durfte* nicht.

»Das müssen wir feiern«, drang Theos Stimme zu mir durch. Lizzy löste sich von mir, und ich atmete erleichtert auf.

»Unbedingt«, stimmte Lizzy zu. »Und du musst diesmal mitkommen«, sagte sie zu mir, ehe ich protestieren konnte. »Keine Ausreden, warum du nicht kannst oder willst. Diesen Erfolg haben wir gemeinsam erreicht, also müssen wir ihn auch gemeinsam feiern.«

Betreten sah ich zur Seite, denn ich hatte in Gedanken wirklich schon überlegt, wie ich aus der Nummer herauskommen könnte, doch ein Blick in Lizzys Augen ließ jeglichen Widerspruch auf meinen Lippen ersterben. Sie sah so hoffnungsvoll und glücklich aus.

Zwei Seiten kämpften in mir miteinander, die meine Gefühlswelt ins Chaos stürzten. Da war die rationale Seite, die *wusste,* dass ich ablehnen und nach Hause gehen sollte. Dass es besser wäre, das Ganze hier und jetzt zu beenden. Und dann war da mein Herz, das in Lizzys hoffnungsvolles Gesicht blickte und es einfach nicht über sich brachte, sie erneut zu enttäuschen.

»Okay«, hörte ich mich sagen, woraufhin Lizzy mir sofort wieder um den Hals fiel.

»Worauf warten wir dann noch?« Kayson war ebenfalls aufgestanden und verteilte die Jacken, die wir neben ihm auf die Bank gelegt hatten. »Party bei uns im Wohnheim, sobald wir zurück sind.«

Eine Stunde später betraten wir das Wohnheim der Jungs. Im Gemeinschaftsraum lümmelten drei Kerle auf der Couch und schauten sich irgendeinen Marvel-Film auf dem Fernseher an. Sie beachteten uns gar nicht, bis Kayson zu ihnen an den Tisch trat und kommentarlos den TV ausschaltete.

»Hey, Mann«, brüllte einer von ihnen, ein schlaksiger Kerl mit strähnigen blonden Haaren. »Was soll das?«

»Sorry.« Grinsend legte Kayson die Fernbedienung zurück. »Aber wir müssen den Gemeinschaftsraum leider belagern, um zu feiern. Meine Freundin hat gerade den ersten Plattendeal an Land gezogen. Wenn das nicht nach einer spontanen Party schreit, dann weiß ich auch nicht.«

»Wir haben nicht …«, begann Lizzy, doch der Rest des Protests erstarb auf ihren Lippen. Ich konnte sie sehr gut verstehen. Der unbändige Stolz, mit dem Kayson sie betrachtete, schnürte selbst mir die Luft ab.

Was machte es schon für einen Unterschied? Das Plattenlabel hatte uns ins Studio eingeladen, weil sie Potenzial in uns gesehen hatten. Das war mehr, als wir zu hoffen gewagt hatten.

Der Moment zwischen Lizzy und Kayson dehnte sich aus, und

plötzlich kam ich mir wie ein Eindringling vor. »Ich geh mal in die Küche«, murmelte ich, obwohl mir niemand zuhörte, und wandte mich ab.

Am Tisch sammelten gerade die anderen ihre Sachen zusammen.

»Wir gehen dann mal«, sagte der schlaksige Typ.

»Müsst ihr nicht«, sagte Theo sofort. »Bleibt und feiert mit uns.« Das ließen sie sich nicht zweimal sagen, und anstatt abzuhauen, halfen sie Theo dabei, die Couchen zur Seite zu schieben.

Sobald ich in der Küche war, hörte ich laute Musik aus dem Gemeinschaftsraum. Irgendjemand hatte die Musikanlage angestellt, und ein Lied von Luis Fonsi schallte aus den Boxen. Jetzt würde es definitiv nicht mehr lange dauern, bis sich das halbe Wohnheim im Gemeinschaftsraum versammeln würde. Hoffentlich hatten Theo und Kayson genug Alkohol gekauft.

Ich hätte mir keine Gedanken machen müssen. Ich fand vier Bierfässer, einige Flaschen Sekt, Wein sowie zwei Whiskeyflaschen. Grinsend stellte ich fünf Pappbecher vor mir auf und öffnete einen Sekt, den ich in einem Männerwohnheim nicht erwartet hatte, aber der perfekt zum Anlass passte.

»Hey«, sagte jemand so dicht neben mir, dass ich zusammenzuckte. Abrupt wandte ich mich um und erschrak noch mehr, als ich in Noahs blaue Augen blickte. Mein Herz blieb für einen erschreckend langen Moment stehen, und all meine Sinne waren mit einem Schlag auf ihn gerichtet. Ich sah das Lächeln, das an seinen vollen Lippen zupfte und bei dem sich seine Nase leicht kräuselte. Er trug ein einfaches, schwarzes Shirt, das hauteng saß und seinen trainierten Oberkörper zur Schau stellte. Seine blonden Haare hingen ihm zerzaust in die Stirn, und weil er mir so nah war, musste ich den Kopf in den Nacken legen, um es zu bemerken. Sein Duft drang mir in die Nase, irgendwie erdig und gleichzeitig frisch, und als er mit der Schulter leicht gegen meine stupste, breitete sich von diesem Punkt ein Prickeln in meinem ganzen Körper aus.

Gleichzeitig kehrte die Angst zurück, und ich wich einen sicheren Schritt von ihm zurück. »Was machst du denn hier?«, platzte es aus mir heraus.

Noahs Mundwinkel hoben sich, was seltsame Dinge mit meinem Magen anstellte. »Ich wohne hier.«

»Aber ...« Ich brach ab. Noahs Nähe schien meinen Verstand abgeschaltet zu haben. *Aber ich hab dich hier noch nie gesehen,* wäre mir beinahe herausgerutscht. Was völlig logisch war, immerhin hatte ich vor dem heutigen Tag noch nie einen Fuß in dieses Wohnheim gesetzt.

»Ich hab bis eben gearbeitet, sonst wäre ich schon zu eurem Auftritt gekommen«, erklärte er und nahm einen der roten Pappbecher, in die ich gerade Sekt hineingeschüttet hatte. »Nachdem Kayson mir euren Triumph getextet hat, musste ich gleich herkommen.«

»Da ist Sekt drin«, sagte ich, als hätte er nicht mit angesehen, wie ich die Becher gefüllt hatte.

Noah lachte leise. Wenigstens schien er mich amüsant zu finden, auch wenn ich mich wie eine komplette Idiotin benahm. »Darf ich als Mann keinen Sekt trinken?« Er blickte mich herausfordernd an.

Ich schluckte. »Doch ... aber ich dachte ... vielleicht hättest du lieber ein Bier ... so als Mann.«

Was zur Hölle war los mit mir? Wieso ließ ich mich von diesem Typen derart aus dem Konzept bringen? Egal, wie gut er aussah, das war normalerweise gar nicht meine Art. Schon früher nicht, selbst mein Ex-Freund hatte das nicht geschafft. Und die letzten anderthalb Jahre, die ich auf dem LaGuardia Community College verbracht hatte? Da hatte ich mich erfolgreich von Männern ferngehalten. Ich hatte jegliche näheren Kontakte vermieden, war nie schwach geworden, und ich wusste, dass ich auch jetzt besser gehen sollte, weil ich Freundschaft gar nicht mehr verdiente und nur Unheil über die brachte, die mir zu nahe kamen.

Eigentlich sollte ich das Tablett mit den Bechern nehmen, mich umdrehen und Noah einfach stehen lassen. Doch ich konnte es nicht. Meine Beine gehorchten mir nicht, so, als wären sie an Ort und Stelle mit dem Boden verwachsen. Gefangen von Noahs Blick, konnte ich nichts anderes tun, als ihn weiterhin anzustarren.

»Bier ist super«, sagte Noah, »aber zum Anstoßen gehört einfach Sekt.« Er prostete mir zu. »Auf euch und euren Erfolg.« Damit setzte er den Becher an und trank einen großen Schluck.

Wie hypnotisiert beobachtete ich seinen hüpfenden Adamsapfel und konnte mich erst im letzten Moment losreißen, ehe Noah wieder zu mir sah. Stattdessen griff ich nach einem leeren Becher, in den ich Sekt eingoss, nickte ihm unbeholfen zu und trank ebenfalls. Ich spürte Noahs blaue Augen auf mir, zwang mich jedoch dazu, diese zu ignorieren.

»Ich hätte nicht gedacht, dass du heute kommst.«

»Was?« Jetzt blickte ich ihn doch an. »Wie kommst du darauf?«

Er grinste entwaffnend. »Ich war schon bei mehreren eurer Auftritte, aber du bist danach immer abgehauen.«

»Ich mag keine Partys.« Was komplett gelogen war. Es hatte eine Zeit gegeben, in der ich supergerne auf Partys gegangen war. Jedes Wochenende war ich mit meiner besten Freundin Ellie um die Häuser gezogen und erst zum Morgengrauen nach Hause gekommen.

Ein scharfer Schmerz breitete sich in meiner Brust aus, als würde jemand mit einer heißen Klinge hineinstechen. Genau das war mir zum Verhängnis geworden, meine Vorliebe für Partys und meine freche, vorlaute Art, weshalb ich beides weggeschlossen und versucht hatte, es mir abzugewöhnen.

Das war auch der Grund, warum ich dieses Gespräch beenden musste, warum ich Noah stehen lassen und nicht mehr auf seinen Small Talk eingehen sollte, der schnell zu viel mehr werden konnte. Doch ich konnte mich noch immer nicht rühren. Meine Beine waren wie auf dem Boden festgewachsen, egal wie oft ich ihnen sagte, dass sie sich in Bewegung setzen sollten.

»Wenn du keine Partys magst, warst du nur noch nie mit den richtigen Leuten unterwegs«, riss mich Noahs Stimme aus meinen Gedanken.

Ein Schnauben entwich mir. »So was sagen nur Leute, die sehr von sich überzeugt sind.«

Nonchalant zuckte Noah mit den Schultern. »Es ist die Wahrheit. Mit den richtigen Leuten ist es völlig egal, *was* man macht oder *wo* man ist, man hat immer eine gute Zeit.«

»Und du zählst zu den richtigen Leuten, korrekt?«, fragte ich und konnte mir ein weiteres Schnauben nicht verkneifen.

Noah trank noch einen Schluck Sekt und blitzte mich herausfordernd über den Rand des Bechers hinweg an. »Ob ich für *dich* zu den richtigen Leuten zähle, musst du schon selbst entscheiden. Aber ich glaube, dass wir eine Menge Spaß miteinander hätten.«

Ich biss mir auf die Unterlippe. Es war viel zu einfach, sich mit Noah zu unterhalten. Mühelos schien er all meine Schutzmechanismen außer Kraft zu setzen, und die Worte sprudelten in seiner Gegenwart nur so aus mir heraus. Er holte die *alte* Mia wieder hervor, von der ich gedacht hatte, sie in Seattle zurückgelassen zu haben. Es war beängstigend, gleichzeitig fühlte es sich auch befreiend an.

Ich griff nach meinem Becher und trank ebenfalls daraus. »Du hältst dich für unwiderstehlich, was?« Im Moment war er es für mich. Noah hatte etwas an sich, das mich in seinen Bann zog, aber das war nicht alles. Er flirtete mit mir, ohne irgendwelche Grenzen zu überschreiten. Er kam mir nahe, ohne mich zu bedrängen. Auch jetzt stand er so dicht vor mir, dass ich die Wärme spüren konnte, die von seinem Körper ausging, aber er berührte mich nicht, hielt mich nicht gefangen oder drängte mich in eine Ecke, aus der ich nicht entfliehen konnte. Wenn ich wollte, könnte ich locker an ihm vorbei zurück in den Gemeinschaftsraum gehen.

Nur … ich wollte nicht. Aus einem mir unerklärlichen Grund wollte ich in seiner Nähe bleiben.

»Mia, Noah!« Avery kam in die Küche gerauscht, und wir stoben auseinander. »Wo bleibt ihr denn? Draußen ist schon die Hölle los.«

Jetzt, wo sie den Bann zwischen Noah und mir gebrochen hatte, konnte ich die wummernden Bässe und die gedämpften Stimmen aus dem Gemeinschaftsraum hören. Ich stellte meinen Becher zurück auf das Tablett. »Ich komme schon.«

Als ich an Noah vorbeigehen wollte, hielt er mich mit seinem Blick gefangen. Meine Beine stoppten wie von selbst, und für ein, zwei Sekunden, die sich sehr viel länger anfühlten, sahen wir uns einfach nur an. Die Zeit schien für einen Augenblick stehen zu bleiben, in dem mein Herz aus einem unerfindlichen Grund zu rasen begann.

Noah beugte sich vor. »Ich werde dir einen unvergesslichen Abend bescheren.« Damit wandte er sich ab, und ich konnte wieder atmen.

Mit dem Tablett in der Hand folgte ich Noah aus der Küche und blieb im Gemeinschaftsraum verwundert stehen. Er war nicht wiederzuerkennen, und ich fragte mich, ob ich unwissentlich in einem Paralleluniversum gelandet war. Das große Licht war ausgeschaltet, stattdessen drehte sich eine Discokugel an der Decke, die von LEDs angestrahlt wurde und bunte Lichtpunkte über den Boden und die Leute tanzen ließ. Grausige Technobeats dröhnten aus den Boxen, die den Wunsch in mir erweckten, schnellstmöglich zu verschwinden.

Eine provisorische Tanzfläche war eingerichtet worden, auf der sich bereits mehr als zwanzig Leute tummelten, die meisten mit Bierflaschen in der Hand. Wo sie die herhatten, wollte ich gar nicht wissen, denn wenn diese ganzen Menschen in die Küche gekommen wären, hätte ich das auf jeden Fall mitgekriegt, egal wie fasziniert von Noah ich gewesen war.

Lizzy und die anderen standen links von mir um einen Stehtisch herum. Lizzy war an Kayson gelehnt, seine Arme fest um sie geschlungen, und das Lächeln auf ihren Lippen hatte ich noch nie an ihr gesehen, so glücklich und rundum zufrieden war es.

»Ich hab Sekt zum Anstoßen«, sagte ich und stellte das Tablett auf dem Tisch ab. »Wer auch immer den in diesem Männerwohnheim kauft, ich mag ihn.«

»Das war ich.« Kayson klang amüsiert. »Ich hab gewusst, dass sie euch nehmen würden.«

Lizzy schlug ihn auf den Oberarm. »Wie oft hab ich dir gesagt, du sollst das lassen, weil es Unglück bringt?«

Sein Grinsen wurde breiter. »Ist doch gut ausgegangen.«

Lizzy murmelte etwas, das ich nicht ganz verstehen konnte, aber entfernt wie »unverbesserlich« klang.

Ich griff nach meinem Becher und wartete, bis die anderen Mädels ebenfalls mit einem Getränk versorgt waren. »Auf uns«, sagte ich, woraufhin wir alle unsere Becher aneinanderstießen.

Lizzy nickte eifrig. »Es liegt noch viel Arbeit vor uns – vermutlich fängt sie jetzt erst richtig an –, aber wenn wir zusammenhalten, können wir alles schaffen.«

»Wir werden die Leute vom Label auf jeden Fall von uns überzeugen«, stimmte Virginia zu.

Lizzy und ich nickten, während Chloe sich hinter ihrem Becher versteckte. Sie trank einen Schluck, blickte zur Seite und wirkte verhalten. Ihre Augen waren verengt und ihre Lippen fest aufeinandergepresst. Niemand außer mir schien es zu bemerken. Selbst Virginia, deren Antennen sonst immer auf Chloe ausgerichtet waren. Ich fragte mich, was sie bedrückte, wusste aber auch, dass wir uns nicht nahe genug standen, um sie fragen zu können.

Jemand trat neben mich, berührte mich ganz leicht an der Schulter, und noch bevor ich mich umdrehte, wusste ich, dass es Noah war. Ein Schauer raste über meinen Rücken, und mit einem

Schmunzeln wandte ich mich ihm zu. »Schon Sehnsucht nach mir?«
Himmel, was war nur in mich gefahren? Ich erkannte mich selbst nicht wieder.

Er drehte den Becher zwischen seinen Fingern und sah mich unter gesenkten Lidern eindringlich an. »Ich hab dir einen unvergesslichen Abend versprochen.«

Ich zwang mich zu einem Lachen und versuchte, den Klumpen in meinem Magen zu ignorieren. Wenn Männer von einer *unvergesslichen Nacht* sprachen, meinten sie grundsätzlich nur eine Sache. Und Noah schien genau der Typ zu sein, der auf lockere Affären stand.

»Wie willst du das machen? Wir sind auf einer ungeplanten Studentenparty, die Leute sind mir jetzt schon zu besoffen, und die Musik ist nicht mein Fall.«

Noah hob den Kopf und horchte auf die Musik, als hätte er sie zuvor gar nicht wahrgenommen. »Die Musik ist wirklich grässlich«, stimmte er mir zu. »Aber hab ich dir nicht gerade gesagt, dass es mit den richtigen Leuten egal ist, wo man ist und was man macht, man kann immer Spaß haben?«

Vor Erleichterung wurden meine Knie weich. »Das ändert an diesem Song aber trotzdem nichts.«

Ein Seufzen ausstoßend, schüttelte Noah den Kopf. Das Lächeln, das an seinen Mundwinkeln zupfte, stellte seltsame Dinge mit meinem Magen an.

»Wenn man Spaß hat, ist sogar die Musik scheißegal.«

Ich wollte gerade protestieren, da wandte er sich ab und ging zu unserem Tisch zurück. Innerhalb kürzester Zeit mobilisierte er seine Freunde und kehrte mit ihnen zurück.

»Jetzt werden wir die Tanzfläche stürmen.«

Das taten sie. Ich hielt mich im Hintergrund, während Noah, Lizzy, Kayson und die anderen sich im Getümmel Platz verschafften und zu tanzen begannen – oder wie auch immer man das wilde Gezappel nennen wollte. Noah hatte keinerlei Rhythmusgefühl, warf bei den unmöglichsten Takten die Arme in die Luft und wirkte etwas fehl am Platz. Ein überraschtes Lachen entwich mir, denn es schien ihn überhaupt nicht zu stören, dass er nicht wusste, was er tat. Ein breites Grinsen zierte sein Gesicht, und er rempelte immer wieder gegen Kayson, der nicht weniger ungelenk wirkte. Dabei waren sie so losgelöst, dass ein weiterer Stich durch mein Herz fuhr, den ich erst nach einigen Augenblicken als Neid identifizieren konnte.

Noah vollführte etwas, das mit viel Fantasie eine Pirouette war. Dabei fiel sein Blick auf mich, und er hielt mitten in der Bewegung inne. Langsam kam er auf mich zu, bis er direkt vor mir stand.

»Wenn du nur am Rand stehst und zuschaust, kannst du keinen Spaß haben.«

Ohne auf meine Antwort – oder irgendeine Reaktion von mir – zu warten, griff Noah nach meiner Hand und zog mich zu den anderen. Sofort verfiel er wieder in diese Verrenkungen, ließ dabei meine Hand aber nicht los. Das Gefühl seiner warmen, leicht rauen Finger jagte ein Prickeln über meine Haut.

Es dauerte nicht lange, bis Noah erneut innehielt und sich zu mir beugte. »Wenn du dich nicht bewegst, ist es kein Tanzen.« Er musste brüllen, damit ich ihn verstehen konnte. Die Musik auf der Tanzfläche war so laut, dass der Bass die feinen Härchen auf meinen Armen vibrieren ließ.

»Okay, okay«, gab ich mich geschlagen und begann, mich im Takt der Musik zu bewegen. Zuerst nur langsam von einem Bein aufs andere, doch je länger ich die ausladenden Verrenkungen der anderen beobachtete, desto mehr glich ich mich ihnen an. Ich schmiss die Arme in die Höhe, warf den Kopf in den Nacken und machte ausladende Kreise mit meiner Hüfte. Ich wollte gar nicht wissen, wie bescheuert ich dabei aussah, aber es machte wirklich Spaß. Und dass Noah, Lizzy und Kayson mich dabei lautstark anfeuerten, spornte mich nur zusätzlich an.

*Daran könnte ich mich gewöhnen.*

Der Gedanke kam so plötzlich, dass er mich kurzzeitig aus dem Konzept brachte. Ich stolperte über meine eigenen Füße und geriet gefährlich in Schieflage. Wild ruderte ich mit den Armen, um irgendwie mein Gleichgewicht wiederzuerlangen, doch es half alles nichts. Die Schwerkraft zog mehr und mehr an mir, es war nur noch eine Frage der Zeit, bis ich eine schmerzhafte Bekanntschaft mit dem Fußboden machen würde.

Zwei starke Arme packten mich an den Hüften und zogen mich an eine breite Brust. Es war Noah. Ich wusste es, ohne mich umzudrehen. Das Kribbeln, das dabei durch meinen Körper raste, hatte ich schon den ganzen Abend in seiner Gegenwart verspürt. Es war unvergleichlich und jagte mir eine Riesenangst ein.

Langsam drehte ich mich zu ihm um.

»Alles okay?«

Ich nickte bloß, weil ich meiner Stimme nicht traute, und erst dann ließ er mich los. Sofort vermisste ich das Gefühl seiner Hände auf mir, gleichzeitig konnte ich endlich wieder befreiter atmen. Das alles verwirrte mich total. Dieser ganze Abend kam mir surreal vor, aber vor allem Noah brachte alles in mir aus dem Gleichgewicht. Wie ein Stapel Tassen, bei denen eine verrutscht war und nun den ganzen Turm zum Einsturz zu bringen drohte.

*Fängst du schon wieder so an?*

Trotz der lauten Musik hörte ich die Stimme klar und deutlich in meinem Kopf. Mein Blut gefror zu Eis, und ich wusste, dass ich hier wegmusste. Ich konnte diese Scharade nicht länger aufrechterhalten. Wem wollte ich eigentlich etwas vormachen? Morgen würde ich ohnehin dazu übergehen, alle anderen auf Abstand zu halten, wem würde dieser eine Abend was bringen?

»Ich muss mal kurz an die frische Luft«, sagte ich zu Noah.

»Soll ich dich begleiten?«

»Nein, ich bin gleich wieder da.« Ich setzte mein glaubwürdigstes

Lächeln auf, griff nach meiner Jacke und wartete, bis er nickte, ehe ich mich abwandte. So schnell wie möglich bahnte ich mir einen Weg durch die Studenten und atmete erleichtert auf, als ich durch die breiten Flügeltüren ins Freie trat. Kalte Januarluft schlug mir ins Gesicht und ließ mich frösteln, was mich nur dazu antrieb, schneller zu meinem Wohnheim zu laufen.

Was hatte ich mir nur dabei gedacht, mit auf diese Party zu gehen?

# KAPITEL 4

## Mia

Am nächsten Tag fand ich keine Ruhe. Immer wieder geisterten die Geschehnisse des Vortages durch meinen Kopf. Der Auftritt vor dem Plattenlabel, der mich noch immer mit Stolz erfüllte, aber gleichzeitig von einem mulmigen Gefühl begleitet wurde, immerhin hatte er unweigerlich dazu geführt, dass ich mit zu der Party gegangen war.

Wo ich erneut auf Noah getroffen war.

Was war das nur mit ihm? Seit anderthalb Jahren besuchte ich das LaGuardia, und er war mir nie zuvor aufgefallen. Doch seit er bei der Bandprobe gewesen war, lief ich ihm ständig über den Weg – um dann vor ihm zu flüchten. Was musste er nur von mir denken? Vermutlich hielt er mich für völlig bescheuert. Oder unzurechnungsfähig.

Warum dachte ich überhaupt darüber nach? Ich sollte lieber froh sein. Vielleicht hatte ich Noah damit endgültig in die Flucht geschlagen und er würde mich beim nächsten Mal gar nicht mehr ansprechen, wenn wir uns zufällig trafen.

Ich ignorierte den Stich in meiner Herzgegend und stand von meinem Bett auf. Vielleicht konnte ich mich damit ablenken, schon mal ein paar Beiträge für meinen Blog vorzubereiten. Kady verbrachte das Wochenende wie immer bei ihrem Freund, daher konnte ich mich ungestört ausbreiten. Ich beschloss, zuerst die Fotos für die kommenden Instagram- und Blogbeiträge zu schießen, die mit mehr Arbeit verbunden waren, als das Endergebnis vermuten ließ. Alleine die schiere Masse an Deko-Materialien, die ich mittlerweile dafür angeschafft hatte, überstieg jegliche Vernunft. Ganz zu schweigen davon, dass ich mir extra Lampen gekauft hatte, um die Fotos auch an trüben Tagen wie heute perfekt ausleuchten zu können.

*Was man nicht alles für das perfekte Bild tut.*

Ich zog den riesigen Karton, in dem meine Deko verstaut war, aus meinem Schrank und räumte meinen Schreibtisch leer. Zuerst legte ich die Unterlage darauf, damit alle Fotos in meinem Feed einen einheitlichen Hintergrund hatten, und platzierte die Lampen an den entsprechenden Stellen. Dann holte ich das Album aus dem Regal, das ich in der kommenden Woche besprechen wollte, und drapierte es mit allerlei Blumen, Kerzen und einer Kaffeetasse auf einem Stück Seidenstoff, bis ich mit dem Ergebnis zufrieden war. Nachdem ich ungefähr zwanzig Fotos davon geschossen hatte, packte ich alles wieder weg und holte das ausgedruckte DVD-Cover der aktuellen K-Drama-Serie, die ich schaute, aus meiner Mappe. Auch dieses drapierte ich mit neuer Deko auf dem Tisch und schoss wieder zwanzig Fotos davon, ehe ich alles zurück in den Schrank räumte. Morgen würde ich entscheiden, welche der Bilder mir am besten gefielen, damit ich sie in den nächsten Tagen mit einem coolen Filter drüber hochladen konnte.

Anhand der gestellten Fotos könnte man denken, dass Instagram eine sehr oberflächliche Plattform war – und in gewisser Weise traf es auch zu. Dennoch war es auch ein Ort, an dem Gleichgesinnte zusammenkamen und sich fanden. Ich hatte damit begonnen, nachdem ich nach New York gekommen war. Ursprünglich nur, um die Einsamkeit, die ich mir selbst auferlegt hatte, mit etwas Sinnvollem füllen zu können. Niemals hätte ich gedacht, dass mein Account innerhalb von zwei Jahren über dreißigtausend Follower erreichen würde, oder dass man mit vielen von ihnen tiefergehende Gespräche führen konnte. Mit einigen schrieb ich mittlerweile regelmäßig.

Zwar ließ ich auch von ihnen niemanden näher an mich heran oder verriet ihnen etwas Persönliches, aber es fiel mir im Internet leichter, mich mit anderen zu unterhalten und trotzdem die nötige Distanz zu wahren. Ich hatte Zeit, genau über meine Antwort nachzudenken, ehe ich sie schrieb, und konnte dadurch genau abwägen, wie viel ich von mir preisgab.

Nachdem ich alles wieder verstaut hatte, setzte ich mich an meinen Schreibtisch und zog mein Notizbuch hervor. Ich schlug es auf der Seite auf, an der ich zuletzt an einem Songtext gearbeitet hatte, und wollte dort weitermachen.

Doch ich konnte mich nicht darauf konzentrieren. Immer wieder drifteten meine Gedanken zu Noah und der Party ab – und damit unweigerlich auch zu der Nacht in Seattle vor zwei Jahren. Die Nacht, die alles verändert hatte. Die Nacht, die mich zu der gemacht hatte, die ich heute war.

Die Nacht, in der ich meine beste Freundin verloren hatte.

Ehe mir bewusst war, was ich tat, hatte ich im Notizbuch zu einer unbeschriebenen Seite vorgeblättert und setzte meinen Stift an.

*Hi Ellie,*

*ich kann nicht mehr zählen, zum wievielten Mal ich versuche, diesen Brief an dich zu schreiben, aber ich finde nie die richtigen Worte. Vielleicht gibt es sie auch gar nicht. Denn das, was ich getan habe, ist mit keinen Worten der Welt zu entschuldigen. Trotzdem will ich genau das versuchen.*

*Denn du fehlst mir noch immer so sehr, dass es mir in manchen Momenten das Herz zu zerreißen droht. Ich dachte, wenn ich so viel Distanz wie möglich zwischen uns bringe, würde es leichter werden, doch mein Kopf scheint das Memo nicht bekommen zu haben.*

Ein Wassertropfen fiel auf das Papier, verwischte die blaue Schrift an der Stelle, und erst da fiel mir auf, dass ich weinte. Dass ich nach all der Zeit überhaupt noch Tränen für diese Sache übrighatte, unterstrich nur, wie sehr ich Ellie noch immer vermisste. Sie war ein so wichtiger Bestandteil meines Lebens gewesen, dass die Leere, die sie hinterlassen hatte, sich allumfassend anfühlte. Sie dröhnte in meinen Ohren, drückte auf meine Schultern nieder und ließ mich oftmals hoffnungslos zurück.

Aber das war das Ding. Ich verdiente keine Hoffnung, denn alles, was geschehen war, war ganz allein meine Schuld. Deswegen hatte ich auch nie einen der unzähligen Briefe, die ich Ellie geschrieben hatte, verschickt. Stattdessen sammelte ich sie in der untersten Schublade meines Schreibtisches, die vor Zetteln mittlerweile fast überquoll.

Mit dem Ärmel wischte ich die Tränen aus meinem Gesicht, schlug das Notizbuch zu und verstaute es bei den anderen Briefen.

Den Rest des Sonntags verbrachte ich auf meinem Bett und ließ mich von meiner liebsten K-Drama-Serie berieseln.

Am nächsten Tag machte ich mich nach den Vorlesungen auf den Weg zur Bandprobe. Der Wind hatte seit dem Wochenende deutlich zugenommen. Eisig peitschte er mir ins Gesicht, zerrte an meinen Haaren und meinen Klamotten und erinnerte mich daran, dass für die nächsten Tage ein Schneesturm angekündigt war.

Lizzy war schon da, als ich unseren Raum betrat. Sie saß konzentriert über einige Zettel gebeugt, die Stirn krausgezogen. Ihre dunklen Locken waren zu einem losen Pferdeschwanz gebunden, aus dem sich eine Strähne gelöst hatte, die sich an ihrer Wange kräuselte.

»Hey«, begrüßte ich sie und zog die Tür leise hinter mir zu. Meine Jacke hing ich an der Garderobe ab und zog die Ärmel meines Hoodies über meine eingefrorenen Fingerspitzen.

Ein Ruck ging durch Lizzy, und sie sah zu mir hoch. »Oh, hey. Ich hab dich gar nicht kommen hören.«

Es brannte mir unter den Nägeln, sie zu fragen, was sie so vereinnahmte, dass sie nichts um sich herum mitbekam, doch ich biss mir auf die Unterlippe und ging an meinen Platz, um mein Keyboard aufzubauen, das seit dem Auftritt verstaut in der Tasche gelegen hatte. Lizzy war die Art von Person, die mir gefährlich werden konnte. Sie war unheimlich nett und strahlte diese reine, pure Lebensfreude aus, mit der man sich gerne umgab. Sie war jemand, mit dem ich früher gerne Zeit verbracht und mich angefreundet hätte.

Ganz wie …

Ich verbot mir, nur an ihren Namen zu denken, immerhin hatte ich das gestern schon zu viel getan. Stattdessen blickte ich zurück zu Lizzy, die sich wieder über den Zettelstapel beugte. Nachdenklich tippte sie sich mit einem Kuli gegen das Kinn, während sie was auch immer auf ihrem Zettel las. Ein Laut, der pure Verzweiflung ausdrückte, verließ ihre Kehle, dann sah sie abrupt zu mir auf.

»Wie gut bist du im Texten?«, fragte sie.

Mein Mund klappte auf, so perplex war ich. »Was?«, krächzte ich.

Lizzy rutschte auf dem Stuhl herum, bis sie mir zugewandt dasaß. »Die Leute vom Label haben mir geschrieben. Sie haben mir die Adresse genannt und möchten, dass wir ihnen dort drei Lieder vorspielen, die unseren Stil präsentieren. *Drei!*«

Ich nickte, denn ich sah ihr Problem. Wir hatten bisher überhaupt nur drei eigene Songs. Einen davon hatten wir am Samstag gespielt, den kannten die Leute vom Label bereits. Unseren ersten eigenen Song, in dem Lizzy ihre Gewichtsprobleme verarbeitet hatte, drückte nicht unseren eigenen Stil aus, dazu war die Melodie zu stark an ein Taylor-Swift-Lied angelehnt. Blieb nur ein neuer Song, den wir vortragen konnten. »Uns fehlen also zwei.«

»Genau.« Lizzy blies sich eine Haarsträhne aus der Stirn. »Und ich tue mich wirklich schwer damit, Texte zu verfassen. Melodien komponieren liegt mir viel mehr.«

»Aber das erste Lied, dass du dich für niemanden verändern wirst, war grandios«, protestierte ich. Es steckten so viel Power und Wahrheit darin, dass es mich sprachlos zurückgelassen hatte, als Lizzy es uns zum ersten Mal vorgespielt hatte.

»Das war was anderes.« Lizzy strich mit dem Zeigefinger über die Stuhllehne. »Diese Worte habe ich schon so lange mit mir herumgeschleppt, dass sie einfach rausmussten. Ich musste nicht drüber nachdenken, was ich schreibe, die Zeilen waren einfach da. Aber wenn ich über etwas anderes schreiben soll? Mir etwas ausdenken muss …« Sie brach ab und schüttelte den Kopf.

»Ich weiß nicht, ob ich das kann«, sagte ich, was eine komplette Lüge war. Texten war mir schon immer leichtgefallen. Ich hatte ganze Notizbücher voll mit Ausschnitten und Liedzeilen, die mir eingefallen waren.

»Aber würdest du es versuchen?« Lizzy ließ sich nicht beirren. »Für das letzte Lied habe ich mit Virginia zusammengearbeitet, doch sie ist noch schlechter als ich. Und Chloe … ich möchte sie gerade nicht fragen.«

Überrascht hob ich die Augenbrauen. War ich vielleicht doch nicht die Einzige, die Chloes seltsame Stimmung am Samstag bemerkt hatte? Oder war etwas anderes vorgefallen, das ich nicht mitbekommen hatte?

»Also, was sagst du?«, hakte Lizzy nach.

»Ich …« Ich zögerte. Nicht, weil ich keine Lust darauf hatte, denn ich brannte regelrecht dafür. Vorfreude kribbelte in meinen Fingerspitzen, wie ich sie schon lange nicht mehr verspürt hatte, und einzelne Wörter setzten sich in meinem Kopf bereits zu Sätzen zusammen. Ich konnte mir vorstellen, wie einfach es wäre, gemeinsam mit Lizzy an unseren Songs zu arbeiten. Texte zu den Melodien zu erschaffen, die sie komponierte. Einzelne Liedzeilen zu verwerfen und durch andere zu ersetzen. Sie immer wieder streichen und neu schreiben, bis am Ende ein perfektes Ergebnis herauskam.

Ich sah es beinahe bildlich vor mir, wie Lizzy und ich über einen Tisch gebeugt dasaßen, fluchten, lachten, uns die Haare rauften, und am Ende doch stolz auf das waren, was wir zustande gebracht hatten. Dennoch war ich unsicher, ob ich zusagen sollte. Das war genau die Situation, die ich vermeiden wollte. Wenn Lizzy wegen mir dasselbe zustieß wie …

»Hör zu«, durchbrach Lizzys Stimme meine Gedanken. »Ich weiß, dass du mich nicht unbedingt leiden kannst, aber dir scheint die Band genauso wichtig zu sein wie mir. Meinst du nicht, dass wir uns dafür arrangieren können?«

»Was?« Im ersten Moment war ich zu perplex, um einen klaren Gedanken fassen zu können. Ich konnte mir überhaupt nicht vorstellen, wie Lizzy zu dieser Einschätzung kam. Doch nach und nach sickerte die Erkenntnis in meinen Kopf.

»Nun ja, du willst nie etwas außerhalb der Proben und Auftritte mit uns machen«, bestätigte Lizzy meinen Verdacht. »Selbst wenn wir dich mal zufällig auf einer Party getroffen haben, hast du immer Reißaus vor uns genommen. Auch am Samstag … ich habe mich so gefreut, dass du endlich mal nach dem Auftritt nicht sofort abgehauen bist, aber dann hast du irgendwie nur an Noah geklebt. Und als ich dich zu uns holen wollte, warst du schon weg. Noah meinte, du wolltest nur frische Luft schnappen, aber musst wohl abgehauen sein. Mal wieder. Das ist ziemlich eindeutig, und es ist okay. Wir müssen keine besten Freundinnen werden, aber wenn dir der Termin beim Label genauso wichtig ist wie mir, hilf mir bitte bei den Texten.«

Jedes einzelne von Lizzys Worten traf mich mitten ins Mark. Ich hatte nie gedacht, dass ich mit meinem Verhalten andere verletzen könnte. Ich hatte gedacht, sie würden mich für schüchtern halten, für eine Einzelgängerin, die einfach nicht gerne andere Menschen um sich hatte. Deswegen war ich nie unfreundlich zu anderen, auch wenn ich ihnen aus dem Weg ging. Auch das Mal, als ich Lizzy auf der Party getroffen hatte und dann abgehauen war, hatte nichts mit ihr zu tun gehabt. Ich war einfach von der Situation und meinen eigenen Empfindungen überfordert gewesen. Nie hatte ich jemandem das Gefühl vermitteln wollen, ihn oder sie nicht leiden zu können – von den Mobbern aus meinen Vorlesungen einmal abgesehen. Aber nicht Lizzy oder ein anderes Mädel aus der Band.

»Es tut …«

Die Tür wurde aufgestoßen, und Chloe und Virginia stolperten in den Proberaum. Sie hatten einen Arm um die andere gelegt und lachten laut über irgendetwas. Meine Entschuldigung starb auf meinen Lippen.

Der Ausdruck in Lizzys Augen wurde entschuldigend, dann wandte sie sich ihren Freundinnen zu. »Da seid ihr ja, wo habt ihr so lange gesteckt?«, fragte sie fröhlich. Von dem Gespräch, das wir zuvor geführt hatten, war nichts mehr zu erkennen. Es war fast, als hätte es die letzten fünf Minuten nie gegeben.

Ich blieb zurück, stand etwas abseits, während die anderen durcheinanderredeten und sich erneut über die Einladung ins Studio freuten. Auch Chloe war diesmal mit Begeisterung dabei, wie ich feststellte. Vielleicht hatte sie am Samstag nur einen schlechten Tag gehabt.

Lizzy, Chloe und Virginia schienen mich völlig zu vergessen, während sie regelrecht ins Schwärmen gerieten, wie es mit der Band weitergehen könnte. Das war nichts Ungewöhnliches, es war eigentlich genau das, was ich mit meinem zurückhaltenden Verhalten erreichen wollte, doch zum ersten Mal fühlte es sich befremdlich an. Ich war ein Teil dieser Band, und zum ersten Mal wollte ich auch ein Teil der Entscheidungen sein. Der Wunsch, gemeinsam mit Lizzy an den Songs zu arbeiten, hatte einen kleinen Funken in meinem Herzen entzündet. Es war genau mein Ding, und endlich mal etwas dazu beitragen zu können, das über mein Keyboardspiel hinausging, erfüllte mich mit Aufregung.

Doch ich wusste nicht, wie ich das Thema jetzt ansprechen sollte, nachdem Lizzy sich bereits abgewandt hatte. Und wie würden Chloe und Virginia reagieren, die unser Gespräch nicht mitbekommen hatten? Ich wollte nicht, dass sie sich ausgeschlossen fühlten, oder dadurch eine Diskussion hervorrufen, die womöglich im Streit endete.

Um nichts Unüberlegtes zu tun, ging ich zurück zu meinem Keyboard und klimperte ein wenig auf den Tasten herum, bis die anderen ebenfalls ihre Instrumente zur Hand nahmen und wir mit der Probe begannen.

# KAPITEL 5

*Mia*

*I*n der nächsten Stunde werden wir uns genauer damit beschäftigen, wie sich gezielte Werbung positiv auf Verkaufszahlen auswirken kann.« Professorin Bannon schlug ihr Heft zu, und wir waren entlassen.

Allgemeines Aufatmen ging durch den Vorlesungssaal, und alle begannen damit, ihre Unterlagen in ihren Taschen zu verstauen. Langsamer als die anderen packte ich ebenfalls meine Sachen zusammen, um als Letzte den Raum zu verlassen und nicht im Pulk mit den anderen zu gehen. Das minimierte die Chance, von jemandem angesprochen zu werden. Wobei … mittlerweile beachtete mich kaum noch jemand von meinen Kommilitonen. Von Madison einmal abgesehen, aber sie war ohnehin nicht in diesem Kurs.

Auf dem Flur wurde ich von lautem Stimmengewirr begrüßt. Überall standen Studenten und Studentinnen herum, unterhielten sich, warteten auf jemanden und vertrieben sich die Zeit bis zur nächsten Vorlesung. Manchmal kam mir das LaGuardia Community College wie ein Bienenstock vor. Überall emsiges Treiben, untermalt vom gleichmäßigen Summen unterschiedlicher Gespräche, und jeder eilte von einer Vorlesung zur nächsten Veranstaltung.

Ich schulterte meinen Rucksack, um mich durch das Gewühl zu schieben – und gefror eine Sekunde später zu Eis. Ich stoppte mitten in der Bewegung, blinzelte, und glaubte meinen Augen nicht. Das konnte doch nicht wahr sein!

Noah stand keine zehn Meter von mir entfernt. Lässig lehnte er an der Wand, den Rucksack locker über eine Schulter gelegt. Seine blonden Haare sahen aus, als wäre er sich ein paarmal zu oft mit der Hand hindurchgefahren. Er unterhielt sich mit einem dunkelhaarigen Typen, den ich noch nie gesehen hatte. Mein Herz begann zu rasen, als wollte es von mir davongaloppieren, und ich spürte, wie meine Handflächen zu schwitzen begannen.

Was machte er hier? Ich hatte Noah noch nie in der Wirtschaftsfakultät gesehen ... er war mir zumindest nie zuvor aufgefallen. Natürlich wusste ich überhaupt nicht, was er studierte, darüber hatten wir am Samstag nicht gesprochen, trotzdem war es auffällig. Vor der einen Bandprobe hatte ich Noah nie gesehen, doch jetzt schien er mir ständig über den Weg zu laufen. Dass er jetzt hier war, *rein zufällig*, wenn er mir in der Fakultät nie zuvor begegnet war, ließ eine eiskalte Hand um mein Herz greifen und kraftvoll zudrücken. Verfolgte er mich etwa?

Misstrauisch trat ich einen Schritt zurück, dann noch einen. Noch hatte er mich nicht bemerkt, und genau genommen blickte er sich auch nicht in alle Richtungen um wie jemand, der auf eine andere Person wartete. Vielleicht konnte ich unbemerkt durch den Hinterausgang verschwinden. Bis zur Mittagspause hatte ich keine weiteren Vorlesungen, und zur Bibliothek, wo ich einige Dinge nachschlagen wollte, konnte ich auch von außen um das Gebäude herumgehen. Das würde zwar einen Umweg bedeuten, den ich aber gern in Kauf nahm.

Als hätte Noah meine Gedanken gehört, wandte er sich in diesem Moment in meine Richtung. Sein Blick fiel auf mich, und seine Augen weiteten sich überrascht. Wie schon am Samstag fiel mir auf, wie schön er war. Seine ebenmäßigen Gesichtszüge, der leichte Bartansatz und diese stechend blauen Augen, die mich hypnotisierten. Die Temperatur im Gang schien um mehrere Grad anzusteigen, während mein Körper gleichzeitig in den Panikmodus verfiel.

Ich machte auf dem Absatz kehrt und rannte regelrecht auf die Treppen zu, die zum Hinterausgang führten. Ich drehte mich nicht zu Noah um, konnte seinen Blick aber auf mir spüren, bis ich um die nächste Ecke bog. Danach rannte ich trotzdem weiter, den Gang entlang und die Treppen nach unten. Studenten sprangen mir aus dem Weg und brüllten mir Verwünschungen hinterher, weil ich wie eine Irre durch das Gebäude raste, ohne darauf zu achten, wen ich anrempelte.

Erst als ich aus der Tür stolperte und mir die eisige New Yorker Mittagsluft entgegenschlug, verlangsamte ich meine Schritte. Mein Herz raste noch immer, was allerdings nichts mit der körperlichen Anstrengung zu tun hatte. Langsam drehte ich mich um, noch immer in der Erwartung, dass Noah in wenigen Sekunden ebenfalls durch die Tür treten würde. Doch niemand kam, und je länger die Tür unberührt blieb, desto mehr beruhigte sich mein Puls.

In den kommenden Tagen war Noah mit dafür verantwortlich, dass ich neben mir stand. Nicht nur, dass er sich aus einem unerklärlichen Grund regelmäßig in den Vordergrund meiner Gedanken drängte, ich lief ihm auch ständig über den Weg. Mittlerweile war ich mir sicher, dass er etwas in Richtung Wirtschaft studieren musste. Er war mir vorher nie aufgefallen, doch jetzt sah ich ihn mehrmals täglich in meiner Fakultät. Morgens in der Cafeteria, wenn er sich einen Kaffee holte, zwischen den Vorlesungen in den Gängen, wenn ich von einem Raum zum anderen eilte, und nachmittags auf dem Campus, wenn ich zurück zum Wohnheim ging. Er sprach mich nie an, aber er bemerkte mich jedes Mal. Sein Blick brannte sich regelrecht in mich hinein und schien mich für eine lange Zeit zu begleiten, selbst wenn ich ihn längst nicht mehr sehen konnte. Mein Herz machte jedes Mal einen Satz, wenn ich ihn bemerkte, fast so, als würde meinem Unterbewusstsein die Aufmerksamkeit gefallen.

Dabei war Aufmerksamkeit das Letzte, was ich wollte.

Vermutlich wurde mir langsam einfach alles zu viel. Meine Kurse, die immer anspruchsvoller wurden, der Teilerfolg mit der Band und das Chaos, was es mit sich zog, und zu guter Letzt der Spießrutenlauf mit Noah. Ich war ausgebrannt, mein Kopf zu voll mit all diesen Gedanken, und noch dazu hatte ich seit über einer Woche keinen Sport mehr gemacht, was nie gut für mein Seelenheil war.

Deswegen ging ich nach den Vorlesungen sofort ins Wohnheim und zog meine Sportsachen an. Eine ausgedehnte Joggingrunde würde schon dafür sorgen, meine Gedanken in die richtigen Bahnen zu lenken.

Bewaffnet mit Thermojacke und Handschuhen, verließ ich mein Zimmer. Vor dem Wohnheim steckte ich Kopfhörer in meine Ohren, zog die Handschuhe an und lief los. Gleich hinter dem Haus lag ein kleiner Park, in dem ich immer meine Runden drehte. Eine Runde entsprach einer Viertelmeile, wodurch ich gut abschätzen konnte, welche Distanz ich insgesamt gelaufen war.

In den ersten Minuten begegnete ich keiner Menschenseele. Normalerweise wimmelte dieser Park vor Inline Skatern, Joggern, Tänzern und Studierenden, die sich unter den Bäumen ins Gras setzten, um ihre Mittagspause oder einen ruhigen Nachmittag zu verbringen. Aber heute war ich völlig alleine, nur *BTS* begleiteten mich aus meinen Kopfhörern. Es war auch viel zu kalt, um sich einfach so im Park aufzuhalten, was mir nur zugutekam. Keine Menschen bedeuteten keine Ablenkung. Ich konnte mich völlig auf meine gleichmäßigen Schritte und die darauf abgestimmte Atmung konzentrieren. Bereits nach wenigen Minuten spürte ich, wie es in meinem Kopf leiser wurde. Die Gedanken kamen zur Ruhe, hinterließen eine wundervolle Leere, und ohne mich anstrengen zu müssen, lagen die Lösungen für meine Probleme plötzlich vor mir.

Ich würde Lizzy später anrufen und ihr sagen, dass ich gerne die Texte für unsere Lieder schreiben würde. Außerdem wollte ich mich entschuldigen und ihr erklären, dass mein Verhalten nichts mit ihr zu tun hatte. Dass ich sie sehr wohl leiden konnte, aber in vielen Situationen nicht aus meiner Haut schlüpfen und es zeigen konnte. Den wahren Grund konnte ich ihr nicht nennen. Ich hatte mir geschworen, nie darüber zu sprechen und ihn bestmöglich zu verdrängen, auch wenn er mich jede Nacht in meinen Träumen heimsuchte.

Mein Herz zog sich schmerzhaft zusammen und ließ mich beinahe stolpern, doch ich schüttelte den Kopf und rannte einfach weiter. Ein bisschen schneller als zuvor.

Mit Noah verhielt es sich etwas anders. Ich musste auf Distanz zu ihm gehen, ihm dabei aber zeigen, dass es mir überhaupt nichts ausmachte. Denn bisher war das Gegenteil der Fall. Mit meinem überhasteten Weglaufen und dem Stottern und Stammeln in seiner Gegenwart unterstrich ich nur, dass er etwas in mir auslöste. Dabei sollte ich ihm mit Gleichgültigkeit gegenübertreten. Von nun an würde ich freundlich zu ihm sein, aber auf eine kühle, distanzierte Art, damit er bald das Interesse an mir verlor.

Während ich um eine Kurve bog, entdeckte ich eine Gestalt, die in einiger Entfernung auf der Rückenlehne einer Parkbank saß, die Füße auf der Sitzfläche abgestellt. Abrupt blieb ich stehen. Blinzelte und rieb mir über die Augen, als könnte sich das Bild, was sich mir zeigte, dadurch ändern.

Das konnte nicht sein.

Es war unmöglich, dass Noah hier war. Was machte er bei dieser Eiseskälte im Park? Gerade jetzt, wo ich meine Runden drehte? Das konnte doch nun wirklich kein Zufall mehr sein. Fast glaubte ich, ihn mit der Kraft meiner Gedanken materialisiert zu haben, aber das war Stoff, der einem Science-Fiction-Roman entsprang und nicht der Realität. Nur was war es dann?

Mir fiel ein, dass ich die erste Runde fast beendet und damit wieder am Eingang zu den Wohnheimen vorbeigekommen war. Hatte

Noah vielleicht bemerkt, dass ich joggen gegangen war, und hatte sich dorthin gesetzt, um mich abfangen zu können? Waren all die Male, die ich ihn am College gesehen hatte, vielleicht auch kein Zufall gewesen, sondern hatte Noah es immer darauf angelegt, mir zu begegnen?

Wut wallte in mir auf, und mein Herz machte einen aufgeregten Satz. Dass das verräterische Ding sich auch noch über diese Möglichkeit freute, machte mich nur noch rasender. Was war das überhaupt für eine Art, Frauen, die man kaum kannte, beim Joggen im Park nachzustellen? Ein kalter Schauder lief über meinen Rücken, der das aufgeregte Klopfen meines Herzens sofort wieder zunichtemachte. Die Erinnerung an eine andere Nacht kam in mir hoch, doch ich schob sie vehement zur Seite. Dafür hatte ich jetzt keine Zeit.

Ich riss mir die Kopfhörer aus den Ohren und stapfte mit geballten Fäusten auf Noah zu. Er sah mich nicht einmal an, als würde er absichtlich so tun, als würde er mich nicht bemerken.

Ich schnaubte. Dem würde ich es zeigen!

»Was machst du hier?«, fauchte ich, sobald ich in Hörweite war.

Doch Noah sah noch immer nicht zu mir auf, reagierte nicht einmal auf meine Worte, stattdessen bildete sich eine tiefe Furche auf seiner Stirn.

»Das verstehe ich«, platzte er plötzlich heraus. »Aber das kannst du nicht machen. Karla braucht ihr gewohntes Umfeld, das kannst du ihr nicht antun.«

Erst jetzt bemerkte ich, dass er sich das Handy ans Ohr hielt und mit wem auch immer in eine Unterhaltung vertieft war. Eher ein Streit oder eine Diskussion, wenn ich seine Worte und die Schärfe in seiner Stimme richtig deutete.

Scham wallte in mir auf, und ich trat zwei Schritte zurück. Noah war nicht wegen mir hier, sondern um in Ruhe dieses Gespräch führen zu können. Eins, bei dem ich selbst nach den wenigen Zeilen, die ich mitbekommen hatte, gut verstehen konnte, warum er es nicht im Wohnheim führen wollte.

Jetzt war es mir unangenehm, wie energisch ich ihm meine Worte ins Gesicht geschleudert hatte, auch wenn er gar nicht darauf reagiert hatte. Noah schaffte es einfach jedes Mal, dass ich mich wie eine Vollidiotin benahm. Entweder rannte ich vor ihm davon, stammelte wirres Zeug oder schrie ihn grundlos an. Aber noch bestand die Hoffnung, dass gar nicht mitbekommen hatte, was ich von mir gegeben hatte. Ob es noch möglich war, abzuhauen, bevor er mich entdeckte?

»Okay, bye, Mom«, sagte Noah im nächsten Moment und legte auf.

Sofort richtete sich seine komplette Aufmerksamkeit auf mich. Ich spürte es, obwohl ich ihn nicht ansah, denn mein Nacken begann zu prickeln. Die Reaktion meines Körpers auf ihn war völlig überzogen, immerhin kannten wir uns gar nicht. Aber egal wie oft ich mir das einredete, ich konnte nichts daran ändern.

»Mia.«

Mein Name aus seinem Mund ließ mich den Kopf heben – und ich erschrak bei Noahs Anblick. Seine Haut war blasser als gewöhnlich, dunkle Ringe zeichneten sich unter seinen Augen ab, und ein verkniffener Zug lag um seinen Mund, den ich noch nie bei ihm gesehen hatte. Er strahlte eine Müdigkeit aus, die nicht allein von durchzechten Nächten kommen konnte. Ich erkannte etwas darin, das mich an mich selbst erinnerte und ein Ziehen in meiner Brust auslöste. Bisher war Noah mir wie ein sorgenfreier, immer fröhlicher Typ erschienen, doch jetzt war ich mir nicht mehr sicher, ob meine Einschätzung zutraf.

»Ist alles okay?« Ich konnte mich nicht davon abhalten, diese Frage zu stellen, obwohl ich vor nicht einmal zwei Minuten beschlossen hatte, mich von ihm zu distanzieren. Aber Noah in diesem Zustand zu sehen, berührte einen Teil in mir, den ich seit langer Zeit begraben geglaubt hatte.

Noah schnaubte. »Natürlich. Alles wunderbar. Ein Einhorn hat einen Regenbogen auf mein Leben gekotzt.« Purer Sarkasmus triefte aus seinen Worten, und sein Blick verdunkelte sich noch mehr.

»Das klang gerade aber anders«, sagte ich vorsichtig und trat einen Schritt näher.

Er schüttelte den Kopf, seine Gesichtszüge verhärteten sich. »Was interessiert es dich überhaupt? Und warum bist du nicht längst weggelaufen, wie du es sonst immer tust?« Damit drehte er sich um und ließ mich einfach stehen.

Ich zuckte zurück und schnappte erschrocken nach Luft. Es war unfair, dass er mir das vorhielt, weil er die Hintergründe nicht kannte. Ich wollte damit niemanden verletzen, auch wenn mir mehr und mehr bewusst wurde, dass ich das unwissentlich getan hatte. Bei Kady wusste ich es schon länger, aber auch Lizzy hatte ja etwas Ähnliches gesagt, und jetzt Noah, den ich doch eigentlich kaum kannte.

Aber lag es bei Noah wirklich nur daran, dass ich vor ihm geflohen war, oder war vielleicht eher das Telefonat für seine ruppige Art verantwortlich? Er hatte mit seiner Mom telefoniert, und was auch immer das Thema gewesen war, schien ihn immens aufgewühlt zu haben, und zwar lange bevor ich aufgetaucht war.

Ich kniff mir in die Nasenwurzel. Zögerte. Es wäre die perfekte Möglichkeit, um ebenfalls zu gehen. Diesmal hatte Noah *mich* stehen lassen, und ich sollte einfach dazu übergehen, meine Joggingrunde fortzusetzen. Wenn ich jetzt verschwand, würde Noah mich sicher nicht mehr ansprechen, sollten wir uns zufällig irgendwo über den Weg laufen. Und das war doch genau das, was ich wollte.

Trotzdem konnte ich es nicht. Egal wie oft ich meinem Körper den Befehl gab, umzudrehen, meine Beine gehorchten mir nicht.

Stattdessen setzten sie sich in Bewegung und folgten Noah.

# KAPITEL 6

## *Noah*

Wut und Verzweiflung pulsierten durch meine Adern, als ich mich von Mia entfernte. Es war nicht nur das Gespräch mit Mom, das mich aufgewühlt hatte, sondern auch Mias plötzliches Auftauchen. Ich hatte sie gar nicht bemerkt, bis sie plötzlich neben mir stand und mich anschrie. Sie war mitten in eine Erklärung von Mom geplatzt, der ich danach nur noch abgelenkt hatte folgen können.

Warum war Mia überhaupt zu mir gekommen? Sie wäre mir gar nicht aufgefallen, wenn sie einfach an mir vorbeigelaufen wäre. Und warum hatte sie mich direkt angepampt? Wenn sie doch ohnehin kein Interesse hatte, sich mit mir zu unterhalten, hätte sie einfach weitergehen können. Immerhin war sie mir in den letzten Tagen am College auch ständig ausgewichen. In den Gängen der Fakultät war Mia mir öfter aufgefallen, doch sobald sie mich bemerkt hatte, war ein panischer Ausdruck auf ihr Gesicht getreten, und sie war rasch im nächsten Gang verschwunden. Als hätte ich etwas Ansteckendes an mir, das auf sie überspringen würde, wenn sie mir zu nahe kam.

Total unauffällig. Nicht.

Was mich an der ganzen Sache jedoch am meisten nervte, war, dass ich ständig über sie nachdachte. Warum sie sich so verhielt, ob es etwas mit mir zu tun hatte, ob ich am Samstag vielleicht etwas gesagt oder getan hatte, das sie verletzt hatte. Mehrfach hatte ich mir den Kopf zerbrochen, jedes Wort analysiert, das ich zu Mia gesagt hatte, trotzdem konnte ich mir ihr Verhalten einfach nicht erklären.

Und jetzt das von heute.

Ich verstand sie nicht.

*Brauchst du auch nicht mehr. Nach deinem Abgang wird sie eh nie wieder mit dir reden,* half mir eine sarkastische Stimme auf die Sprünge.

Vielen Dank, Unterbewusstsein.

Ich wollte ja auch gar nicht, dass sie sich mit mir abgab. Und wenn ich mir das lange genug einredete, glaubte ich es vielleicht auch irgendwann.

»Noah, warte«, erklang plötzlich Mias Stimme direkt hinter mir.

Ich wirbelte zu ihr herum, einen weiteren abfälligen Spruch bereits auf der Zunge, doch er erstarb in meiner Kehle, als ich sie sah. Echte Reue lag auf ihrem Gesicht und noch etwas anderes, das ich nicht genau deuten konnte, mir aber den Eindruck vermittelte, als könnte Mia mich verstehen. Als wüsste sie genau, was ich durchmachte und wie ich mich fühlte.

Was unmöglich war. An den meisten Tagen wusste ich ja selbst nicht, was ich denken oder fühlen, was ich von der ganzen Scheiße halten sollte, die um mich herum geschah. Wie sollte das dann jemand nachempfinden können, der nicht dasselbe durchmachte? Der nicht einmal wusste, was in meinem chaotischen Leben vor sich ging?

Mia schluckte und räusperte sich. Nervös knetete sie ihre Finger und sah mich unsicher an. »Es tut mir leid«, sagte sie so leise, dass ich sie über das Rauschen des Windes in den Bäumen kaum verstehen konnte. »Du solltest nicht denken, dass ich wegen dir immer weggelaufen bin. Es war nie meine Absicht, dir deswegen ein schlechtes Gefühl zu vermitteln.«

»Was wolltest du dann? Dir hätte doch klar sein müssen, dass ich gar nicht anders kann, als das auf mich zu beziehen.«

Mia senkte den Blick und schob die Hände in die Taschen ihrer Thermojacke. Der Wind zerrte an ihren Haaren und wehte ihr eine Strähne ins Gesicht, die sie jedoch nicht beachtete. Das Schweigen zwischen uns dehnte sich aus, und ich dachte schon, dass sie mir gar nicht antworten würde, da platzte sie heraus: »Ich bin einfach schlecht mit Menschen. Ich kann mich schlecht in andere hineinversetzen und stoße viele vor den Kopf, obwohl ich das eigentlich nicht will. Wenn ich einfach abhaue, dann meistens, weil mich eine Situation überfordert, ich nicht weiß, was ich sagen oder tun soll, und lieber gehe, bevor ich falsch reagiere.«

Es war irgendwie ironisch, dass Mia mit ihrer überstürzten Flucht genau das tat, was am verletzendsten war. »Aber ... am Samstag ...« Ich verstand immer noch nicht, warum sie plötzlich abgehauen war. Noch dazu, ohne jemandem Bescheid zu geben.

Mia stöhnte verzweifelt und vergrub das Gesicht in den Händen. Ihre Wangen waren von der Kälte gerötet, und erst jetzt wurde mir bewusst, wie dünn sie angezogen war. Für eine Joggingrunde war es ausreichend, aber wir standen bereits seit mehreren Minuten reglos herum. Es war das erste Mal, dass ich sie in eng anliegender Kleidung sah. Sonst trug sie immer Hoodies und bequeme Jeans, doch die Joggingsachen schmiegten sich wie eine zweite Haut an ihren Körper. Mir gefiel, was ich sah. Sehr sogar. Ich hatte sie vorher schon hübsch gefunden, doch jetzt raubte sie mir nahezu den Atem. Ich fragte mich, warum sie sich im Alltag derart verhüllte.

»Ich weiß es ehrlich gesagt selbst nicht. Ich bin nach draußen und hatte plötzlich das Gefühl, dass diese Party zu viel für mich ist. Deswegen bin ich gegangen. Es hatte nichts mit dir zu tun.«

Sie hatte den Blick abgewandt, und das Zucken ihrer Nasenflügel verriet, dass sie mir nicht die Wahrheit sagte – oder zumindest nicht die ganze Wahrheit. Eigentlich sollte es mich abschrecken, dass sie mir etwas verheimlichen wollte, doch das genaue Gegenteil war der

Fall. Es machte mich nur neugieriger. Trotzdem war mir klar, dass es nichts brachte, sie jetzt darauf anzusprechen.

»Ist dir kalt?«, fragte ich stattdessen im Hinblick auf das Zittern in ihren Gliedern.

»Ein bisschen«, gestand sie und rieb ihre Hände aneinander.

»Komm mit. Ich mache die beste heiße Schokolade der Welt, die wärmt dich in null Komma nichts wieder auf.« Ich wandte mich bereits ab, um Richtung Wohnheim zu gehen, hielt aber in der Bewegung inne, als ich bemerkte, dass Mia sich nicht vom Fleck rührte. Unschlüssig kaute sie auf ihrer Unterlippe herum und wich meinem Blick aus. Dachte sie etwa, ich wollte die Situation ausnutzen, um sie ins Bett zu bekommen?

»Völlig ohne Hintergedanken«, versprach ich ihr.

Mia zuckte zusammen, als wäre sie völlig woanders gewesen, und setzte ein kleines Lächeln auf. »Nein, es ist nur …« Sie schüttelte den Kopf und schloss zu mir auf. »Okay, lass uns gehen.«

Kayson war nicht da, als wir das Zimmer betraten. Ich zog meinen Schreibtischstuhl neben die Heizung, dirigierte Mia dorthin und holte eine Wolldecke aus meinem Schrank, die ich ihr über die Schultern legte.

»Danke.« Sie mummelte sich in die Decke ein, bis nur noch ihr Kopf zu sehen war, und blickte sich neugierig im Zimmer um. Viel gab es nicht zu entdecken. Zwei Betten, zwei Schreibtische, die mit Ordnern und Notizbüchern vollgestellt waren, der Fernseher und die Playstation.

»Du zockst gerne?«, fragte Mia auch sogleich.

Ich holte den Milchaufschäumer aus dem Schrank und goss die Milch hinein, die ich auf dem Weg hierher aus dem Kühlschrank der Gemeinschaftsküche geholt hatte. »Ja. Du auch?«

»Nee«, sagte sie sofort. »Oder eigentlich … ich weiß es nicht. Hab's noch nie gemacht, aber auch nie das Bedürfnis dazu verspürt.«

»Ist gut, um den Kopf freizubekommen.« Der Milchaufschäumer piepste, und ich füllte das heiße Getränk in eine Tasse um, die ich Mia reichte. Dann holte ich aus meiner Schreibtischschublade die Schokolade hervor. Es war ein kleiner Block Vollmilchschokolade, der um einen Holzstab herum befestigt war. »Das ist echte Schokolade, die sich in der heißen Milch auflöst. Bessere heiße Schokolade hast du noch nie getrunken«, versprach ich ihr.

Mia riss die Plastikverpackung auf und ließ den Klumpen in ihre Tasse sinken. »Ich bin sehr gespannt, ich kenne nur Kakaopulver in Wasser auflösen.«

Ich verzog den Mund, um ihr zu zeigen, was ich von der Version hielt.

Das entlockte Mia ein kleines Lächeln, während sie den Holzstab in der Tasse schwenkte und dabei zusah, wie die Milch langsam dunkler wurde. »Was war das für ein Telefonat vorhin?«

Mia hatte mich derart vereinnahmt, dass ich das Gespräch mit meiner Mom schon wieder vergessen hatte, doch jetzt kam die Erinnerung mit der Kraft einer Abrissbirne zurück. Mein Magen zog sich schmerzhaft zusammen, und ein dumpfes Pochen hinter meinen Schläfen setzte ein. Eigentlich wollte ich mich damit jetzt nicht auseinandersetzen, aber ich konnte auch nicht ignorieren, was vorgefallen war.

»Das war meine Mom am Telefon. Sie …« Ich brach ab und schüttelte den Kopf. »Ich muss vorne anfangen, damit du alles verstehst. Vor einem halben Jahr hat mein Dad meine Mom verlassen, um ganz klischeehaft mit seiner zwanzig Jahre jüngeren Sekretärin durchzubrennen. Doch damit nicht genug, er hat Mom komplett den Geldhahn zugedreht, und sie hat keinen Zugriff mehr auf die gemeinsamen Konten. Das Haus ist zwar abbezahlt, aber mit allem anderen kommt sie kaum über die Runden, weil sie nicht nur sich, sondern auch meine jüngere Schwester durchbringen muss, die noch zur Highschool geht. Mom geht zwar jetzt kellnern, um etwas zu verdienen, und ich greife den beiden auch unter die Arme mit meinem Job, aber es reicht halt nicht.«

Ich rieb mir über die Schläfen, das Pochen wurde wieder schlimmer. »Mom will das Haus verkaufen. Das hatte sie schon mal überlegt, aber wieder verworfen, weil Dad und sie beide im Grundbuch stehen und sie auch seine Unterschrift zum Verkauf bräuchte. Jetzt hat sie wohl irgendein Schlupfloch gefunden, wie es auch ohne ihn geht – frag mich bitte nicht, ob das überhaupt rechtens ist. Aber Mom ist drauf und dran, das durchzuziehen und Karla kurz vor ihrem Highschool-Abschluss aus ihrer gewohnten Umgebung rauszureißen.«

Mia zog die Stirn verärgert zusammen. »Das ist ganz schön …«

»Scheiße?«, half ich ihr auf die Sprünge.

»Ja, das auch«, stimmte Mia mir zu. »Aber vor allem auch unfair. Nicht nur deiner Mom gegenüber, auch deiner Schwester und dir. Habt ihr mal mit deinem Dad geredet?«

Ein sarkastisches Lachen brach aus mir heraus, und ich ballte meine rechte Hand zur Faust. »Würde ich gerne. Hab ich anfangs auch versucht. Er ist nie rangegangen, hat nie zurückgerufen, und mittlerweile ist sein Handy immer aus. Ich vermute, er hat eine neue Nummer.«

»Hmm«, machte Mia nachdenklich. »Hast du seine Nummer von der Arbeit? Hast du da mal versucht, ihn anzurufen?«

Mein Mund klappte auf und schloss sich wieder. Darüber hatte ich noch gar nicht nachgedacht. Natürlich könnte ich ihn auch bei der Arbeit anrufen.

»Ich meine, keine Ahnung, ob du überhaupt mit ihm sprechen möchtest«, redete Mia weiter. »Ich könnte es total verstehen, wenn nicht, aber falls du das Bedürfnis verspürst, ihm die Meinung zu sagen.«

»Ich weiß es nicht«, sagte ich ehrlich. »Nach allem, was passiert ist, weiß ich einfach nicht mehr, ob ich mit diesem Menschen überhaupt noch was zu tun haben will. Am liebsten würde ich Mom und Karla helfen, ohne ihn kontaktieren zu müssen.« Da war einfach so viel Wut in mir, die alles andere überschattete. Wut, weil er nicht nur Mom verlassen hatte, sondern auch seine Kinder nicht mehr sehen und sprechen wollte. Wut, weil er nicht mal darüber nachzudenken schien, was er uns damit antat.

Gleichzeitig war ich erfüllt von schlechtem Gewissen. »Aber er zahlt immer noch mein College. Sowohl die Gebühren als auch den monatlichen Unterhalt an mich. Und ich … weiß einfach nicht, warum.« Es kam verzweifelter heraus als beabsichtigt, und umgehend spürte ich Mias prüfenden Blick auf mir.

»Du bist nicht für seine Taten verantwortlich«, sagte sie.

»Trotzdem habe ich ein schlechtes Gewissen, weil er weiter für mich bezahlt, während er Mom und Karla komplett im Stich lässt, was ich absolut nicht nachvollziehen kann. Schließlich sind wir beide seine Kinder.«

»Aber du unterstützt sie doch, oder? Deswegen gehst du arbeiten, richtig?«

»Ja«, stimmte ich zu. »Alles, was ich im Restaurant verdiene, bekommen sie. Aber es ist nicht genug.« Obwohl Mason mich ordentlich bezahlte und ich mein Trinkgeld behalten durfte, würde es nie ausreichen, um zwei Personen einen ganzen Monat durchzubringen. Nicht wenn Karla zusätzlich Bücher für die Schule brauchte und zwischendurch neue Klamotten benötigte. Mom ging zwar mittlerweile auch arbeiten, aber auch nur halbtags in einem kleinen Diner.

Mia stand von dem Stuhl auf, schälte sich aus ihrem Deckenkokon und setzte sich neben mich aufs Bett. Sie streckte die Hand in meine Richtung aus, hielt jedoch mitten in der Bewegung inne, ballte sie zur Faust und legte sie zurück auf ihren Schoß. »Ich kann verstehen, dass das scheiße ist, aber es ist nicht deine Schuld, dass dein Dad deinen Unterhalt weiterhin bezahlt, aber den von deiner Mom

78

und deiner Schwester nicht. Du bist nicht für seine Taten verantwortlich, selbst wenn du davon profitierst.«

»Ich weiß«, sagte ich, auch wenn mein Gewissen dagegen protestierte. »Ich wüsste nur gerne, warum.« Diese Frage ließ mich seit Monaten nicht los. Warum machte er das alles? Es ging mir nicht einmal darum, dass er sich von Mom getrennt hatte, auch wenn es den Beigeschmack einer verzweifelten Midlife-Crisis hatte. Vielmehr wollte ich wissen, warum er seine Kinder ebenfalls mit Nichtbeachtung strafte. Es kam mir fast so vor, als trügen Karla und ich Mitschuld an dem, was einen Keil in die Beziehung unserer Eltern geschlagen hatte.

Dabei waren meine Eltern eine sehr lange Zeit mein Vorbild in Sachen Beziehung gewesen.

Mias Seufzen hatte etwas Endgültiges. »Das wirst du nur erfahren, wenn du mit ihm sprichst.«

Ich gab ein Grummeln von mir, das weder Zustimmung noch Ablehnung war.

Verständnis zeigte sich ins Mias Gesicht. »Leider kann ich dir sonst auch nicht weiterhelfen, sorry.«

Sofort schüttelte ich den Kopf. »Ich weiß das. Ich muss selbst entscheiden, was ich tun will, aber du hast mir trotzdem geholfen, indem wir drüber geredet haben.« Es stimmte, ich fühlte mich deutlich ruhiger als nach dem Gespräch mit Mom, und das war allein Mias Verdienst. Die Wut war zwar noch da, aber sie vereinnahmte mich nicht mehr wie zuvor. Es kam mir vor, als würde ich die Dinge jetzt etwas klarer sehen, als hätte ich Abstand dazu bekommen.

Trotzdem wusste ich nicht, ob ich mit Dad reden wollte.

»Na, dann hab ich meine Aufgabe ja erfüllt.« Mia stand auf und stellte die leere Tasse auf meinem Schreibtisch ab. »Danke für die heiße Schokolade, die war wirklich gut. Ich sollte dann jetzt mal zu mir gehen und duschen, ehe ich mir noch eine Erkältung hole.«

Ich starrte sie an, unfähig, etwas zu erwidern. Verzweifelt suchte ich nach einem Grund, mit dem ich Mia zum Bleiben überreden konnte. Irgendein Thema, über das wir noch reden konnten. Aber das wäre egoistisch. Trotz der Decke und des warmen Getränks sah ich die Gänsehaut an Mias Hals. Sie war joggen gewesen und musste verschwitzt sein. Es war völlig verständlich, dass sie danach lieber duschen ging, anstatt mit mir über meine verkorkste Familie zu sprechen. Trotzdem musste ich sie irgendwie aufhalten.

»Gehst du öfter joggen?«, platzte es aus mir heraus.

Mia stockte in der Bewegung und drehte sich langsam zu mir um. »So zwei-, dreimal die Woche?« Sie sprach zögerlich, und es klang wie eine Frage, als wäre sie selbst nicht sicher.

Ich grinste breit. »Vielleicht können wir ja mal zusammen gehen. Ich bin zwar im Track-Team, absolviere aber auch zusätzliche Einheiten.«

Langsam wanderte Mias Blick an meinem Körper hinab und wieder nach oben. Sie schluckte. »Wenn du im Track-Team bist, wirst du dich mit mir sicher langweilen, weil ich so gemächlich laufe.«

»Im Gegenteil. Es wird mir guttun, auch mal etwas ruhiger zu machen.«

Unsicher spielte sie am Reißverschluss ihrer Jacke herum. Ihr Blick driftete zur Seite, und augenblicklich überkam mich ein schlechtes Gefühl. Als würde ich sie zu etwas drängen, was sie gar nicht wollte. Wie schon zuvor. Im Verwaltungsgebäude hatte sie ähnlich reagiert, und mittlerweile fragte ich mich, was ihr passiert sein könnte, das diese Reaktion in ihr hervorrief. Oder hatte sie schlicht kein Interesse an mir?

»Du musst natürlich nicht«, sagte ich schnell. »Wenn du keine Lust hast, ist das voll okay.«

Quälend langsam hob sich Mias Blick wieder, bis sie mich direkt ansah. Die Sekunden zwischen uns dehnten sich aus, und all das Ungesagte bekam plötzlich ein Gewicht, das auf meine Schultern drückte.

Mia zog die Unterlippe zwischen die Zähne und zögerte einen weiteren Moment, ehe sie nickte. »Genau genommen muss ich die Einheit wiederholen, bei der du mich heute unterbrochen hast, da wäre es nur gerecht, wenn du mich dabei begleitest.«

Fast hätte ich gelacht. »Ich hab *dich* unterbrochen? Ich hätte dich nicht mal bemerkt, wenn du nicht zu mir gekommen wärst. Du hättest einfach weiterlaufen können.«

In Mias Mundwinkeln zuckte es. Es war das erste Mal, dass ich die Andeutung eines Lächelns bei ihr bemerkte. »Ich dachte, du stalkst mich, deswegen bin ich zu dir gekommen. Mir ist erst zu spät aufgefallen, dass du telefonierst, sonst wär ich wirklich einfach an dir vorbeigegangen.«

Diesmal konnte ich das Lachen nicht verhindern. »Oh, wow, ich wusste nicht, dass ich so creepy auf dich gewirkt habe, dass du mir das zutraust.«

»Hast du nicht, aber mir fiel einfach kein anderer Grund ein, warum man sonst bei dieser Kälte in den Park sollte«, entgegnete Mia.

»Okay, das lass ich als Ausrede gelten«, sagte ich und zwinkerte ihr zu, nur um danach wieder ernst zu werden. »Aber du musst wirklich nicht mit mir joggen gehen, wenn du nicht willst.«

Mia nickte und zog auf eine unheimlich süße Art die Nase kraus. »Warum nicht. Morgen habe ich Bandprobe, aber wie passt dir übermorgen? Siebzehn Uhr am Eingang zum Park?«

Ich war so perplex, dass ich nur nicken konnte und keinen Ton über die Lippen brachte.

»Dann bis übermorgen, Noah.« Mia warf mir ein letztes, zögerliches Lächeln zu, das mein Innerstes aufwühlte, dann rauschte sie aus dem Zimmer.

# KAPITEL 7

## Mia

Erst als ich das Wohnheim bereits verlassen hatte, wurde mir die volle Tragweite meines Handelns bewusst. Nicht nur hatte ich über eine Stunde bei Noah verbracht – vollkommen freiwillig –, ich hatte mich auch noch mit ihm verabredet. *Verabredet*. Genau das, was ich mir geschworen hatte, nie wieder zu tun.

Mein Puls schoss in die Höhe, und ich drehte mich um, aber natürlich waren hinter mir nur irgendwelche Studenten, die ich nicht kannte und die mich nicht beachteten. Noah war mir nicht gefolgt, warum sollte er das auch tun? Trotzdem beruhigte sich mein Puls erst, als ich mein eigenes Wohnheim erreicht hatte.

In meinem Zimmer schälte ich mich aus meiner Thermojacke, schnappte meine bequeme Stoffhose und meinen dunkelblauen Lieblings-Hoodie, der schon so alt war, dass er einige Löcher aufwies, und verschwand im Bad. Ich zog mich komplett aus, drehte die Dusche auf und stellte mich unter den Strahl. Das Wasser war so heiß, dass jeder einzelne Tropfen ein schmerzvolles Ziehen auf meiner Haut hinterließ, doch genau so mochte ich es am liebsten. Wenn der Schmerz meine Gedanken übertönte und die Dusche somit nicht nur den Dreck von meiner Haut, sondern auch meinen Kopf frei wusch.

Doch heute wollte es nicht so recht funktionieren. Immer wieder kehrten meine Gedanken zu dem Aufeinandertreffen mit Noah zurück. Er war so anders, als ich ihn zuerst eingeschätzt hatte. Er war kein sorgenfreier Sonnyboy, dem das Leben nur Sonnenschein vor die Füße geschmissen hatte. Er hatte ernsthafte Probleme und Sorgen, die er nur gut zu verstecken wusste.

Allerdings ... er hatte mir sehr bereitwillig davon erzählt. Ohne zu stocken, fast so, als würde es ihm gar nichts ausmachen, darüber zu reden. Als wäre er es gewohnt. Vermutlich kotzte er sich bei seinen Freunden regelmäßig aus, um sich ein Ventil zu seiner ganzen Wut zu schaffen.

*Oder er macht es absichtlich, um dich in Sicherheit zu wiegen.*

Ich schüttelte den Kopf, um mich von diesem Gedanken zu befreien, doch einmal da, setzte er sich mit Widerhaken in mir fest und ließ sich nicht mehr verscheuchen. Trotz der heißen Dusche kroch Kälte meinen Nacken hinauf, und ich begann zu frösteln. Ich redete mir ein, dass es bloß ein Hirngespinst sei, dass Noah überhaupt nicht der Typ dafür war und es gar nicht nötig hatte, Frauen etwas vorzuspielen, doch so recht wollte ich mir selbst nicht glauben.

Immerhin wusste ich es besser. Nur weil jemand es *nicht nötig hatte,* machte es ihn noch lange nicht zu einem anständigen Kerl. Man konnte den Menschen nur vor den Kopf schauen. Ihre wahren Gedanken blieben dahinter verborgen – bis sie irgendwas dazu brachte, gnadenlos zuzuschlagen. Ich hatte es selbst erlebt und würde diese Nacht nie vergessen.

Resolut drehte ich den Wasserhahn zu und trat aus der Dusche. Mit mehr Kraft als nötig rubbelte ich meinen Körper trocken, bis meine Haut vom Handtuch gerötet war, und versuchte einfach nicht mehr, an *damals* zu denken. Am liebsten würde ich vergessen, was geschehen war, wollte es mit einer scharfen Klinge aus meinen Erinnerungen kratzen, bis nichts mehr davon übrig war, doch das war unmöglich.

Nachdem ich mich angezogen hatte, setzte ich mich mit meinem Laptop aufs Bett. Ich beantwortete Kommentare, die ich auf dem

Blog und auf Instagram erhalten hatte, las mich durch neue Beiträge meiner Freunde, verteilte Likes und kommentierte bei ihnen, und bereitete einen neuen Blogpost vor. Normalerweise lenkte mich nichts besser von meinen kreisenden Gedanken ab, als mich mit K-Pop und K-Drama zu beschäftigen, aber heute wollte mir nicht einmal das gelingen.

Dementsprechend schlief ich schlecht. Die halbe Nacht wälzte ich mich herum, tat kaum ein Auge zu, und wenn ich doch zwischendurch mal wegdriftete, wurde ich von Albträumen heimgesucht. Träume, die mir einen Teil meiner Vergangenheit zeigten, den ich seit zwei Jahren zu verdrängen versuchte. Der so dunkel und Furcht einflößend war, dass ich jedes Mal panisch aus dem Schlaf gerissen wurde. Und sobald ich wieder wach war, setzte Scham ein. Denn ich war an allem, was geschehen war, schuld. Ich konnte niemanden zur Rechenschaft ziehen außer mich selbst.

Aber meine Träume zeigten mir nicht nur die schlimmen Dinge meiner Vergangenheit, sondern auch, wie mein Leben ausgesehen hatte, bevor all das geschehen war. Sie zeigten mir eine Mia, die fröhlich gewesen war, viele Freunde gehabt hatte und gerne ausgegangen war. Damals war ich sorglos gewesen, hatte nicht über mein Handeln nachgedacht, sondern einfach getan, was mir Spaß machte. Hatte getragen, was mir gefiel, ohne mir Gedanken darüber zu machen, wie es auf andere wirkte. Hatte geflirtet, was das Zeug hielt, ohne mir über die Konsequenzen klar zu sein.

Ich hatte meine Lektion auf die harte Tour gelernt.

Nachdem ich es ohnehin nicht mehr schaffte, einzuschlafen, stand ich auf und schlich auf Zehenspitzen ins Bad, um Kady nicht aufzuwecken. Ich fühlte mich wie gerädert, jeder Muskel schmerzte, und eigentlich war ich todmüde. Trotzdem drehte sich mein Gedankenkarussell unermüdlich, und ich wusste genau, dass ich keinen Schlaf mehr finden würde.

Stattdessen ging ich zu dem kleinen Café auf dem Campus. Es hatte um halb sieben gerade geöffnet, um die Studenten auf ihrem Weg zu ihren Vorlesungen mit allem zu versorgen, was sie benötigten. Um diese Uhrzeit war noch wenig los, außer mir waren nur zwei weitere Gäste da, die genauso müde wirkten wie ich. Ich bestellte ein Croissant und eine Tasse Yudschatscha. Das war koreanischer Honig-Zitrone-Tee, auf den ich durch meine Recherche für den Blog gestoßen war, und in den ich mich unsterblich verliebt hatte. Als ich das Café in meiner Einführungswoche am LaGuardia zum ersten Mal betreten hatte, konnte ich nicht glauben, dass sie Yudschatscha-Tee anboten. Es war mir wie ein Omen vorgekommen, als wäre ich genau an dem Platz gelandet, der für mich vorherbestimmt war. Mittlerweile wusste ich jedoch, dass dieses vielfältige Angebot eins der Dinge war, die New York auszeichnete. An jeder Ecke konnte man über Sachen stolpern, die man dort nicht vermuten würde, was der Stadt einen Teil ihres unvergleichlichen Charmes gab.

Ich blieb in dem Café sitzen, bis die Zeit für meine erste Vorlesung gekommen war, dann brach ich zur Wirtschaftsfakultät auf, wo ein Tag wie jeder andere begann. Ich sprach mit niemandem, außer wenn ich von meinen Dozenten aufgerufen wurde. Die Mittagspause verbrachte ich alleine in der Bibliothek, wo ich erste Informationen für eine neue Hausarbeit zusammentrug. Eigentlich war alles wie immer, und doch fühlte es sich anders an.

Ich war nicht richtig bei der Sache, konnte mich kaum auf etwas konzentrieren. Ständig drifteten meine Gedanken ab. Zu Lizzy und der Band und ob ich ihr wirklich dabei helfen sollte, an den Texten zu arbeiten. Oder zu Noah und ob ich mit der Verabredung zum Joggen die richtige Entscheidung getroffen hatte. Aber auch nach Seattle, Ellie und allem, was *vorher* gewesen war.

Normalerweise war ich gut darin, ungebetene Gedanken auszublenden und mich auf das zu konzentrieren, was wichtig war. Doch heute gelang es mir überhaupt nicht. Ständig war ich abgelenkt und bekam gar nicht richtig mit, was in den Vorlesungen vorgetragen wurde. Daher war ich froh, als die letzte Stunde endlich rum war und ich den Weg zum Wohnheim antreten konnte.

Kady saß an ihrem Schreibtisch, als ich unser Zimmer betrat, über drei Bücher gleichzeitig gebeugt.

»Hey«, begrüßte ich sie und ließ meinen Rucksack von der Schulter gleiten.

»Oh, hi, du bist schon da?« Überrascht drehte sie sich mit dem Stuhl, bis sie mich ansehen konnte.

»Aber nur kurz, hab noch Probe.« Ich stellte den Rucksack auf meinem Schreibtischstuhl ab und zog die oberste Schublade auf. Mein Notizbuch lag ganz oben, und ich griff danach, um es mitzunehmen. Ich wollte heute mit Lizzy sprechen und ihr zeigen, was ich bisher an Texten zusammengestellt hatte. Ich mochte die Zeilen, war mir aber nicht sicher, ob ich gut genug war, ganze Songs zu verfassen.

»Ich bin später vermutlich weg, wenn du wiederkommst. Date mit Cooper.« Kady grinste breit, und kurzzeitig verflüchtigte sich der müde Ausdruck auf ihrem Gesicht.

»Cool, viel Spaß.« Damit ließ ich sie wieder alleine und machte mich auf zur musikalischen Fakultät.

Die anderen waren bereits da, als ich den Proberaum betrat. Chloe saß hinter ihrem Schlagzeug, drehte gekonnt ihre Sticks zwischen den Fingern und erzählte Virginia eine Anekdote aus einer Vorlesung. Ich bekam nur das Ende davon mit, dass ihr Dozent sich einen Becher heißen Kaffee über den Schoß und seine Unterlagen geschüttet hatte, aber als Virginia daraufhin in lautes Gelächter ausbrach, musste auch ich innerlich schmunzeln, obwohl ich mir das äußerlich nicht anmerken ließ.

Lizzy stand etwas abseits der beiden, den Blick auf ihr Handy gerichtet. Nachdenklich hatte sie die Unterlippe zwischen die Zähne gezogen und kaute darauf herum, doch dann schien sie meine Anwesenheit zu spüren und sah zu mir auf.

»Oh, hey, Mia.« Sie schenkte mir ein vorsichtiges Lächeln, das ich fast erwiderte, doch am Ende nickte ich ihr nur zu.

Eine Mischung aus Enttäuschung und Resignation huschte über ihr hübsches Gesicht, doch es war genauso schnell verschwunden, wie es gekommen war, und sie drehte sich den anderen zu. »Kommt ihr mal kurz her?«

Chloe und Virginia sahen sich fragend an, kamen der Aufforderung aber nach. »Was gibt's?« Chloe schob sich eine Locke hinter das Ohr, die jedoch sofort wieder freisprang.

Lizzy hielt ihr Handy in die Höhe. »Ich habe eine Mail vom *Prestige Music Label* bekommen. Das Vorspielen ist in knapp drei Monaten.«

Chloe riss die Augen auf. »So bald schon?«

»Na ja, eigentlich dauert es noch voll lange«, entgegnete Virginia.

»Aber wir haben bis dahin noch eine Menge Arbeit vor uns«, warf Lizzy ein.

»Das schaffen wir locker.« Virginia strahlte über das ganze Gesicht, und eine Energie ging von ihr aus, die den kompletten Raum einnahm.

»Wir sollten das nicht auf die leichte Schulter nehmen. Wir brauchen immer noch zwei Lieder und …«, begann Lizzy, wurde jedoch von Chloe unterbrochen.

»Erst mal müssen wir das eine richtig einstudieren, das wir bereits haben. Dann können wir uns über weitere Gedanken machen.«

»Du hast ja recht.« Ein Seufzen kam über Lizzys Lippen, und sie rieb sich über die Schläfen.

Jetzt wäre der perfekte Zeitpunkt, Lizzy darauf anzusprechen, dass ich ihr beim Texten helfen wollte. Die Worte lagen mir bereits auf der Zunge, doch ich schaffte es nicht, sie auszusprechen. Es war wie eine Barriere, die meine Kehle verengte und mich davon abhielt, den Mund zu öffnen.

Einen Wimpernschlag lang kam es mir so vor, als würde Lizzy nur darauf warten, dass ich das Thema ansprach. Vermutlich war es aber reines Wunschdenken, denn nach einer Sekunde wandte sie sich ab und deutete auf unsere Instrumente. »Dann lasst uns beginnen.«

Wir verloren keine weitere Zeit, sondern begannen mit der Probe. Eine Stunde lang übten wir unsere Lieder durch, mit besonderem Fokus auf das eine, das wir dem Studio vorspielen wollten. Wir beherrschten es noch nicht perfekt, und da wir noch zwei weitere einstudieren mussten, sollten wir dieses zuerst perfektionieren. Wir arbeiteten konzentriert, jeder wusste genau, was auf dem Spiel stand. Vermutlich müssten wir vor dem Termin trotz allem die Anzahl unserer Proben von zwei auf drei pro Woche erhöhen.

Nach der Probe räumten wir unsere Instrumente wieder zusammen und stellten sie zur Seite, damit der Raum von der musikalischen Fakultät genutzt werden konnte. Auch wenn wir ihn freundlicherweise zur Verfügung gestellt bekommen hatten, gehörte er nicht uns allein. Tagsüber fanden hier Chorproben der Erst- und Zweitsemester statt. Anfangs hatte ich Bedenken gehabt, ob die Studierenden sich nicht an unseren Instrumenten vergreifen, damit herumspielen und womöglich etwas kaputt machen könnten. Doch in einem halben Jahr war nie etwas vorgefallen, sodass sich meine Befürchtungen in Luft aufgelöst hatten.

Normalerweise war ich immer die Erste, die ihre Sachen gepackt und den Raum verlassen hatte, doch heute ließ ich mir absichtlich Zeit. Ich trödelte herum und wühlte, nachdem mein Keyboard verstaut war, geschlagene drei Minuten in meiner Handtasche herum, obwohl ich nichts daraus brauchte. Eigentlich war es lächerlich, aber ich versuchte, den Mut aufzubringen, Lizzy zu fragen, ob ich noch mit ihr reden könnte. Es sollte wirklich nicht so schwer sein. Es waren bloß sechs simple Wörter, und immerhin war Lizzy diejenige, die mich letzte Woche gebeten hatte, ihr mit den Texten zu helfen. Trotzdem kroch Hitze meinen Nacken hinauf, und meine Finger begannen zu zittern, wenn ich nur daran dachte, Lizzy anzusprechen.

Dass Lizzy, Virginia und Chloe mir keine Beachtung schenkten, während sie ihre Taschen nahmen und über irgendeine Party quatschten, die am Wochenende anstand, machte die Sache nicht besser. Dabei war das nichts Ungewöhnliches, sondern normal. Ich hatte mich über das Spielen des Keyboards hinaus nie wirklich in die Band eingebracht, hatte – wie im Rest meiner Studienzeit – alles dafür getan, damit die Mädels nicht zu meinen Freundinnen wurden. Es war genau das gewesen, was ich gewollt hatte, doch plötzlich wünschte ich, es wäre anders. Es war, als hätte ich verlernt, wie man mit Menschen umging, dabei war das doch eigentlich nichts, was man einfach so vergaß.

Mit Noah hatte ich mich immerhin auch normal unterhalten können.

Gut, außer wenn ich stotternd vor ihm geflohen war, aber das war etwas anderes.

Doch jetzt bekam ich keinen Ton über die Lippen. Mein Hals war wie zugeschnürt, als würde meine eigene Unsicherheit ihn so sehr verstopfen, dass nicht einmal mehr Luft daran vorbeikam.

Lizzy schulterte ihre Tasche und stülpte ihre Handschuhe über. Sie wartete, bis Virginia und Chloe sich ebenfalls eingemummelt hatten, dann drückte sie die Klinke runter und öffnete die Tür.

Wenn ich mich nicht endlich zusammenriss, war meine Chance gleich vorbei.

»Lizzy«, platzte es aus mir heraus, als sie bereits im Flur war.

Sie blieb abrupt stehen und drehte sich langsam zu mir um.

»Können … können wir kurz reden?« *Über die gemeinsame Ar-*

*beit an den Texten,* fügte ich in Gedanken hinzu. Ich wusste nicht, ob und wenn ja, wie viel Lizzy den anderen schon erzählt hatte, und wollte sie nicht zwischen Tür und Angel damit überfallen.

Lizzy zog die Stirn kraus und wirkte kurzzeitig verwirrt, doch dann klärte sich ihr Gesicht, und ein Lächeln erschien auf ihren Lippen. »Klar.« Sie wandte sich Virginia und Chloe zu. »Ihr könnt ja schon mal gehen, wir sehen uns morgen in der Mittagspause.«

Chloe und Virginia verabschiedeten sich und winkten auch mir kurz zu, dann verschwanden sie. Lizzy schloss die Tür und schenkte mir ihre volle Aufmerksamkeit.

»Geht es um die Texte?«

»Genau. Ich wusste nicht, ob du den anderen schon davon erzählt hast …«

Lizzy zog sich einen Stuhl heran und setzte sich. »Schon okay. Sie wissen Bescheid und sind erleichtert, dass ich sie nicht in Betracht gezogen hab.«

»Oh, okay.« Ich setzte mich ihr gegenüber und zog die Tasche an meine Brust. »Ich würde es gern machen, kann aber nicht einschätzen, ob ich gut genug dafür bin.« Ich zog das Notizbuch aus meiner Tasche und reichte es Lizzy. »Da stehen ein paar Texte drin, die ich bisher geschrieben hab.«

Lizzy schlug das Notizbuch auf und sah sich die erste Seite an. Sie sagte keinen Ton, während sie las und nur zwischendurch umblätterte. Je länger sie schwieg, desto größer wurde meine innere Anspannung. *Sie findet es doof, ich habe einfach kein Talent dazu.* In Gedanken drehte ich mir einen Strick und war schon kurz davor, aufzustehen und zu gehen, als Lizzy schließlich doch sprach.

»Das ist wirklich gut.« Sie sah zu mir auf, ein Lächeln umspielte ihre Lippen, und eine nachdenkliche Falte zierte ihre Stirn. »Aber vielleicht etwas düster für unsere Band.«

Schnell winkte ich ab. »Die sollen auch nicht dafür sein. Das sind nur Texte, die mir irgendwann mal eingefallen sind. Ich wollte nur wissen, ob so was grundsätzlich verwendbar ist. Ich bin ganz schlecht darin, mich selbst einzuschätzen.«

Lizzy schnaubte. »Sind wir Frauen das nicht generell? Selbst wenn wir etwas gut können, wird uns gesagt, wir sollen uns ruhig deswegen verhalten, es nicht herausposaunen, sondern bescheiden im Angesicht des Erfolgs bleiben. Oder es wird gar nicht darauf eingegangen, was wir können, sondern wir werden stattdessen auf unser Aussehen, unsere Kleidergröße oder Körbchengröße reduziert. Noch immer werden erfolgreiche Frauen in den Medien als ›die Frau von‹ betitelt, anstatt bei ihrem Namen genannt zu werden. Und wenn das Frauen passiert, die, was weiß ich, einen Nobelpreis gewonnen haben, wie sollen wir *Normalos* denn dann jemals denken, wir seien in irgendwas gut?«

Lizzy hatte sich regelrecht in Rage geredet, und für einen Moment konnte ich sie nur stumm anstarren. Mir war nicht bewusst gewesen, dass sie eine derart leidenschaftliche Meinung zu dem Thema hatte.

Sie räusperte sich. »Sorry, ich bin abgeschweift. Eigentlich wollte ich dir sagen, dass ich die Texte grundsätzlich toll finde. Du hast echt Talent zum Schreiben, und ich würde supergern mit dir an den Liedern arbeiten.«

»Wirklich?« Erleichterung machte sich in mir breit, und ich spürte, wie sich meine Mundwinkel hoben.

»Ganz ehrlich.« Lizzy nickte bekräftigend. »Jetzt müssen wir uns nur noch ein Thema überlegen, über das wir singen wollen.« Nachdenklich tippte sie sich ans Kinn. »Warum nicht über das, was ich gerade angesprochen hab? Wir hatten doch ohnehin schon feministische Lieder im Repertoire, warum setzen wir beim Label nicht gleich ein Statement, in welche Richtung wir gehen wollen?«

»Meinst du?«, fragte ich zögerlich. »Ich weiß nicht, ob wir dann nicht zu politisch rüberkommen. Musik soll doch in erster Linie Spaß machen.«

»Das eine muss das andere doch nicht ausschließen«, widersprach Lizzy. »Musik kann unterhalten und trotzdem eine Message transportieren. Mir ist es wichtig, mit unseren Texten auch etwas auszusagen, das über bloße Herzschmerz-Songs hinausgeht. Nicht, dass daran etwas falsch ist, aber wir haben eine Stimme, und ich finde, wir sollten sie für das nutzen, was uns wichtig ist.«

Ich war noch nicht überzeugt. Wenn ich ehrlich war, hatte ich noch nie genauer über dieses Thema nachgedacht. »Aber denkst du nicht, dass wir damit als unbequem gelten? Würde es nicht unsere Chancen mindern, überhaupt einen Vertrag zu ergattern? Taylor Swift wurde zum Beispiel jahrelang verboten, sich überhaupt zu politischen Themen zu äußern, selbst wenn es ›nur‹ um Schwulenrechte geht.«

Ich hatte die Dokumentation über sie auf Netflix gesehen und war erschrocken gewesen, wie man versucht hatte, sie bei gewissen Themen mundtot zu machen. Allerdings war es bei den K-Pop-Gruppen, die ich mochte, nicht viel anders. Sie wurden nicht nur von klein auf darauf trainiert, Mitglieder einer Boyband zu sein, ihnen war es zudem untersagt, überhaupt eine Beziehung zu führen oder sich über irgendetwas zu äußern, das nichts mit ihrer Musik zu tun hatte. Es gehörte wohl einfach zum Business dazu, weshalb ich nicht sicher war, ob es sich überhaupt lohnte, sich dagegen aufzulehnen.

»Genau das ist doch Teil des Problems.« Rote Flecken hatten sich auf Lizzys Wangen gebildet, die sich stark von ihrer hellen Haut abgrenzten. »Jede Frau denkt, dass sie nichts sagen darf, weil ihre Karriere sonst vorbei ist, bevor sie begonnen hat. Frauen dürfen keine Meinung zu unbequemen Themen haben, weil wir sonst als unsexy gelten. Wir sollen einfach nur hübsch aussehen, ein gefälliges Stimmchen haben und über die Liebe singen. Aber genau das will ich nicht. Ich will kein stilles Mäuschen sein, das war ich viel zu lange. Ich will laut sein und die Leute mit den Themen konfrontieren, die in unserer Gesellschaft falsch laufen.«

Etwas in mir zog sich schmerzhaft zusammen. Alleine Lizzy darüber reden zu hören, war mir unangenehm. Natürlich war ich für Gleichberechtigung und gegen Diskriminierung, aber wollte ich deswegen wirklich laut darüber singen und Unmut auf mich ziehen? Ich war oft genug im Internet unterwegs, um mitzubekommen, was bei Bands los war, die sich öffentlich zu gewissen Themen positionierten. Natürlich gab es viele Befürworter, aber auch genauso viele Leute, die ihren Hass unter die Postings setzten. Die beleidigten, persönlich wurden und sogar Morddrohungen aussprachen, und ich war mir nicht sicher, ob ich das erleben wollte.

Und was war, wenn jemand in meiner Vergangenheit wühlte und aufdeckte, was vor zwei Jahren geschehen war?

Plötzlich konnte ich nicht mehr atmen. Meine Brust war wie zugeschnürt, und ich war froh, dass ich bereits saß, weil mir meine Beine ansonsten vermutlich den Dienst versagt hätten. Panik verschleierte meinen Blick, und ich konnte bereits vor mir sehen, was die Leute sagen würden, wenn es rauskam. Wenn ich solche Lieder singen würde und bekannt wurde, was ich getan hatte … woran ich schuld war.

Ich musste es unbedingt verhindern.

Ich nahm einen zittrigen Atemzug, dann noch einen und noch einen, bis das beklemmende Gefühl in meiner Brust langsam abebbte. Dann fokussierte ich mich auf Lizzy.

»Hast du darüber schon mit den anderen gesprochen? Ich weiß ehrlich gesagt nicht, wie ich dazu stehe, und das ist eine Entscheidung, die wir gemeinsam treffen sollten. Mindestens riskieren wir damit, dass unsere Chancen beim Label sinken, und im schlimmsten Fall zieht es Onlinehetze nach sich. Das sollten wir nicht über ihre Köpfe hinweg festlegen.«

Lizzy seufzte und rieb sich über die Augen. »Du hast ja recht. Wir müssen uns bewusst machen, was das bedeuten könnte. Ich bin einfach nur … durch die Therapie ist mir erst so richtig bewusst geworden, wie Mädchen von klein auf eingetrichtert wird, dass sie weniger wert sind als Jungs, sowieso nur auf ihr Äußeres reduziert werden und dass ich über diesen Fakt nicht mehr schweigen will. Aber deswegen darf ich natürlich nicht für andere mitentscheiden. Sorry.«

Manchmal vergaß ich, was Lizzy alles durchgemacht hatte. Dass sie wegen ihres Gewichts derart gemobbt worden war, dass sie in eine Essstörung gerutscht und bei einem Auftritt auf der Bühne zusammengebrochen war. Es war ein Schock für uns alle gewesen, aber Lizzy war derart schnell wieder zu alter Form aufgelaufen und hatte den Anschein erweckt, es würde ihr nichts ausmachen, dass ich manchmal wirklich verdrängte, dass es geschehen war.

»Ich verstehe, warum dir das wichtig ist. Das tue ich wirklich, aber die anderen sollten ebenfalls zustimmen.« Ich konnte nur hoffen, dass Virginia oder Chloe ebenfalls dagegen waren, damit wir Lizzy umstimmen konnten. Denn ich konnte nicht darüber sprechen, warum ich es nicht wollte. Ich hatte mir geschworen, nie über das zu reden, was passiert war, um nicht nur mich selbst, sondern auch Ellie zu schützen. Ich wollte ja nicht einmal darüber nachdenken, weil die Scham viel zu groß war. Was würden die anderen nur von mir denken, wenn sie es wüssten?

*Du bist schuld.*

Ein eiskalter Schauder raste über meinen Rücken. Ich versuchte, diesen Gedanken abzuschütteln, doch er hatte sich mit kleinen Widerhaken in meinem Kopf verankert.

*Du bist schuld, du bist schuld, du bist schuld.*

»Wir sprechen es bei der nächsten Bandprobe durch«, stimmte Lizzy mir zu. »Vielleicht kannst du dir bis dahin ja zumindest einige Texte zu einem unverfänglichen Thema überlegen, während ich über etwas mehr Politisches nachdenke? Dann können wir im besten Fall einfach beides machen. Lieder mit wichtigen Messages und welche, die einfach nur Spaß machen sollen.«

»Okay.« Es bereitete mir noch immer Bauchschmerzen, dass Virginia und Chloe sich auf Lizzys Seite schlagen könnten, aber mir war auch bewusst, dass es nichts nutzte, sich den Kopf darüber zu zerbrechen, ehe ich ihre Meinung nicht kannte. Zur Not würde ich sonst aus der Band austreten müssen. Das wollte ich zwar unbedingt vermeiden, denn die Stunden mit den Mädels waren mein einziger Ausbruch aus dem Alltag. Die einzigen Stunden, in denen ich mich frei fühlte. Doch ich konnte mich nicht derart der Öffentlichkeit aussetzen, es wäre nur eine Frage der Zeit, bis der ganze Dreck meiner Vergangenheit ausgegraben wurde und nicht nur auf mich ein schlechtes Licht warf, sondern auch auf Lizzy, Virginia und Chloe. Und das konnte ich niemandem antun.

# KAPITEL 8

## *Mia*

Den kompletten nächsten Tag machte ich mir weiter Sorgen wegen des Gesprächs mit Lizzy. Obwohl ich wusste, dass ich den Ausgang nicht beeinflussen konnte, spielte mein Hirn die unterschiedlichsten Szenarien durch – die natürlich alle damit endeten, dass ich die Band verließ oder hinausgeschmissen wurde und sie dann ohne mich erfolgreich wurden. Es waren noch zwei Tage bis zur nächsten Bandprobe, die mir wie eine Schonfrist vorkamen, bis das Damoklesschwert, das über mir ragte, auf mich herabsausen würde.

Das einzig Gute an der ganzen Sache war, dass diese Gedanken mich derart vereinnahmten, dass kaum Platz blieb, um mir Sorgen wegen des Treffens mit Noah zu machen. Das Treffen, bei dem ich mich fragte, was es zu bedeuten hatte ... *ob* es etwas zu bedeuten hatte. Wir gingen nur zusammen joggen, was eigentlich total unverfänglich war. Aber gingen Männer und Frauen einfach so gemeinsam zum Sport, ohne Hintergedanken dabei zu haben? Ich wusste es einfach nicht mehr. In den letzten zwei Jahren hatte ich mich derart von zwischenmenschlichen Beziehungen abgeschottet, dass ich überhaupt nicht einschätzen konnte, was das zwischen Noah und mir war. Oder eben nicht war.

Es ärgerte mich, dass ich kein Gefühl dafür bekam.

Ein Seufzen unterdrückend, betrat ich den Vorlesungssaal. Obwohl ich relativ früh dran war, waren schon einige andere aus meinem Kurs anwesend. Ich schob mich in die vorletzte Reihe und setzte mich auf meinen üblichen Platz. Meinen Tee stellte ich vor mir auf den Tisch und zog mein Handy hervor, um meine Social-Media-Kanäle zu checken. Ich beantwortete einige Kommentare, likte ein paar Bilder, und dann blieb mir beinahe das Herz stehen, als ich ein neues Video meiner Lieblingsband BTS entdeckte. Umgehend holte ich meine Kopfhörer aus meinem Rucksack, stöpselte sie ein und schob sie in meine Ohren, ehe ich das Video startete.

Es war wohl bei einer der letzten Proben für den neuen Song aufgenommen worden. Die Melodie ging direkt ins Ohr. Mein Fuß begann mitzuwippen, und ein Lächeln breitete sich auf meinem Gesicht aus. Ich konnte es nicht abwarten, bis der Song in wenigen Wochen komplett erhältlich war.

In dem Moment ging Joan an mir vorbei zu ihrem Platz. Das Lächeln noch immer auf meinen Lippen und erfüllt von der Freude über das Lied, sah ich zu ihr auf und nickte ihr zu. Joan stockte mitten in der Bewegung und runzelte die Stirn. Verwirrt sah sie auf mich hinab, als wüsste sie nicht, was sie mit mir anfangen sollte.

Ich konnte es ihr nicht verdenken. Seit einem halben Jahr hatten wir diesen Kurs zusammen, saßen nebeneinander in der vorletzten Reihe, und während alle anderen längst akzeptiert hatten, dass sie kein Gespräch mit mir anfangen mussten, hatte Joan nicht aufgegeben. Vor jeder Vorlesung hatte sie mich gegrüßt, aber nie eine Reaktion von mir erhalten ... bis jetzt. Ich wusste nicht einmal, was in mich gefahren war. Lag es an dem Video, das mich in eine derart gute Laune versetzt hatte? Waren vielleicht Lizzy und Noah schuld, mit denen ich in den letzten Wochen mehrfach geredet hatte und die die *alte Mia* Stück für Stück wieder zum Vorschein brachten? Oder hatte mich schlicht die Einsamkeit so weit getrieben? Ich wusste es nicht, und es war mir auch egal. Es war ohnehin zu spät, meinen Kurs zu ändern, ohne wie eine völlig Verrückte zu wirken.

Noch immer sah ich Joan an, das Lächeln auf meinen Lippen

fühlte sich mittlerweile etwas angestrengt an, aber ich wandte mich nicht von ihr ab.

Sie musterte mich mit einer Mischung aus Skepsis und Verwunderung, und rührte sich so lange nicht, dass ich schon befürchtete, gar keine Reaktion zu erhalten. Doch dann breitete sich auch auf ihrem Gesicht ein Lächeln aus, und sie nickte mir ebenfalls zu, ehe sie sich auf ihren Platz setzte.

Ich wandte mich wieder meinem Handy zu. Das Video war längst vorbei und mein Bildschirm wieder schwarz, trotzdem starrte ich es an, als würde es mir den neuesten Blockbuster zeigen. Ich konnte spüren, wie Joan mich aus dem Augenwinkel prüfend betrachtete, aber ehe ich entscheiden konnte, wie ich darauf reagieren sollte, betrat Mrs Greene den Raum, und ich versuchte, mich auf die Vorlesung zu konzentrieren.

Ein letztes Mal sah ich in den Spiegel, dann wischte ich meine schwitzigen Handflächen an der Hose ab. Was überhaupt gar nichts brachte, da ich wasserabweisende Sportsachen trug.

Warum war ich überhaupt nervös? Das war doch total bescheuert. Ich ging nur mit Noah joggen, das hatte überhaupt nichts zu bedeuten. Es war völlig überzogen, dass ich gerade zehn Minuten vor dem Spiegel gestanden und mir die Haare dreimal anders geflochten hatte. Nach dem Lauf würde ich ohnehin verschwitzt sein und meine Frisur wie ein Vogelnest aussehen.

Außerdem wollte ich Noah doch gar nicht gefallen.

*Rede dir das nur ein, Mia.*

Ich ignorierte die Stimme und wandte mich endlich von dem kleinen Badezimmerspiegel ab. Wenn ich jetzt nicht ging, würde ich zu spät kommen.

Noah wartete bereits am Campuspark auf mich. Er trug eine schwarze Jogginghose, die seine muskulösen Beine gut zur Schau stellte, sowie eine knallrote Thermojacke mit Reflektorstreifen, mit der er auch im Dunkeln gesehen werden konnte. Er hüpfte leicht auf den Fußballen, um sich warm zu machen, bis ich eintraf, und sobald er mich entdeckte, breitete sich ein Lächeln auf seinem Gesicht aus.

In mir drin veränderte sich etwas. Es kam mir vor, als würde sich ein Teilchen, das jahrelang am falschen Platz gesessen hatte, plötzlich wieder ins Glied einfügen. Das Atmen fiel mir leichter, und meine Schritte beschleunigten sich unbeabsichtigt, bis ich direkt vor ihm stand.

»Hey«, begrüßte ich ihn.

»Hi. Du bist gekommen.« Er hörte sich verwundert an.

»Natürlich. Ich würde dich doch nicht versetzen.«

»Dir hätte ja was dazwischenkommen können.«

»Dann hätte ich abgesagt.« Ich war doch kein Unmensch, der Leute absichtlich warten ließ, wenn ich wusste, dass ich es nicht schaffte.

Ein belustigtes Funkeln trat in Noahs Augen. »Du hast meine Nummer gar nicht.«

Mein Mund klappte auf, aber kein Ton kam heraus. Er hatte recht. Wir hatten keine Nummern getauscht, und ich hätte keine Möglichkeit gehabt, ihn zu kontaktieren, hätte ich absagen wollen. Doch das hatte für mich gar nicht zur Debatte gestanden. Obwohl ich mich mehrfach gefragt hatte, ob es die richtige Entscheidung gewesen war, mich mit Noah zu treffen, war mir der Gedanke, einfach nicht aufzutauchen, nicht einmal gekommen.

»Ich bin ja hier«, sagte ich ausweichend, als ich mich wieder gefangen hatte. »Sollen wir dann los?«

Noah deutete in den Park hinein. »Gib das Tempo vor, ich pass mich dir dann an.«

Nickend setzte ich mich in Bewegung. »Ist dir das nicht zu langweilig, wenn ich so lahm bin?« Ich ging gerne joggen, und obwohl ich eine ausreichende Kondition für lange Strecken hatte, war ich dabei einfach langsam. Regelmäßig wurde ich in diesem Park von anderen Joggenden überholt, die mindestens doppelt so schnell unterwegs waren wie ich.

Mit einem Kopfschütteln fiel Noah neben mir in Schritt. »Gar nicht. Ich bin auch eher der Typ für lange Ausdauerläufe.«

»Aber du musst im Track-Team auch kurze Sprints machen, oder?«

»Ja.« Noah seufzte theatralisch. »Und ich hasse jeden einzelnen davon.«

Ich musste schmunzeln. Es war erstaunlich, wie leicht es mir in seiner Gegenwart fiel.

»Nein, ehrlich. Wenn ich einen Marathon in meinem Tempo laufen soll, mach ich das sofort – und brauch vermutlich über vier Stunden dafür. Aber wenn ich nur einen Hundert-Meter-Sprint machen soll, würde ich mich am liebsten irgendwo verkriechen und anderen den Vortritt lassen.«

Ich kicherte erneut. Das war ein interessantes Detail über Noah. Ich wagte einen Blick nach rechts. Er wirkte völlig entspannt, wie er neben mir lief. Seine Hände waren offen, die Arme leicht angewinkelt, und er hatte sogar seine Schrittlänge der meinen angepasst, sodass es wirkte, als wären wir schon lange ein eingespieltes Team.

»Was machst du sonst so?«, rutschte es mir heraus. Im nächsten Moment ärgerte ich mich darüber, so viel Interesse an ihm zu zeigen.

»Ich zocke gern«, sagte Noah sofort. »Meine Playstation ist mein Heiligtum. Mit den Jungs geh ich gerne bowlen. Außerdem hab ich ein Faible für Superheldenfilme. Für mehr hab ich neben Studium und Job keine Zeit.«

Ich überging die Sache mit der Playstation, weil ich damit nichts anfangen konnte. »Also kann ich mit dir einen Streit über Marvel versus DC anfangen?« Die meisten liebten die Comics und Filme eines der beiden Giganten, fanden die anderen dafür schrecklich.

Noah begann laut zu lachen. Sein Blick fand den meinen und hielt ihn gefangen. Seine blauen Augen strahlten etwas aus, das eine ganze Armada Schmetterlinge in meinem Bauch freisetzte. Ich hätte mich ihm selbst dann nicht entziehen können, wenn ich gewollt hätte – aber zum ersten Mal wollte ich nicht.

»Da muss ich dich enttäuschen, ich mag beides.«

Vor Überraschung klappte mir fast die Kinnlade runter. »Beides?«, echote ich, als hätte ich ihn nicht richtig verstanden.

»Ich weiß nicht, warum man sich nur auf eins beschränken soll, wenn einem so viel mehr zur Verfügung steht. Natürlich finde ich nicht jeden Film super, aber sowohl Marvel als auch DC haben gute Ansätze, die mich mitreißen.«

Ich spürte Begeisterung in mir brodeln. »Mir geht es ganz genauso. Nicht alle Filme sind perfekt, aber ich würde nie ein Universum kategorisch ausschließen. Allein Henry Cavill als Superman.« Ich schluckte das Seufzen herunter, das mir über die Lippen kommen wollte.

Noah lachte erneut, und ich erwischte mich bei dem Gedanken, dass ich mich an diesen Laut gewöhnen könnte. Dass ich mir wünschte, ihn regelmäßig hören zu können.

»DC hat so viel mehr zu bieten als Henry Cavill.«

Ich schnaubte und konnte gleichzeitig das Zucken in meinen Mundwinkeln nicht verhindern. »Ich bestreite nicht, dass DC mehr Gutes neben Henry zu bieten hat, aber er schlägt einfach alles. Auch alle Marvel-Schauspieler.«

Noah verengte die Augen, aber sein spielerisches Grinsen verriet mir, dass er das hier genoss. »Ich glaube, wir haben doch etwas gefunden, über das wir streiten können.« Seine Stimme klang tiefer als zuvor, mit einem neckenden Unterton, der einen warmen Schauer über meinen Rücken rieseln ließ. Außerdem waren wir uns beim Laufen plötzlich so nah, dass unsere Hände sich bei jedem zweiten Schritt streiften.

Ich räusperte mich, um das trockene Gefühl in meiner Kehle loszuwerden, und machte einen Schritt zur Seite, um etwas Distanz zwischen uns zu bringen. Ich hatte nicht beabsichtigt, unser Gespräch in einen Flirt laufen zu lassen. Und das war ganz klar, was hier passierte. Noah flirtete mit mir.

»Und du stehst auf Bowlen?«, lenkte ich in eine andere Richtung.

Er blinzelte einmal, zweimal, vermutlich verwirrt, dass ich so schnell das Thema gewechselt hatte. »Jeden ersten Freitag im Monat. Die Bowling Alley macht dann so ne Club–Veranstaltung mit lauter Musik, gedimmten Lichtern und …«

»Und jede Menge Freibier, wenn man einen Strike geworfen hat?«, unterbrach ich ihn lachend.

Noah hob die Schultern und warf mir ein entwaffnendes Lächeln zu. »Das auch, und weil Theo und Kayson so gut wie keinen Alkohol trinken, bleibt alles für mich.« Sein Grinsen wurde breiter, und ein weiteres Mal konnte ich mein eigenes nicht verhindern. Es schien, als würden meine Schutzmechanismen bei Noah nicht funktionieren, als hätte er jede einzelne meiner Mauern eingerissen, ohne dass ich es bemerkt hatte. Das Seltsamste daran? Im Augenblick störte es mich nicht einmal.

»Also gehst du nur mit deinen Freunden weg, wenn du ihren Alkohol abgrasen kannst?«, zog ich ihn auf.

Augenblicklich wurde Noah ernst. »Nein, ich geh sogar mit ihnen weg und verzichte darauf, weil ich weiß, dass sie einen wichtigen Wettkampf oder ein Spiel am nächsten Tag haben.«

Beschämt wandte ich den Blick ab. »Das war auch nicht ernst gemeint.«

»Ich weiß, aber wenn man den Gerüchten am LaGuardia glauben darf, unterstellen mir manche, nur mit Theo und Kayson befreundet zu sein, weil sie gefeierte Sportstars sind. Was totaler Schwachsinn ist. Kayson wurde mir zufällig als Mitbewohner zugeteilt, und ich bin heilfroh, dass wir so sehr auf einer Wellenlänge liegen. Aber ja, Menschen können scheiße sein.«

Neugierig sah ich wieder zu ihm auf. »Hat das schon mal jemand direkt zu dir gesagt?«

Noah schnaubte abfällig. »Das traut sich doch keiner. Macht es aber nicht besser, wenn es von außen zu mir herangetragen wird.«

»Verständlich.«

Wir hatten die erste Runde im Park hinter uns gebracht und waren wieder an dem Punkt angelangt, wo wir uns getroffen hatten. Es war erstaunlich, wie kurzweilig mir diese Strecke mit Noah an meiner Seite vorgekommen war. Normalerweise zog sich dieser Weg total, vor allem jetzt im Winter, wenn man nicht mal anderen Leuten begegnete, die einem Ablenkung boten.

»Wollen wir noch eine?«, fragte Noah.

»Klar, ich laufe sonst mindestens zwei oder drei.«

Er nickte, und wir liefen erneut in den kleinen Park hinein. Dichte, dunkle Wolken türmten sich über uns, aus denen bisher jedoch noch kein Schnee fiel, wie er angekündigt war. Aber wenn man dem Wetterbericht glauben konnte, war der Schneesturm nur noch zwei Tage entfernt. In New York gab es regelmäßig Schnee im Winter, nur im letzten Jahr – meinem ersten am LaGuardia – war es so mild gewesen, dass nicht eine einzige Flocke vom Himmel gefallen war.

»Was ist mit dir? Was magst du sonst so?«, riss Noahs Stimme mich aus meinen Überlegungen.

»K-Pop«, sagte ich wie aus der Pistole geschossen, denn es war nicht nur meine Leidenschaft, sondern das Einzige, das mich davon abhielt, in meiner selbst erlegten Einsamkeit durchzudrehen.

»Bitte was?« Sein Blick schnellte zu mir, und Hitze breitete sich in meinem Nacken aus.

»Koreanische Popmusik«, erklärte ich.

»Ah, diese Boybands?«

Ich nickte. »Es gibt auch Frauenbands, aber die Boybands sind wesentlich bekannter.«

»Cool.«

»Ich führe auch einen Blog darüber, wo ich Albumbesprechungen mache, die neuesten News über meine Lieblingsbands teile und eigentlich alles poste, was mit ihnen zu tun hat.« Warum zur Hölle erzählte ich ihm das? Ich klang wie ein pubertierendes Fangirl, das endlich jemanden gefunden hatte, mit dem es über seinen Lieblingsmusiker reden konnte. Er musste mich für total verkorkst halten.

Etwas völlig anderes geschah.

Noah wandte sich mir zu und blieb sogar stehen, sodass ich wenige Schritte weiter ebenfalls anhielt, um nicht von ihm wegzulaufen. »Ha, ich wusste es! Blogs leben also doch noch.«

Verständnislos blinzelte ich ihn an. »Klar, wieso nicht?«

Er schloss zu mir auf und blieb so nah vor mir stehen, dass ich den Kopf in den Nacken legen musste, um ihn ansehen zu können. »Ein Kumpel von mir auf der Highschool hatte früher einen Blog und gab ihn kurz vor unserem Abschluss auf. Er meinte, Blogs seien tot und niemand würde sich mehr dafür interessieren.«

»So ein Schwachsinn«, protestierte ich. »Keine Ahnung, wie es früher war, weil ich den Blog erst seit zwei Jahren betreibe, aber ich habe Tausende Leute, die regelmäßig meine Beiträge lesen, und bei Instagram sogar über dreißigtausend Abonnenten. Man muss halt guten Content posten und sich allgemein etwas Mühe geben, dann zieht es auch die richtigen Leute an.«

Langsam breitete sich ein Lächeln auf Noahs Lippen aus. Er sagte nichts, trotzdem klopfte mein Herz plötzlich wie verrückt, und in meinen Fingerspitzen begann es zu kribbeln. Die Zeit um uns herum schien für einen Moment stehen zu bleiben, selbst der Wind schien sich zu legen, während wir uns einfach nur ansahen. Die Luft zwischen uns war wie elektrisch aufgeladen, und die Spannung in mir stieg sekündlich an.

»Was?«, fragte ich, als ich es nicht mehr aushielt.

Noahs Lächeln wurde weicher, irgendwie intimer. »Ich hab dich noch nie so locker erlebt.«

»Wir kennen uns ja kaum.« Ich versuchte, meine Verlegenheit mit einem Lachen zu überspielen.

»Aber du warst bisher immer so kühl und distanziert, ich wusste nicht, dass du auch begeisterungsfähig bist. Das gefällt mir.« Er trat einen Schritt von mir zurück, und sofort spürte ich den kalten Wind wieder, der durch den Park pfiff. Trotzdem hinterließen seine Worte ein warmes Prickeln auf meiner Haut.

*Das gefällt mir.*

Mein Grinsen war so breit, dass mir die Wangen davon bereits wehtaten, als ich mich ebenfalls wieder in Bewegung setzte und Noah den Weg entlang folgte.

Eine Sekunde später fiel es in sich zusammen. Es sollte mich nicht freuen, immerhin wollte ich Noah doch gar nicht gefallen. Wahrscheinlich wäre es sogar besser gewesen, gar nicht erst mit ihm joggen zu gehen, denn ich wusste bereits jetzt nicht, wie ich jemals wieder damit aufhören sollte. Es machte so viel mehr Spaß, als meine Runden allein zu drehen. Zwar ließ ich mich sonst von Musik berieseln, aber es waren dieselben Lieder, die ich ohnehin jeden Tag hörte. Mit Noah unterwegs zu sein, bot mir eine willkommene Abwechslung aus meinem normalen Alltag, und mir wurde erst jetzt bewusst, wie sehr mir Gespräche mit anderen Menschen in den letzten zwei Jahren gefehlt hatten.

»Was studierst du eigentlich?«, fragte Noah. »Ich sehe dich oft im Wirtschaftsinstitut.«

»Business Management mit Nebenfach Gesundheitsmanagement.«

Er hob die Augenbrauen. »Das ist sehr ambitioniert.«

»Mag sein, aber es interessiert mich halt. Dass unser Gesundheitssystem überarbeitungswürdig ist, darüber brauchen wir, glaube ich, nicht zu reden. Aber es gibt auch unzählige Studien darüber, dass unser Arbeitsmarkt die Menschen zusätzlich krank macht. Die einen brauchen drei Jobs, um irgendwie über die Runden zu kommen, die anderen verdienen zwar einen Arschvoll Geld, brüsten sich aber mit Sechzigstundenwochen und dass ihnen drei Stunden Schlaf pro Nacht ausreichen. Es scheint fast, als gäbe es kaum noch einen gesunden Mittelweg.«

Noah lachte. »Wenn ich dir jetzt sage, dass ich Anwalt werden will, packst du mich direkt in die zweite Kategorie, oder?«

Fast hätte ich in sein Lachen mit eingestimmt. »Vielleicht benutze ich dich sogar als Testobjekt. Hast du schon Tendenzen zum Workaholic? Machst du genug Pausen?«

Gequält lächelnd verzog er den Mund. »Ich sag jetzt besser nix mehr.«

»Nein, aber ganz im Ernst, Jura ist ein spannendes Feld. In welche Richtung möchtest du denn gehen?«

»Strafrecht«, sagte er wie aus der Pistole geschossen. »Wobei ich mich im letzten halben Jahr frage, ob Familienrecht nicht auch erstrebenswert ist. Was Mom alles wegen Dad durchmachen muss, ist einfach nicht fair. Es müsste viel mehr Möglichkeiten geben, ihn deswegen zu belangen.«

Ich nickte. »Da stimme ich dir zu, aber musst du sofort entscheiden, in welche Richtung du gehen willst?«

Ein Schnauben entwich ihm. »Ich weiß ja nicht mal, ob ich überhaupt auf eine Law School komme. Erst mal muss ich meinen Bachelor machen, dann den Law School Administration Test bestehen. Und völlig unabhängig davon, ob ich irgendwo angenommen werde, weiß ich nicht, wie ich das alles bezahlen soll. Dad wollte das übernehmen, aber nachdem ich ihn nicht mehr erreichen kann …«

Noah ließ den Rest des Satzes in der Luft hängen, aber ich verstand sehr gut, was er sagen wollte. Die Bitterkeit in seiner Stimme zog an meinem Herzen, denn sein innerer Tumult war mit Händen greifbar. Noah hatte mir bereits erzählt, dass er eigentlich keinen Kontakt mehr mit seinem Dad wollte, was ich ihm nicht verdenken konnte. Doch erst jetzt verstand ich, dass er trotz allem mit ihm sprechen musste, wenn er seinen Traum, Anwalt zu werden, nicht begraben wollte. Law Schools waren unheimlich teuer. Nichts, was man mal eben mit einem Nebenjob bezahlen konnte, es sei denn …

»Was ist mit einem Stipendium?«, fragte ich.

Ein gequälter Ausdruck trat auf sein Gesicht. »Das werde ich wohl nicht bekommen. Meine Noten passen zwar, aber ich kann zu wenig *außerschulische* Aktivitäten vorweisen, um dafür in Betracht zu kommen.«

Ich runzelte die Stirn. »Ich dachte, du bist im Track-Team?«

»Ja, aber ich bin weder der beste Läufer noch sonderlich ambitioniert. Ich mache das zum Spaß und als Ausgleich, nicht weil ich damit erfolgreich werden will. Selbst die Studienberatung meinte, dass meine Zeiten nur müde belächelt werden, und selbst, wenn ich mich ab jetzt voll reinhänge, stehen da trotzdem die Zeiten der letzten zwei Jahre.«

»Oh.« Langsam wurde Noahs verzwickte Lage immer deutlicher. Er kam nicht drum herum, mit seinem Dad zu sprechen, wenn er Jura studieren wollte, und da er etwas von ihm wollte, wäre es nicht förderlich, wenn er ihn gleichzeitig mit Anschuldigungen überhäufte oder ihn deswegen anschrie. »Was hast du jetzt vor?«

Sein Lachen hatte etwas Verzweifeltes. »Ich habe nicht den Hauch einer Ahnung.«

Wir drehten drei Runden durch den Park, und mit jedem weiteren Meter fiel es mir leichter, mich mit Noah zu unterhalten. Über die Probleme von anderen zu sprechen, ließ meine eigenen zumindest für den Moment schweigen. Es war fast schon befreiend, sodass ich mich am Ende leichter fühlte und den Zeitpunkt des Abschieds so lange wie möglich hinauszögerte. Wären wir nicht beide verschwitzt vom Lauf gewesen, hätte ich Noah vielleicht gefragt, ob wir noch in ein Café gehen wollten.

So standen wir jedoch etwas unschlüssig am Eingang zum Park herum und schienen nicht genau zu wissen, was wir sagen sollten.

»Das war echt cool«, sagte Noah und kickte einen losen Stein über den Asphalt.

»Ja, find ich auch.« Ich spielte am Reißverschluss meiner Jacke herum, um ihm nicht in die Augen sehen zu müssen. Das Schweigen zwischen uns breitete sich aus, wurde dröhnender und irgendwie erdrückend. Krampfhaft suchte ich nach etwas, das ich sagen konnte, und das meine Zeit mit Noah verlängern würde. Denn ich wollte mich noch nicht verabschieden. Und diese Tatsache erschreckte mich mehr als alles andere. Ich wusste nicht, wie ich damit umgehen sollte, immerhin hatte ich genau diese Situation seit zwei Jahren aus gutem Grund gemieden. Aber jetzt steckte ich mittendrin, und abgesehen davon, dass es unfair wäre, Noah einfach stehen zu lassen, *wollte* ich es auch nicht mehr. Trotzdem trug es zu meiner inneren Zerrissenheit bei, die mich daran hinderte, einen vernünftigen Satz zu sagen.

»Hast du …«

»Wollen wir …«

Dann sprachen wir beide gleichzeitig, stockten, sahen uns an, und Noah fing an zu lachen. Auch in meinen Mundwinkeln zuckte es, und mit einem Mal war die seltsame Stimmung zwischen uns wieder verschwunden. Ich konnte Erleichterung in Noahs Blick lesen. Dieselbe Erleichterung, die ich auch in mir spürte.

»Du zuerst«, forderte ich ihn auf.

»Wollen wir Nummern tauschen und das vielleicht wiederholen?«

Ich nickte bereits, bevor er zu Ende gesprochen hatte, und zog mein Handy aus der Gürteltasche. Noah speicherte seine Nummer ein und gab mir das Smartphone zurück.

»Ich schreib dir später, dann hast du meine Nummer auch, okay?«

»Klar, kein Thema. Wir sehen uns hoffentlich bald wieder, Mia.«

»Bestimmt. Bye, Noah.«

Ich sah ihm hinterher, bis er um die nächste Gabelung verschwunden war, ehe ich mich auf den Weg in mein Wohnheim machte.

# KAPITEL 9

## Noah

*D*u bist so still heute.«

Ich blinzelte und sah von meinem Handy auf, das ich schon wer weiß wie lange zwischen meinen Fingern gedreht hatte, um es zu hypnotisieren, endlich den Eingang einer neuen Nachricht anzuzeigen.

Kayson, der gerade seine allabendliche Runde von hundertfünfzig Push-ups hinter sich gebracht hatte, hockte auf dem Boden unseres Wohnheimzimmers und sah mit hochgezogenen Augenbrauen zu mir auf. Eine Schweißperle lief seine Schläfe hinab, und er wischte sie abwesend mit dem Handrücken weg. »Du bist seit zwei Stunden zurück und hast seitdem nicht ein Wort gesagt. Das macht mir Angst, Mann.«

Okay, wow, mir war nicht bewusst gewesen, wie viel Zeit vergangen war. »Ich verstehe die Frauen einfach nicht«, platzte das aus mir heraus, was ich seit zwei Tagen dachte.

Kaysons Augenbrauen hoben sich noch weiter. »Seit wann ist das ungewöhnlich?«

»Eigentlich gar nicht, es fällt mir grad nur wieder auf.« Seufzend schob ich das Handy unter mein Kopfkissen. Wenn ich es nicht mehr sah, geriet ich vielleicht nicht in Versuchung, alle paar Sekunden draufzuschauen.

Mit einem Handtuch wischte Kayson über sein Gesicht und zog seinen Schreibtischstuhl vor mein Bett, auf den er sich rittlings setzte. Die verschränkten Arme auf die Lehne gestützt, sah er mich eindringlich an. »Was ist passiert?«

»Du erinnerst dich an Mia? Aus der Band?«

Kayson nickte und bedeutete mir mit einer Handbewegung, fortzufahren.

»Wir sind uns auf dem Campus einige Male über den Weg gelaufen und waren vorgestern zusammen joggen. Danach hab ich ihr meine Nummer gegeben und warte darauf, dass sie sich meldet.«

Das Grinsen auf Kaysons Gesicht wurde breiter. »Dich hat's erwischt«, stellte er fest.

»Quatsch«, protestierte ich sofort. An einer Beziehung war ich gar nicht interessiert. Ich hatte genug andere Probleme, dass ich mich damit nicht auch noch herumschlagen wollte. Trotzdem war da etwas an Mia, das mich faszinierte und den Wunsch in mir wachrief, mehr über sie erfahren zu wollen.

»Ist klar.« Kayson schnaubte. »Und weil du überhaupt kein Interesse an ihr hast, starrst du seit zwei Stunden auf dein Handy. Weil es dir völlig egal ist, ob sie dir schreibt.« Sarkasmus triefte aus seinen Worten. Ich kannte ihn mittlerweile gut genug, um zu wissen, dass er mich damit nur provozieren wollte, mich noch stärker zu verteidigen, um seinen Punkt zu untermauern.

Es sprach nicht unbedingt für mich, dass es funktionierte.

»Nein, so ist es nicht. Klar, sie ist hübsch, aber ich würde sie einfach gerne näher kennenlernen. Ohne Hintergedanken. Ich glaube, sie hat nicht viele Freunde.«

»Wenn überhaupt. Nach dem, was Lizzy erzählt, macht sie kaum was mit anderen Leuten. Auch mit der Band nicht. Dass sie nach dem Vorspielen letztens mit zu der Party gekommen ist, war eine absolute Ausnahme. Sonst trifft sie sich außerhalb der Proben nie mit ihnen.«

»Siehst du«, fiel ich ihm ins Wort.

Kayson verdrehte die Augen. »Das ändert nichts an der Tatsache, dass du scharf auf sie bist. Dass man jemanden faszinierend findet und näher kennenlernen will, ist genau das, was auf die anfängliche Anziehung folgt. Das weißt du nur nicht, weil du Frauen nie mehr als einmal triffst.«

Jetzt war es an mir, ein Schnauben auszustoßen. »Als würde ich nicht wissen, wie es sich anfühlt, sich zu verlieben. Darf ich dich daran erinnern, dass ich auf der Highschool drei Jahre in einer Beziehung war?«

Jenny war meine erste große Liebe gewesen, und für eine Zeit war ich sicher gewesen, dass wir für immer zusammenbleiben würden. Doch das Leben hatte andere Pläne gehabt. Während ich in New York angenommen worden war, war sie nach Florida gegangen, um Meeresbiologin zu werden. Kurz vor dem Studium hatten wir uns getrennt, weil wir beide der Meinung waren, dass eine Fernbeziehung nicht funktionieren würde. Wir hatten einen letzten wundervollen Sommer miteinander verbracht, in dem wir alles getan hatten, was uns Spaß machte. Wir hatten das Leben genossen, uns selbst gefeiert, und ich war mir sicher gewesen, dass ich danach mit einem guten Gefühl aufs College gehen konnte.

Doch das genaue Gegenteil war der Fall gewesen. Ich hatte Jenny anfangs so sehr vermisst, dass ich mich kaum auf die Vorlesungen konzentrieren und an manchen Tagen nicht einmal richtig atmen konnte. Sie in einen anderen Bundesstaat ziehen zu lassen, hatte mir das Herz herausgerissen. Ich hatte zuvor nie Liebeskummer gehabt und war nicht darauf vorbereitet gewesen, wie sehr es körperlich wehtun würde, wie sich mein ganzes Wesen nach ihr verzehren würde und ich kaum an etwas anderes denken konnte. Es war eine schwere Zeit gewesen und hatte lange gedauert, bis ich mich aus dem Loch hatte befreien können. Ich wüsste nicht, ob ich es ohne Kayson überstanden hätte. Aber gerade weil Kayson als mein Mitbewohner alles hautnah miterlebt hatte, verstand ich nicht, warum er mir nicht mehr Verständnis entgegenbrachte.

Seufzend rieb er sich über die Augen. »Ich weiß, aber das ist über zwei Jahre her. Seitdem hast du dich nur in One-Night-Stands gestürzt, und keine Frau – wirklich *keine* – konnte auch nur annähernd dein Interesse wecken. Dass Mia es geschafft hat, auch wenn du es vehement abstreitest, ist ein verdammt eindeutiges Zeichen, Mann.«

Es hatte einfach keinen Sinn, mit ihm zu diskutieren. Egal, was ich sagte, Kayson würde auf alles ein Gegenargument haben.

»Eigentlich wollte ich von dir nur Tipps haben, wie ich am besten mit Mia umgehen soll«, gab ich mich geschlagen.

»Sorry, da fragst du den Falschen. Selbst Lizzy hat noch keinen Draht zu Mia gefunden. Sie scheint ziemlich kompliziert zu sein, überleg dir gut, ob du das aktuell in deinem Leben gebrauchen kannst.« Kayson schlug mir auf die Schulter und erhob sich von seinem Stuhl, um ins Bad zu gehen.

Eigentlich konnte ich es nicht gebrauchen, das wusste ich genau. Es gab viel dringlichere Sachen, um die ich mich kümmern sollte, gleichzeitig war mir auch klar, dass ich Mia nicht einfach aus meinem Kopf streichen konnte.

Shit, hatte Kayson etwa recht?


Am nächsten Morgen schlurfte ich noch im Halbschlaf zum College. Es war zu früh für meine Vorlesungen und damit auch zu früh für mich, aber ich wollte vor dem eigentlichen Start noch einige Sachen in der Bibliothek für eine Hausarbeit nachschlagen, deren Abgabe morgen war. Ja, ich hatte es mit dem ganzen anderen Scheiß völlig verpeilt, war viel zu spät dran und würde vermutlich eine Nachtschicht einlegen müssen, um noch rechtzeitig fertig zu werden. Aber es war nicht zu ändern. Wenn ich nicht wollte, dass mein Notenschnitt deswegen sank, musste ich da durch.

Ich betrat das kleine Café auf dem Campus, um mir einen extrastarken, großen Kaffee und irgendwas Süßes zu holen. Zucker und Koffein würden es heute richten müssen.

»Guten Morgen, was kann ich für dich tun?«, flötete die Bedienung hinter der Theke regelrecht. Wie man um diese Uhrzeit derart wach sein konnte, würde ich nie verstehen.

»Einen großen Café Latte mit zwei extra Shots und ein Schokocroissant«, murmelte ich und zog mein Portemonnaie aus meiner hinteren Hosentasche.

»Kommt sofort.« Mit Schwung drehte sie sich um und begann, an der Kaffeemaschine herumzuwerkeln, während ich meinen Blick durch das Café schweifen ließ. Um diese Uhrzeit war noch nicht viel los. Nur drei Tische waren besetzt, und mir blieb das Herz beinahe stehen, als ich Mia an einem davon entdeckte. Vor ihr auf dem Tisch standen eine Tasse Tee und ein Teller, auf dem ein nur halb gegessener Muffin lag. Sie war über ihr Handy gebeugt und hatte mich bisher noch nicht entdeckt – oder sie hatte mich beim Reinkommen gesehen und tat absichtlich beschäftigt, damit ich sie nicht ansprach.

Während ich noch mit mir haderte, ob ich zu ihr gehen sollte, vernahm ich ein Räuspern hinter mir. Die Bedienung stellte meinen Kaffee und das in eine Tüte verpackte Croissant auf den Tresen. »Macht sechs vierundachtzig.«

Warum waren die Preise in dieser Collegebäckerei eigentlich genauso gesalzen wie im Rest von New York? Ich unterdrückte einen bissigen Kommentar und reichte der Bedienung einen Zehndollarschein. Sie konnte immerhin auch nichts dafür.

Ich steckte das Wechselgeld ins Portemonnaie, schob es zurück in meine Hosentasche und griff nach dem Becher und der Tüte. Als ich mich damit umdrehte, um zu gehen, stockte ich ein zweites Mal in der Bewegung, als mein Blick erneut auf Mia fiel. Sie hatte das Handy zur Seite gelegt und sah mich direkt an. Überraschung lag auf ihren Zügen, und sie schluckte sichtbar.

Unsicherheit machte sich in mir breit. Seit drei Tagen wartete ich vergeblich darauf, dass sie sich meldete, was nur bedeuten konnte, dass sie kein Interesse an mir hatte. Ich wollte jetzt nicht mit ihr reden und sie womöglich darauf ansprechen, warum sie mir nicht geschrieben hatte, aber genauso wenig wollte ich wortlos an ihr vorbeigehen. Also beschloss ich, so zu tun, als sei nichts gewesen.

Mit einem breiten Lächeln trat ich an ihren Tisch. »Hey, wir laufen uns neuerdings echt ständig über den Weg.«

»Sieht ganz so aus.« Mias Lächeln war verhalten, trotzdem deutete sie auf den Platz neben sich. »Möchtest du dich setzen?«

Die Versuchung, ihr Angebot anzunehmen, war groß. Nachdem ich drei Tage auf ein Lebenszeichen von ihr gewartet hatte, war ich wirklich drauf und dran, meine Hausarbeit in den Wind zu schießen und die Zeit bis zur ersten Vorlesung mit ihr zu verbringen. Aber ich konnte es einfach nicht. Wenn zu all dem anderen Mist auch noch meine Noten absackten, konnte ich das Jurastudium wirklich abschreiben. Und ich war noch nicht bereit, meinen Traum aufzugeben.

»Ich würde total gerne, aber ich kann leider nicht.« Ich hob die Tüte und den Becher hoch. »Ich wollte mir nur schnell Verpflegung holen und dann in die Bibliothek, weil ich was für eine Hausarbeit nachschlagen muss, bei der morgen Abgabe ist.«

»Oh.« War das so etwas wie Bedauern in ihren Zügen?

»Hätte ich eher angefangen, säße ich jetzt nicht in der Patsche«, versuchte ich zu scherzen, was Mia die Andeutung eines Lächelns entlockte.

»Ist das nicht immer das Problem? Erst denkt man, man hätte noch ewig Zeit, dann muss man plötzlich am nächsten Tag abgeben und hat noch nix dafür getan.«

Ich nickte. »Oder man denkt, es ist easy in zwei Tagen erledigt, und bei der Recherche stellt man fest, dass das Thema viel umfangreicher ist als erwartet.«

Wissend verzog sie den Mund, aber ein Funkeln trat in ihre Augen. »Ich drück dir die Daumen, dass dir das heute nicht passiert.«

»Das wäre mein Untergang.« Ich versuchte mich an einem Lachen, das aber einen verzweifelten Nachklang hatte. Ich stand schon viel zu lange hier rum. »Ich muss jetzt wirklich los. Wir … sehen uns?« Es klang wie eine Frage, weil ich immer noch nicht wusste, was Mia eigentlich wollte. Kontakt zu mir? Keinen Kontakt, aber einige gewechselte Worte, wenn wir uns zufällig über den Weg liefen? Ich wurde einfach nicht schlau aus ihr, und es trieb mich langsam in den Wahnsinn.

»Alles klar. Viel Erfolg, und ich meld mich.«

Nur mit Mühe konnte ich ein Augenrollen unterdrücken, denn genau das hatte sie vor drei Tagen schon mal gesagt. Und seitdem war nichts passiert. Doch Mia wirkte nicht unehrlich oder als wäre etwas Ungewöhnliches dabei, dass sie mir bisher noch nicht geschrieben hatte. Vielleicht war es für sie ganz normal und hatte was mit einem blöden Datingratschlag zu tun, den sie von der Highschool kannte. *Du musst fünf Tage warten, ehe du deinem Schwarm schreiben darfst.* So was hatte auch bei uns kursiert, wenn ich mich recht erinnerte.

Gott, ich musste aufhören, so zu denken, ich wollte doch gar kein Date mit Mia.

Bevor ich noch länger tatenlos vor ihr stand und sie anstarrte, verabschiedete ich mich und verließ fast schon fluchtartig das Café.

In der Bibliothek suchte ich die vier Bücher zusammen, die meine Dozentin uns zu dem Thema empfohlen hatte, und machte mich an die Arbeit. Ich hatte fast zwei Stunden bis zu meiner ersten Vorlesung, und die wollte ich sinnvoll nutzen.

Es dauerte nicht lange, bis ich in den Stoff versunken war. Einmal angefangen, bemerkte ich wieder, warum es genau das war, was ich machen wollte. Auch wenn das LaGuardia kein weiterführendes Jurastudium anbot, hatte ich einen einführenden Jurakurs als Nebenfach wählen können, für den ich auch die Hausarbeit machte. Ich ging völlig darin auf, las mich in Windeseile durch die Bücher und kopierte Abschnitte, die für meine These wichtig waren, sodass ich sie heute Abend nach der Arbeit nur noch in eine schriftliche Form bringen musste. Je länger ich dort saß, desto mehr Blätter stapelten sich neben mir, und desto bewusster wurde mir, dass ich wirklich eine Nachtschicht würde einlegen müssen, um das alles einzuarbeiten. Selbst wenn ich die Mittagspause komplett durchackerte, würde der Großteil für später liegen bleiben. Ich zog mein Handy aus der Tasche, um Kayson zu schreiben, ob er bei Lizzy übernachten könnte, damit ich ihn nicht stören würde, doch ich stockte, als ich auf dem Display eine Nachricht einer unbekannten Nummer entdeckte.

Mein Puls schoss in die Höhe. Ich hatte das Handy nicht nur lautlos geschaltet, wie es in der Bibliothek Vorschrift war, sondern zudem den Vibrationsalarm deaktiviert, um mich nicht davon ablenken zu lassen, dass in irgendeiner Gruppe schon morgens irgendein Thema diskutiert wurde. Sekundenlang war ich wie gelähmt, starrte einfach nur das Display an, dessen Licht längst wieder erloschen war.

*Ob die Nachricht von Mia ist?*

Endlich kam Leben in mich. Ich entsperrte den Bildschirm mit meinem Fingerabdruck und rief die Nachricht auf.

Viel Erfolg bei der Hausarbeit. Du schaffst das! Es war schön, dich heute Morgen zu sehen :)

Sie war tatsächlich von Mia. Adrenalin jagte durch meinen Körper, und ein Lächeln zupfte an meinen Mundwinkeln, während mir tausend Fragen durch den Kopf rasten. Warum schrieb sie mir auf einmal? Was hatte sich durch unser zufälliges Treffen geändert? Hatte sich überhaupt etwas geändert? Ich konnte es mir kaum vorstellen, denn wir hatten nur wenige Worte gewechselt, und im Nachhinein kam mir mein Verhalten fast schon abweisend vor. Trotzdem hatte

Mia diesen Moment gewählt, um sich endlich bei mir zu melden. Warum?

Ich schüttelte den Kopf, denn ich würde von allein ohnehin nicht draufkommen. Stattdessen speicherte ich Mias Nummer ein und antwortete ihr.

Danke! Fand ich auch. Bist du öfter in dem Café?

Während ich auf Mias Antwort wartete, schrieb ich endlich Kayson, dass ich unser Zimmer heute Nacht für mich alleine bräuchte, um die Hausarbeit fertigzustellen. Dann legte ich das Handy neben mir auf den Tisch und beugte mich wieder über meine Bücher. Doch ich konnte mich nicht mehr konzentrieren. Ständig wanderte mein Blick nach rechts, obwohl der Bildschirm dunkel blieb. Die Worte, die ich in den Büchern las, ergaben keinen Sinn mehr in meinem Kopf. Ich verfluchte mich selbst, dass ich mich so leicht aus dem Konzept bringen ließ, aber auch das brachte mich nicht weiter.

Als mein Handy endlich aufleuchtete, konnte ich nicht schnell genug danach greifen. Nervosität machte sich in meinem Magen breit und wurde sogleich von Enttäuschung weggespült, weil es nur Kayson war, der mir geantwortet hatte.

Klar, kein Problem.

Schnaufend schob ich das Handy in meine Tasche, wo ich es nicht mehr sehen konnte. Was war nur mit mir los? Es war überhaupt nicht meine Art, derart über eine Frau nachzudenken. Das war mir seit Jenny nicht mehr passiert, und da war es etwas völlig anderes gewesen. Wir hatten uns schon länger gekannt, und aus einer Freundschaft war nach und nach mehr geworden. Doch seit ich am LaGuardia war, hatte keine Frau meine Aufmerksamkeit für länger als eine Nacht halten können. Bis jetzt. Mia schaffte es mit Leichtigkeit, dabei schien sie es nicht mal darauf abzusehen.

Ich schüttelte den Kopf über mich selbst und beugte mich wieder über meine Notizen, doch meine Konzentration war hinüber. Gefühlt brauchte ich für die letzten zehn Seiten länger als für den Rest der vier Bücher. Der Wunsch, mein Handy hervorzuholen und nachzusehen, ob Mia mir geantwortet hatte, war allgegenwärtig. Doch ich zwang mich, ihm nicht nachzugeben. Nicht, ehe ich die Arbeit nicht hinter mich gebracht hatte.

Erst nachdem ich den letzten Abschnitt kopiert und die Bücher an die entsprechenden Plätze zurückgestellt hatte, prüfte ich, ob Mia mir geschrieben hatte. Ich musste lächeln, als ich ihre Nachricht las.

An den meisten Tagen vor der Uni. Wenn du es mal nicht eilig hast, darfst du mir gern Gesellschaft leisten :)

Sie hatte es mir erneut angeboten, wie schon zuvor im Café. Das musste etwas bedeuten, oder? Vor allem, wenn Kayson und Lizzy beide sagten, dass Mia sich normalerweise mit niemandem traf. Schnell schrieb ich ihr zurück.

Das Angebot nehm ich gerne an. Aber nicht morgen, da muss ich vermutlich den letzten Feinschliff an der Hausarbeit fertigstellen.

Ich schob das Handy in meine Tasche, schulterte meinen Rucksack und verließ die Bibliothek. Der Campus war deutlich belebter als zuvor. Emsig liefen die Studenten in die unterschiedlichen Institute, Mützen tief über die Ohren gezogen und den Kragen ihrer Jacken gegen den eisigen Wind hochgeklappt. Ich nahm einen Umweg über den kleinen Kiosk, um mir einen weiteren Kaffee zu holen, ehe ich zu meiner ersten Vorlesung ging.

Kayson, Theo und Rena saßen bereits in der letzten Reihe nebeneinander. Ich schob mich zu ihnen durch und ließ mich auf den freien Platz neben Kayson fallen. »Morgen«, begrüßte ich sie.

»Hey, Noah.« Kayson wandte sich mir komplett zu, und an dem überfreundlichen Grinsen in seinem Gesicht erkannte ich sofort, dass er was von mir wollte.

»Was?«, grummelte ich gespielt genervt.

»Wir gehen doch am Samstag bowlen, richtig?«

»Ja?« Neugierig horchte ich auf. Wenn er unser Treffen absagte, würde ich wirklich sauer werden. Unsere Bowlingabende waren heilig, das hatten wir in unserem ersten Semester beschlossen. Sie wurden nur abgesagt, wenn jemand ernsthaft krank war oder wegen einem Spiel oder Wettkampf verhindert war.

»Wäre es okay, wenn die Mädels mitkommen? Avery und Lizzy haben schon öfter gefragt, Virginia würde sich ebenfalls anschließen …« Kayson legte eine bedeutungsschwere Pause ein und lehnte sich näher zu mir. Das Funkeln in seinen Augen verhieß nichts Gutes. »Und du könntest doch auch Mia fragen«, beendete er seinen Satz.

Damit hatte er mich. Ich hätte sowieso nichts dagegen gehabt, dass die Mädels uns begleiten, aber wenn es so gewesen wäre, hätte ich jetzt nicht mehr ablehnen können. Es wäre unverfänglich, Mia zu fragen, weil wir nur etwas in der Gruppe unternahmen, trotzdem würde es mir die Gelegenheit geben, Zeit mit ihr zu verbringen, ohne aufdringlich zu wirken.

Wenn sie zusagte.

Möglichst cool zuckte ich mit den Schultern. »Klar können sie mitkommen. Je mehr, desto besser. Ich dachte nur immer, sie haben kein Bock auf Bowlen.«

Theo stützte sich mit dem Ellbogen auf dem Tisch ab und rutschte vor, bis er mich um Kayson herum ansehen konnte. »Sie haben nie gefragt, weil sie dachten, es wäre so ein Männerding bei uns und wir wollten sie nicht dabeihaben.«

Unwillkürlich musste ich lachen. »Klarer Fall von falscher Kommunikation.«

»Oder eher gar keiner Kommunikation«, stimmte Kayson zu.

Unser Dozent betrat den Raum, und langsam ebbte das Murmeln und Reden der Studierenden ab. Während die anderen sich mehr oder weniger interessiert anhörten, was Professor Taylor zu sagen hatte, zog ich unauffällig mein Handy hervor. Mia hatte mir geantwortet, und augenblicklich war die Nervosität zurück.

Das Angebot ist ja nicht auf morgen beschränkt ;) Komm, wann immer du magst, nur am Wochenende bin ich meist nicht da.
Am Wochenende steh ich eh nicht freiwillig früh auf.

Sofort erschienen die drei Pünktchen unten links, die anzeigten, dass Mia tippte.

Soso, du bist also ein Langschläfer?

Nur mit Mühe konnte ich ein Schnauben unterdrücken. Kayson warf mir aus dem Augenwinkel einen viel zu interessierten Blick zu, doch ich ignorierte ihn und schirmte den Bildschirm mit meiner Schulter ab, damit er nicht spannen konnte.

Ich hab nicht gesagt, dass ich so lange schlafe, nur dass ich gern länger liegen bleib ;)

Diesmal dauerte es länger, bis ich eine Antwort erhielt. Unaufhörlich erschienen die drei Pünktchen und verschwanden wieder. Entweder schrieb Mia unheimlich viel, oder sie löschte mehrere Male, was sie verfasst hatte, um von vorne zu beginnen.

Solche Leute sind mir suspekt. Ich meine, was macht man noch im Bett, wenn man wach ist? Dann kann man aufstehen und es sich auf der Couch oder so gemütlich machen. Das Bett ist nur zum Schlafen gedacht.

Ein überraschtes Lachen brach aus mir heraus, das ich als Husten zu tarnen versuchte, um in der Vorlesung nicht aufzufallen. Es war bereits das zweite Mal, dass mir Mias Meinungsstärke aufgefallen war. Hatte ich anfangs noch gedacht, sie wäre ruhig und zurückhaltend, wurde mir mittlerweile klar, dass das genaue Gegenteil der Fall war. Vielmehr kam es mir vor, als würde sie sich absichtlich distanzieren, doch je mehr Zeit sie mit mir verbrachte, desto mehr von der wahren Mia, die sich hinter der Zurückhaltung versteckte, brach aus ihr heraus.

Neugierig lehnte sich Kayson zu mir, ein wissendes Grinsen auf den Lippen. Ich war mir immer noch sicher, dass er nicht auf dem Display mitlesen konnte, doch er schien trotzdem erraten zu haben, mit wem ich schrieb. »Krise abgewendet?«, fragte er leise.

Ich nickte bloß und wandte mich wieder Mias Nachricht zu.

Noah: Dein Wohnheimzimmer würde ich gerne sehen, wenn du dort sogar Platz für eine Couch hast. Ist das ein spezielles Zimmer? Studentenwohnheim 2.0 oder so?

Mia: :p

Mia: Ich hätte gerne eine. Ich kann auf dem Bett einfach nicht vernünftig sitzen, und wenn ich mich hinlege, verfalle ich sofort in den Schlafmodus.

Noah: Zum Sitzen sind Stühle da. Auf eine Couch muss man sich eigentlich richtig fläzen. So richtig mit Füßen hochlegen, um es bequem zu haben.

Mia: Versuchst du hier eigentlich ein Statement zu machen, oder willst du mich nur aufziehen? ;)

Ich biss mir auf die Unterlippe, um ein weiteres Lachen zu unterdrücken. Natürlich zog ich sie nur auf, und es war fast schon schade, dass sie mich so schnell durchschaut hatte, denn es hatte gerade erst angefangen, Spaß zu machen. Aber dann konnte ich sie jetzt auch etwas anderes fragen.

Hast du Lust, am Samstag mit uns bowlen zu gehen? Nicht alleine mit uns Jungs. Lizzy, Avery und Virginia sind auch dabei.

Die blauen Häkchen zeigten an, dass Mia die Nachricht gelesen hatte, aber diesmal erschienen keine Pünktchen, dass sie eine Antwort tippte. Ungeduldig wartete ich darauf, ob sie zustimmen würde. Ich starrte auf den Bildschirm, versuchte, ihn mit der Kraft meiner Gedanken dazu zu bringen, mir eine Antwort zu präsentieren. Als das Display von selbst erlosch, machte sich erneut Hoffnungslosigkeit in mir breit. Ich versuchte, mir einzureden, dass Mia gerade in der Vorlesung aufpassen musste, konnte es aber selbst nicht so recht glauben.

# KAPITEL 10

## Mia

Den ganzen Tag waberte Noahs Frage durch meine Gedanken. Es kam mir vor, als hätte Noah mich aus einem langen Dornröschenschlaf geweckt, und ich bräuchte jetzt noch etwas Zeit, um richtig wach zu werden. Um zu realisieren, wo ich war und was ich wollte.

Einerseits sträubte sich alles in mir dagegen, Noah abzusagen, gleichzeitig wollte ich auch auf keinen Fall zusagen, was mich zur Tatenlosigkeit verdammte. Mein Handy hatte ich tief in meinem Rucksack vergraben, damit ich es nicht versehentlich in die Finger bekam. Sollte Noah mir ein weiteres Mal schreiben, wollte ich es gar nicht wissen.

Also tat ich wieder das, was ich am besten konnte. Mich vor allem verschließen und versuchen, von mir selbst davonzulaufen. Ich wusste, dass ich es tat, und mir war auch klar, dass es nicht in Ordnung war, trotzdem konnte ich nichts daran ändern. Es war wie ein innerer Drang, der mir den Brustkorb abschnürte und mich handlungsunfähig machte. Auch wenn ich genau wusste, dass ich mich nicht den ganzen Tag davon abhalten konnte, auf mein Handy zu schauen.

Ich schaffte es, bis ich nachmittags zurück im Wohnheim war, um meinen Rucksack wegzubringen, bevor ich zur Bandprobe ging. Da musste ich es hervorholen und warf zwangsläufig einen Blick aufs Display. Aber Noah hatte mir nicht mehr geschrieben, nur eine Nachricht von Lizzy war zu sehen, die sie an die Bandgruppe geschickt hatte. Darin teilte sie uns mit, dass sie fünf Minuten später kommen würde, wir aber nicht unsere Instrumente herausholen sollten, da sie zuerst etwas Wichtiges mit uns besprechen wollte.

Mein Magen zog sich schmerzhaft zusammen. Ich hatte seit gestern so sehr über Noah nachgedacht, dass ich es total vergessen hatte. Das Gespräch über die Texte, die wir singen wollten und die darüber entscheiden würden, ob ich die Band verlassen musste.

Meine Nerven waren zum Zerreißen gespannt, als ich zur musikalischen Fakultät aufbrach. Je näher ich dem Unausweichlichen kam, desto schlimmer wurde es. In meinem Kopf zeichnete sich ein klares Bild ab, wie das Gespräch ablaufen würde. Lizzy würde die anderen mit ihren Ideen wie so oft mitreißen. Zumindest Virginia war ebenso feministisch eingestellt wie Lizzy, und Chloe machte ohnehin immer alles, was Virginia wollte. Ich konnte mir beim besten Willen nicht vorstellen, dass ich von ihnen irgendeine Art der Unterstützung erwarten konnte. Selbst wenn ich sagte, dass ich die Band verlassen wollte. Denn genau genommen brauchten sie mich nicht. Ein Keyboard war kein notwendiges Instrument für eine Rockband, sie könnten ohne großartige Umstellungen weitermachen, wenn ich nicht mehr dabei war.

Eine Schwere legte sich auf mich, drückte auf meine Schultern hinab, und meine Kehle war wie zugeschnürt, als ich den Raum endlich erreichte. Kurz zögerte ich, dann drückte ich die Klinke runter und trat ein.

Virginia und Chloe waren bereits da. Sie saßen nebeneinander auf den klapprigen Stühlen und sahen auf, sobald sie mich entdeckten. »Hey, Mia«, begrüßte Chloe mich.

»Hi.« Ich ließ meine Tasche von der Schulter gleiten und zog einen Stuhl heran, um mich zu ihnen zu setzen.

»Weißt du, worüber Lizzy mit uns sprechen will?«, fragte Virginia.

Das Unbehagen in meinem Magen wuchs an. »Es geht um die Texte für unsere Songs«, sagte ich so neutral wie möglich.

Eine tiefe Furche bildete sich auf Chloes Stirn, während Virginia verwirrt den Kopf schüttelte.

»Also hat sie dich gefragt, ob du das Texten übernehmen willst?«, hakte Virginia nach.

»Hat sie.«

»Und du hast abgelehnt?«

»Nicht direkt …«, erwiderte ich zögerlich. Ich vergrub die Hände in den Taschen meines Hoodies und zog den Kopf ein.

Das Öffnen der Tür rettete mich. Lizzy rauschte in den Raum, ihre dunklen Locken waren zu einem Zopf gebunden, aus dem einzelne Strähnen heraushingen. Ihre Wangen waren gerötet, und ihre beschleunigte Atmung ließ darauf schließen, dass sie den Weg hierher gerannt war.

»Hey, sorry für die Verspätung«, japste sie und schälte sich aus ihrem Mantel.

»Ach was, du hast doch geschrieben, dass du später kommst.« Virginia lächelte ihr aufmunternd zu.

»Ich mag es trotzdem nicht, unpünktlich zu sein.« Lizzy blies sich eine Haarsträhne aus dem Gesicht und holte sich einen Stuhl, um sich zu uns zu setzen.

»Also«, begann sie. »Ich hab letzte Woche mit Mia gesprochen, ob sie mir beim Texten helfen kann, und grundsätzlich hat sie zugestimmt.« Lizzy warf mir einen eindringlichen Blick zu, bei dem mir der Schweiß auf dem Rücken ausbrach.

»Wo ist dann das Problem?«, fragte Chloe.

»Wir konnten uns nicht darauf einigen, welche Art von Liedern wir machen wollen. Ich würde gerne feministische Texte haben, die Frauen empowern und auf die fortbestehenden Missstände in unserer Gesellschaft hinweisen, aber Mia meinte, das könnte zu politisch sein und unsere Chancen schmälern, einen Vertrag mit dem Label zu erhalten.«

Chloe schnaubte. »Davon können wir ausgehen.«

Mein Herz stolperte in meiner Brust, während Lizzy die Augen verengte. »Aber ich will nicht bloß Lieder über Liebeskummer schreiben.«

»Sagt ja auch keiner, aber ich denke auch, dass es besser wäre, beim Vorspielen nicht allzu politisch rüberzukommen«, sagte Virginia.

Die unsichtbaren Ketten um meinen Brustkorb lockerten sich langsam, und ich konnte wieder freier atmen. Natürlich war noch nichts entschieden, aber das klang ganz anders als alles, was ich mir im Vorfeld ausgemalt hatte.

»Aber denkt ihr nicht, dass sie uns erst recht in die *Lovesong-Schublade* stecken, wenn wir nicht von vornherein klarmachen, dass wir auch Lieder mit einer Message produzieren wollen?« So leicht ließ Lizzy sich nicht ausbremsen, aber das hatte ich auch nicht erwartet.

»Es wäre trotzdem besser, wenn wir zuerst …«

»Okay, ich muss euch was sagen«, platzte Chloe dazwischen. So laut, dass wir alle erschrocken zusammenzuckten. Chloe atmete schnell, und eine Mischung aus Angst und Unsicherheit war in ihren Blick getreten, gleichzeitig wirkte sie unheimlich entschlossen.

»Okay?« Virginia legte ihrer Freundin beruhigend eine Hand auf den Unterarm. »Worum geht's?«

Chloe nahm einen tiefen Atemzug und rieb sich die Augen. »Bei feministischen oder politischen Texten wäre ich generell raus.«

Geschocktes Schweigen senkte sich über Lizzy und Virginia, während mir ein wahrer Felsbrocken vom Herzen fiel. Wenn Chloe ebenfalls dagegen war, gab es noch eine Chance für mich, denn eine Schlagzeugerin war in einer Band nicht so einfach zu ersetzen.

»Was?«, brachte Lizzy leise über die Lippen. »Warum?«

»Es ist nicht so, dass ich dem grundsätzlich nicht zustimme, aber …« Chloe klemmte sich eine Haarsträhne hinter das Ohr. »Ich kann einfach nicht damit in Verbindung gebracht werden. Meine Mom hat sich zur Bürgermeisterwahl von Atlanta aufstellen lassen, und als Frau hat sie es ohnehin schon schwer genug. Wenn die Republikaner erfahren, dass ihre Tochter feministische Texte singt, werden sie sie in der Luft zerreißen, das möchte ich einfach nicht.«

Kurzzeitig herrschte Stille. Virginia sah aus, als wollte sie widersprechen, würde es sich aber verkneifen. Lizzy kniff sich in die Nasenwurzel.

»Niemand kann dich dazu zwingen«, sagte sie.

»Das tut auch niemand. Ich mache das, weil ich weiß, wie viel es meiner Mom bedeutet.« Ein liebevolles Lächeln breitete sich auf Chloes Gesicht aus, das ich noch nie bei ihr gesehen hatte. »Sie hat ihr Leben lang zurückgesteckt, um Dad seine Karriere zu ermöglichen und für uns Kinder da zu sein. Jetzt sind wir alle aus dem Haus und sie kann sich endlich voll in der Partei engagieren, da möchte ich ihr einfach den Rückhalt bieten, den sie immer für mich gebildet hat.«

Lizzy schien es die Sprache verschlagen zu haben, denn sie nickte nur langsam.

»Ich weiß, wie wichtig dir Selbstbestimmung und Feminismus sind«, sprach Chloe weiter. »Und ich stimme dem auch zu. Würden wir weiterhin nur auf Studentenpartys auftreten, wäre das überhaupt kein Problem, aber sollten wir wirklich von einem Label vertreten werden, wird das Interesse an uns steigen. Man muss nur meinen Namen googeln, um die Verbindung zu meiner Mom herzustellen, weil ich sie bei einigen Rallyes unterstützt hab. Ich will einfach nicht, dass sich das, was wir mit der Band machen, negativ auf sie auswirkt.«

Lizzy nickte erneut und räusperte sich. »Das verstehe ich total.«

Unruhig rutschte ich auf meinem Stuhl herum, dann sagte ich einfach, was ich dachte. »Außerdem können wir trotzdem tiefgründig schreiben. Man kann starke Texte machen, ohne gleich die Feminismuskeule zu schwingen oder auf Gesellschaftsprobleme hinzuweisen. Nehmt alleine das College. Ich könnte zig Lieder darüber schreiben, was für ein Spießrutenlauf es war, an einem angenommen zu werden. Und dasselbe blüht uns noch mal, wenn wir für das Graduatestudium an eine weiterführende Uni wechseln müssen. Wie schlimm es wird, wenn wir erst einmal ins Berufsleben wechseln, darüber möchte ich gar nicht nachdenken.«

Drei Augenpaare starrten mich an. Lizzy blinzelte, Virginia klappte der Mund auf. Es wäre fast komisch, würde ich nicht ganz genau wissen, warum sie entgeistert waren. Weil ich mich bisher nicht auf diese Weise in der Band engagiert hatte. Ich war mir nicht einmal sicher, ob sie mich jemals zuvor so viele Worte am Stück hatten sagen hören. Und das war eher traurig, auch wenn ich es mit voller Absicht getan hatte.

Chloe war die Erste, die sich wieder fing. »Du hast vollkommen recht. Wir können trotzdem über Themen singen, die uns wichtig sind, ohne dass wir uns in Liebesliedern verrennen oder ein politisches Statement nach dem anderen setzen.«

»Ich … ihr habt recht«, sagte Lizzy leise. »Ich habe gar nicht darüber nachgedacht, welche Auswirkungen es haben könnte, wenn wir mit solchen Texten in der Öffentlichkeit stehen. Ich will mich nur nicht mehr verstecken, ich will nie wieder zu feige sein, die Dinge anzusprechen, die mich bedrücken, aber das heißt ja nicht, dass wir nur über Herzschmerz singen können.«

Chloe griff nach Lizzys Hand und drückte sie. »Das verstehe ich total, und es ist richtig, dass du nicht mehr schweigen willst. Ich hätte zum Beispiel gar kein Problem damit, wenn wir deinen Song performen. Dein Gewicht geht halt niemanden etwas an, und es sagt auch nichts über deinen Wert als Person aus. In die Richtung könnte man doch gehen.«

»Ich mag auch das, was Mia vorgeschlagen hat«, fügte Virginia hinzu. »Wir Studenten werden ja gerne als die gesehen, die bis mittags schlafen und jeden Abend feiern gehen, was halt überhaupt nicht der Wahrheit entspricht. Wenn wir über so etwas singen, kommt das sicher gut an.«

Die anderen stimmten zu, und Wärme breitete sich in mir aus. Mein Herz quoll über vor Glück, nur weil ihnen etwas gefiel, das ich vorgeschlagen hatte. Einerseits war es ein ungewohntes Gefühl, weil es unheimlich lange her war, seit ich es zuletzt verspürt hatte, gleichzeitig hatte es einen Nachklang, der mich an früher erinnerte, an die Mia, die ich auf der Highschool gewesen war. Ich konnte mich nicht entscheiden, ob es gut oder schlecht war, dass ich so empfand.

»Okay.« Lizzy klatschte in die Hände. »Wollen wir dann mit den Proben beginnen?«

Das Hochgefühl begleitete mich noch, als ich die musikalische Fakultät zwei Stunden später verließ, um zurück zum Wohnheim zu gehen. Erst jetzt wurde mir vollends bewusst, wie wichtig mir die Band geworden war. Wie sehr sie ein Teil meines Alltags war, den ich nicht mehr missen wollte. Und dass es der einzige Teil meines Lebens war, der mich aus dem langweiligen Trott herausriss.

Mein Magen begann zu knurren, kurz bevor ich das Wohnheim erreichte, und erinnerte mich daran, dass ich seit dem Mittag nichts mehr gegessen hatte. Kurz entschlossen ging ich an dem rötlichen Backsteingebäude vorbei und verließ das Campusgelände. In der angrenzenden Siedlung gab es eine Pizzeria, die die beste vegetarische Lasagne machte, die ich je gegessen hatte. Ich gönnte sie mir nur zu speziellen Anlässen, aber der heutige Tag konnte definitiv als besonders durchgehen.

Obwohl es nicht einmal achtzehn Uhr war, war es bereits stockdunkel. Ich freute mich schon jetzt darauf, wenn die Tage wieder länger wurden. Autos fuhren im Sekundentakt an mir vorbei und erleuchteten die Straße, die Brownstones und den Bürgersteig wie Discolichter. Irgendjemand hupte, was wohl *das* typische New Yorker Geräusch war. Der Wind hatte wieder zugenommen und blies mir mit eisiger Hand die Haare aus dem Gesicht. Ich fröstelte trotz meiner dicken Daunenjacke und zog meinen Schal enger um meinen Hals, auch wenn es mir keine Linderung verschaffte. Mit gesenktem Kopf achtete ich gar nicht auf meine Umgebung, während ich so schnell wie möglich zur Pizzeria ging, ohne dabei zu rennen.

Trotz meines schnellen Tempos war ich durchgefroren, als ich das Restaurant erreichte. Meine Fingerspitzen und Zehen fühlte ich schon gar nicht mehr.

Mollige Wärme schlug mir beim Eintreten entgegen, gemischt mit dem Duft von Knoblauch und geschmolzenem Käse, was meinem Magen erneut ein lautes Grummeln entlockte.

Die Inneneinrichtung war gemütlich und rustikal. Schwere Eichentische, auf denen bestickte Decken lagen, standen in gleichmäßigen Abständen im Raum verteilt. Die meisten von ihnen waren besetzt, was nicht unüblich war. Hier war immer viel los, selbst unter der Woche. Gute Qualität zahlte sich aus.

Als ich gerade einen der freien Tische ansteuern wollte, kam eine Person mit zwei voll beladenen Tellern aus der Küche gesaust, die mein Herz stolpern ließ.

Ich blinzelte, doch das Bild vor mir änderte sich nicht.

Was machte Noah hier?

Arbeiten, ganz offensichtlich, immerhin brachte er die Teller zu einem Tisch im hinteren Bereich und stellte sie vor den Gästen ab.

Noch immer stand ich wie erstarrt am Eingang. Ich hatte nicht erwartet, heute auf Noah zu treffen. Zwar wusste ich, dass er in einem Restaurant kellnerte, doch wir hatten nie darüber gesprochen, in welchem. Dass es ausgerechnet dieses war, kam mir wie eine verquere Art von Schicksal vor.

»Mia, das ist aber eine Überraschung.«

Noahs Stimme ließ mich erschrocken zu ihm aufsehen. Im lauten Stimmengewirr, das durch das Restaurant dröhnte, hatte ich ihn gar nicht kommen hören. »Hey«, sagte ich etwas atemlos.

Seine Augen funkelten mich vergnügt an. »Wolltest du mich besuchen?«

Ein Lachen entwich mir, das einen hysterischen Nachklang hatte. Hoffentlich dachte er jetzt nicht, ich würde ihm nachstellen. »Bis vor wenigen Sekunden wusste ich ja nicht mal, dass du überhaupt hier arbeitest.«

»Touché. Aber komm erst mal rein.« Er führte mich zur Theke, wo er auf einen Hocker deutete. »Setz dich hierhin, dann können wir quatschen.«

Ehe ich protestieren konnte, half Noah mir aus meiner Jacke, und ich sah ihm nach, wie er zur Garderobe ging und sie aufhängte.

# KAPITEL 11

## Noah

Als ich Mia gerade im Eingang hatte stehen sehen, wären mir vor Schreck fast die Teller aus der Hand gerutscht. Zuerst dachte ich, sie wäre bloß eine Erscheinung, ein Konstrukt meiner Einbildung, weil ich es den ganzen Tag nicht geschafft hatte, sie aus meinen Gedanken zu verbannen. Doch nachdem ich Tisch sieben bedient hatte, stand sie noch immer unschlüssig am Eingang und sah mich genauso entgeistert an wie ich sie. Das schloss auch meine zweite Vermutung aus: dass sie erfahren hatte, dass ich hier arbeitete, und gekommen war, um mir Gesellschaft zu leisten.

»Willst du was trinken?«, fragte ich, nachdem ich sie zur Bar geführt hatte.

Mia schluckte sichtlich und starrte auf den Hocker, als hätte er sie persönlich beleidigt. Nachdem sie mir beim Joggen eine lockere Seite an sich gezeigt hatte, schien sie heute wieder verschlossener zu sein. Sekunden verstrichen, in denen sie sich nicht rührte, und fast befürchtete ich, dass sie erneut vor mir flüchten würde. Als sie endlich auf den Sitz rutschte, atmete ich erleichtert aus.

»Ein Wasser, bitte«, sagte sie so leise, dass ich sie kaum verstehen konnte.

»Kommt sofort.« Ich drehte mich um, nahm ein sauberes Glas aus dem Regal hinter mir und füllte es mit Wasser aus dem Hahn, ehe ich es vor ihr abstellte. »Und such dir was zu essen aus. Geht aufs Haus.«

Vehement schüttelte Mia den Kopf. »Du musst das nicht …«

»Ich weiß, dass ich nicht muss«, fiel ich ihr ins Wort. »Ich möchte aber.« Ich ließ meinen Blick durch das Restaurant gleiten, sah zu jedem Tisch, ob einer unserer Gäste meine Aufmerksamkeit wollte, doch niemand schenkte mir Beachtung, also waren sie wohl alle noch versorgt.

Entgegen meiner Vermutung beachtete Mia die Speisekarte, die ich ihr hingelegt hatte, überhaupt nicht. »Ich nehme die vegetarische Lasagne«, sagte sie, als ich wieder zu ihr sah.

»Du warst schon mal hier.« Es war eine Feststellung, keine Frage. Denn obwohl New York an jeder Ecke ein sehr umfassendes Angebot bot, war es bei Weitem nicht so, dass jedes Restaurant vegetarische Gerichte vorweisen konnte.

»Ein paarmal. Ihr habt die beste vegetarische Lasagne auf ganz Staten Island. Nur dich hab ich hier noch nie gesehen.«

Dramatisch legte ich eine Hand auf meine Brust. »Und ich dachte, du wärst extra wegen mir gekommen.«

Die Andeutung eines Lächelns umspielte ihre Lippen. »Tut mir leid, dich enttäuschen zu müssen, aber gegen die Lasagne kommst du nicht an.«

Ich schwankte einen Schritt zurück, als hätten ihre Worte mir einen Dolchstoß verpasst. »Wie gemein. Du könntest wenigstens so tun, als wäre ich auch ein guter Grund, herzukommen. Wie soll mein Selbstbewusstsein diesen Schlag nur verkraften?«

Mias Mundwinkel hoben sich noch etwas mehr, und ein Funkeln trat in ihre Augen. Mir fiel auf, dass ich sie noch nie hatte lachen hören, und ich fragte mich, woran das wohl lag.

»So wie ich dich bisher kennengelernt habe, wird dein Ego das schon verkraften. Aber falls es dich beruhigt … wenn ich gewusst hätte, dass du hier arbeitest, wäre es ein weiterer Grund gewesen, hierherzukommen.«

»Puh.« Ein warmes Prickeln breitete sich in meiner Magengrube aus, und ich bekam das Lächeln nicht mehr aus dem Gesicht. Vielleicht war an Kaysons Vermutung doch was dran, dass ich auf Mia stand. »Da hab ich ja noch mal Glück gehabt. Du bist jederzeit hier willkommen, wenn ich arbeite.«

Herausfordernd zog sie die Augenbrauen hoch. »Heißt das, ich darf nicht mehr kommen, wenn du nicht arbeitest? Wie willst du das überprüfen?«

Da war sie wieder, Mias herausfordernde Seite, die mir beim Joggen schon aufgefallen war. Sie war das komplette Gegenteil von der verschlossenen Mia, und ich verstand immer weniger, wie diese beiden Seiten zusammengehörten.

»Oh, ich hab da so meine Möglichkeiten.« Verschwörerisch lehnte ich mich über die Theke näher zu ihr und hielt ihren Blick gefangen. »Aber wenn ich sie dir verraten würde, müsste ich dich töten.«

Ein überraschter Laut kam über ihre Lippen, der noch nicht ganz ein Lachen war, dem aber schon nahekam. »Ist klar. Solltest du nicht lieber meine Bestellung aufgeben, anstatt hier große Reden zu schwingen?«

Hitze breitete sich in meinem Nacken aus, und ich war mir sicher, dass meine Wangen sich röteten. Mia hatte es geschafft, dass ich völlig vergessen hatte, auf der Arbeit zu sein. Dabei waren erst wenige Minuten vergangen, seit sie mir gesagt hatte, was sie essen wollte.

»Sorry«, murmelte ich und verschwand in die Küche, um ihre Bestellung weiterzugeben.

»Du bist Vegetarierin?«, fragte ich, als ich zurück war.

Sie schüttelte den Kopf und hob dann die Schultern. »Nicht wirklich. Ich mag bloß kein Fleisch. Aber alles mit Fisch ist auch okay.«

Verwirrt zog ich die Stirn kraus. »Wie kann man kein Fleisch mögen?«

»Ich mag den Geschmack einfach nicht, und die Konsistenz ist auch nicht meins. Meine Eltern sagen, ich hab es schon als Kind verschmäht. Hab es auf dem Teller mehr von rechts nach links geschoben, anstatt es zu essen. Sie hatten damals sogar eine Essstörung bei mir vermutet und waren deswegen mit mir beim Kinderarzt. Der meinte aber gleich, sie sollten bei meinen Gerichten einfach das Fleisch weglassen, und siehe da, plötzlich hab ich den ganzen Teller verputzt.«

In meinen Mundwinkeln zuckte es. »Den ganzen Teller gleich? Sind die nicht zu hart?«

Mia rollte mit den Augen, konnte das Lächeln aber nicht komplett verhindern. »Spinner. Du weißt, was ich meine.«

»Aber Fisch magst du?«

»Fisch ist super, muss ich aber auch nicht jede Woche haben«, sagte Mia.

Je mehr ich über sie erfuhr, desto faszinierender fand ich sie. Unbewusst lehnte ich mich über den Tresen näher zu ihr, und erst jetzt fiel mir auf, dass ich mich schon länger nicht mehr im Restaurant umgesehen hatte, ob jemand meine Aufmerksamkeit wollte. Schnell ließ ich meinen Blick durch den Raum wandern, und sofort hob ein Gast seine Hand und winkte mich zu sich.

»Bin gleich wieder da«, sagte ich zu Mia und ging zu Tisch zwölf. Seine Frau bestellte ein weiteres Glas Wein, und die Familie am Nebentisch wollte bezahlen. Ich machte die Rechnung fertig, füllte ein Glas mit Pinot Grigio und brachte beides an die entsprechenden Tische. Dabei erregte ein weiterer Gast meine Aufmerksamkeit, und bis ich wieder zu Mia zurückkehrte, saß sie über ihr Handy gebeugt am Tresen.

»Was machst du da?«, fragte ich sie, während ich gleichzeitig benutzte Gläser spülte.

»Social Media checken«, antwortete Mia, ohne aufzusehen.

»Ah, dein K-Pop-Blog. Was begeistert dich sonst so?«, fragte ich mit gesenkter Stimme und lehnte mich über den Tresen näher zu ihr.

Mias Wangen röteten sich. Den Kopf senkend, griff sie nach ihrem Glas und strich mit ihrem Finger durch das Kondenswasser, das sich außen gebildet hatte. »Ich reise gerne, egal ob Strand, Berge oder Städte. Sobald ich genug Geld gespart hab, möchte ich die ganze Welt sehen und andere Kulturen kennenlernen.« Sie seufzte, und etwas Wehmütiges schwang in dem Laut mit.

»Ich auch«, stimmte ich ihr zu. »Ich war noch nie außerhalb der Staaten.«

»Ich auch nicht, dabei würde ich so gerne mal nach Europa.«

»Das ist auch ein Traum von mir«, gestand ich.

Unsere Blicke trafen sich, es war, als fuhr ein Blitzschlag durch mich hindurch. Mir wurde warm, heiß regelrecht, und das unbändige Verlangen kam in mir auf, über den Tresen hinweg nach Mia zu greifen. Den Arm um sie zu legen, ihre Hand zu nehmen oder sie in irgendeiner anderen Weise zu berühren. Ich war so überrascht von diesem plötzlichen Wunsch, dass ich stattdessen einen Schritt zurücktrat und mit dem Rücken gegen das Regal stieß.

»Noah!«, rief Mia erschrocken aus und hob die Arme. »Pass auf.«

Ich wirbelte herum und entdeckte sofort, was Mia in Aufruhr versetzt hatte. Eine der Whiskeyflaschen wackelte bedenklich. Wie in Zeitlupe kippte sie zur Seite und segelte aus dem Regal. Ich riss meine Hände hoch, um sie aufzufangen, aber meine Finger verfehlten sie um einige Millimeter. Die Flasche fiel unaufhörlich weiter und schlug mit einem lauten Krachen auf dem Boden auf, wobei sie meinen Fuß nur knapp verfehlte. Scherben stoben in alle Richtungen davon, gefolgt von Whiskeyspritzern, die meine Hose bis zum Knie durchtränkten.

»Shit! Bist du okay?« Mia beugte sich über den Tresen, bis sie das Schlamassel begutachten konnte.

»Nix passiert«, brachte ich über die Lippen, während ich die Wut in mir im Zaum zu halten versuchte. Wut darüber, dass ich mich wie ein blutiger Anfänger verhalten hatte. Ich hatte mich so sehr von Mia vereinnahmen lassen, dass ich komplett ausgeblendet hatte, wo ich war. Im Restaurant, bei der Arbeit. Natürlich gingen hier öfter mal Gläser kaputt, das ließ sich kaum verhindern, aber dieses Malheur war nur meiner Unachtsamkeit geschuldet.

»Was ist los?« Unser Koch Andrew kam um die Ecke geschlittert und sah sich mit großen Augen um. Als er mich inmitten des Scherbenhaufens entdeckte, fingen seine Mundwinkel verdächtig an zu zucken.

»Sag nichts«, ermahnte ich ihn, was ihn jedoch erst recht zum Lachen brachte.

»Ist das *die* Flasche?«

Seufzend kniff ich mir in die Nasenwurzel. »Ist es«, presste ich hervor. *Die* Flasche war ein Zweihundert-Dollar-Whiskey, der der ganze Stolz unseres Chefs war. Dass ich ausgerechnet sie zerstört hatte, setzte meiner Schusseligkeit die Krone auf. Vermutlich würde man mir das Geld vom Lohn abziehen, um sie zu ersetzen.

Ich unterdrückte einen Fluch und holte den Besen, um zuerst die Glasscherben zusammenzufegen. Danach nahm ich Lappen und einen Eimer, um den Whiskey aufzuwischen. Der brennende Geruch des Alkohols drang mir dabei in die Nase, und als ich fertig war, hatte ich das Gefühl, alleine dadurch betrunken zu sein.

Mia hatte ihre Lasagne bereits, als ich zurück an den Tresen trat. Sie schob sich eine Gabel in den Mund, sah zu mir auf und lächelte, während sie zu kauen begann. »Ich sollte öfter herkommen, hier scheint immer was los zu sein.«

Ein verzweifeltes Lachen kam über meine Lippen. Wenn jede Schicht so nervenaufreibend wäre, hätte ich diesen Job keinen Monat durchgehalten.


Der nächste Morgen begann mit Kopfschmerzen. Noch bis drei Uhr nachts hatte ich an meiner Hausarbeit gesessen, und im Nachhinein war es vielleicht nicht schlau gewesen, mir dabei zwei Gläser Wein zu gönnen, auch wenn es mir zu der Zeit wie eine gute

Idee erschienen war. Aber ich hatte es geschafft, und das, obwohl ich währenddessen mehr an Mia gedacht hatte als an meinen Unterrichtsstoff.

Mia war bei mir im Restaurant geblieben, bis ich Feierabend hatte. Wir hatten noch viel Spaß gehabt, uns gut unterhalten, und ein weiteres Mal hatte ich sie fast so weit gehabt, dass sie lachte. Ich hatte mir vorgenommen, das bei ihr zu schaffen. Sie richtig zum Lachen bringen. So sehr, dass ihr danach der Bauch wehtat und ihr Tränen in die Augen traten.

Bereits als wir uns nach meiner Schicht auf den Weg zurück zum Wohnheim gemacht hatten, waren erste Schneeflocken vom Himmel gesegelt. Über Nacht war noch mehr gefallen. Eine Schicht von zehn Zentimetern bedeckte die Wege, hatte sich auf Bäume und Sträucher gelegt und ließ den Campus etwas leiser erscheinen als sonst. Die Wege waren von den Hausmeistern bereits geräumt worden, aber weiterhin fielen dicke Flocken vom Himmel, die diesen Erfolg sofort wieder zunichtemachten.

Der Tag zog sich in die Länge, und je später es wurde, desto schwerer fiel es mir, nicht mitten in einer Vorlesung einzuschlafen. Wenigstens meine Hausarbeit kam gut an. Meine Dozentin lobte meinen Vortrag, was mir die Hoffnung gab, dass auch meine schriftliche Arbeit Gefallen finden würde. Trotzdem war ich froh, als ich nachmittags den Weg zurück ins Wohnheim antreten konnte.

Es schneite unablässig weiter, und der Wetterbericht warnte vor dem Schneesturm, der in der Nacht über New York hereinbrechen würde. Ein weiterer Meter Schnee und heftige Sturmböen wurden erwartet. Es wurde vor Schneeverwehungen gewarnt und dass der Verkehr im gesamten Bundesstaat zum Erliegen kommen könnte. Darüber konnte ich nur müde die Augen verdrehen. Ich hatte ohnehin nicht vor, irgendwohin zu fahren, und selbst ein Stromausfall konnte mich nicht schocken. Das LaGuardia war an die Notstromversorgung angeschlossen, sodass zumindest wichtige Dinge wie Licht und Heizung weiterhin funktionierten.

Ächzend schleppte ich meine müden Knochen in den zweiten Stock des Wohnheims, wo das Zimmer lag, das ich mir mit Kayson teilte. Mein Mitbewohner war schon da, als ich eintrat. Er lümmelte auf seinem Bett herum – ein seltener Anblick –, setzte sich aber kerzengerade auf, sobald er mich erblickte.

»Du hast Post bekommen«, sagte er anstelle einer Begrüßung.

Augenblicklich entdeckte ich den weißen Umschlag, den Kayson auf meinem Schreibtisch abgelegt hatte. Meine Hände begannen zu schwitzen, und meine Kehle wurde eng. Ich bekam nie Post hierher, aber ich hatte in den vergangenen Wochen die Onlinebewerbungen für diverse Universitäten ausgefüllt, an denen ich meinen Bachelor machen wollte. So schnell konnte jedoch keiner geantwortet haben, oder?

Mit zitternden Fingern griff ich danach.

»Ist von der Columbia«, sagte Kayson in der Sekunde, als ich den Umschlag berührte.

Mein Puls schoss in die Höhe, und sofort zog ich die Hand zurück, als hätte ich mich an dem Papier verbrannt. »So schnell, wie sie geantwortet haben, kann es nur 'ne Absage sein.« Die wollte ich nicht lesen. Die Columbia University Law School war mein absoluter Favorit. Seit ich den Entschluss gefasst hatte, Anwalt zu werden, wollte ich auf diese Law School. Wenn ich dort bereits meinen Bachelor machte, wäre die Wahrscheinlichkeit höher, an ihr angenommen zu werden. Bereits nach der Highschool hatte ich mich deswegen an der Columbia beworben, um schon dort das College zu besuchen, war aber abgelehnt worden. Und dieser Brief konnte nur eine weitere Absage bedeuten. Sie konnten sich nicht in knapp einer Woche entschieden haben, dass sie mich haben wollten.

Ich bemerkte erst, dass ich mich einige Schritte vom Schreibtisch entfernt hatte, als Kayson eine Hand auf meine Schulter legte und mich stoppte. Mir war nicht einmal aufgefallen, dass er von seinem Bett aufgestanden war.

»Du solltest ihn trotzdem öffnen«, riet er mir. »Egal was drinsteht, dann weißt du wenigstens Bescheid. Was, wenn es eine Zusage ist?«

Adrenalin, vermischt mit nackter Panik, schoss durch meinen Kreislauf, als ich mich dem Tisch langsam wieder näherte. Es klang melodramatischer, als es war, aber ich konnte nur daran denken, dass dieser kleine, unscheinbar wirkende Umschlag über meine Zukunft entscheiden könnte.

Ich versuchte, mich mit einem tiefen Atemzug zu beruhigen, und riss den Umschlag auf. Heraus kam eine gefaltete DIN-A4-Seite, die ich aufschlug. Rasch überflog ich die Zeilen, um zu den wichtigen Informationen zu gelangen.

*… freuen wir uns, Ihnen mitteilen zu können, dass wir Ihnen einen Studienplatz anbieten können.*

»Oh mein Gott.« Ein überraschtes Lachen brach aus mir heraus, und ich sah zu Kayson. »Sie nehmen mich.« Meine Stimme war leise, ich konnte es selbst noch nicht glauben. »Sie nehmen mich«, wiederholte ich, diesmal lauter, fester.

»Ich wusste es!« Kayson umarmte mich übermütig und klopfte mir dreimal auf den Rücken. »Glückwunsch, Mann. Das hast du mehr als verdient.«

»Danke.« Ich spürte das Lächeln auf meinen Lippen, obwohl in meinem Inneren noch immer ein Sturm an Gefühlen tobte. Denn ich hatte zwar einen Studienplatz, aber bisher wusste ich nicht, ob man mir auch ein Stipendium gewährte.

Mein Blick senke sich erneut auf den Brief, den ich diesmal in Ruhe zu Ende las. Doch nirgendwo stand etwas, dass ich zumindest ein Teilstipendium erhielt. Enttäuschung und Hoffnungslosigkeit machten sich in mir breit.

»Freust du dich nicht?«, riss Kaysons Stimme mich aus meinen Gedanken.

»Doch, schon.« Selbst in meinen Ohren klang es nach einer Lüge. »Es ist der Hammer, dass die Columbia mich angenommen hat. Das war schon immer mein Traum. Aber ich hab kein Stipendium bekommen und weiß nicht, wie ich das Ganze bezahlen soll.«

Kayson zog die Stirn kraus. »Meinst du nicht, dass dein Dad die Studiengebühren übernehmen würde, wenn du ihm davon erzählst? Das LaGuardia zahlt er immerhin auch.«

Ja, das tat er, aber ich fragte mich mittlerweile, ob er einfach vergessen hatte, den Dauerauftrag zu kündigen. Er hatte Mom und Karla komplett den Geldhahn zugedreht, obwohl seine Tochter noch auf der Highschool und auf Unterstützung angewiesen war. Für sie wäre es viel wichtiger, dass er ihr weiterhin Geld schickte, und doch war ich derjenige, der es bekam. Zu meinem schlechten Gewissen gesellte sich auch immer mehr die Angst, dass Dad die Überweisungen sofort unterbinden würde, sobald ich ihn darauf ansprach, noch bevor ich meinen Collegeabschluss in der Tasche hatte.

Das wäre mein Untergang, denn dann würde ich nicht nur das Studium abbrechen müssen, sondern auch den Platz im Wohnheim verlieren. Ich hatte keine Ahnung, wie es dann bei mir weitergehen sollte. Es war einfach zum Kotzen.

# KAPITEL 12

## Mia

Es war eine Wohltat, dass mal nicht der Wecker klingelte. Als ich die Augen aufschlug, war es bereits hell draußen, daher musste es nach neun sein. Ich streckte mich genüsslich und drehte mich auf die andere Seite. Blinzelnd versuchte ich, den Raum zu erkennen, doch es war ein hoffnungsloses Unterfangen. Ohne meine Kontaktlinsen konnte ich nur Dinge erkennen, die sich direkt vor meinem Gesicht befanden, alles andere verschwamm zu einer undeutlichen bunten Masse.

Trotzdem war ich mir sicher, dass das Bett auf der gegenüberliegenden Seite des Raumes leer war. Kady hatte sich gestern Abend mit ihrem Freund getroffen, und wie es aussah, war sie nicht zurückgekehrt. Umso besser.

Ich zog die Decke bis zur Nasenspitze hoch und schloss die Augen. Vielleicht würde ich noch einmal einschlafen. Doch ich fand keine Ruhe. Zum ersten Mal seit Langem war ich wirklich ausgeschlafen, außerdem drang ein beständiges Stimmengewirr aus dem Flur in mein Zimmer. Ich konnte kein Wort verstehen, aber die Personen klangen wegen irgendetwas aufgeregt.

Ich gab einen Fluch von mir, schob die Bettdecke zurück und stand auf. Barfuß tapste ich ins Bad. Nachdem ich auf der Toilette war, mir Hände und Gesicht gewaschen hatte, setzte ich meine Kontaktlinsen ein. Endlich konnte ich wieder klar sehen. Meine Haare standen wie ein Vogelnest von meinem Kopf ab. Ich hatte so feines, dünnes Haar, dass es einfach jeden Morgen wie eine mittlere Katastrophe aussah.

Ohne mich darum zu kümmern, drehte ich mich um und wollte das Bad wieder verlassen, doch als ich einen Blick aus dem kleinen Fenster nach draußen warf, blieb ich abrupt stehen.

Was zur Hölle?

Draußen war alles weiß. Und mit alles meinte ich … *alles*. Der komplette Platz zwischen den einzelnen Wohnheimhäusern war weiß. Es war nicht einmal mehr zu erkennen, wo die Wiesen aufhörten und die Gehwege begannen. Es war kein Mensch unterwegs, was in meiner Zeit am College noch nie vorgekommen war. Mein Blick wanderte über die weiße Pracht bis hin zum gegenüberliegenden Gebäude und … *heilige Scheiße*. Auf dem Dach türmte sich ein Schneeberg, der fast einen Meter hoch zu sein schien. Wie viel hatte es heute Nacht geschneit?

Wenigstens hatte es mittlerweile aufgehört. Die dunklen Wolken hatten sich verzogen, und die Sonne wurde so stark reflektiert, dass es mir in den Augen wehtat. Trotzdem konnte ich mich nicht von dem Anblick abwenden. Es sah einfach so wunderschön aus.

Aber warum war da niemand?

Kopfschüttelnd wandte ich mich ab und beschloss, mich anzuziehen und rauszugehen. Nie zuvor hatte ich so viel Schnee auf einmal gesehen, und ich wollte unbedingt wissen, wie es sich anfühlte, in diese Massen einzusinken.

Keine fünfzehn Minuten später verließ ich mein Zimmer in voller Montur. Auf dem Flur in meiner Etage war es mittlerweile ruhig geworden, dafür war die Eingangshalle vor der Tür mit Menschen überfüllt. Sie drängten sich um die Eingangstür herum, aber niemand machte Anstalten, das Wohnheim zu verlassen.

Was war da los?

Ich drängte mich durch die Wartenden hindurch, die sich alle aufgeregt unterhielten, bis ich den Grund für das seltsame Verhalten entdeckte.

Die Eingangstür war offen, die Sonne schien hinein, aber trotzdem war der Weg nach draußen versperrt. Über Nacht musste wirklich ein Meter Schnee gefallen sein, denn die untere Hälfte der Tür war durch die weiße Masse versperrt. Das konnte nicht wirklich passiert sein, oder?

Erstaunt blieb ich stehen und legte meine Hand an die Wand aus Schnee. Die Kälte ließ meine Finger bitzeln, trotzdem konnte ich nicht so recht begreifen, dass das hier wirklich wahr war. Als ich gestern Abend ins Wohnheim gekommen war, war der Boden bloß von einer Zwanzigzentimeterschicht bedeckt gewesen, und der angekündigte Sturm hatte gerade erst begonnen. Nachts war ich mehrfach wach geworden, weil der Wind derart an den Fensterläden gerüttelt hatte, dass ich befürchtete, sie könnten aus den Angeln gerissen werden.

*Damit* hatte ich trotzdem nicht gerechnet.

»Krass, oder?«, murmelte jemand neben mir.

Ich wandte mich zu der jungen Frau um. Ihr blonder Pixie-Cut war zerzaust, und sie trug noch ihren Pyjama, als wäre sie direkt nach dem Aufstehen runtergekommen.

»Total«, stimmte ich ihr zu. »Seit wann ist es so?« Ich deutete auf den Schnee.

Sie hob die Schultern. »Weiß keiner. Irgendwer meinte, heute Nacht um eins wären sie noch reingekommen, aber es hätte schon stark geschneit.«

»Lasst mich durch«, erklang eine tiefe Stimme aus Richtung der Treppen. Unser Hausmeister bahnte sich einen Weg durch die versammelten Studentinnen bis zur Tür. Kritisch betrachtete er den versperrten Ausgang, klopfte mit den Knöcheln dagegen und seufzte schließlich. »Wir müssen uns freibuddeln.« Damit zog er wieder ab, vermutlich, um Schaufeln zu holen.

Ich zog mein Handy aus der Tasche, doch wie erwartet hatte ich keine Nachrichten erhalten. Von wem auch? Noah war der Einzige, mit dem ich auf dem College geschrieben hatte, und ich hatte noch immer nicht auf seine Frage geantwortet, ob ich mit zum Bowlen gehen wollte – auch nicht, nachdem ich ihn unfreiwillig im Restaurant besucht hatte. Trotzdem öffnete ich ein Nachrichtenfenster und suchte nach Kadys Namen. Wir hatten Nummern ausgetauscht, als wir Mitbewohnerinnen geworden waren, aber seitdem hatte keine von uns sie je benutzt. Doch die plötzliche Ungewissheit, ob Kady absichtlich nicht zurück ins Wohnheim gekommen oder ihr in dem Schneesturm etwas zugestoßen war, trieb mich dazu.

Hey, alles okay bei dir?

Umgehend deuteten die drei Pünktchen an, dass sie mir antwortete.

Klar, alles bestens. Hab bei Josh geschlafen, weil ich nicht durch den Schneesturm laufen wollte.

Erleichtert atmete ich aus.

Zum Glück, du wärst nämlich gar nicht ins Wohnheim gekommen.

Ich schickte ein Bild von unserem zur Hälfte verschlossenen Eingang hinterher.
Sie schickte drei fassungslos schauende Smileys zurück.

Kady: Wow, ich dachte, so was würde nur in Alaska oder Kanada passieren.
Mia: Offensichtlich nicht. Der Hausmeister will sich aber drum kümmern.
Kady: Gib mir Bescheid, wenn ich wieder zurückkommen kann.
Mia: Mach ich :)

Ich schob das Handy zurück in meine Hosentasche und entdeckte den Hausmeister, der mit Schaufel und Besen beladen auf uns zueilte. Mit knappen Worten forderte er einige Studentinnen dazu auf, ihm zu helfen, und begann, mit der Schaufel auf den Schnee einzuhämmern.

Es dauerte zwanzig Minuten, bis der Eingang frei und sämtlicher Schnee nach draußen gekehrt war. Ein kollektives Raunen ging durch die Menge, und sobald wir durften, strömten wir nach draußen.

Entgegen meiner anfänglichen Befürchtung, dass es so viel geschneit hatte, dass ich bis zur Hüfte darin versank, reichten mir die Schneeberge nur bis unterhalb der Knie. Vielmehr war der Sturm dafür verantwortlich gewesen, den Schnee so hoch gegen die Tür und an die Wand des Wohnheims gedrückt zu haben. Auch sämtliche Fenster der unteren Etage waren zum Teil verdeckt, und der Hausmeister machte sich sogleich daran, auch diese vom Schnee zu befreien.

Ich zog mein Handy hervor, um Kady zu schreiben, dass der Weg frei war, doch ließ es beinahe fallen, weil es in dem Moment zu klingeln begann. Noah rief an, und mein verräterisches Herz machte einen aufgeregten Hüpfer.

Ich schluckte meinen inneren Aufruhr hinunter und ging ran. »Hey, Noah.«

»Hi, Mia, du hast mir zwar nie gesagt, ob du mit zum Bowlen kommen möchtest, aber der Inhaber hat mich grad angerufen, bei ihnen ist der Strom ausgefallen, daher müssen sie uns absagen«, plapperte er munter drauflos.

»Oh.« Ich war zwar unsicher gewesen, ob ich mitgehen sollte, doch jetzt, wo es nicht mehr möglich war, erfasste mich Enttäuschung. Ich schüttelte den Kopf über mich selbst. »Das ist natürlich blöd, aber kann man ja nachholen.«

»Klar, ich hab gleich für nächsten Samstag einen Slot gebucht«, sagte Noah fröhlich. »Weswegen ich aber eigentlich anrufe … wenn schon mal so viel Schnee liegt, wollen wir Schlitten fahren, hast du Lust, uns zu begleiten?«

»Schlitten fahren?«, echote ich ungläubig. Mal ganz davon abgesehen, dass ich kein Schlitten mehr gefahren war, seit ich ein Kind war, befanden wir uns mitten in New York. Wo wollte er hier Schlittenfahren?

»Ja.« Noahs Begeisterung war kaum zu überhören. »Im Queensbridge Park gibt es diesen Hügel, der sich dafür eignet, und Theo hat zwei Schlitten im Keller, die wir nutzen können.«

Unwillkürlich musste ich grinsen. Noahs Stimme überschlug sich fast, und er klang aufgeregt wie ein kleiner Junge am Weihnachtsmorgen, kurz bevor er die Geschenke auspacken durfte. Seine Begeisterung war ansteckend, und ich nickte zustimmend, obwohl er das nicht sehen konnte. »Okay.«

Ein, zwei Sekunden war es still am anderen Ende der Leitung. »Okay?«, fragte er zweifelnd. »So einfach?«

Jetzt musste ich fast lachen. »Ja, so einfach.«

»Cool, dann treffen wir uns so in einer Stunde vor den Wohnheimen.«

»Alles klar, bis gleich.«

Ich wollte schon auflegen, als Noah erneut sprach. »Ach, Mia?«

»Ja?«

»Zieh dich warm an, ich hab munkeln gehört, dass Theo eine Schneeballschlacht plant.«

»Danke für den Tipp. Bis später.«

Ich legte auf und ging zurück ins Wohnheim. Auf dem Weg zu meinem Zimmer schrieb ich Kady, dass die Tür freigeschaufelt war, und schmiss mein Handy danach auf mein Bett.

Eine Stunde später war ich startklar – und tierisch nervös. Nicht nur, weil ich Zeit mit Noah verbringen würde, sondern auch, weil Lizzy sicher mit von der Partie war. Ich konnte gar nicht mehr zählen, wie oft sie mich bereits gefragt hatte, ob ich etwas mit der Band abseits der Proben unternahm, aber dass ich jedes einzelne Mal abgesagt hatte, wusste ich noch genau. Wie würde sie reagieren, wenn sie erfuhr, dass ich bei Noah praktisch sofort zugestimmt hatte?

Ich schüttelte diese Gedanken ab und trat ins Freie. Der Schneefall hatte mittlerweile komplett aufgehört, und die Sonne lugte zwischen den Wolken hervor. Die Hausmeister der Wohnheime hatten mittlerweile die untere Etage freigebuddelt und waren dabei, die Gehwege zu räumen.

Ich entdeckte die anderen sofort. Sie standen mittig auf dem Platz, der die einzelnen Wohnheime miteinander verband. Lizzy fiel mir mit ihrer quietschgelben Mütze, die in all dem Weiß regelrecht zu leuchten schien, besonders ins Auge. Kayson neben ihr war komplett in Schwarz gekleidet und bildete einen krassen Gegensatz zu seiner Freundin. Noah dagegen sah aus wie ein Profi-Skifahrer. Er war in rot-blaue Skihosen und eine Skijacke gekleidet, und eine dünne, aber vermutlich funktionstüchtige Mütze bedeckte seine blonden Haare.

Sie alle waren besser für das Wetter ausgerüstet als ich. Zwar trug ich Thermounterwäsche unter meiner Jeans und meine Daunenjacke würde mich hoffentlich warm halten, aber ich besaß nur dünne Strickhandschuhe, die der Kälte sicher nicht gewachsen waren.

»Hey«, begrüßte ich sie. »Ich wusste gar nicht, dass du Skifahren kannst.«

Mit Schalk in den Augen wandte sich Noah mir zu. »Kann ich auch nicht. Aber wenn man schon unfähig ist, sollte man dabei wenigstens gut aussehen.«

Ich musste schmunzeln und ging auf sein Spiel ein. »Ich meinte professionell, nicht gut aussehend.« Herausfordernd zog ich eine Augenbraue hoch, während ich mich innerlich erneut darüber wunderte, wie leicht es mir fiel, mich mit Noah zu unterhalten. Ich war noch nie gut in Small Talk gewesen, doch in den letzten zwei

Jahren schien ich es komplett verlernt zu haben. Bei den meisten Leuten wusste ich nicht, wie ich belanglos mit ihnen reden konnte, weshalb ich meistens gar nichts sagte. Aber bei Noah fehlten mir nie die Worte, auch wenn ich keine Ahnung hatte, woran das lag.

Gespielt schockiert legte er eine Hand auf seine Brust. »Ich dachte, das wäre dasselbe.«

Ein Schnauben entwich mir. »Das hättest du wohl gerne.«

Lizzy trat neben mich und deutete mit dem Finger auf ihn. »Außerdem bringt dir professionell aussehen gar nichts, wenn jedem nach fünf Minuten klar wird, dass der Schein trügt.«

»Das kommt noch dazu«, stimmte ich Lizzy zu.

Noah betrachtete uns mit offenem Mund. »Verbündet ihr euch etwa gerade gegen mich?«

Ich tauschte einen Blick mit Lizzy und fand in ihren Augen das gleiche Amüsement, das ich auch verspürte.

»Und wenn?«, fragte Lizzy grinsend.

»Was willst du dagegen unternehmen?«, fügte ich hinzu.

»Das …« Noah blinzelte, schüttelte den Kopf. »Gar nichts, vermute ich.« Auch in seinen Mundwinkeln zuckte es, als er auf dem Absatz kehrtmachte und sich Kayson zuwandte. »Ich werde die Frauen wohl nie verstehen.«

Kayson lachte und klopfte ihm auf die Schulter. »So geht es uns allen, Mann.« Er zwinkerte uns zu. »Wollen wir dann los?«

»Klar.«

Das ließ mich stutzen. »Wollten Theo und Avery nicht auch mit?« Immerhin hatte Noah mir Schlittenfahren versprochen, aber von einem Schlitten war weit und breit nichts zu sehen.

»Sie kommen direkt in den Queensbridge Park, weil es von Theo ein Umweg wäre, zuerst zum Campus zu kommen«, erklärte Noah.

Wir setzten uns in Bewegung. Noah und Kayson verfielen in ein Gespräch über Basketball, das ich größtenteils ausblendete. Ich konnte mit Basketball nicht viel anfangen und verstand größtenteils nicht einmal die Begriffe, mit denen sie um sich schmissen.

Lizzy lief neben mir, die Hände tief in den Taschen ihrer Daunenjacke vergraben, und die Haare zu zwei Zöpfen geflochten, die unter ihrer Mütze hervorlugten. Ein Lächeln lag auf ihren Lippen, während sie die Jungs bei ihrem Geplänkel beobachtete.

Ich biss mir auf die Unterlippe und überlegte, worüber ich mit Lizzy reden konnte. Außer, dass sie eine gute Sängerin und Bassspielerin war, wusste ich praktisch nichts über sie, obwohl wir uns seit einem halben Jahr kannten. Eigentlich war ich auch immer froh gewesen, wenn ich mit niemandem reden musste. Wo kam dieser plötzliche Drang her, die Stille zwischen Lizzy und mir mit Worten füllen zu wollen? An meiner Einstellung hatte sich eigentlich nichts geändert, und nur weil ich mich ein paarmal mit Noah unterhalten hatte, wollte ich deswegen jetzt nicht neue Freunde finden.

*Aber du hast auch nicht gezögert, zum Schlittenfahren zuzusagen,* murmelte mir mein Unterbewusstsein zu.

»Wir sind da«, riss mich Noahs Stimme in die Wirklichkeit zurück.

Ich sah auf, und tatsächlich, wir waren im Queensbridge Park angekommen. Ich war so sehr in Gedanken gewesen, dass ich gar nicht auf den Weg geachtet hatte.

Avery und Theo warteten an einem Baum auf uns, zwei Schlitten zu ihren Füßen. Es waren zwei dieser alten Holzschlitten, die ich noch von Fotos aus meiner Kindheit kannte, auch wenn ich nie einen besessen hatte. Wenn es in Seattle überhaupt mal schneite, dann so wenig, dass es zum Schlittenfahren nicht ausreichte.

Die Wiese hinter Avery und Theo war mit Menschen übervölkert. Überwiegend Eltern mit kleinen Kindern waren da, aber ich erkannte auch einige Studierende. Sie bauten Schneemänner und -frauen, rodelten einen kleinen Hügel hinab oder waren in diverse Schneeballschlachten verwickelt, die überall auf der Wiese ausgebrochen waren. Freudiges Lachen und Geschrei schallte zu uns hinüber, von irgendwoher erklang Musik, und ein Lächeln zupfte an meinen Mundwinkeln. Rechts von uns lag der East River, auf dem bereits die Bauarbeiten für den Floating Pool begonnen hatten, in dem man ab dem Sommer schwimmen gehen konnte. Dahinter ragte die Skyline von Manhattan in den Himmel. Ihre Fassaden aus Stahl und Glas funkelten im Sonnenlicht mit dem Schnee um die Wette.

»Da seid ihr ja«, begrüßte uns Theo.

»Hey, Mann. Ist ganz schön voll hier«, bemerkte Kayson.

Theo hob die Schultern. »Was hast du erwartet? Das ist NYC.«

»Auch hier gibt es Schnee meist nur einmal im Jahr. Dann aber richtig.« Grinsend schob Noah sich zwischen sie und nahm Theo die Schnur eines Schlittens ab. Dann wandte er sich mir zu. »Lust auf eine Runde rodeln, während die anderen noch diskutieren?«

»Gerne.« Ich folgte ihm über die verschneite Wiese in Richtung des Hügels. Avery und Lizzy folgten uns einige Sekunden später, nur Theo und Kayson blieben zurück, weiterhin in eine Diskussion verwickelt.

Oben angekommen, platzierte Noah den Schlitten in der korrekten Richtung und bedeutete mir, mich zu setzen. Ich rutschte so weit wie möglich nach vorne, trotzdem blieb hinter mir nicht viel Platz. Irgendwie wurde mir erst jetzt richtig bewusst, dass dieser Schlitten nicht für zwei erwachsene Personen gemacht war. Es würde sehr eng mit uns darauf werden.

Ich hielt die Luft an, als Noah sich hinter mich setzte, aber nichts hätte mich auf die Empfindungen vorbereiten können, die mich übermannten. Plötzlich hatte ich das Gefühl, Noah überall spüren zu können. Seine Beine lagen eng an meinen Oberschenkeln, seine Brust war an meinen Rücken gepresst. Er schlang einen Arm um meine Mitte, um mich noch enger an sich zu ziehen, obwohl ohnehin schon kein Blatt Papier mehr zwischen uns passte. Sein Kinn ruhte auf meiner Schulter, und sein Atem streifte meine Wange.

Mein Herz stolperte in meiner Brust, einmal, zweimal, dreimal, und eine ganze Armada an Schmetterlingen zog in meinen Bauch ein. Obwohl wir beide dicke Klamotten trugen, kam es mir so vor, als könnte ich die Wärme spüren, die von Noahs Körper ausging, aber vielleicht erhöhte sich auch nur meine eigene Körpertemperatur, weil er mir so nah war wie nie zuvor. Als ich dann noch seinen Geruch einatmete, war es beinahe um mich geschehen. Er roch nach Moschus mit einem Hauch von Minze, was meine ohnehin schon übersprudelnden Emotionen in ein noch größeres Chaos versetzte.

»Wollen wir dann?«

Noahs Stimme drang wie durch dichte Watte zu mir durch und erinnerte mich daran, dass wir eigentlich diesen Hügel hinabrodeln wollten. Ich schluckte gegen das trockene Gefühl in meiner Kehle an und nickte. »Klar.«

Noah setzte die Füße fest auf den Boden auf, holte Schwung und … nichts passierte. Wir rutschten zehn Zentimeter vor und blieben sofort wieder stehen.

»Was zum …«, murmelte Noah und versuchte es erneut. Sein Griff um meine Hüfte verstärkte sich, während er die Füße erneut im Schnee vergrub und uns mit mehr Schwung abstieß als zuvor. Wir rutschten ein gutes Stück weiter, und ich dachte schon, diesmal würde es klappen, doch kaum einen Meter weiter blieben wir erneut stehen. Ein roter Plastikschlitten rauschte an uns vorbei. Die zwei Mädchen darauf, ich schätzte sie auf neun oder zehn, winkten uns lachend zu. Ich war mir nicht sicher, ob sie uns aus- oder anlachten.

In meinen Mundwinkeln zuckte es ebenfalls, und ich spürte, wie ein Kichern meinen Hals hinaufkroch. Ich drehte mich zu Noah um und entdeckte dabei Avery und Lizzy, die einige Meter hinter uns auf ihrem Schlitten saßen. Sie hatten dasselbe Problem wie wir.

Wann immer sich Lizzy mit den Füßen abstieß, rutschten sie ein Stück vor, um dann ziemlich abrupt stehen zu bleiben. Der Frust war beiden ins Gesicht geschrieben, auch Noah hinter mir sah nicht glücklicher aus, was zu viel für mich war.

Ich konnte nicht mehr an mich halten, und ein Lachen brach aus mir heraus. Es war einfach zu komisch, wie wir mitten auf diesem Hügel feststeckten und nicht von der Stelle kamen, während um uns herum alle an uns vorbeiflitzten. Wie ein Standbild in einem Film, der auf Fast Forward abgespielt wurde. Oder das einzige geschrottete Auto in einem Formel-1-Rennen.

Je länger ich über diese Vergleiche nachdachte, desto mehr musste ich lachen. Ich konnte gar nicht mehr aufhören, obwohl mir mittlerweile der Bauch und die Wangen davon wehtaten. Jedes Mal, wenn ich mich wieder etwas beruhigt hatte, flitzte ein weiterer Schlitten an uns vorbei, der mich nur wieder von vorne anfangen ließ. Würde Noah mich nicht weiterhin festhalten, wäre ich schon längst vom Schlitten gerutscht.

Noah warf mir einen fassungslosen Blick zu, als befürchtete er, ich könnte den Verstand verloren haben, doch auch in seinen Mundwinkeln begann es verräterisch zu zucken.

Aus dem Augenwinkel bemerkte ich, wie Avery von ihrem Schlitten stieg und durch den Schnee zu uns stapfte. Mit in die Hüften gestemmten Händen blieb sie neben uns stehen. »Ich bringe ihn um.«

Jetzt konnte auch Noah nicht mehr an sich halten und begann zu lachen.

»Nein, wirklich.« Avery schüttelte den Kopf. »Ich hab Theo heute Morgen dreimal gefragt, ob er die Kufen gewachst hat. *Drei. Mal.*«

»Ganz offensichtlich hat er es nicht getan«, entgegnete Noah noch immer glucksend.

»Ja, ganz offensichtlich.« Avery schnaubte und schüttelte den Kopf, dann verengte sie die Augen, weil sie Theo und Kayson auf uns zukommen sah.

»Klappt nicht?«, fragte Theo schon von Weitem.

Averys Blick verdunkelte sich noch mehr. Fast erwartete ich, dass sie auf ihn losstürmen würde, doch sie blieb ruhig stehen. Nur ihr auf und ab tippelnder Fuß verriet ihre innere Anspannung. Sobald Theo vor ihr stand, rammte sie ihm den Zeigefinger in die Brust. »Du hast gesagt, die Kufen wären gewachst.«

Theos Blick schnellte zu den Schlitten und zurück zu seiner Freundin. »Waren sie auch.«

Unbeeindruckt zog Avery die Augenbrauen hoch. »Wann? Letztes Jahr?«

»Als wir sie zuletzt benutzt haben. Dachte nicht, dass sich daran etwas ändert, wenn sie nur im Keller stehen.«

Verzweifelt warf Avery die Hände in die Luft. »Du bist ein hoffnungsloser Fall.« Ernst drehte sie sich zu Lizzy um, konnte das Grinsen aber ebenfalls kaum noch unterdrücken. »Das war's dann mit Schlittenfahren.«

»Macht nichts«, warf Noah ein. »Uns bleibt immer noch die Schneeballschlacht.« Sofort vergrub er die Hand im Schnee, sprang vom Schlitten auf und warf eine volle Ladung auf Theo – mitten in sein Gesicht. Theo hatte wohl nicht damit gerechnet, denn für einen Augenblick rührte er sich nicht. Schneeklumpen hingen in seinen Wimpern, die sich erst lösten, nachdem er mehrfach blinzelte.

»Na warte!«

Plötzlich kam Bewegung in ihn. Er beugte sich hinab, griff eine Handvoll Schnee, die er zu einer festen Kugel formte, und kam langsam auf uns zu.

Noah machte sich ganz klein hinter mir, als wollte er mich als Schutzschild nutzen. Das konnte doch nicht sein Ernst sein.

Schnell sprang ich auf und brachte mich bei Avery in Sicherheit. »Vergiss es«, rief ich Noah über die Schulter zu. Da würde ich mich nicht hineinziehen lassen.

Noah stand ebenfalls auf und wollte vor Theo weglaufen, doch es war zu spät. In zwei Schritten war Theo bei ihm und zerquetschte seine Kugel auf Noahs Kopf. Entsetzt öffnete er den Mund, als der Schnee an ihm hinabfiel und an seiner Mütze, seiner Jacke und sogar in seinen Haaren hängen blieb.

»Das hast du jetzt davon«, stellte Theo zufrieden fest, doch auch sein Lächeln erstarb fast im selben Moment, weil Kayson sich an ihn herangeschlichen hatte und ihm von hinten eine Ladung Schnee unter die Jacke schob.

Einen lauten Schrei ausstoßend, riss Theo sich die Jacke vom Körper, um das kalte Zeug auszuschütteln, während Noah und Kayson sich lachend abklatschten. Ich ahnte Böses, das würde in den nächsten fünf Sekunden in einem Männer-Schnee-Krieg eskalieren, und ich hatte ein wenig Angst um die Schlitten, die zwischen ihnen standen – und um die Jungs, dass einer über sie fallen und sich verletzen könnte. Daher flitzte ich zwischen sie, schnappte die Leinen der Schlitten und zog sie aus der Gefahrenzone. Gerade rechtzeitig, denn kaum war ich wieder bei Avery und Lizzy angelangt, stürzten die drei sich regelrecht aufeinander. Jeder mit Schnee bewaffnet, fielen sie übereinander her und versuchten, die anderen auszustechen. Es war überhaupt keine Strategie oder Ordnung darin zu erkennen, aber zumindest schienen sie Spaß zu haben.

»Wissen sie eigentlich, was sie da tun?«, fragte Lizzy, nachdem Theo Noah zu Boden gerungen hatte und versuchte, seinen Kopf in den Schnee zu drücken.

Avery zuckte mit den Schultern. »Wissen sie das jemals? Also außer bei ihren Sportarten?«

Nachdenklich tippte Lizzy sich mit einem behandschuhten Finger gegen das Kinn. »Ich wette, wir könnten das viel besser.«

»Willst du da etwa mitmachen?« Avery zog die Stirn kraus.

Entschlossen nickte Lizzy. »Ich will ihnen zeigen, wie man es richtig macht und gewinnt.« Breit grinsend sah sie uns an. »Also, was sagt ihr?«

»Ich weiß nicht«, kam mir über die Lippen, während Avery energisch nickte.

»Lasst uns ihnen eine Lektion erteilen.«

Und so stürzten wir uns ins Gemenge. Denn auch wenn ich eigentlich keine Lust auf eine wilde Schneeballschlacht hatte, wollte ich noch weniger als Einzige allein danebenstehen und zuschauen.

# KAPITEL 13

## *Noah*

Z wei Stunden später kehrten wir zum College zurück – frierend und bis auf die Unterwäsche durchnässt. Man könnte sagen, dass wir es etwas übertrieben hatten, aber laut würde ich das natürlich niemals zugeben. Vielleicht lag es auch schlicht daran, dass Mia, Lizzy und Avery doch noch von Ehrgeiz gepackt worden waren, obwohl sie zuerst nicht begeistert von der Schneeballschlacht gewirkt hatten. Doch einmal angefangen, waren sie nicht mehr zu stoppen gewesen. Sie hatten sich eine Strategie ausgedacht, hatten sich immer wieder aus dem Hinterhalt an uns herangeschlichen und angegriffen, wenn wir am wenigsten damit gerechnet hatten.

Dabei hatten sie jedoch genauso viel einstecken müssen, wie sie ausgeteilt hatten. Sie waren genauso durchnässt wie wir. Vor allem ihre Mützen hatten gelitten, weil Theo eine Vorliebe dafür entwickelt hatte, einen Schneeball auf dem Kopf seines Gegners zu zerquetschen.

Irgendwann war mir aufgefallen, dass Mia vor Kälte schon zu zittern begonnen hatte, was nicht einmal verwunderlich war, da sie die Einzige von uns war, die bloß eine Jeans und keine Skihose trug. Ich fragte mich, wo sie herkam, wenn dort anscheinend keine Schneekleidung benötigt wurde.

Jetzt liefen wir nebeneinanderher über den Campus. Kayson, Theo, Lizzy und Avery waren einige Meter vor uns. Eigentlich waren wir zusammen losgelaufen, aber ohne uns abzusprechen, hatten Mia und ich uns etwas zurückfallen lassen. Die Wege waren mittlerweile notdürftig geräumt und gestreut worden, dafür türmten sich noch größere Schneeberge auf den Grünflächen daneben. Auch hier waren einige Schneeballschlachten im Gange, und immer wieder flog eine Ladung gefährlich nah in unsere Richtung. Doch Mia achtete gar nicht darauf. Stoisch blickte sie nach vorne, die Hände tief in den Taschen ihrer Daunenjacke vergraben. Auf dem Rückweg war sie wieder ruhig und verschlossen geworden. Das komplette Gegenteil von der Mia, die sie im Queensbridge Park gewesen war. Gab es einen Grund für ihren plötzlichen Stimmungsumschwung?

Verzweifelt suchte ich nach etwas, mit dem ich ein Gespräch beginnen konnte.

»Du solltest gleich heiß duschen gehen.«

*Ernsthaft? Was Dämlicheres ist mir nicht eingefallen?*

Ich wollte mich selbst für diese Aussage treten, aber die Wahrheit war, dass mein Gehirn in Mias Gegenwart regelmäßig seinen Dienst einstellte. Sie machte etwas mit mir. Ich musste immer öfter an sie denken, und sobald ich in ihrer Nähe war, war ich zu keinem klaren Gedanken mehr fähig. Eigentlich wusste ich, was es bedeutete, aber es war so lange her, seit ich zum letzten Mal so empfunden hatte, dass es etwas länger gedauert hatte, es einzuordnen.

Von der Seite warf Mia mir einen unbeeindruckten Blick zu. »Genau das habe ich vor.«

»Du bist auch nicht wirklich für dieses Wetter angezogen.«

*Warum kann ich nicht einfach still sein?* Ich wollte das nicht sagen, aber es schien, als hätte mein Mund ein Eigenleben entwickelt.

»Ach?« Es war faszinierend, wie viel Sarkasmus Mia in dieses eine Wort stecken konnte. »Es war das Beste, was ich heute Morgen im Schrank finden konnte.«

»Hast du zu Hause keine dicken Sachen gebraucht?«, hakte ich interessiert nach.

Mia schüttelte den Kopf. »In Seattle schneit es praktisch nie, und die Temperaturen fallen selten unter fünf Grad.«

»Ganz schön weit weg.« Seattle lag am anderen Ende des Landes, fast dreitausend Meilen von New York entfernt.

»Je weiter, desto besser«, murmelte Mia so leise, dass ich sie kaum verstehen konnte. Was mochte nur in Seattle passiert sein, dass sie so weit wie möglich davon wegwollte? Ich schluckte all die Fragen herunter, die sich in mir auftürmten. Vielleicht konnte ich sie Mia irgendwann einmal stellen, wenn sie von sich aus auf mich zukam und mir davon erzählte.

»Kommst du von hier?«, wollte Mia wissen.

Ich schüttelte den Kopf. »Aus der Nähe von Chicago. Da schneit es im Winter regelmäßig, wenn auch nicht so extrem wie das hier.«

Mia blieb stehen, ihr prüfender Blick lastete auf mir. »Irgendwie war ich immer der festen Überzeugung, dass du aus New York kommst. Frag mich nicht, warum.« Ihr Lachen klang etwas unbeholfen, und sie sah nach rechts, in Richtung ihres Wohnheims. »Danke für die Einladung heute, ich hatte wirklich Spaß.«

»Hat mich sehr gefreut, dass du mitgekommen bist.« Nachdem sie mir bis heute keine Antwort darauf gegeben hatte, ob sie zum Bowlen mitkommen wollte, hätte ich nicht damit gerechnet.

»Ich werd dann mal gehen, die heiße Dusche nehmen, die du mir empfohlen hast.« Ihr Grinsen bekam einen verschmitzten Zug, und ich spürte, wie sich meine Lippen ebenfalls verzogen.

»Ich will nicht schuld daran sein, wenn du krank wirst«, sagte ich, obwohl ich eigentlich gern noch weiter mit Mia gesprochen hätte. Ich wollte sie fragen, wann wir uns wiedersehen würden … *ob* wir uns wiedersahen, abgesehen von einem zufälligen Über-den-Weg-Laufen am College. Die Frage kroch bereits meine Kehle hinauf, da bemerkte ich aus den Augenwinkeln Kaysons viel zu interessierten Blick.

Ich klappte den Mund wieder zu. Fast hätte ich vergessen, dass meine Freunde ebenfalls hier waren. So eine Frage wollte ich nicht vor ihnen stellen. Nicht weil es mir unangenehm war, sondern weil ich dem Mia nicht aussetzen wollte. Ich wollte nicht, dass sie sich dadurch vielleicht unter Druck gesetzt fühlte, Ja sagen zu müssen, weil so viele Leute uns zuhörten. Daher wünschte ich ihr noch einen schönen Abend und sah ihr hinterher, wie sie zu ihrem Wohnheim ging.

In meinem Zimmer angekommen, gönnte ich mir ebenfalls eine heiße Dusche. Obwohl ich passende Winterkleidung getragen hatte, war mir die Kälte auch bis in die Knochen gedrungen. Vor allem meine Hände, Füße und die Vorderseiten meiner Oberschenkel fühlten sich wie Eisklumpen an, und ich wusste genau, dass mich nichts besser aufwärmen würde.

Nur mit notdürftig trocken gerubbelten Haaren und in Jogginghosen und einen Hoodie gekleidet, kam ich zurück. Ich schmiss mein Handy aufs Bett, dann schaltete ich den Fernseher und meine Playstation ein. Den Rest des Tages wollte ich nur zocken. Kayson war bei Lizzy, ich musste heute nicht mehr arbeiten und hatte sogar all meine Aufgaben für meine Fächer erledigt. Es gab nichts mehr, das dringend erledigt werden musste, und ich wusste gar nicht, wann das zuletzt vorgekommen war. Daher wollte ich heute endlich mit dem zweiten Teil von *The Last of Us* anfangen, den ich schon seit Wochen hier liegen hatte. Dieser Teil spielte fünf Jahre nach dem ersten, Ellie war mittlerweile erwachsen geworden und die Zombiewelt ... war noch immer eine Zombiewelt. Ich war gespannt, ob dieser qualitativ mit dem ersten mithalten konnte, und startete das Spiel. Die Anfangssequenz lief über den Bildschirm, dann wurde man mitten ins Geschehen geworfen.

Es dauerte nicht lange, bis ich komplett in der Geschichte drin war. Ich wurde ein Teil der Geschehnisse auf meinem Fernseher, und mein Handy, das plötzlich zu klingeln begann, kam mir in der ersten Sekunde wie ein Fremdkörper vor, der dort nicht hinpasste.

Ich pausierte das Spiel und rappelte mich auf, um mein Handy vom Bett zu holen. Der Name meiner Schwester leuchtete auf dem Display auf.

»Hey, Karla«, ging ich ran.

»Bruderherz«, begrüßte sie mich fröhlich. »Hat ganz schön lange gedauert, bis du abgenommen hast. Musstest du dich erst aus den Armen einer Frau befreien?«

»Ha, ha«, entgegnete ich augenrollend. »Du hast mich beim Zocken gestört.«

»Das wäre meine zweite Vermutung gewesen.«

Ich konnte sie praktisch vor mir sehen. Ihre blonden Haare, die einen Ton dunkler waren als meine, ihre grauen Augen, die viel zu aufmerksam waren, und ihr süffisantes Grinsen, das ich klar in ihrer Stimme hören konnte.

»Was macht die Schule?«, fragte ich.

»Ich musste heute nicht hin, das ist das einzig Positive, das ich darüber sagen kann.«

»So schlimm?«

»Nicht schlimm, es ist nur …« Karla schnaufte, und ich konnte mir vorstellen, wie sie sich durch die Haare fuhr. »Alle reden nur noch vom College, wo sie sich beworben haben, wo sie hinwollen, und ich …« Sie ließ den Rest des Satzes in der Luft hängen.

»Aber deine Noten sind doch gut …«

»Aber gut genug für ein Stipendium bin ich nicht.«

Sie klang so niedergeschlagen, dass es mir fast das Herz zerriss.

»Wir kriegen das schon irgendwie hin«, versicherte ich ihr.

»Noah.« Etwas Flehendes und zugleich Resigniertes lag in ihrer Stimme. »Du weißt, was Colleges kosten, das kriegst du mit ein bisschen Kellnern nicht zusammen … das bekommen wir *gemeinsam* mit Nebenjobs nicht gestemmt.«

Sie hatte recht, aber alles in mir sträubte sich dagegen, es zu akzeptieren. »Ich lasse nicht zu, dass du das College einfach sein lässt«, sagte ich nachdrücklich.

»Ich will es ja nicht sein lassen, aber vielleicht …« Karla verstummte, und es blieb so lange still am anderen Ende der Leitung, dass ich schon dachte, sie würde gar nicht weitersprechen. Dann räusperte sie sich. »Dad hat letztens versucht anzurufen.«

»*Was?*« Ein Ruck ging durch meinen Körper, und ich setzte mich aufrecht hin. Mein Herz hämmerte schwer gegen meinen Brustkorb, und die Wut, die ich so lange zu unterdrücken versucht hatte, bahnte sich ihren Weg an die Oberfläche. »Was zur Hölle …«

»Ich hab nicht abgenommen«, unterbrach Karla mich. »Ich will ja eigentlich selbst nicht mit ihm reden, aber …« Erneut verstummte sie, und ich konnte mir vorstellen, wie sie nachdenklich auf ihre Unterlippe biss, während sie nach den richtigen Worten suchte. »Es kann doch sein, dass er angerufen hat, weil er meine Collegegebühren zahlen will. Vielleicht … vielleicht hat er auch eingesehen, dass er Mist gebaut hat, und will sich entschuldigen.« Verzweifelte Hoffnung schwang in ihrer Stimme mit, und es zerriss mich innerlich, als mir klar wurde, dass sich Karla insgeheim noch immer wünschte, es könnte wieder wie früher werden. Dass Dad zurückkehren und Mom und er wieder zu den Eltern werden würden, die uns großgezogen hatten.

Doch das war unmöglich. Dafür wog Dads Verrat einfach zu schwer. Es ging nicht einmal darum, dass er Mom verlassen hatte. Es passierte jeden Tag, dass sich Paare auseinanderlebten und trennten. Doch Dad hatte nicht nur Mom, sondern auch seine Kinder komplett aus seinem Leben gestrichen. Es musste bald ein halbes Jahr her sein, seit ich zuletzt mit ihm gesprochen hatte. Er interessierte sich überhaupt nicht mehr für unsere Leben, und welcher Vater verhielt sich so?

»Was er getan hat, ist nicht zu entschuldigen«, sagte ich bestimmt.

Was auch immer er zu seinem Abgang zu sagen hatte, ich wollte es nicht hören. Dafür war es zu spät.

»Aber er ist unser Dad, und wir sollten uns seine Sicht der Dinge zumindest anhören«, entgegnete Karla.

»Einen Scheiß werd ich.« Alleine beim Gedanken daran, ihm unter die Augen zu treten, sah ich rot. Ich wusste nicht, wie ich reagieren, was ich dann tun würde. Eigentlich war ich kein gewalttätiger Mensch, aber ich konnte nicht versprechen, ihm keine reinzuhauen.

»Du kannst machen, was du willst. Ich aber genauso, und ich will mit ihm reden. Wenn die Möglichkeit besteht, dass er für mein College zahlt, will ich mir das nicht dadurch verbauen, dass ich zu stolz bin, ans Telefon zu gehen.« Karlas Worte klangen endgültig, als hätte sie ihre Entscheidung längst getroffen, bevor sie mich angerufen hatte.

In gewisser Weise konnte ich sie sogar verstehen. Es war ihr Leben, und sie war alt genug, um zu tun, was sie wollte. Trotzdem fiel es mir schwer, nicht weiter mit ihr zu diskutieren, um sie von meiner Meinung zu überzeugen. Denn ich würde nicht mit Dad reden, mir nicht anhören, was für fadenscheinige Entschuldigungen er vorzubringen hatte. Dafür hatte er mich zu sehr verletzt. Vielleicht war es wirklich ein Fehler, aber nach dem letzten halben Jahr war es einer, mit dem ich mehr als gut leben konnte.

»Solange ich mich nicht mit ihm abgeben muss«, brummte ich missmutig.

»Musst du nicht ... solltest du vielleicht aber.«

»Karla!«, ermahnte ich sie.

»Na, stimmt doch. Du hast anfangs selbst zu mir gesagt, dass du nicht weißt, wie es weitergehen soll, wenn du auf die Uni wechselst, um deinen Bachelor zu machen. Dass die Gebühren dort teurer als am LaGuardia sind und du Dad erreichen müsstest, um seine Genehmigung für den Bankeinzug zu bekommen. Du hast dich sogar beschwert, dass er nie ans Handy geht.«

Es stimmte, dass ich all diese Worte gesagt hatte, doch das war so lange her, dass es mir wie in einem anderen Leben vorkam. Es war gewesen, als Mom und Dad sich gerade erst getrennt hatten. Als ich noch Hoffnung gehabt hatte, dass sich durch die Trennung nichts an Dads Verhältnis zu seinen Kindern ändern würde. Doch dann hatte er meine Anrufe ignoriert und kurz darauf die Zahlungen an Mom und Karla eingestellt. Mittlerweile wollte ich nichts mehr mit ihm zu tun haben. Vor allem wollte ich ihn nicht bloß deswegen anrufen, um ihn um Geld zu bitten, auch wenn das der einzige Weg war, der mich auf die Columbia brachte.

Mein Magen drehte sich um, und mir wurde schlecht. Bisher hatte ich es heute geschafft, nicht daran zu denken, doch jetzt kehrte das Gedankenkarussell mit voller Wucht zurück. Die Columbia hatte mir einen Monat Zeit gegeben, in dem ich mich entscheiden müsste, ob ich den Studienplatz annahm. Ein Monat, in dem ich eine Lösung finden musste, wie es weitergehen sollte. Das Jurastudium war immer mein Traum gewesen, und eigentlich war klar, dass ich es ohne Dads Unterstützung nicht meistern würde. Mein jetziger Workload war nichts im Vergleich zu dem, was mich auf der Law School erwarten würde. Ich wusste nicht einmal, ob ich dann überhaupt noch nebenbei arbeiten konnte, aber ganz sicher würde ich nicht so viele Stunden machen können, um die Gebühren der Columbia zusammenzubekommen. Oder die irgendeiner anderen Uni. Dazu müsste ich schon einen Vollzeitjob haben. Oder eher zwei.

Nur mit Mühe unterdrückte ich ein Seufzen. Ob es mir gefiel oder nicht – und das tat es nicht! –, mir blieben weder viele Möglichkeiten noch ausreichend Zeit, um etwas Alternatives auf die Beine zu stellen.

»Sag mir Bescheid, wenn du ihn erreicht hast«, gab ich mich geschlagen.

»Bitte, was?«, fragte Karla erstaunt.

Ich schluckte meinen erneut aufkommenden Widerstand herunter. Das war genau das, was ich nicht wollte, aber mir schien keine andere Wahl zu bleiben. »Meld dich, wenn du mit ihm gesprochen hast«, wiederholte ich. »Ich sag nicht, dass ich auch mit ihm reden werde, aber ich will wissen, was er zu sagen hat.«

Kurz blieb Karla still. Vermutlich hatte sie nicht damit gerechnet, dass ich so schnell einknickte. »Okay«, sagte sie schließlich. »Mache ich.«

Ich nickte, obwohl sie das nicht sehen konnte. »Und jetzt lass uns bitte das Thema wechseln. Was macht das Tanzen?« Karla war in einer Hip-Hop-Tanzgruppe, mit der sie regelmäßig auf irgendwelchen Feiern auftrat. Sie war wirklich gut, aber wie ich mit dem Joggen sah Karla es bloß als Hobby an, um sich fit zu halten, nicht weil sie es später professionell machen wollte.

»Ganz gut, wir wurden für den Sommer schon für drei Sommerfeste gebucht und dürfen nächste Woche bei einer Hochzeit auftreten.« Karla erzählte mir, dass sie mit den Einnahmen der bereits gebuchten Auftritte auf jeden Fall die Kosten für den Wochenendausflug, den die Gruppe jährlich veranstaltete, beisammenhatten.

Wir telefonierten noch eine halbe Stunde und quatschten über alles Mögliche. Keiner von uns sprach Dad noch einmal an, trotzdem schaffte ich es nicht, ihn aus dem Hintergrund meiner Gedanken zu verbannen. Ich wollte mich gar nicht mit ihm beschäftigen, aber es schien, als hätte er sich in meinem Kopf festgesetzt.

# KAPITEL 14

## *Mia*

Keuchend schreckte ich aus dem Schlaf hoch. Mein Herzschlag donnerte gegen meinen Brustkorb, und mein Atem kam in abgehackten Zügen. Für einen Augenblick wusste ich nicht, wo ich war, zu sehr hatte der Albtraum mich noch in seinen Fängen.

Die Bilder der Erinnerung, die mein Unterbewusstsein von der schrecklichsten Nacht meines Lebens heraufbeschwor, waren so deutlich wie schon seit zwei Jahren nicht mehr. Ich sah den Partyraum vor mir, als würde ich mitten in ihm stehen. Ich konnte das dröhnende Zittern der Bässe spüren, die aus den Lautsprechern kamen, und bildete mir sogar ein, diese seltsame Mischung aus Schweiß, Parfüm und Alkohol riechen zu können, die das Markenzeichen jeder Party zu sein schien. Eine dunkle Nacht und schneidender Wind. Hände, die mich an einen Körper zu ziehen versuchten. Worte, die sich trotz der lauten Musik in mein Gedächtnis gebrannt hatten.

*Du warst immer so nett zu mir, du willst es doch auch.*

*Zier dich nicht so.*

*So wie du rumläufst, legst du es doch drauf an.*

*Das wirst du bereuen, du prüde Schlampe.*

Und am lautesten ein Satz von einer anderen Stimme, an einem anderen Tag: *Das ist alles deine Schuld.*

Übelkeit erfasste mich, so plötzlich und heftig, dass ich es kaum rechtzeitig ins Bad schaffte, ehe ich mich in die Kloschüssel erbrach.

Als der Würgereflex endlich nachließ, sank ich neben der Toilette zu Boden, lehnte meine überhitzte Stirn an die kühlen Wandfliesen und versuchte, meinen rasenden Puls zu beruhigen.

So klar wie heute hatte ich mich schon seit Ewigkeiten nicht mehr an diese Nacht erinnert, und wenn doch, hatte es einen Auslöser dafür gegeben. Aber diesmal nicht. Nachdem ich Samstag mit Noah und den anderen im Queensbridge Park gewesen war, hatte ich den ganzen gestrigen Tag im Bett verbracht. Zuerst hatte ich mich an den Texten für die Band versucht, doch recht schnell wieder aufgehört, weil ich mich nicht darauf hatte konzentrieren können. Danach hatte ich es mit Musik versucht, an einigen Blogposts gearbeitet und ein paar Folgen K-Drama geschaut.

Nichts, das diese Erinnerung heraufbeschworen haben könnte. Trotzdem war sie so heftig über mich hereingebrochen, dass ich noch immer bis auf die Knochen erzitterte. Ich wagte nicht einmal, die Augen zu schließen aus Angst, dass ich *ihn* sofort wieder vor mir sehen würde.

Nein!

Ich zwang diese Gedanken zurück in die Kiste in der hintersten Ecke meines Gedächtnisses, in der sie bisher verstaut gewesen war. Kraftvoll schlug ich den Deckel zu und befestigte das Schloss daran. Ich wusste nicht, was diese Erinnerung heraufbeschworen hatte, aber ich würde nicht zulassen, dass sie meinen Fortschritt der letzten Jahre zunichtemachte. Nach anfänglichen Schwierigkeiten am College war es mir in den letzten Monaten einigermaßen gut gegangen. Vor allem, seit ich in der Band spielte und Noah kennengelernt hatte.

Mir wurde kalt.

Noah.

Lag es an ihm? Er hatte mir fast wieder das Gefühl gegeben, eine normale junge Frau zu sein, die Freunde hatte und gerne ausging. Ich wusste nicht, wann ich das letzte Mal so viel gelacht hatte wie

Samstag. Fast war ich wieder die alte Mia gewesen. Die Mia, die sorgenfrei und fröhlich gewesen war. Die gerne unter Leuten war und sich nachts heimlich aus der Wohnung schlich, um mit ihrer besten Freundin auf eine Party zu gehen.

Mein Brustkorb zog sich beim Gedanken an Ellie schmerzhaft zusammen. Ich vermisste sie noch immer so sehr, als hätte man mir einen Arm abgehackt. Wie gerne würde ich sie anrufen, mit ihr reden und ihr alles erzählen, was hier passierte. Sie fragen, wie es ihr ging und was sie machte. Doch es ging nicht mehr.

Stattdessen setzte ich mich an meinen Schreibtisch, zog mein Notizbuch hervor und schrieb all meine Gedanken in einen Brief an sie. Ich wusste, dass ich ihn nie abschicken würde, das traute ich mich nie. Aber es tat trotzdem gut, all das aufzuschreiben, was ich ihr normalerweise gesagt hätte. Es hatte eine fast schon therapeutische Wirkung auf mich. Während ich schrieb, konnte ich mir fast einbilden, dass das besondere Band, das zwischen Ellie und mir bestanden hatte, noch immer existierte, und ich wusste ganz genau, was sie mir in einem imaginären Antwortbrief sagen würde.

Ich war total gerädert, als ich auf dem Weg zu meiner ersten Vorlesung einen Abstecher ins Café machte. Ellie zu schreiben, hatte zwar die Bilder des Albtraums verschwimmen lassen, konnte aber nicht darüber hinwegtäuschen, dass ich zu wenig und schlecht geschlafen hatte. Meine Augen fühlten sich geschwollen und verklebt an, und mit jedem weiteren Blinzeln wollten sie sich schwerer öffnen lassen. In meinem Gehirn herrschte ein verschwommenes Chaos aller möglicher Gedanken, die ich beim besten Willen nicht geordnet bekam. Das würde ein langer Tag werden.

Ich betrat das Café und ging schnurstracks auf die Theke zu.

»Hey, Mia.«

Noahs Stimme ließ mich innehalten. Mir wurde heiß und kalt

zugleich. Langsam drehte ich mich zu ihm um. Fast kam es mir vor, als wäre ich in einem Paralleluniversum gelandet, weil ich Noah an dem Tisch entdeckte, an dem ich normalerweise saß. Seine blonden Haare waren verstrubbelt, als wäre er gerade erst aufgestanden. Seine Wangen waren gerötet, entweder noch von der Kälte draußen oder von der Hitze im Café. Er trug einen hellblauen Pulli, der sich eng an seinen Oberkörper schmiegte, und dunkle Jeans, die seine muskulösen Beine betonten. Ein Lächeln lag auf seinen Lippen, das mein Herz stolpern ließ.

Die Frage, was er hier machte, lag mir bereits auf der Zunge, doch ich schluckte sie herunter. Ich hatte ihm doch gesagt, dass er mir morgens gerne Gesellschaft leisten konnte. Es war ein sarkastischer Wink des Schicksals, dass er es ausgerechnet heute tat.

»Hi, Noah.« Zögerlich ging ich auf ihn zu, machte aber keine Anstalten, mich zu setzen, sondern stützte mich auf der Rückenlehne des Stuhls ihm gegenüber ab.

Er grinste zu mir hoch, ein Funkeln in den blauen Augen. »Gut geschlafen?«

Ich verzog den Mund, weil er mich damit unweigerlich an den Albtraum erinnerte, den ich bei seinem Anblick kurzzeitig vergessen hatte. »Überhaupt nicht. Heute ist einer dieser Tage, die ich einfach nur hinter mich bringen will.«

Noah deutete auf die Tasse vor sich. »Dafür gibt es Kaffee.«

»Ich hasse Kaffee.«

Seine Augen weiteten sich ungläubig. »Wie kann man keinen Kaffee mögen?«

»Er schmeckt absolut grausig. Ich kann nicht nachvollziehen, warum man sich das freiwillig antut.«

Ein raues Lachen verließ Noahs Mund. »Ohne meinen Koffeinschub wäre ich um die Uhrzeit noch gar nicht ansprechbar.«

»Weil du so sehr daran gewöhnt bist, dass du längst abhängig davon bist«, konterte ich.

Jetzt lachte er richtig. »Ich kann dir gar nicht sagen, wie egal mir das ist. Ich bestreite nicht mal, dass ich kaffeesüchtig bin und ohne meine zwei Tassen am Morgen nichts geregelt kriege.«

Ich spürte, wie sich meine Mundwinkel hoben. Etwas, von dem ich nicht gedacht hätte, dass ich heute dazu in der Lage wäre. »Gibt auch eindeutig Schlimmeres. Koks zum Beispiel.«

»Wow, du fährst gleich die ganz harten Geschütze auf. Hätte es nicht auch zuerst … keine Ahnung, Nasenspray sein können?«

Ich zog die Augenbrauen hoch. »Nasenspray?«

»Ja, die können abhängig machen. Das ist eines der Dinge, die man lernt, wenn man seine Schwester regelmäßig zu Ärzten begleiten musste.«

»Oh nein, was hat sie denn?« Ich zog den Stuhl zurück, auf dem ich mich abgestützt hatte, und setzte mich Noah gegenüber hin.

»Diabetes, seit sie acht oder neun ist«, erklärte Noah. »Und gerade als rebellischer Teenie hat sie es manchmal mit ihrem Spritzen nicht so genau genommen.«

»Ich könnte das nicht, mir selbst eine Spritze zu geben«, rutschte es mir heraus, und ich wollte umgehend im Erdboden versinken. Warum sagte ich so was Unsensibles? Noahs Schwester gab sich immerhin keine Spritzen, weil es ihr Spaß machte, sondern weil es für ihre Krankheit unabdingbar war. Sie musste es tun, wenn sie überleben wollte.

Noah schien sich weder an meinen Worten zu stören noch mein Unbehagen zu bemerken. Sein Mund verzog sich zu diesem breiten, ansteckenden Grinsen, das für mich so etwas wie sein Markenzeichen war. »Also steht dir keine Karriere im Heroinbusiness bevor?«

Ich musste so plötzlich lachen, dass der Laut sowohl durch meinen Mund als auch durch meine Nase herausbrach. »Keine Karriere mit irgendwelchen Drogen. Ich trink ja nicht mal harten Alkohol.«

»Hat das einen speziellen Grund?« Noah sah mich derart eindringlich an, als wollte er bis auf den Grund meiner Seele blicken.

Schützend verschränkte ich die Arme vor der Brust. Ein Teil von mir wollte aufspringen und wegrennen, um diesem eindringlichen Blick zu entgehen. Gleichzeitig erfasste mich Sehnsucht, weil sich ein anderer Teil von mir genau das wünschte. Endlich jemandem von alldem zu erzählen und mich nicht mehr so unfassbar allein damit zu fühlen.

Ich räusperte mich und versuchte, das Chaos in mir zu bewältigen. »Ich mag es einfach nicht, wenn ich das Gefühl habe, die Kontrolle zu verlieren.« Das war nur ein Teil der Wahrheit, aber der einzige, den ich Noah erzählen konnte.

Er nickte verständnisvoll. »So geht es ja vielen. Ich bin im Gegensatz dazu manchmal froh, dadurch für einen kurzen Moment die Kontrolle abgeben zu können.«

Das konnte ich sogar verstehen. Noah kam mir immer vor, als würde er sein ganzes Leben durchstrukturiert haben. Er arbeitete nicht nur für sich, sondern auch für seine Mom und seine Schwester. Er fühlte sich verantwortlich für seine Familie und was ihnen geschah, obwohl das gar nicht seine Aufgabe sein sollte.

»Scheint, als hätten wir beide ein Problem mit Kontrolle«, sagte ich.

Ein überraschtes Lachen brach aus Noah heraus. »Sieh uns an, wir sind noch so jung, aber schon so kaputt.«

Ich stimmte in sein Lachen mit ein, schüttelte jedoch den Kopf. »Wir sind nicht kaputt, nur ein bisschen verbogen.« Insgeheim stimmte ich ihm schon zu, aber nur bei mir selbst. An Noah hingegen hatte ich bisher nichts Kaputtes feststellen können.

Mein Blick fiel auf die Uhr an der Wand, und ich stand abrupt auf. In einer Viertelstunde fing meine erste Vorlesung an. Wie war es nur möglich, dass ich mit Noah zusammen ständig die Zeit vergaß? Ich bemerkte nicht einmal, wie sie verging, wenn wir uns unterhielten. Selbst dann, wenn ich mir wie heute vorgenommen hatte, mich nach wenigen Minuten wieder zu verabschieden. Aber er schaffte es immer wieder, mich in den Bann zu ziehen und alles um uns herum zu vergessen.

»Ich muss los«, sagte ich entschuldigend, schulterte meinen Rucksack und ging zur Theke, um mir meinen Tee und einen Bagel mit Creamcheese zu holen.

Noah stand ebenfalls auf und folgte mir. »Wegen Samstag … du hattest schon Spaß, oder?«, fragte er, nachdem ich meine Bestellung aufgegeben hatte.

Plötzlich klang er unsicher, und ich drehte mich zu ihm um. Zweifel standen ihm ins Gesicht geschrieben. Etwas, das ich noch nie bei ihm gesehen hatte.

»Ja, klar«, versicherte ich ihm. Ich dachte, das wäre offensichtlich gewesen.

»Okay, das ist gut.« Er nickte. »Dann hast du sicher Lust, nächstes Wochenende mit uns bowlen zu gehen, oder?«

Mein Mund klappte auf, und für einen Moment vergaß ich zu atmen. Aus einem Reflex heraus wollte ich den Kopf schütteln, einfach weil es mir so sehr in Fleisch und Blut übergegangen war, mich mit niemandem zu treffen. Doch da war auch noch ein anderes Gefühl in mir. Eins, das überschwänglich *Ja* schreien wollte. Denn ich genoss die Zeit mit Noah mehr, als ich mir eingestehen wollte. Es machte Spaß, sich mit ihm zu unterhalten, und ich fühlte mich von ihm verstanden, obwohl er im Grunde nichts von mir wusste.

Es gab da nur ein Problem …

»Ich kann überhaupt nicht bowlen«, gestand ich.

»Macht nichts, das bring ich dir schon bei.« Süffisant hob Noah die Augenbrauen und setzte damit Bilder in meinen Kopf, die weder etwas mit beibringen noch mit bowlen zu tun hatten.

Meine Wangen wurden warm, und ich musste den Blick abwenden. »Okay.«

»Perfekt. Ich schreib dir dann noch, wann und wo wir uns treffen.«

»Mach das.« Ich nahm meine Bestellung entgegen, bezahlte und verabschiedete mich von Noah.

Mit beschwingten Schritten verließ ich das Café. Ich fühlte mich seltsam leicht, als wäre eine Last von meinen Schultern genommen worden. Der Albtraum war plötzlich ganz weit weg, und erst nach einigen Metern fiel mir auf, dass sich ein Lächeln auf meine Lippen geschlichen hatte, das nicht mehr verschwinden wollte.

# KAPITEL 15

## *Noah*

ie nächsten Tage zogen nur so an mir vorbei. Der Januar ging in den Februar über, und ich hatte mit meinen Kursen alle Hände voll zu tun. Eine neue Hausarbeit war dafür verantwortlich, dass ich neben den Vorlesungen und den Schichten im Restaurant keinerlei Freizeit mehr hatte. Glücklicherweise hielt es mich auch davon ab, mir zu viele Gedanken zu machen. Über Dad, die Columbia und ob Karla ihn bereits erreicht hatte. Zwar hatte sie mir versprochen, sich sofort zu melden, aber ich kannte Karla genau. Wenn sie Dinge von Dad erfuhr, die mir nicht gefallen würden, würde sie unser Gespräch so lange wie möglich hinauszögern. Einerseits wartete ich jeden Tag auf ihren Anruf, andererseits war ich froh, dass ich bisher davon verschont geblieben war.

Die Temperaturen waren in den letzten Tagen wieder gestiegen und der schöne Schnee zu einer grauen, nassen Pampe geschmolzen, die sich so sehr in den Schuhen festsetzte, dass man sie überall hintrug. Auch jetzt spürte ich, wie die Nässe und Kälte durch meine Boots bis an meine Zehen drang, während ich auf die anderen wartete. Unruhig trat ich von einem Bein aufs andere und sah mich immer wieder um, aber noch war niemand zu sehen.

Ob Mia wirklich kommen würde? Als ich ihr gestern den Treffpunkt geschrieben hatte, hatte sie sofort geantwortet, doch seitdem hatte ich nichts mehr von ihr gehört. Eigentlich war es nicht verwunderlich, immerhin hatten wir bisher nie viel geschrieben, doch diesmal wünschte ich es mir. Ich hätte so gern mehr mit Mia kommuniziert, verspürte diesen inneren Drang, alles über sie zu erfahren und sie regelmäßig zu sehen.

Ich konnte die Anzeichen nicht länger leugnen. Mia berührte mich auf eine Weise, mit der ich nach der Trennung von Jenny abgeschlossen hatte. Ich hatte nicht gedacht, dass ich jemals für eine andere Frau so empfinden konnte. In jugendlicher Naivität hatte ich vermutet, dass meine Gefühle für Jenny einfach bestehen blieben, weil wir uns nicht im Bösen getrennt hatten, sondern einfach nur auf Colleges gingen, die an unterschiedlichen Enden des Landes lagen. Anfangs hatte ich sogar gehofft, dass es eine zweite Chance für uns geben könnte, wenn wir das Studium beendet hatten. Deswegen hatte ich mich nur auf lockere Affären am College eingelassen.

Irgendwann in den letzten zwei Jahren hatte ich jedoch aufgehört, ständig an Jenny zu denken. Es war so langsam und schrittweise geschehen, dass ich es kaum mitbekommen hatte. Und auf dieselbe Weise hatte sich Mia in mein Herz geschlichen. Hatte ich anfangs noch eine nette Affäre mit ihr haben wollen, kam das für mich jetzt nicht mehr infrage. Ich wollte sie ganz oder gar nicht. Am liebsten natürlich ganz.

Eine Bewegung aus den Augenwinkeln ließ mich aufblicken. Als hätte ich sie mit der Kraft meiner Gedanken heraufbeschworen, kam Mia auf mich zu. Sie trug denselben Parka wie letzten Samstag, dazu eine schwarze Jeans und eine graue Mütze, die sie über die Ohren gezogen hatte. Vereinzelte schwarze Haarsträhnen lugten darunter hervor, die ihr bei jedem Windstoß um die Nase wehten.

Ein Prickeln begann in meinem Nacken, das über meine Haut raste. Als würde Mia mein Mustern spüren, sah sie auf, und unsere Blicke trafen sich. Ihre Augen waren von einem so dunklen Braun, dass sie auf die Entfernung fast schwarz wirkten. Wie Tore zu einer anderen Welt, in die ich nur zu gerne eintauchte.

»Hey, wo sind die anderen?«, begrüßte sie mich.

»Noch nicht da. Kayson verspätet sich immer, wenn ich nicht da bin, um ihn anzutreiben.«

In dem Moment kamen sie um die Ecke gelaufen. Kayson, Theo, Avery, Lizzy und Virginia.

Mia sah kurz in ihre Richtung. »Wenn man vom Teufel spricht.«

»Und jetzt kann ich Kayson nicht mal damit aufziehen, dass er zu spät ist.« Ich seufzte theatralisch.

»Hey, Leute«, begrüßte Virginia uns. »Seid ihr bereit, gegen mich zu verlieren?«

»Träum weiter«, entgegnete ich. Wir Jungs gingen alle drei Wochen bowlen und hatten es mittlerweile ziemlich gut drauf. Klar, wir waren keine Profis, die mit jedem Wurf einen Strike landeten, aber von den Fehlwürfen der Anfangszeit waren wir mittlerweile weit entfernt.

»Werden wir nicht«, stimmte Theo mir zu. Angriffslust funkelte in seinen Augen. Er war der schlechteste Verlierer, den ich kannte. Selbst bei Kartenspielen wurde er grantig, wenn er nicht gewann. Es würde lustig werden, sollte Virginia wirklich gut sein.

»Also ich werde sicher gegen euch alle verlieren, ich hab das noch nie gemacht«, ging Mia dazwischen.

»Mach dir nichts draus, ich bin auch furchtbar schlecht.« Lizzy stellte sich an ihre Seite, und die beiden Frauen tauschten einen Blick, den ich nicht deuten konnte.

»Dann lasst uns mal los.« Kayson reckte seinen Daumen über die Schulter in Richtung der U-Bahn-Station, zu der wir gehen mussten.

Eine halbe Stunde später erreichten wir die Bowling Alley. Neonfarbene Leuchtreklame machte schon von Weitem darauf aufmerksam, und sobald wir die Eingangstür aufzogen, dröhnte uns Musik entgegen. Gerade wurde irgendein Technolied gespielt, bei dem sowohl Lizzy als auch Mia angewidert den Mund verzogen.

»Ist es hier immer so laut?«, wollte Mia wissen.

Ich schüttelte den Kopf. »Nein, nur wenn Discobowling ist.«

»Gott, worauf hab ich mich da bloß eingelassen?«

»Tja, jetzt kannst du keinen Rückzieher mehr machen«, sagte ich und schob sie vor mir den Gang entlang.

Theo drehte sich um. »Außerdem sind wir ja wohl die beste Begleitung, die man sich vorstellen kann.«

Avery griff nach seinem Arm und zog ihn weiter. »Klar, Schatz. Jede Frau an diesem College kann sich nichts Schöneres vorstellen, als den Abend mit dir zu verbringen«, sagte sie sarkastisch.

»Vielleicht nicht jede, aber doch eine große Anzahl«, widersprach er.

Zum Glück waren wir an der Anmeldung angekommen, die das Geplänkel unterbrach. Wir bekamen Schuhe ausgehändigt, die wir anziehen mussten, und wurden danach zu unserer Bahn geführt.

Theo aktivierte sie über die Bedienstation, und sofort sprangen sämtliche Lichter an. Leuchtbänder an den Seiten der Bahn, die alle paar Sekunden die Farbe wechselten, rote Scheinwerfer, die direkt auf die Kegel gerichtet waren, und über unserem Tisch ging eine Schwarzlichtröhre an, die sämtliche helle Farben sofort leuchten ließ.

»Ich fang an«, sagte Virginia, die sich bereits eine Bowlingkugel aussuchte. Sie wartete, bis Theo unsere Namen eingetragen hatte, dann positionierte sie sich. Sie nahm Anlauf, warf die Bowlingkugel kraftvoll auf die Bahn und … landete einen Strike. Alle Kegel fielen um, auf dem Bildschirm unserer Anzeige war ein Feuerwerk zu sehen, und die Musik setzte für eine Sekunde aus, um zu verkünden, dass es einen Shot für Bahn Nummer drei gab.

Selbstzufrieden drehte sich Virginia zu uns um und deutete mit dem Finger erst auf mich, dann Theo und Kayson. »Ich hab euch gewarnt.«

Theo verdrehte die Augen, doch der verkniffene Zug um seinen

Mund verriet seine Anspannung. »Das musst du erst mal wiederholen.«

Virginias Lächeln wurde breiter und siegessicher. Ohne ein weiteres Wort griff sie nach ihrer Kugel und warf ein weiteres Mal – erneut ins Schwarze. Wieder fielen alle Kegel um, und Theo stieß einen lauten Fluch aus. Zu der Verärgerung in seinem Blick gesellte sich jedoch auch Bewunderung, denn es war offensichtlich, dass Virginia nicht nur wusste, was sie tat, sondern auch verdammt gut darin war. Und sosehr Theo in allem immer gerne der Beste sein wollte, konnte er trotzdem anerkennen, wenn jemand besser war als er.

Ein drittes Mal schnappte Virginia sich die Kugel und warf sie in Richtung Kegel. Eine Zeit lang sah es aus, als würde sie erneut genau auf die Mitte zuhalten, doch kurz vorher drehte sie ab und traf nur den linken Rand. Die linken Kegel fielen um und rissen einige weitere mit sich, doch am Ende blieben drei stehen.

Theo brach in gehässiges Lachen aus, was Virginia aber nicht zu stören schien. Sie zuckte mit den Schultern und ging zurück zu Lizzy.

Theo war als Nächstes dran, und ich konnte mir vorstellen, dass er Virginia um jeden Preis schlagen wollte. Er nahm sich eine Bowlingkugel – die größte natürlich – und nahm Anlauf.

Eine Berührung an meinem Arm ließ mich nach rechts schauen. Mia war zu mir herangerutscht, ihre Schulter lehnte an meiner und schickte ein beständiges Kribbeln durch meinen Arm. Ein Lächeln lag auf ihren Lippen, das meinen Magen Saltos schlagen ließ. »Ich habe so was von keine Chance gegen sie.« Sie deutete auf die Bowlingbahn, wo auch Theo einen Strike geworfen hatte.

Unwillkürlich rutschte ich noch näher an sie heran, bis sich auch unsere Oberschenkel berührten und ein Summen durch meinen Körper lief, das an einen Stromstoß erinnerte. »Ich zeig dir gleich, wie das geht«, versicherte ich ihr.

»Aber ich werde nie so gut. Niemals.« Lachend schüttelte Mia den Kopf.

»Das erwartet auch keiner. Hier geht es darum, Spaß zu haben. Nur Theo muss sich immer mit allen messen und besser als sie sein.«

Theo verhaute seinen zweiten Wurf, und Mias Augen begannen zu leuchten. »Ich werde es so feiern, wenn Virginia gewinnt«, sagte sie mit einem Schmunzeln.

»Das werden wir alle.« Ich stand auf und griff nach ihrer Hand. »Komm, du bist dran.«

Bereitwillig folgte sie mir und suchte sich eine Bowlingkugel aus. Dann stellten wir uns auf die Bahn. Ich zeigte Mia, wie sie sich richtig hinstellen sollte, ihre Beine positionieren musste und die Kugel korrekt hielt. Meine Hände lagen dabei auf ihren Hüften, ich spürte die Hitze ihres Körpers durch den Stoff ihres Hoodies hindurch, roch den Duft ihrer Haare, die nur wenige Zentimeter von meinem Gesicht entfernt waren, und fühlte mich wie benebelt davon.

Als Nächstes umfasste ich ihre Hand, die die Kugel hielt, um Mia zu verdeutlichen, wie sie Schwung holen musste. Dabei stellte ich mich näher hinter sie, bis meine Brust ihren Rücken berührte. Ein Blitz raste durch meinen Arm, sobald ich ihre Haut berührte, und mein Herz geriet für einen erschreckend langen Moment aus dem Takt. Mia zuckte zusammen, als hätte sie es ebenfalls verspürt. Sie drehte den Kopf, bis unsere Blicke sich trafen. Etwas Fragendes lag in ihrem, und ich meinte, auch Verlangen darin zu sehen. Ihre Augen senkten sich auf meine Lippen, und augenblicklich stellte ich mir vor, wie es wohl wäre, Mia zu küssen. Wie sich ihre Lippen unter meinen anfühlten. Ob sie beim Küssen genauso vorsichtig und zurückhaltend war wie im Rest ihres Lebens? Oder kam dort die Leidenschaft zum Vorschein, die ich zwischendurch schon bei ihr hatte aufblitzen sehen?

Gott, ich musste damit aufhören.

Dringend!

»Wenn du so weitermachst, kann ich für nichts mehr garantieren«, raunte ich ihr zu.

Überrascht riss Mia ihren Blick hoch. Sie leckte sich über die Lippen. Ich konnte spüren, wie mein Blut in südliche Regionen schoss, und ich trat einen Schritt von ihr zurück. Das war absolut nicht der richtige Ort dafür.

»Das sieht irgendwie nicht nach Bowlen aus, was ihr da macht«, rief Theo zu uns rüber, wie um meine Gedanken zu bestätigen und zu unterstreichen, dass wir nicht alleine waren.

Ohne mich von Mia abzuwenden, hob ich meinen Arm und zeigte Theo den Mittelfinger, obwohl er vollkommen recht hatte. Ich räusperte mich und trat einen weiteren Schritt zurück, um etwas Raum zwischen Mia und mich zu bringen. Ich sollte sie loslassen, damit sie endlich diese blöde Kugel auf die Bahn werfen und wir mit unserem Spiel weitermachen konnten, doch alles in mir sträubte sich dagegen. Mia so nah zu sein, berauschte mich. Ihre Haut fühlte sich toll unter meinen Fingerspitzen an, und ich wollte mehr davon. Mehr von *ihr* und den Gefühlen, die sie in mir hervorrief. Gefühle, die ich längst verloren geglaubt hatte, aber die mit einer Heftigkeit zurückgekehrt waren, die mir beinahe den Boden unter den Füßen wegriss.

Warum sah sie mich immer noch an?

Mia hatte sich kein Stück gerührt, hatte nicht mal auf Theos Spruch reagiert. Ihr unergründlicher Blick war auf mich gerichtet, und in dem diffusen Licht, das von der Bowlingbahn zu uns schien, wirkten ihre Augen wie dunkle Seen, in denen ich mich verlieren könnte.

»Du musst mich schon loslassen, wenn ich spielen soll.« Sie sagte es leise, trotzdem schienen die Worte in meinem Kopf nachzuhallen.

Wie von der Tarantel gestochen ließ ich sie los und trat einige

Schritte zurück. Mein Puls raste, und für einen Moment schnürte sich mein Brustkorb zu. Was war nur los mit mir? So durcheinander war ich nicht mal bei Jenny gewesen. Im Gegenteil, mit ihr kam mir rückwirkend alles total einfach vor. Ich hatte sie gefragt, ob sie mit mir ausgehen wollte, sie hatte Ja gesagt und wir waren zusammen ins Kino gegangen. Ich erinnerte mich nicht mehr an den Film, aber daran, dass sie die ganze Zeit meine Hand gehalten hatte. Danach waren wir ein Paar gewesen.

Und mit Mia? Es war das komplette Gegenteil. Nichts mit ihr war einfach oder wie ich es gewohnt war. Sie stellte mein komplettes Gefühlsleben auf den Kopf und erweckte Emotionen in mir, die ich nicht für möglich gehalten hatte.

Es trieb mich in den Wahnsinn.

Ich liebte alles daran.

# KAPITEL 16

## Mia

**M**ein Herz hämmerte in meinem Brustkorb, als ich Anlauf nahm und die Kugel auf die Bahn warf, wie Noah es mir erklärt hatte – zumindest das, was ich noch behalten hatte. Wenn ich ehrlich zu mir war, hatte ich kaum etwas von dem mitbekommen, was er gesagt hatte, nachdem er mich berührt hatte. Seine Hände an meinem Körper und seine Haut an meiner zu spüren, hatte mir einen Kurzschluss verpasst. Anders konnte ich mir die letzten Minuten nicht erklären.

Etwas hatte sich verändert, als wir uns gegenübergestanden hatten. Es fühlte sich an, als wäre ein Teilchen, das jahrelang falsch gelegen hatte, an seinen angestammten Platz zurückgerutscht. Als hätte sich etwas in mir, das zerbrochen gewesen war, wieder zusammengesetzt. Ich wusste nicht, wie ich es anders beschreiben sollte, und egal, wie ich es ausdrückte, es klang total bescheuert.

Ich war weder kaputt, noch war in mir etwas zerbrochen oder verrutscht. Ich hatte Scheiße erlebt, die mich geprägt und aus der ich meine Konsequenzen gezogen hatte, aber das war allein *meine* Entscheidung. Eine, die ich bewusst getroffen und deren einschneidende Veränderungen in mein Leben ich sogar gutgeheißen hatte.

Trotzdem konnte ich dieses Gefühl, das mich überkommen hatte, nicht einfach so abtun. Es hatte mich derart überrumpelt, dass ich Noah für einen sehr langen Moment nur stumm anstarren konnte. Und was ich in seinen Augen gesehen hatte, hatte mich noch mehr erschreckt. Es war mir nämlich vorgekommen, als ginge es ihm genauso. Als hätte er bei unserer Berührung dasselbe gefühlt wie ich – und das war praktisch unmöglich. Dazu müsste er Ähnliches erlebt haben, was ich mir beim besten Willen nicht vorstellen konnte. Männern passierte so etwas nicht. Vor allem nicht gut aussehenden Männern, die dafür bekannt waren, nur lockere Affären zu haben.

Die Kugel flog in einem hohen Bogen auf die Bowlingbahn zu. Ich betete, dass sie irgendwo mittig auftreffen würde, doch natürlich wurden meine Gebete nicht erhört. Sie kam am äußersten Rand auf, kurz vor der Rinne, doch anstatt in ebendiese reinzurutschen, machte sie einen weiteren Satz auf die Bahn neben uns. Dort blieb sie jedoch auf der Bahn und fegte drei Kegel um.

Sofort war ein Aufschrei der Spieler zu hören.

»Hey! Was soll das?«

»Alter, meine Punkte!«

»Wenn du zu blöd zum Spielen bist, geh irgendwohin, wo du niemandem schaden kannst.«

Ich versuchte, sie auszublenden. Normalerweise war ich wirklich gut darin, doch heute brannten sich ihre hasserfüllten Worte und die abfällige Weise, in der sie ausgesprochen wurden, in mein Gedächtnis. Schamesröte schoss mir in die Wangen, und ich wünschte mir ein Mauseloch, in das ich mich verkriechen konnte. Ich wollte mich schon umdrehen und mich dafür entschuldigen, dass ich jemandem sein Spiel versaut hatte, da erklang Theos erboste Stimme: »Was ist dein Problem, Mann? Es ist nur ein verdammtes Spiel.«

Mir blieb keine Zeit, mich darüber zu wundern, dass er Partei für mich ergriff, da kam schon die Antwort.

»Alter, sie hat mir alles kaputt gemacht. Solche Anfänger sollte man gar nicht auf die Bahn lassen.« So wie er es sagte, konnte man das Gefühl bekommen, sie würden sich bei einer Weltmeisterschaft befinden.

»Mein Gott, du wirst es überleben«, mischte sich nun auch Noah ein. »Ein verlorenes Spiel ist kein Grund, jemanden zu beleidigen.« Beim Klang seiner Stimme wandte ich mich überrascht zu ihm um. Ich hatte ihn noch nie so sauer klingen hören, selbst dann nicht, als er sich über seinen Dad beschwert hatte. Und tatsächlich, seine Schultern waren angespannt, die Hände zu Fäusten geballt, und seine komplette Haltung drückte Angriffslust aus. Noah und Theo bildeten eine geschlossene Einheit, die sich den drei Typen auf der anderen Bahn gegenüberstellten.

Der Vorderste der drei, vermutlich der, dem ich in die Quere gekommen war, machte einen Schritt auf sie zu, wurde aber von einem seiner Kumpel am Arm zurückgezogen. »Lass gut sein, das ist es nicht wert. Wir starten einfach ein neues Spiel.«

Er blieb stehen, starrte aber weiterhin Noah und Theo an. Kayson stand ebenfalls auf und stellte sich mit verschränkten Armen neben sie. Sie lieferten sich ein Blickduell mit dem Typen von der Nebenbahn, bei dem es mich wunderte, dass keine Blitze durch die Luft flogen.

Nach einigen Sekunden wandte sich der Typ mit einer gemurmelten Bemerkung, die ich nicht verstehen konnte, ab und ging zu seinen Kumpels zurück. Ich stieß die angehaltene Luft aus und erlaubte es mir, mich zu entspannen. Kurzzeitig hatte ich befürchtet, dass es zu einem handfesten Streit oder Schlimmerem kommen würde. Und das alles nur, weil ich zu blöd war, die Kugel so zu werfen, dass sie auf unserer Bahn blieb.

*Es ist alles deine Schuld.*

Ich schüttelte meinen Kopf, um diese Stimme zu vertreiben. Sie half mir nicht weiter, außerdem war es ohnehin lächerlich, wie dieser Typ sich wegen dieser Lappalie aufgeregt hatte, als hätte ich sein Erstgeborenes dem Teufel verkauft.

Noah berührte mich an der Schulter. Ich sah zu ihm und blickte in blaue Augen, die mich besorgt musterten. »Ist alles okay?«

Ich nickte. Schluckte. »Ja«, krächzte ich. »Es hat mich nur total erschrocken, wie er hochgegangen ist.«

Langsam rieb Noah mit der Hand über meine Schulter, dann ließ er sie meinen Arm hinabgleiten, bis er seine Finger mit meinen verschränken konnte. »Was ein Spinner, so auszurasten. Es war nicht richtig, dich deswegen zu beleidigen.«

»Ist schon okay.« Ob ich damit ihn oder mich selbst beruhigen wollte, wusste ich nicht. »Sie haben ja recht. Es war meine Schuld, dass ich ihr Spiel sabotiert habe.«

Noahs Hand um meine Finger verkrampfte sich fast schmerzhaft, und er zog die Stirn kraus. »Du bist an gar nichts schuld«, sagte er, und sein eindringlicher Blick löste Gänsehaut bei mir aus. »Die Typen sind einfach nur Arschlöcher, die sich wichtigmachen wollten. Hier wird nur zum Spaß gebowlt und nach jedem Strike kostenlos Alkohol ausgeschenkt. Je später der Abend, desto mehr merkt man es daran, dass die meisten die Bahn nicht mehr treffen können. Deine Kugel war nicht die erste, die zu den Nachbarn gesegelt ist, und sie wird beileibe nicht die letzte sein. Ich hab es noch nie erlebt, dass sich jemand darüber aufgeregt hat.«

Unweigerlich zuckte mein Blick zu Theo, der entspannt auf der Bank saß, sich mit Kayson unterhielt und locker einen Arm um Averys Schultern gelegt hatte. Ich kannte ihn praktisch nicht, aber nach allem, was ich bisher über ihn und seine Unfähigkeit, zu verlieren, gehört hatte, würde ich vermuten, dass er so reagieren würde.

Noah schien meine Gedanken zu erraten, denn er schüttelte vehement den Kopf. »Theo würde nicht wildfremden Leuten wegen so etwas drohen. Er mag aufbrausend sein und ungern verlieren, aber er würde niemanden beleidigen, dem versehentlich die Kugel auf unsere Bahn gerutscht ist.«

»Wenn du meinst.« Ich war nicht wirklich überzeugt, dachte mir aber, dass es keinen Sinn ergeben würde, weiter mit Noah zu diskutieren. Wenn ich ehrlich war, konnte ich mir gut vorstellen, dass viele Leute wie die drei Idioten reagieren würden. Gerade ehrgeizige Menschen, die es vielleicht gewohnt waren zu gewinnen oder alles zu bekommen, was sie wollten, würden sich sicher zu so einer Reaktion hinreißen lassen.

»Willst du noch mal?« Noah deutete auf die Bahn. »Dein Wurf hat bei uns nicht gezählt.«

»Ich weiß nicht.« Meine Lust auf das Spiel war verraucht. Ich wollte gar nicht wissen, was passieren würde, sollte meine Kugel noch mal versehentlich auf der Nebenbahn landen.

Noah schien meine Gedanken zu erraten. »Versuch einfach, mehr nach links zu zielen. Die linke Bahn ist frei, da kannst du so oft hinwerfen, wie du willst.«

»Noah!«, mahnte Lizzy und kam zu uns rüber. »Wie wäre es, wenn du Mia etwas beibringst, das ihr weiterhilft?« Sie griff mein Handgelenk und zog mich von Noah weg. Erst als ich dadurch seine Hand loslassen musste, fiel mir auf, dass er meine Finger noch immer festhielt. Wärme breitete sich in meinem Körper aus, und meine Finger kribbelten, weil sie Noahs sogleich vermissten.

Lizzy zog mich an den Rand der Bahn und deutete darauf. »Siehst du diese Striche? Die zu einem Pfeil nach vorne führen?«

Ich sah in die Richtung, in die sie zeigte, und entdeckte sie sofort, auch wenn sie mir bisher nicht aufgefallen waren. »Klar.«

»Versuch, den mittleren Strich anzuvisieren, wenn du wirfst, und nicht die Kegel, dann ist die Wahrscheinlichkeit viel höher, dass die Kugel auf der Bahn bleibt.«

Im ersten Moment wollte ich protestieren, doch dann leuchteten mir ihre Worte ein. Wenn ich die Kugel am Anfang der Bahn nicht auf die Mitte bekam, würde sie es auch am Ende nicht sein.

Lizzy nickte zu den Kegeln. »Jetzt schnapp dir eine Kugel und mach noch mal. Du kannst das.« Sie drückte kurz meinen Arm, dann ließ sie mich alleine.

Plötzlich schlug mir das Herz bis zum Hals. Es war total bescheuert, Angst davor zu haben, eine Bowlingkugel zu werfen, aber ich konnte es auch nicht verhindern. Ich blickte zu den anderen, die mich neugierig beobachteten und mir aufmunternd zunickten.

*Komm schon, Mia, du schaffst das,* redete ich mir selbst Mut zu.

Wahllos griff ich nach einer Kugel und ächzte innerlich, weil sie deutlich schwerer war als die letzte. Aber das konnte mir nur zum Vorteil sein, dann konnte ich sie nicht mit genug Schwung schmeißen, dass sie auf die Bahn neben uns flog. Auch nahm ich diesmal weniger Anlauf. Nur drei Schritte anstatt sechs. Wie Lizzy mir geraten hatte, fixierte ich den mittleren Strich, als ich die Kugel losließ.

Sie landete auch mitten auf der Bahn, und für einen Moment wirkte es, als würde sie genau so auf die Kegel zurasen. Doch dann drehte sie nach rechts ab und traf nur die drei äußeren Kegel. Sie kippten um und rissen zwei weitere mit sich. Ich hatte ganze fünf Kegel umgeschmissen.

Jubelnd riss ich die Arme in die Höhe und drehte mich zu den anderen um. »Ich hab es geschafft.«

Es ehrte sie sehr, dass sie ebenfalls aufsprangen, mir auf die Schulter klopften und sich mit mir freuten, als hätte ich etwas Großartiges geleistet.

Ich ließ mich neben Noah auf die Bank fallen, während Lizzy zur Bahn ging, weil sie nach mir dran war. »So fühlt es sich also an, einen grandiosen Sieg zu erringen.«

Er lachte heiser und stupste mich leicht mit der Schulter an. »Ich bin sicher, du kriegst das auch öfter hin.« Sein Blick schweifte zu der Nebenbahn, wo die drei Typen wieder voll und ganz auf ihr Spiel konzentriert waren. »Und wenn wir sie doch noch verprügeln sollen, musst du nur einen Ton sagen.«

Es war süß, dass er das sagte, trotzdem schüttelte ich den Kopf. Es war mir ohnehin schon unangenehm, dass ich so viel Aufmerksamkeit erregt hatte. »Solche Leute straft man am besten mit Nichtbeachtung.«

»Auch wieder wahr.« Noah legte einen Arm hinter mir auf die Lehne der Sitzbank ab. Er berührte mich nicht, aber ich konnte spüren, dass er nur wenige Zentimeter hinter mir war. Die feinen Härchen in meinem Nacken stellten sich auf, als wollten sie ihm näher kommen. Etwas zog sich in meiner Brust zusammen, und ich wünschte mir, dass er auch diese letzte Distanz zwischen uns überbrückte. Dass er mich im Arm hielt, wie er zuvor bereits meine Hand festgehalten hatte, und ich ein weiteres Mal diese Geborgenheit empfinden konnte, die er damit in mir ausgelöst hatte. Vorhin hatte ich sie nicht genießen können, weil ich zu aufgewühlt gewesen war, doch jetzt waren bereits all meine Sinne auf Noah ausgerichtet. Im Nacken spürte ich die Wärme, die von seinem Arm ausging, sein frischer Duft drang mir in die Nase, und seine Stimme resonierte in mir, als er gerade mit Theo sprach.

Es wurde noch ein lustiger Abend. Virginia gewann mit einem beachtlichen Vorsprung vor Theo, der bei jedem weiteren Strike von ihr zwar lauter grummelte, aber auch das Lächeln nicht mehr aus dem Gesicht bekam, daher hatte Noah mit seiner Einschätzung über ihn vermutlich doch recht. Noah wurde Dritter vor Avery, die sich mit zwei letzten guten Würfen ganz knapp vor Kayson geschoben hatte. Lizzy war im Bowlen tatsächlich fast so schlecht wie ich, schaffte es am Ende aber trotzdem auf den vorletzten Platz.

Es störte mich gar nicht, verloren zu haben. Niemand drückte mir dumme Sprüche deswegen. Im Gegenteil, jeder gute Wurf – egal von wem – wurde gefeiert, als hätten wir den Superbowl gewonnen. Bei schlechten Würfen gab es Zuspruch und aufmunternde Klopfer auf die Schulter.

Virginia und Theo waren die Einzigen, die sich gegenseitig anstachelten, wenn der oder die andere einen Wurf verhauen hatte. Sie drückten sich Sprüche, die aber niemals unter die Gürtellinie gingen. Es war mehr als offensichtlich, dass beide sehr konkurrenzstark waren und niemand dem anderen auch nur einen Millimeter Vorsprung gönnte. Gleichzeitig kam ich nicht umhin zu bemerken, dass die beiden befreundet waren. Etwas verband sie, das über bloße Bekanntschaft hinausging, und das sie respektvoll miteinander umgehen ließ.

Es war kurz vor Mitternacht, als wir die Bowling Alley verließen und uns auf den Weg zurück zum Wohnheim machten. Auf den Straßen war noch immer ordentlich was los. Taxis hupten, schick angezogene Leute waren auf dem Weg zur nächsten Party, und einige Jugendliche, die längst hätten im Bett sein müssen, lungerten an den Straßenecken herum. Obwohl draußen immer noch einiges los war, wurden wir ruhiger als zuvor beim Spiel. Ich vermutete, dass die anderen genauso ausgelaugt von dem langen Tag waren wie ich. Kayson und Lizzy bildeten Hand in Hand die Front, dahinter gingen Arm in Arm Avery und Theo, der noch immer leise mit Virginia diskutierte. Noah und ich bildeten das Schlusslicht. Wir berührten uns nicht, gingen aber so nah nebeneinander, dass ich nur den Finger hätte ausstrecken müssen, um ihn anzufassen.

Die Stille, die sich zwischen uns gebildet hatte, war eine angenehme. Zum ersten Mal seit einer sehr langen Zeit fühlte es sich nicht so an, als müsste ich sie mit Worten füllen, sondern als würde Noah mich auch so verstehen. Mein Kopf war noch immer übervoll mit dem Erlebten. Das Bowlingspiel, die Beinahe-Auseinandersetzung mit diesen Typen, und das Gespräch mit Noah. Er war der Erste seit sehr langer Zeit, der zu mir gesagt hatte, dass ich nicht schuld war. Klar, es war keine große Sache gewesen, aber in der Vergangenheit hatte ich so oft die Schuld für unterschiedliche Dinge aufgedrückt bekommen, dass ich mittlerweile selbst glaubte, nichts richtig machen zu können.

Mein Brustkorb schnürte sich schmerzhaft zu, und ich schob jeden Gedanken an Ellie weit weg, ehe er überhaupt aufkommen konnte.

»Das war ein echt schöner Abend«, sagte ich, um mich von alldem abzulenken.

Für eine Sekunde blitzte Noahs Lächeln in der Dunkelheit auf. »Trotz der Zwischenfälle?«

Das brachte mich zum Lachen. »Es war ja nur einer. Und ja, trotz des Zwischenfalls.« Vielleicht sogar gerade deswegen, immerhin hatte mir der Vorfall gezeigt, dass all diese Menschen, die mich teilweise nur oberflächlich kannten, sich sofort für mich eingesetzt hatten. Himmel, sie hätten sich für mich sogar mit den anderen Typen geprügelt, wenn es dazu gekommen wäre.

»Wir hätten deine Ehre auch verteidigt, wenn es nötig gewesen wäre«, sagte Noah, als hätte er erneut meine Gedanken gelesen. Langsam wurde es unheimlich.

»Ich will überhaupt nicht, dass sich jemand für mich prügelt«, sagte ich schnell. Es war mir immer noch unangenehm, dass es überhaupt so weit gekommen war.

»Oh, glaub mir, wir wollen uns auch nicht prügeln, aus dem Alter sind wir lange raus. Aber wir lassen auch nicht zu, dass wildfremde Kerle so mit dir umgehen. Oder mit irgendjemandem sonst aus unserer Gruppe.«

Dass er mich als Teil der Gruppe bezeichnete, wärmte einen vor Ewigkeiten erkalteten Teil in mir. Es war aber etwas anderes, das meine Neugier weckte. »Aus dem Alter seid ihr raus? Also gab es mal ein Alter, in dem ihr euch geprügelt habt?«

Mit einem Stöhnen wandte Noah den Kopf ab, aber ich meinte noch zu sehen, wie seine Wangen erröteten. »Warum kann ich nie meinen Mund halten?«, meinte er mehr zu sich selbst.

»Du musst es mir nicht sagen«, warf ich schnell ein. Ich wollte ihn zu nichts drängen, was ihm peinlich war oder über das er nicht reden wollte.

»Ach, es ist eigentlich total bescheuert. Als Karla auf die High-school wechselte, gab es Probleme mit einigen Typen aus ihrer Klasse. Ich hab dir ja erzählt, dass sie Diabetes hat, und einige aus ihrer Klasse haben sich deswegen über sie lustig gemacht. Es ist so weit gegangen, dass sie eines Tages ihr Insulin aus ihrer Tasche geklaut haben. Karla musste zur Klassenlehrerin gehen, damit sie es wieder rausrücken, und dann haben die Typen auch noch die Frechheit besessen, Karla in der Pause zu bedrohen. Sie waren sauer, weil sie nachsitzen mussten, und haben Karla als Petze bezeichnet. Da sind mir einfach die Sicherungen durchgebrannt.«

Entgeistert schüttelte ich den Kopf. »Wow, was für Arschlöcher, da hätte ich mich auch nicht zurückhalten können.«

Noah schnaubte. »Leider waren die beiden Footballspieler, und ich konnte ihnen nichts anhaben. *Ich* war derjenige, der am Ende mit blauem Auge im Krankenzimmer der Highschool verarztet werden musste, während die beiden nicht einmal einen Kratzer davongetragen haben. Eingeschüchtert hab ich die auf jeden Fall nicht.«

Ich versuchte es wirklich zu verhindern, doch dann platzte das Kichern aus mir heraus. Ich wollte es als Husten tarnen, was mir jedoch auch nur kläglich gelang. »Immerhin hast du versucht, die Ehre deiner Schwester zu retten.«

»Die mich danach einen Idioten nannte, weil mir von vornherein hätte klar sein müssen, dass ich gegen die beiden nichts ausrichten kann. Aber sie hat sich trotzdem bei mir bedankt und meinte, ich wäre der beste Bruder der Welt.«

Ein liebevolles Lächeln breitete sich auf Noahs Lippen aus, das mir ein Ziehen in der Brust bescherte. Obwohl wir schon einmal darüber gesprochen hatten, wurde mir erst jetzt bewusst, wie wichtig ihm seine Schwester war. Dabei hätte mir das längst klar sein müssen. Er ging neben dem Studium arbeiten, um das Geld seiner Mom und seiner Schwester zu geben. Das machte man nicht einfach nur so aus Langeweile oder bloßem Pflichtbewusstsein heraus. Trotzdem wurde mir erst jetzt klar, wie nahe sie einander stehen mussten.

»Es ist auf jeden Fall eine nette Anekdote, die du später einmal ihren Kindern erzählen kannst. Oder deinen«, schob ich schnell hinterher. Dann lehnte ich mich näher zu ihm. »Außerdem ist dein Auge längst verheilt, du scheinst also keine bleibenden Schäden davongetragen zu haben.«

Theatralisch hielt Noah eine Hand vor seine Brust. »Aber was ist mit den Schäden auf meiner Seele? Wer kümmert sich um die?«

Ich konnte nicht mehr anders, als zu lachen. Laut zu lachen. Noah hob die Augenbrauen, doch auch in seinen Mundwinkeln begann es zu zucken. Selbst Avery und Theo, die noch immer vor uns gingen, drehten sich überrascht zu uns um. Doch am meisten war ich selbst von mir erstaunt. Ich konnte an einer Hand abzählen, wie oft ich in den letzten zwei Jahren laut gelacht hatte, und wenn, war es meistens bei irgendeiner Serie gewesen. Aber Noah schaffte es mühelos. Es war bereits das zweite Mal in seiner Gegenwart gewesen. Beim Schlittenfahren hatte ich es noch für Zufall gehalten, doch mittlerweile schien es zur Gewohnheit zu werden.

Bei den Wohnheimen angekommen, blieben wir stehen. Rechts befanden sich die Gebäude der Jungs, links die der Mädchen. Avery und Theo hatten sich bereits vor einer Weile von uns verabschiedet, weil Theo außerhalb des Campus wohnte. Lizzy und Kayson riefen uns ein flüchtiges »Bye« zu und gingen in Richtung der Mädchenwohnheime, vermutlich, um die Nacht in Lizzys Zimmer zu verbringen.

Plötzlich waren wir allein. Vereinzelt liefen noch andere Studierende über den Platz, doch niemand von ihnen schenkte uns Beachtung. Auch der Straßenlärm war zu einem Rauschen im Hintergrund verklungen, sodass ich mir fast einbilden konnte, mich in einer Blase mit Noah zu befinden, in der nur wir beide existierten.

Noahs Blick huschte über mein Gesicht und blieb einen Augenblick zu lang an meinen Lippen hängen, die sofort mit dem Wunsch zu kribbeln begannen, von ihm geküsst zu werden. Ich konnte sehen, wie Verlangen und Zögern in seinen Augen miteinander um die Oberhand kämpften, doch schließlich gewann die Zurückhaltung. Anstatt mich zu küssen, hob Noah die Hand und strich federleicht über meine Wange. Obwohl seine Finger kalt waren, brannte sich die Berührung über meine Haut tief in meiner Seele ein. Reglos verharrten wir so. Sekunden dehnten sich zu einer kleinen Ewigkeit, in der wir uns nur ansahen. Ich sollte mich vermutlich verabschieden und ins Wohnheim gehen, aber ich wollte mich noch nicht von ihm trennen. Ich wollte diesen Abend, diesen Augenblick festhalten, doch wie es immer mit den schönen Dingen war, sie gingen zu schnell vorbei.

Ein letztes Mal fuhr Noah mit seinem Daumen über meine Wange, dann trat er einen Schritt von mir zurück. »Schlaf gut. Bis morgen.«

»Bis morgen«, antwortete ich, obwohl wir gar nicht ausgemacht hatten, uns zu treffen.

Ich sah Noah hinterher, wie er zu seinem Wohnheim ging, ehe ich mich selbst davon überzeugen konnte, umzudrehen und den Weg zu meinem Zimmer anzutreten.

# KAPITEL 17

## Mia

*Rushing through the hallways*
*Late for the first lecture of the day*

*I*ch schnaufte und schüttelte den Kopf. Das war kein guter Einstieg in den Song. Wenn wir mit den Klischees des Studentenlebens aufräumen wollten, wäre es sicher nicht förderlich, damit zu beginnen, das größte von ihnen zu bestätigen: dass Studenten – wenn sie denn überhaupt zu den Vorlesungen erschienen – immer zu spät waren.

Seit zwanzig Minuten saß ich bereits vor meinem Notizbuch, und diese mageren Zeilen waren alles, was ich bisher zustande gebracht hatte. Dabei hatte ich die Outline des Songs genau im Kopf. Ich wusste, was ich damit ausdrücken, welche Emotionen ich bei den Hörern hervorrufen, wie ich sie bewegen wollte. Doch zum ersten Mal fand ich die richtigen Worte dafür nicht. Es war, als hätte irgendwas mein Hirn verklebt, das mich davon abhielt, meine abstrakten Ideen sinnvoll zu Papier zu bringen.

Nachdenklich malte ich mit dem Kuli kleine Blümchen neben die Zeilen und versuchte, meinen Kopf freizubekommen. Ich ließ meine Zweifel und all die negativen Energien aus mir herausfließen, um mich nur auf das Wesentliche zu konzentrieren. Dann setzte ich den Stift erneut an.

*You think you're something special*
*Talking down to us like this?*
*Calling us lazy and sleeping all day*
*Only to go to another party every night*

*Did you ever set foot in a college in your life?*
*Cause you seem to have no idea what's really going on here*

Ich las noch mal über das, was ich geschrieben hatte. Das war deutlich besser. Noch nicht perfekt, aber darauf konnte man aufbauen. Vor allem die erste Zeile gefiel mir, damit würden wir gleich die Aufmerksamkeit der Zuhörer haben.

Kribblige Aufregung durchlief mich, die ich bis in die Fingerspitzen spüren konnte. Das war der richtige Ansatz. Sicher würde ich auch diese Zeilen noch mehrfach überarbeiten müssen, aber ich fühlte ganz genau, dass ich damit weitermachen konnte. Weitere Sätze drängten sich bereits in den Vordergrund meiner Gedanken, doch da war auch noch was anderes. Der Wunsch, Lizzy und die anderen anzurufen und ihnen davon zu erzählen. Ihnen die ersten Zeilen zu zeigen und ihre Meinung einzuholen. Wären sie davon genauso begeistert wie ich? Hätten sie Verbesserungsvorschläge? Könnten wir gemeinsam am Feinschliff arbeiten?

Aus dem Augenwinkel warf ich einen Blick Richtung Bett, wo mein Handy lag, das genau in dieser Sekunde zu klingeln begann. Schock jagte durch mich hindurch, weil das Geräusch mir dröhnend laut in der Stille meines Zimmers vorkam. Es war vor allem ungewohnt. Mein Handy klingelte sonst nie.

Von Neugierde gepackt, stand ich auf und fischte es vom Bett. Es war Lizzy! Hatte ich sie mit der Kraft meiner Gedanken dazu gebracht, mich anzurufen?

»Hey.« Mit klopfendem Herzen ging ich ran. »Was gibt's?«

»Mia.« Lizzy brüllte regelrecht in den Hörer, trotzdem war sie wegen des lauten Gegröles im Hintergrund kaum zu verstehen. »Hast du heute Abend Zeit?«

Ich zögerte einen Moment. »Ja?« Es kam wie eine Frage heraus, dabei wusste ich, dass mein Terminkalender für heute genauso leer war wie mein Bankkonto, bevor meine Eltern mir die nächste Rate überwiesen.

»Wir haben später einen Auftritt.«

»Ich … was?« Wie hatte Lizzy den so schnell auftreiben können?

Ein lautes Kreischen ertönte im Hintergrund, von dem ich mir ziemlich sicher war, dass es zu Avery gehörte. Eine Sekunde später war sie auch schon am Telefon. »Theo hat gewonnen«, brüllte sie so laut, dass ich fast einen Hörschaden davontrug.

Außerdem war ich mittlerweile maximal verwirrt. »Das ist … schön?«

Gedämpfte Geräusche, die entfernt nach Gerangel klangen, waren zu hören, dann war Lizzy wieder dran. »Sorry, Avery ist grad etwas aufgedreht.«

Das war nicht zu überhören.

»Jedenfalls hat Theo die nationale Meisterschaft in Philly gewonnen, und wir wollen ihn mit einer Party im Wohnheim überraschen, bei der wir auftreten.«

»Ich dachte, Theo mag unsere Musik nicht.« Es war das Erste, das mir einfiel.

Lizzy schnaubte. »Quatsch, der tut immer nur so. Harte Schale, weicher Kern und so.«

»Wird Noah auch dabei sein?« Es rutschte mir heraus, ehe mir klar war, was ich da fragte. Gleichzeitig wurde mir bewusst, wie wichtig es mir war. Ich wollte, dass Noah dabei war und uns zuhörte – mir zuhörte. Vor allem wollte ich ihn sehen, weil ich schon den ganzen Tag immer wieder an ihn hatte denken müssen. Ich hatte sogar einen Brief an Ellie geschrieben – den ich natürlich wieder nicht abgeschickt hatte – und ihr von Noah erzählt.

»Natürlich wird er da sein. Er freut sich schon auf dich.«

Wärme breitete sich in meinem Bauch aus, und meine Atmung wurde flacher. Selbst wenn ich gewollt hätte, könnte ich jetzt nicht mehr absagen. »Was soll ich machen?« Ich versuchte, mir meine Aufregung nicht anmerken zu lassen.

»Eigentlich nur so gegen sechs am Wohnheim der Jungs sein. Bis dahin sollten wir zurück sein.«

»Alles klar. Und unsere Instrumente?«

»Darum kümmern sich Virginia und Chloe.«

»Okay. Dann bis später, Lizzy.«

»Bis später.«

Ich legte auf, behielt das Handy aber weiterhin in der Hand und starrte auf das mittlerweile erloschene Display. Meine Mundwinkel waren zu einem breiten Lächeln verzogen, und Aufregung pumpte durch meine Adern. Es dauerte einen Moment, bis ich die Empfindungen, die in mir hochkochten, deuten konnte, doch dann fragte ich mich, warum es mir nicht sofort klar gewesen war.

Ich freute mich auf den Abend. Sehr sogar.


Als ich um kurz vor sechs zum Wohnheim der Jungs ging, drang bereits laute Musik nach draußen, als wäre die Party bereits in vollem Gange. Doch im Gemeinschaftsraum war es noch überschaubar. Einige Kerle waren dabei, den Raum in eine Partyzone zu verwandeln, aber unsere Instrumente standen schon fertig aufgebaut auf einem kleinen Podest.

Ich entdeckte Virginia und Chloe links von mir an einem Stehtisch, beide mit einem Wasser vor sich, und ging zu ihnen.

»Hey.«

»Hi, Mia.« Überraschend zog Virginia mich in eine kurze Umarmung, die ich, ohne zu zögern, erwiderte.

»Ist Lizzy noch nicht da?«

»Doch, sie ist gerade gekommen, wollte sich aber kurz umziehen.«

Chloe grinste. »Sie haben ›Go Theo go‹-T-Shirts getragen, mit denen wollten sie jetzt nicht unbedingt auf die Party.«

»Dabei wäre es so passend, immerhin hat er gewonnen.«

Virginia seufzte. »Wir hätten Fotos machen sollen. Die Shirts waren neongrün, sie sahen so bescheuert aus.«

Ich musste lachen. »Jetzt bin ich fast traurig, dass ich nicht eher da war, das hätte ich gerne gesehen.«

»Es war ein Bild für die Ewigkeit.« Chloe nickte ernst, aber der Schalk blitzte in ihren Augen auf.

»Hey, lästert ihr über uns?«

Noahs warme Stimme jagte einen angenehmen Schauer über meinen Rücken. Langsam drehte ich mich zu ihm um. Seine blonden Haare waren herrlich zerzaust, seine blauen Augen lagen mit einer Intensität auf mir, die meinen Puls in die Höhe jagte. Kein grünes Shirt war an ihm zu entdecken, dafür trug er ein weißes Longsleeve, das sich eng an seine Brust schmiegte und seinen muskulösen Oberkörper betonte. Seine dunkle Jeans saß tief auf seinen Hüften, und seine Füße steckten in schwarzen Nikes. Ich biss mir auf die Unterlippe.

»Nein, nur über eure grünen Shirts.«

In gespieltem Entsetzen riss Noah die Augen auf. »Macht ihr euch darüber lustig, dass wir Theo unsere Unterstützung zeigen wollten?«

Ein Schmunzeln zupfte an meinen Lippen. »Das hättet ihr auch mit einer anderen Farbe tun können.«

Schmollend schob Noah die Unterlippe vor. »Wir wollten doch nur, dass er uns sieht.«

Virginia lachte und trat neben mich. »Er hätte euch selbst mit geschlossenen Augen und von unter Wasser nicht übersehen können.«

»Pff, so schlimm war die Farbe auch nicht.«

»Ihr habt geleuchtet, Noah. Ge-leuch-tet.«

Er seufzte. »Dass du immer so übertreiben musst.«

»Sie übertreibt gar nicht.« Lizzy schob sich an ihm vorbei und bedachte ihn mit einem strafenden Blick. »Die Farbe ist furchtbar, das hab ich euch mehrfach gesagt. Aber Kayson und du … ich verstehe immer noch nicht, was in euch gefahren ist.«

»Du hast einfach keinen Geschmack.« Abschätzig schüttelte Noah den Kopf, was mir ein Kichern entlockte.

Als Antwort verdrehte Lizzy bloß die Augen, dann wandte sie sich Virginia und mir zu. »Sollen wir anfangen?« Sie zeigte mit dem Daumen in Richtung unserer Instrumente.

Chloe warf einen Blick in den Gemeinschaftsraum, der noch immer verhältnismäßig leer war. »Wollen wir echt jetzt schon spielen? Ist doch kaum was los.«

»Ach.« Lizzy winkte ab. »Die kommen schon aus ihren Zimmern gekrochen, sobald wir loslegen.«

Ich war mir da nicht so sicher, aber mir war es auch egal, wie viele Leute uns zuhörten. Noah war da. Das war alles, was für mich zählte.

Wir betraten das kleine Podest und gingen zu unseren Instrumenten. Rasch knetete ich meine Finger durch, um sie zumindest notdürftig aufzuwärmen. Es wäre das erste Mal, dass wir auftraten, ohne uns vorher eingespielt zu haben, aber wir waren mittlerweile gut genug, um das zu packen.

Die Leute, die schon da waren, drängten sich vor die provisorische Bühne. Ich suchte in den Gesichtern nach unseren Freunden, entdeckte zuerst Theo, der von hinten die Arme um Avery gelegt hatte und sie eng an seine Brust zog. Neben ihm stand Kayson, der auf seinem Handy herumtippte, und daneben war Noah.

Unsere Blicke trafen sich, hielten einander fest, und ich spürte, wie mich Ruhe überkam. Wenn er hier war, konnte nichts schiefgehen. Dieser Gedanke war total bescheuert, weil Noahs Anwesenheit nichts mit meinen Fähigkeiten am Keyboard zu tun hatte, trotzdem fühlte es sich richtig an. Heute würde ich nur für Noah spielen und alle anderen Leute ausblenden. Ich lächelte ihm zu, und sofort hoben sich seine Mundwinkel ebenfalls.

»Ready?«, fragte Lizzy.

Ich sah zu ihr und nickte, die anderen taten es mir gleich. Chloe gab mit ihren Sticks den Takt vor, ich setzte meine Finger auf die richtigen Tasten des Keyboards, dann starteten wir mit *Summer of 69*. Seit unserem ersten Auftritt in Bryans Bar war es das Lied, mit dem wir anfingen. Es machte gute Laune, jeder konnte mitsingen, und es brachte das Publikum direkt in die richtige Stimmung. So auch heute. Die Leute grölten mit, hüpften auf und ab und jubelten lautstark, als die letzten Töne verklangen.

»Hey, Leute.« Lizzy trat an den Rand unseres Podestes. »Seid ihr gut drauf?«

Lautes Jubeln war die Antwort.

»Wir sind die *Purple Dragons*, und wir werden euch ordentlich einheizen.«

Die Leute rasteten aus, Lizzy nickte Chloe zu, die erneut mit ihren Sticks den Takt vorgab.

Wir spielten fast eine Stunde lang unser Programm durch. Je länger wir spielten, desto mehr Leute kamen in den Gemeinschaftsraum, und desto lauter wurde die Menge. Es machte unheimlich Spaß, beflügelte mich regelrecht, vor allem, weil Noah mich die ganze Zeit nicht aus den Augen ließ.

Noah war auch der Erste, der vor mir stand, nachdem wir die Bühne verlassen hatten. Ohne Vorwarnung zog er mich in seine Arme, hob mich hoch und wirbelte mich im Kreis herum. Dass ich nass geschwitzt war, schien ihn dabei nicht zu stören.

»Ihr wart fantastisch«, brüllte er mir ins Ohr, ehe er mich wieder losließ.

Sofort vermisste ich seine Berührung, und meine Finger zuckten in dem Wunsch, nach seinen zu greifen.

Ich kam nicht dazu, ihm zu antworten, denn Virginia erschien neben mir und hakte sich bei mir unter. »Lass uns was trinken gehen.« Sie dirigierte mich in Richtung Küche. Aus den Augenwinkeln bemerkte ich, dass sie Lizzy und Chloe an ihrem anderen Arm ebenfalls mitzog.

In der Küche herrschte heilloses Durcheinander. Zwei Typen zapften Bier aus einem Fass in rote Pappbecher, daneben standen zwei Frauen, die eine Flasche Hochprozentiges in eine Erdbeerbowle kippten. Unzählige Becher standen einfach überall herum, und ich wollte gar nicht wissen, welche davon schon benutzt waren – und vor allem, wie oft.

Zielsicher steuerte Virginia den Kühlschrank an und riss die Tür auf.

»Ha!« Triumphierend hob sie die Sektflasche in die Höhe, die sie herausgezogen hatte. »Ich wusste doch, dass hier auch guter Stoff ist.« Sie wandte sich zu den Typen am Bierfass und ließ sich vier Becher von ihnen geben, die noch unbenutzt waren.

»Ich finde, das war unser bester Auftritt bisher.« Lizzy nahm einen der gefüllten Becher entgegen.

»Total«, stimmte Chloe zu. »Die Leute sind so mitgegangen.«

»Es war echt geil.« Mit einem verträumten Gesichtsausdruck reichte Virginia mir ebenfalls einen Becher. »Auf uns. Prost.«

Ohne zu zögern, griff ich danach. Ich war aufgeputscht von unserem Auftritt, den ganzen Eindrücken und Noahs Umarmung, die ich noch immer auf meiner Haut spüren konnte.

Lizzy, Virginia, Chloe und ich stießen an, dann probierte ich den Sekt. Er perlte auf meiner Zunge, und das fruchtige Aroma breitete sich sofort in meinem ganzen Mund aus.

»Oh, der ist wirklich gut«, sagte Lizzy und trank einen weiteren Schluck. »Los, lasst uns tanzen gehen.«

Wir gingen zurück in den Gemeinschaftsraum, stellten unsere Becher und die Sektflasche bei Theo, Kayson und Noah ab und zogen Avery mit uns auf die Tanzfläche. Gerade lief *Bad Reputation* von Taylor Swift, und es war keine Überraschung, dass vor allem die Frauen im Raum lauthals mitsangen. Lizzy stimmte sofort mit ein, und auch ich sang wenige Sekunden später mit. Danach folgte *We Will Rock You* von Queen, und das war der Moment, wo wir das Wohnheim zum Beben brachten. Jeder, wirklich jeder, stampfte mit den Füßen auf den Boden, klatschte in die Hände und grölte zumindest den Refrain mit.

Ich ließ mich von der Musik mitreißen, von der Atmosphäre und den anderen Studenten. Überall um mich herum sah ich lachende, fröhliche Gesichter. Die Leute tanzten und sangen miteinander, obwohl sie sich gar nicht kannten, und zum ersten Mal konnte ich es spüren. Diese Gemeinschaft am College, von der alle immer geschwärmt, von der ich mich bisher aber ferngehalten hatte. Doch jetzt steckte ich mittendrin und konnte nicht bestreiten, dass ich es genoss.

Ich wusste nicht, wie lange wir auf der Tanzfläche waren. Die Songs gingen ineinander über und verschmolzen miteinander. Es war für jeden Geschmack etwas dabei, und bei einer langsamen Ballade tanzte ich sogar Arm in Arm mit Lizzy und Virginia. Vermutlich sahen wir total bescheuert aus zwischen den ganzen Pärchen, doch das war uns egal.

Irgendwann war ich wieder nass geschwitzt, das T-Shirt klebte an meinem Rücken fest, meine Kehle dagegen war staubtrocken. Ich wollte meinen Durst nicht mit Sekt löschen, daher ging ich in die Küche, um mir eine Cola oder ein Wasser zu holen. Im Gegensatz zu vorher war außer mir niemand hier, was mir nur recht war. Im Kühlschrank fand ich eine Flasche Cola und sah mich nach einem sauberen Becher um. Überall standen und lagen welche herum, einige waren mit Bier gefüllt, andere sahen tatsächlich trocken und unbenutzt aus, doch ich traute dem Braten nicht. Irgendwo musste doch die Tüte sein, in der sie verpackt gewesen waren …

Ein Rumpeln schreckte mich auf. Ein Typ stolperte in den Raum. Seine dunklen Haare waren verstrubbelt, und auf seinem hellen T-Shirt prangte ein nasser Fleck, von dem ich gar nicht wissen wollte, woher er stammte. Er war eindeutig stark alkoholisiert, wenn ich seine glasigen Augen und sein Schwanken richtig deutete. Sein Blick wanderte an mir hinab und wieder hinauf, als wolle er mich damit ausziehen.

Schnell wandte ich mich ab. Wenn ich ihn ignorierte, würde er mich vielleicht in Ruhe lassen. Mit angehaltenem Atem starrte ich auf die Tischplatte vor mir und versuchte, den Typ mit Gedankenübertragung davon zu überzeugen, wieder zu verschwinden.

Er tat mir den Gefallen nicht, stattdessen hörte ich, wie sich seine Schritte näherten.

»Hey, Süße«, lallte er und lehnte sich neben mir gegen den Tisch. Sein alkoholgeschwängerter Atem streifte mein Gesicht und verschaffte mir Übelkeit. Als dann auch noch seine Hand auf meiner Schulter landete, zog sich alles in mir zusammen.

Ich trat von ihm zurück, bis seine Hand von meiner Schulter fiel. Ich sah ihn nicht an, um ihn nicht dazu zu animieren, mich weiter zu belästigen, aber natürlich verstand er das Memo nicht.

Er rückte zu mir auf, bis seine Brust meinen Arm streifte. Mittlerweile hatte er mich in die hinterste Ecke gedrängt, sodass ich kaum noch an ihm vorbeikam.

»Was hast du denn? Zier dich doch nicht so.«

Zu seiner Stimme gesellte sich eine zweite in meinem Kopf. Eine, die ich längst vergessen haben wollte.

*Sei nicht so prüde.*

*Du willst es doch auch.*

Der Raum um mich herum verschwamm und begann sich zu drehen. Plötzlich war ich nicht mehr im Wohnheim in New York, sondern auf einer Party in Seattle. Eine andere Nacht, eine andere Party, ein anderer Kerl. Hände, die versuchten, sich an meinen

Oberschenkeln unter mein Kleid zu schieben. Ein muskulöser Körper, der mir ein Entkommen unmöglich machte. Eine heisere Stimme, die immer aggressiver wurde, je mehr Gegenwehr ich leistete.

Meine Kehle zog sich zu und machte mir das Atmen unmöglich. In meinen Ohren begann es zu rauschen, und Panik breitete sich in mir aus.

*Ich muss hier weg.*

Das war der einzige Gedanke, zu dem ich noch fähig war. Blindlings stieß ich den Kerl zurück, der im Gegensatz zu dem Typen in meiner Erinnerung sofort zur Seite schwankte. Ich stolperte an ihm vorbei und verließ fluchtartig die Küche, wobei ich hart mit der Schulter an irgendetwas anstieß. Es war mir egal, ich achtete gar nicht darauf und blickte auch nicht zurück.

*Bloß nicht umdrehen.*

Heiß schlug mir die Luft im Gemeinschaftsraum entgegen. Die zuckenden, bunten Lichter und die vielen Leute, die sich dicht aneinanderdrängten, machten es mir schwer, den Weg nach draußen zu finden. Wo war die verdammte Tür?

»Mia!«

Irgendjemand rief meinen Namen, aber ich ignorierte die Stimme. Ich musste hier raus, um wieder atmen zu können. Mein Hals verengte sich immer weiter, und ich befürchtete schon, an meinem eigenen Atem ersticken zu müssen. Ich schob mich zwischen den Tanzenden hindurch, versuchte, einen Ausweg aus diesem Gewühl zu finden, da umfasste jemand mein Handgelenk.

Panik ließ mich erblinden. Ich stieß einen spitzen Schrei aus. Der Griff war unheimlich sanft, doch das registrierte ich überhaupt nicht. Mein Puls galoppierte ängstlich in meiner Brust, und ich wagte mich nicht einmal umzudrehen, weil ich mir sicher war, dass der Typ aus der Küche mir gefolgt war. Ich befreite meinen Arm und stolperte weiter nach vorne, diesmal ohne darauf zu achten, wen ich versehentlich anrempelte.

Da!

Endlich kam die Tür in mein Blickfeld. Meine Schritte wurden schneller, bis ich nahezu rannte und endlich ins Freie trat.

Eiskalte Luft schlug mir entgegen, kühlte mein überhitztes Gesicht und pustete mein Hirn frei. Endlich konnte ich einen zitternden Atemzug nehmen. Ich beugte mich vor, stützte mich mit den Händen auf den Knien ab und sog so lange Luft in meine Lunge, bis ich nicht mehr das Gefühl hatte, aus meiner Haut herausspringen zu wollen. Ganz langsam ebbte die Panik in mir ab, und mein rasender Puls beruhigte sich etwas.

»Mia?«

# KAPITEL 18

## *Noah*

Entgeistert starrte ich auf den Punkt, an dem Mia in der Menge verschwunden war. Was war eben geschehen?

Sie war wie von der Tarantel gestochen aus der Küche gestürmt und hatte sich kopflos in der Menge verirrt. Ich war zu ihr gegangen, hatte sie fragen wollen, was los war, doch sie hatte sich von mir losgerissen und war davongestürmt, als wäre der Teufel hinter ihr her.

Ich bildete mir ein, noch immer ihre Haut unter meinen Fingerspitzen fühlen zu können, doch der Arm, den ich vor wenigen Sekunden noch berührt hatte, war lange weg.

Kurz zögerte ich, doch dann beschloss ich, Mia zu folgen. Wenn sie mich aus irgendeinem Grund nicht sehen oder nicht mit mir reden wollte, war das okay, aber ich musste sicherstellen, dass es ihr gut ging. Suchend ließ ich meinen Blick über die Leute schweifen, konnte aber nirgendwo Mias schwarzen Haarschopf ausmachen. So gehetzt, wie sie gewirkt hatte, war sie vermutlich ohnehin schon nach draußen gerannt.

Ich schob mich in Richtung Tür und trat ins Freie. Die eisige Luft ließ mich fast augenblicklich umkehren, um meine Jacke zu holen, doch dann entdeckte ich Mia. Sie stand vornübergebeugt, die Hände auf den Knien abgestützt, und atmete angestrengt.

»Mia?« Langsam trat ich an sie heran, die Hand zu ihr ausgestreckt, obwohl ich es aktuell nicht wagte, sie anzufassen.

»Was?« Sie wirbelte zu mir herum, die Augen ängstlich geweitet, doch als ihr Blick auf mich fiel, entspannte sie sich sichtlich. »Ach, du bist es nur.«

»Was ist passiert?« Der unbändige Wunsch, sie in den Arm zu nehmen, kam in mir auf. Aber ich wollte sie auch nicht verschrecken, denn ich konnte noch immer Angst in ihren Zügen lesen. Sie wirkte wie ein wildes Tier kurz vor der Flucht. Jeder Muskel schien zum Zerreißen gespannt, und ihre Augen scannten unaufhörlich die Umgebung ab, als suchte sie irgendwas … oder irgendwen.

»Dieser Typ war hinter mir her.«

Unweigerlich drehte ich mich um, konnte aber nur die geschlossene Tür zum Wohnheim hinter mir sehen. »Was für ein Typ? Was wollte er?«

Mia begann, unkontrolliert zu zittern. Zuerst dachte ich, dass es an der Erinnerung an den Kerl lag und was immer er mit ihr gemacht hatte, und vielleicht war das mit ein Grund, aber dann fiel mir auf, dass sie nur ein dünnes T-Shirt trug, während die Temperaturen knapp unterhalb des Gefrierpunkts lagen.

Ohne über mein Handeln nachzudenken, zog ich sie in die Arme. Kurzzeitig verkrampfte sie sich noch weiter, dann ließ sich Mia wie ein nasser Sack gegen mich fallen und presste sich eng an mich. Mit den Händen rieb ich über ihre Oberarme, um die Kälte aus ihren Gliedern zu vertreiben, und genoss es viel zu sehr, ihre Nähe zu spüren. »Komm, lass uns ins Warme gehen«, schlug ich leise vor.

Augenblicklich schüttelte sie den Kopf. »Ich geh da nicht mehr rein. Dieser Typ …« Ein Schaudern durchlief sie, und sie presste die Lippen fest aufeinander.

»Okay«, versicherte ich ihr. »Du musst da nicht mehr rein, aber du kannst auch nicht so hier draußen rumstehen. Du holst dir noch den Tod. Ich hole drinnen unsere Jacken und dann gehen wir zu mir?«

Mit großen Augen sah Mia zu mir auf. Unsicherheit und Angst

schwammen darin, Emotionen, von denen ich dachte, dass wir sie bereits hinter uns gelassen hatten.

»Nur zum Reden, nichts weiter. Und wir können durch einen Seiteneingang direkt zum Treppenaufgang, dann musst du nicht noch mal durch den Gemeinschaftsraum«, versicherte ich ihr.

Mia sah mich weiterhin nur stumm an, und mit jeder weiteren verstrichenen Sekunde wurde meine Nervosität größer. Schließlich räusperte sie sich. »Hast du Alkohol da?«

Kurz musterte ich sie. »Ich bin gleich wieder da.«

Es behagte mir nicht, Mia alleine zu lassen, aber mir blieb nichts anderes übrig. Ich ging zurück ins Wohnheim, holte unsere Jacken und eine Flasche Wein aus dem Kühlschrank und war so schnell wieder draußen, wie ich konnte.

Mia stand rechts vor der Tür, die Arme um sich geschlungen, und zitterte wie Espenlaub. Ich reichte ihr ihre Jacke, und nachdem sie sie angezogen hatte, legte ich ihr meine zusätzlich über die Schultern. Dann dirigierte ich sie am Wohnheim vorbei zu der Seitentür, die direkt zum Treppenaufgang führte.

Schweigend stiegen wir die Stufen nach oben, und Mia folgte mir in den nur schwach beleuchteten Gang. Es war unheimlich still. Die Leute waren also entweder unten bei der Party oder lagen bereits in ihren Betten. Unsere Schritte hallten von den Wänden wider, und auch das Geräusch, als ich den Schlüssel ins Türschloss schob, kam mir unnatürlich laut vor.

Wir betraten mein Zimmer, und ich nahm Mia meine Jacke ab, die sie von ihren Schultern gleiten ließ. Dann ging sie zur Heizung und legte ihre Hände auf die warmen Streben.

»Möchtest du …« Ich verstummte. *Möchtest du was trinken?,* hatte ich fragen wollen, doch dafür hatte ich ja extra die Weinflasche mitgebracht. Ich suchte nach zwei Bechern, um uns eingießen zu können.

Die ganze Situation fühlte sich total beklemmend an, dabei wusste ich noch überhaupt nicht, was passiert war.

»Hier.« Ich reichte ihr einen der Becher.

Beim Klang meiner Stimme zuckte Mia zusammen und drehte sich zu mir um. Sie versuchte sich an einem Lächeln, das ich ihr jedoch nicht abkaufte. »Danke.« Sie trank einen großen Schluck, und ich fragte mich, ob es wohl richtig war, sie in dieser Situation trinken zu lassen. Aber sie war eine erwachsene Frau, und vielleicht war es genau das, was sie gerade brauchte. Außerdem war es nur Wein und kein hochprozentiger Schnaps.

»Möchtest du mir erzählen, was passiert ist?«, fragte ich, als Mia weiterhin keine Anstalten machte, das Gespräch zu beginnen.

»Eigentlich nicht viel, es …« Mia seufzte, drehte sich um und lehnte sich mit dem Hintern gegen die Heizung. »Ich muss dazu etwas ausholen, denn das heute hat mich an etwas aus meiner Vergangenheit erinnert.«

»Okay.« Ein eiskalter Schauder rieselte über meinen Rücken, doch ich versuchte, meine Überraschung nicht zu zeigen. Ich zog meinen Schreibtischstuhl heran und setzte mich. »Ich hab Zeit«, versicherte ich ihr.

Mia holte tief Luft, trank einen weiteren Schluck und begann zu erzählen. »Der Typ heute hat wirklich nicht viel gemacht. Er war total voll und hat mich angemacht. Er hat mich nicht mal richtig bedrängt oder so, aber es hat mich an etwas erinnert, das ich mit meiner besten Freundin Ellie erlebt habe.«

Ich horchte auf. Diesen Namen hatte ich noch nie gehört. »Und was war das?«, forderte ich sie auf, weiterzusprechen.

»Wir …« Mia biss sich auf die Unterlippe und schien nach den richtigen Worten zu ringen. »Es war in unserem Abschlussjahr auf der Highschool. Wir waren auf eine Party eingeladen. Ich kannte den Kerl nicht einmal, es war einer der beliebten Footballspieler, mit denen wir sonst keinen Kontakt hatten. Aber er hat praktisch die ganze Schule eingeladen. Seine Eltern sind irgendwelche stinkreichen Anwälte und haben ein riesiges Anwesen in Seattle, deswegen wollten Ellie und ich unbedingt hin … und haben uns extra hübsch angezogen.«

So, wie Mia *hübsch* aussprach, bekam ich das Gefühl, als wollte sie damit eigentlich etwas anderes ausdrücken.

»Wir waren also auf der Party, und da war auch dieser eine Typ aus unserer Klasse, Preston. Er war ebenfalls im Footballteam. Überall beliebt, und eigentlich dachte ich, dass er ganz nett sei. Er war immer freundlich zu den Lehrern, hat nie jemanden fertiggemacht. Kurz vor Weihnachten hatten wir ein Partnerprojekt mit zwei anderen aufgedrückt bekommen, und er war der Einzige, der sich wenigstens halbwegs an der Arbeit beteiligt hat. Für meinen Geschmack hat er zwar ein bisschen zu oft mit zu vielen Mädels geflirtet, aber ich dachte, das wäre normal bei Jungs in dem Alter.«

Ich bekam eine dunkle Ahnung, in welche Richtung dieses Gespräch laufen würde, und meine Hand ballte sich zur Faust.

Mia trank erneut von ihrem Wein, und mit jedem weiteren Schluck schien sie etwas gelöster zu werden. Aber vielleicht brauchte sie auch die emotionale Distanz, die der Alkohol ihr bescherte.

»Preston war schon ziemlich betrunken, als wir ankamen. Er hat uns an der Bar abgepasst und versucht, mit mir ins Gespräch zu kommen … auf ziemlich aufdringliche Art. Er ist mir stark auf die Pelle gerückt, wollte den Arm um mich legen und hat sogar versucht, mich zu küssen.« Ein Schaudern durchlief Mia, und sie nahm einen weiteren Schluck.

Ich wollte eigentlich gar nicht mehr hören. Alles, was jetzt kommen würde, würde furchtbar sein. Ich war kurz davor, Mia zu sagen, dass sie aufhören sollte, dass ich den Rest nicht wissen wollte, doch ich konnte mich gerade so davon abhalten. Denn wenn Mia bereit war, darüber zu reden, sollte ich ihr verdammt noch mal zuhören.

»Ellie hat mich von Preston weggezogen, sobald wir was zu trinken hatten, und ich hatte mir nichts weiter gedacht. Ich habe sein Verhalten bloß auf seinen hohen Pegel geschoben und dachte, er würde mich danach in Ruhe lassen. Ellie und ich haben getanzt, bis unsere Gläser leer waren. Kaum stand ich wieder an der Bar, war Preston neben mir, noch aufdringlicher als zuvor. Er hat mich begrapscht, versucht, mir unter den Rock zu fassen, und meinte, er wolle sich erkenntlich zeigen, immerhin hätte er nur wegen mir ein A in der Partnerarbeit erlangt. Ohne mich hätte er sie vergeigt und er wollte sich revanchieren.«

Ein weiteres Schaudern durchlief Mia, und sie trank den Rest ihres Bechers leer. Mein Magen hatte sich mittlerweile zu einem schmerzhaften Knoten zusammengezogen, und ich nahm Mias Hand – um damit sie oder mich selbst zu beruhigen, wusste ich nicht.

»Ich habe versucht, ihn von mir zu stoßen, aber ich kam nicht gegen ihn an. Mehrfach habe ich ihm gesagt, dass er mich in Ruhe lassen soll, doch er hat es völlig ignoriert. Stattdessen hat er auf mich eingeredet, wie viel Spaß wir miteinander haben könnten, und dass ich mich nicht so prüde anstellen soll, immerhin würde ich es doch provozieren, so wie ich rumlaufe.«

Heiße Wut kochte in mir hoch, und mein Griff um Mias Hand wurde fester. »Wie bitte? Egal was du anhattest – selbst wenn du nackt gewesen wärst –, ist das noch lange keine Einladung für irgendwelche dahergelaufenen Typen, sich an dir zu vergreifen.«

Mia senkte den Blick und inspizierte ihre Schuhspitzen. »Mein Rock war schon sehr kurz.« Sie sprach so leise, dass es kaum mehr als ein Flüstern war, trotzdem hämmerten sich diese Worte mit der Wucht eines Presslufthammers in mein Hirn und fachten meine Wut weiter an. Es war völlig egal, wie sexy sie angezogen gewesen war, es gab niemandem das Recht, sie zu begrapschen. Doch ich biss die Zähne aufeinander, um nicht erneut zu widersprechen. Erst wollte ich wissen, wie es weiterging.

Seufzend kniff sich Mia in die Nasenwurzel. »Es standen so viele Leute um uns herum, die alle mitbekommen haben, was los war, aber niemand hat eingegriffen. Ich habe versucht, Preston von mir zu schieben, aber er war so viel stärker als ich. Als er dann irgendwann seine Hand unter meinen Rock geschoben hat und … unter mein Höschen wollte, hab ich nur noch einen Ausweg gesehen. Ich habe lauthals Lügen über ihn verbreitet. Dass er so einen kleinen Schwanz hat, dass eh keine mit ihm ins Bett will, und es echt nicht cool ist, dass er jetzt bei mir ankommt, nachdem ihn schon vier andere abgewiesen haben. Solche Sachen halt. Ich war damals echt nicht auf den Mund gefallen, und weil ich wirklich laut gesprochen hab, haben dann endlich Leute reagiert. Unter anderem der Barkeeper, der den Veranstalter der Party geholt hat.«

Mia schüttelte den Kopf und zog die Stirn kraus. »Ich weiß seinen Namen nicht mehr, aber er hat versucht, Preston von mir wegzuziehen, aber der ist komplett ausgerastet. Er hat um sich geschlagen und in seiner blinden Wut auch dem Veranstalter der Party eine verpasst. Drei starke Kerle waren nötig, um Preston endgültig von mir wegzuziehen und vor die Tür zu setzen. Ich dachte, das war es, jetzt haben wir endlich Ruhe. Ellie und ich haben lange gefeiert, dabei viel Alkohol getrunken, und es war verdammt spät – oder früh –, als wir den Heimweg antraten.«

Einen tiefen Atemzug nehmend, brach Mia ab. Ihr Blick war auf einen Punkt an der Wand hinter mir gerichtet, auf etwas, das vermutlich nur sie sehen konnte. Ich wollte sie nicht dazu drängen, weiterzusprechen, aber die Stille und Ungewissheit, die sich dröhnend zwischen uns im Raum ausbreiteten, trieben mich in den Wahnsinn.

Es kam mir vor wie eine halbe Ewigkeit, dabei waren vermutlich nur wenige Sekunden verstrichen, bis Mia weitersprach. »Wir waren wie gesagt ziemlich betrunken, als wir den Heimweg antraten. Ellie und ich wohnten im selben Viertel in Seattle, aber einige Straßen auseinander. Wir alberten herum und waren vermutlich nicht gerade leise. Den Vorfall mit Preston hatte ich eigentlich fast schon wieder vergessen, doch als wir den kleinen Park betraten, den wir durchqueren mussten, überkam mich ein seltsames Gefühl. Ich konnte es nicht einordnen und hab es auf meinen Alkoholpegel geschoben, aber im Nachhinein wollte mich mein Unterbewusstsein vermutlich warnen. Mitten im Park mussten wir uns trennen, was grundsätzlich kein Problem war, da der Park gut ausgeleuchtet ist. Ellie wohnte am rechten Ende, ich am linken. Ich bin abgebogen und nach Hause gegangen, ohne dass etwas passiert ist.«

Ihre Worte sollten mich beruhigen, doch die einsame Träne, die sich aus Mias Augenwinkel löste und ihre Wange hinablief, sprach eine andere Sprache. Mein Brustkorb zog sich schmerzhaft zusammen, und ich musste mich davon abhalten, sie in meine Arme zu ziehen. Mit angehaltenem Atem wartete ich darauf, dass sie weitersprach.

»Ich bin zu Hause direkt ins Bett, aber … nur wenige Stunden später hat es geklingelt, und die Polizei stand vor der Tür.« Mias Hand verkrampfte sich derart um meine, dass sie meine Finger zusammenquetschte, doch ich ließ mir den Schmerz nicht anmerken.

»Ellie … sie wurde beinahe von Preston vergewaltigt. Er hat sie am Ende des Parks abgefangen, in einen dunklen Hinterhof gezerrt und wollte sich an ihr vergehen. Der Hauseigentümer konnte in allerletzter Sekunde dazwischengehen, ihn von ihr zerren und Ellie einen Mantel geben, mit dem sie sich bedecken konnte, aber Ellie hat seitdem kein Wort mehr gesprochen. Sie war anfangs nicht einmal richtig ansprechbar, wirkte völlig weggetreten. Ellies Eltern hatten der Polizei erzählt, dass sie mit mir unterwegs war, daher kamen sie zur Befragung zu mir.«

Scheiße.

Im ersten Moment wusste ich nicht, was ich sagen sollte. Was sie da erzählte, schnürte mir die Luft ab. Niemand sollte so etwas erleben, das war einfach furchtbar. Gleichzeitig war da auch Erleichterung, weil nicht Mia diejenige war, die fast vergewaltigt worden war.

Sofort mischte sich schlechtes Gewissen dazu, denn nicht nur war es einer anderen passiert, es war auch offensichtlich, dass Mia selbst noch immer mit den Nachwirkungen zu kämpfen hatte.

»Das tut mir so unfassbar leid.« Ich rutschte auf dem Stuhl nach vorne und zog sie in meine Arme. Im ersten Moment versteifte sie sich total, und ich befürchtete schon, dass sie mich von sich stoßen könnte, doch dann ließ sie sich gegen mich fallen. Als hätte jemand die Luft herausgelassen, fiel sie regelrecht in sich zusammen und wurde mehr von mir gehalten, anstatt auf ihren eigenen Beinen zu stehen. Dazu krallten sich ihre Hände am Rücken in meinem Pulli fest, doch das störte mich überhaupt nicht. Im Gegenteil, ich war dankbar, dass sie mir mittlerweile genug vertraute, um sich bei mir fallen zu lassen.

Ich hielt Mia einfach nur fest und streichelte ihr beruhigend über den Rücken. Weil ich nicht wusste, wie ich ihr sonst helfen sollte, und auch, weil ich das Gefühl hatte, dass sie es brauchte. Wie eine Ertrinkende klammerte sie sich an mir fest, und ich würde sie nicht eher loslassen, bis sie sich von mir löste.

Irgendwann murmelte Mia etwas an meiner Brust, das ich nicht verstehen konnte.

»Was?«

Sie drehte den Kopf etwas, bis sie nicht mehr direkt gegen meine Brust sprach. »Das ist noch nicht alles.«

Himmel, was konnte denn noch kommen? Wie viel mehr konnte der Frau in meinen Armen passiert sein? Und wie hielt sie das alles aus?

»Möchtest du es mir erzählen?«

Mia nickte kaum merklich. »Schon als ich von der Polizei befragt wurde, kamen so seltsame Rückfragen. Was habt ihr getragen? Wie viel habt ihr getrunken? Habt ihr Preston Hoffnungen gemacht? Habt ihr mit ihm geflirtet? Fandet ihr es aufregend, dass der Star-Runningback euch Aufmerksamkeit geschenkt hat? Meine

Mom, die ja bei der Befragung dabei war, hat zwar öfter mal protestiert, aber der Polizist hat sehr eindeutig durchklingen lassen, dass wir Preston *provoziert* haben mussten, sonst wäre es nicht dazu gekommen.«

Heiße Wut kochte in mir hoch, doch ehe ich dazu kam, sie in Worte zu fassen, sprach Mia weiter.

»Auch Ellies Eltern geben mir die Schuld an allem. Nachdem wir bei der Polizei waren, wollte ich unbedingt Ellie im Krankenhaus besuchen. Ich wollte ihr sagen, wie leid es mir tat, und dass ich immer für sie da war, doch ihre Eltern haben mich gar nicht zu ihr gelassen. Bereits an der Anmeldung mussten sie Bescheid gegeben haben, denn ich wurde nicht mal auf die Station gelassen. Ellies Eltern kamen zu mir. Sie meinten, ich wäre schon immer ein schlechter Umgang für ihre Tochter gewesen. Zu laut, zu draufgängerisch, zu extrovertiert in meinen nuttigen Klamotten. Seit sie mich kannte, hätte sie sich total verändert. Dass ich Ellie zum Schulschwänzen überredet hatte, was nur einmal vorgekommen ist, wäre schon schlimm genug gewesen, aber dass ich auf Partys irgendwelche Kerle erst heißmache und dann fallen lasse, würde zu weit gehen. Man hätte ja gesehen, wohin das führt. Danach haben sie mir den Umgang mit ihr verboten.«

Mit zittrigen Fingern rieb Mia über ihr Gesicht und nahm einen tiefen Atemzug. »Das Schlimmste aber war, danach in die Schule zu gehen. Meine Freundinnen, die ebenfalls mit Ellie befreundet waren, haben mich gemieden. Von heute auf morgen haben sie kein Wort mehr mit mir gesprochen, haben sich im Unterricht sogar auf andere Plätze gesetzt, möglichst weit weg von mir. Das allein hätte ich noch ertragen, aber noch schlimmer waren Prestons Freunde. Die kompletten Teams der Footballer und Cheerleader hatten es auf mich abgesehen. In ihren Augen bin ich schuld daran, dass Preston in Untersuchungshaft musste. Wann immer sie mich auf den Fluren gesehen haben, haben sie mir Beschimpfungen zugerufen. Auf der Toilette haben die Mädels mich an den Haaren gezogen, mir wurden Sachen aus meiner Tasche geklaut und weggeworfen, und irgendjemand hat mein Auto auf dem Schulparkplatz völlig zerkratzt und die Scheinwerfer kaputt geschlagen. Und die Lehrer? Haben alles mitbekommen und nichts dagegen unternommen. Die drei Monate bis zu meinem Abschluss waren ein reiner Spießrutenlauf.«

Mia nahm einen zittrigen Atemzug und lehnte sich zurück, bis sie mich ansehen konnte, ließ die Arme aber um meine Hüften geschlungen. »Ellie wurde danach in ein Therapiezentrum eingewiesen, und dann habe ich nichts mehr von ihr gehört. So oft habe ich ihr Briefe geschrieben, aber nach allem, was ich in der Schule erlebt hab, hab ich mich nicht mehr getraut, sie abzuschicken. *Jeder* hat mir die Schuld an dem gegeben, was vorgefallen ist. Ich gebe mir ja selbst die Schuld daran, wieso sollte sie das anders sehen? Dabei vermisse ich sie noch immer mehr, als ich mit Worten ausdrücken kann.«

»Nichts davon ist deine Schuld.« Es kam gepresst heraus, weil ich noch immer die Wut zu unterdrücken versuchte, die in mir brannte. Wut auf all die Leute, die Mia das Gefühl vermittelt hatten, etwas falsch gemacht zu haben. Die sie ausgegrenzt und fertiggemacht hatten. Die ihr unmissverständlich mitgeteilt hatten, dass die Geschehnisse in ihrer Verantwortung lagen.

»Natürlich ist es meine Schuld. Hätte ich nie mit Preston geredet oder ihn an dem Abend nicht verpfiffen, wäre vielleicht alles anders gekommen«, protestierte Mia sofort. Und die Vehemenz, mit der sie es tat, machte deutlich, dass sie es auch glaubte. »Wenn ich an dem Abend nur was anderes getragen hätte, wäre er vielleicht gar nicht auf mich aufmerksam geworden.«

Mein Blick wanderte über ihren Körper, die schwarze Jeans und das schwarze, einfache T-Shirt, das sie trug. Ehrlich gesagt hatte ich sie noch nie in auffälligeren Klamotten gesehen. »Ist das der Grund, warum du immer nur Jeans und Hoodies trägst? Weil du nieman-den *provozieren* willst?«

Für einen langen Moment schloss Mia die Augen, dann nickte sie. »Keine Röcke und keine tiefen Ausschnitte mehr. Und seitdem hat mich auch niemand mehr genauer angesehen.«

Das stimmte so nicht, denn ich hatte sie trotzdem bemerkt und viel zu lange angesehen, schon vom ersten Moment an. Aber das würde ich vorerst unter den Tisch fallen lassen.

»Ich will dir wirklich nicht reinreden. Du sollst das tragen, was dir gefällt und worin du dich wohlfühlst, aber hast du dich am Col-lege mal umgesehen? Viele Frauen tragen Röcke und knappe Ober-teile, weil die meisten Männer sich zu benehmen wissen. Wenn dir nämlich jemand nachstellt, weil du einen kurzen Rock anhast, dann ist das nicht dein Fehler, sondern seiner.«

Mia schnaubte. »Das ist ja nicht alles. Bis zu diesem Vorfall hat mir die Aufmerksamkeit der Jungs gefallen, selbst wenn ich nicht an ihnen interessiert war. Ich hab mich geschmeichelt gefühlt und mit ihnen geflirtet, solange sie mir nicht zu sehr auf die Pelle gerückt sind. Dann hab ich sie eiskalt abserviert. Kein Wunder, dass irgend-wann einer ausgeflippt ist.«

»Nein.« Wenn ein Tisch in greifbarer Nähe gewesen wäre, hätte ich mit der flachen Hand draufgeschlagen. »Das ist kein Grund, eine Grenze zu überschreiten. An übergriffigem Verhalten ist im-mer der schuld, der es ausübt. Man kann das nicht provozieren, egal was man macht oder trägt.«

Keine Frau sollte solchen Idioten ausgesetzt sein. Ich hatte eine jüngere Schwester, und wenn ich nur darüber nachdachte, dass ihr Ähnliches widerfahren könnte, wollte ich irgendwo reinschlagen. Aber nicht nur bei ihr, auch bei Lizzy, Avery, Virginia oder irgend-einer Frau, die ich überhaupt nicht kannte. Was stimmte mit diesen Männern nicht, dass sie handgreiflich wurden, nur weil sie eine hübsche Frau in aufreizender Kleidung sahen? Wie konnte man nur seine eigenen Triebe nicht unter Kontrolle haben, um diese Grenze zu überschreiten, und es dann auch noch als sein gutes Recht ansehen, sich nehmen zu dürfen, was man wollte? Was Frauen anhatten oder dass sie zuvor mit den Typen geflirtet hatten, war doch nur eine dumme Ausrede. Ich verstand es einfach nicht.

Mia sah mich mit großen Augen an, in denen sich Verwirrung spiegelte, dann schüttelte sie den Kopf. »Es gibt so viele Dinge, die ich an diesem Abend anders hätte machen können, um den Vorfall zu verhindern.« Sie sagte es mit absoluter Gewissheit, und erst da wurde mir klar, dass sie es wirklich glaubte. Sie war absolut überzeugt davon, dass *sie* sich anders hätte verhalten müssen. *Sie,* nicht dieses Arschloch, das sich einfach an jungen Frauen vergriffen hatte, obwohl er kein Recht dazu hatte.

»Es ist nicht deine Schuld«, wiederholte ich, weil ich nicht wusste, wie ich meine Gedanken und Gefühle in Worte fassen sollte. Ich war mir sicher, nicht der richtige Gesprächspartner für dieses Thema zu sein, aber ich war nun mal der Einzige, der da war.

Ein Klopfen an der Tür ließ uns aufblicken. Mia rückte ein Stück von mir ab und strich sich durch die Haare. Sofort vermisste ich den Kontakt zu ihr und wünschte, dass sie zumindest noch meine Hand halten würde.

*Reiß dich zusammen.*

Die Tür wurde geöffnet, und Lizzy steckte ihren Kopf ins Zimmer. »Ist alles okay? Ihr seid so plötzlich abgehauen.« Kayson stand hinter ihr, eine Hand auf ihrer Schulter, und schob sie sanft in den Raum.

»Ich …« Unschlüssig sah ich zu Mia. Es stand mir nicht zu, ihre Erlebnisse zu erzählen, und auch wenn ich immer noch nicht richtig verstand, warum sie sich von allen Leuten distanziert hatte, hatte ich durch unser Gespräch zumindest eine Ahnung davon erhalten.

In Mias Augen konnte ich Angst lesen, aber schließlich seufzte sie. »Da war so ein Typ, der mich blöd angemacht hat, was mich an eine Situation von früher erinnert hat. Nichts Schlimmes eigentlich.«

Kaysons Blick verdüsterte sich. »Was für ein Typ?«

Beim Klang seiner harten Stimme zuckte Mia zusammen. »Es war wirklich nichts.«

Kayson wirkte nicht überzeugt – zu Recht –, aber Lizzy schien ein besseres Gespür für die Situation zu haben. Sie legte ihrem Freund eine Hand auf den Unterarm und schüttelte fast unmerklich den Kopf. »Du musst nicht darüber reden, wenn du nicht willst«, sagte sie zu Mia.

Augenblicklich floss die Anspannung aus Mia hinaus, und sie nickte erleichtert.

»Wir würden dann jetzt auch zu mir gehen, wir wollten nur schauen, ob bei euch alles in Ordnung ist.« Lizzy griff Kaysons Hand und zog ihn bereits Richtung Tür.

»Wartet.« Mia sprang auf. »Ich komme mit, ich muss ja ins selbe Wohnheim.« Lizzy hielt inne, die Hand bereits zur Türklinke ausgestreckt, und Mia drehte sich zu mir um. »Danke ... für alles. Wir schreiben, okay?«

Ich konnte nur nicken, obwohl alles in mir danach schrie, sie aufzuhalten. Ich wollte nicht, dass sie ging. In ihrem aktuellen Zustand sollte sie auf keinen Fall allein sein. Aber ich wollte mich auch nicht schon von ihr verabschieden müssen.

Noch lange, nachdem sie weg waren, starrte ich die geschlossene Tür an und versuchte, des Gefühlschaos in mir Herr zu werden. Doch da war einfach zu viel. Die aufkeimenden Empfindungen für Mia, die Wut über das, was sie mir erzählt hatte, und all der Frust über mich selbst. Frust, weil ich mich verliebt hatte, ohne es zu bemerken, und Frust, weil ich nicht ein Wort über die Lippen gebracht hatte, um Mia aufzuhalten.

# KAPITEL 19

## *Mia*

*Hey Ellie,*

*gestern habe ich zum ersten Mal darüber gesprochen, was damals in Seattle passiert ist. Es war irgendwie befreiend, weil Noah sehr verständnisvoll reagiert hat, gleichzeitig verdiene ich das überhaupt nicht.*

*Wir wissen ja beide, dass es nicht bloß um diese eine Nacht und Preston geht. Das war bloß das Ende, die Explosion all dessen, was sich schon lange vorher angekündigt hat. Ich wollte es damals nur nicht wahrhaben, hab die Zeichen ignoriert und alle Warnungen in den Wind geschlagen.*

*Dabei hatte deine Mom recht. Du hast dich durch mich verändert, wurdest immer waghalsiger und bist öfter in Schwierigkeiten geraten. Ich war deiner Mom ein Dorn im Auge, seit sie uns bei der Polizei abholen musste, weil wir die Scheibe einer Bushaltestelle zerstört hatten. Danach wollte sie dir den Umgang mit mir verbieten, aber natürlich konnte sie uns nicht trennen. Niemand konnte das, bis ...*

Mit einem Seufzen setzte ich den Stift ab und rieb mir über die müden Augen. Ich hatte die ganze Nacht nicht geschlafen, weil ich Angst vor Albträumen gehabt hatte. Mittlerweile war die Sonne längst aufgegangen, auch wenn sie sich hinter dicken Wolken versteckte, die so tief hingen, dass sie die Dächer der Hochhäuser zu berühren schienen.

Das Gespräch mit Noah hatte all das wieder hervorgeholt, was ich seit meiner Flucht aus Seattle zu verdrängen versucht hatte. Nicht nur die verfluchte Partynacht, sondern alles, was zuvor geschehen war.

Denn alle, die mir die Schuld gegeben hatten, hatten recht. Vor allem Ellies Mom hatte recht. Ellie hatte sich durch mich verändert.

Als wir uns in der Middle School kennengelernt hatten, war Ellie zurückhaltend, geradezu schüchtern gewesen. Vermutlich hätten wir uns nicht einmal angefreundet, wenn man uns in Mathe nicht nebeneinandergesetzt hätte, weil wir komplett gegensätzlich waren. Aber genau das hatte uns zusammengeschweißt. Während Ellie mich oftmals gebremst hatte, wenn ich zu draufgängerisch war, war sie durch mich mehr und mehr aus ihrem Schneckenhaus gekommen. Im Teenageralter hatte sich das dann geändert. Ellie hatte ihre Schüchternheit bis dahin vollständig abgelegt, und wir fingen an, uns gegenseitig zu immer waghalsigeren – oder gefährlicheren Aktionen anzustacheln.

Es hatte recht harmlos angefangen. Wir hatten die Weinbar ihrer Eltern geplündert, waren zu spät nach Hause gekommen und hatten in einer Mutprobe Schminke aus dem Supermarkt geklaut – wobei wir natürlich erwischt worden waren. Das war das erste Mal gewesen, als Ellies Eltern uns eine Standpauke gehalten hatten, wo sie mir unterstellt hatten, ihre Tochter zu solchen Dingen anzustiften. Natürlich hatte es uns nicht davon abgehalten, weiterzumachen. Wir hatten uns nachts heimlich aus dem Haus geschlichen, um auf Partys zu gehen oder uns mit Jungs zu treffen. Und wir hatten gelernt, dass wir unsere Wirkung auf Jungs dazu nutzen konnten, Dinge zu bekommen, die wir haben wollten. *Ich* hatte das gelernt. Ich hatte gelernt, meine Reize einzusetzen, mich freizügig anzuziehen und mit Jungs zu flirten, um meinen Willen zu bekommen.

Lange Zeit hatte ich mir keine Gedanken über die Konsequenzen gemacht – weil es keine gegeben hatte.

Am Ende war mir genau das zum Verhängnis geworden.

Was würde Noah sagen, wenn er all das wüsste? Würde er immer noch denken, ich trüge keine Schuld an den Ereignissen, oder würde er seine Meinung noch mal überdenken?

Am meisten Vorwürfe machte ich mir jedoch, dass wir uns im Park getrennt hatten. Auch wenn ich niemanden hinter uns gehört hatte, hatte ich ein mulmiges Gefühl gehabt. Ich hätte darauf hören sollen, hätte bei Ellie bleiben oder sie mit zu mir nehmen sollen. Wenn wir uns gar nicht erst getrennt hätten, wäre vielleicht alles anders gekommen. Nein, nicht vielleicht, sondern bestimmt. Zu zweit hätten wir ihm ganz anders gegenübertreten, mehr gegen ihn ausrichten können.

Ich ließ den Kopf auf meine auf dem Tisch verschränkten Arme sinken. Das brachte doch nichts. Ich würde nie erfahren, was Noah dazu sagen würde, weil ich es ihm nie verraten würde. Die Mia von damals gab es nicht mehr. Ich hatte meine Lektion gelernt, und daher war es müßig, darüber zu reden. Ich konnte nicht ändern, was ich getan hatte, aber ich konnte dafür sorgen, dass es sich nicht wiederholte.

Mein Handy vibrierte mit einer eintreffenden Nachricht, und ich sprang vom Schreibtischstuhl auf, um es vom Bett zu nehmen. Noah hatte mir geschrieben. Mein Herz machte einen aufgeregten Satz, bevor ich seine Nachricht überhaupt gelesen hatte.

Hey, Mia :) Ich bräuchte mal deine Hilfe …

Ich wartete darauf, dass er erläuterte, wobei genau ich ihm helfen konnte, doch nichts kam. Er war sogar wieder offline gegangen.

Kurz haderte ich mit mir, doch meine Neugier war geweckt. Nach meinem Geständnis gestern war ich der festen Überzeugung gewesen, dass er mich heute entweder weiter über die Sache mit Ellie ausquetschen oder mich mit Samthandschuhen anfassen würde. Doch nichts davon war der Fall, was meine Faszination für ihn nur steigen ließ.

Wobei denn?

Sofort sah ich, dass Noah online ging und zu tippen begann. Auf meiner Unterlippe kauend, betrachtete ich die drei Pünktchen unten rechts, doch es dauerte unheimlich lange, bis seine Nachricht eintraf.

Nur mal angenommen, ich würde einer Frau, die vegetarisches Essen bevorzugt, ein Dinner for two zaubern wollen, was würdest du mir da empfehlen? ;)

Sofort begann es in meiner Magengrube zu kribbeln, und ich spürte, wie sich meine Mundwinkel hoben. Noah wollte für mich kochen? Das war unfassbar süß.

Mia: Es muss nicht vegetarisch sein, Fisch ist auch okay ;)
Noah: Nein, Fisch ist nicht okay, ich mag nämlich keinen Fisch ;)
Mia: Wie kann man keinen Fisch mögen?
Noah: Fisch ist eklig. Vor allem, wenn er ganz auf dem Teller liegt und dich aus toten Augen ansieht.

Ich musste lachen, diese Ausrede hatte ich noch nie gehört.

Mia: Okay, kein Fisch für dich. Aber du musst auch nicht mit mir vegetarisch essen, du kannst gerne Fleisch dazu haben.
Noah: Nein, so fangen wir gar nicht erst an! Wenn ich für uns beide koche, dann essen wir auch dasselbe.
Mia: Okay, alles klar, wir essen beide dasselbe. Hier drei Rezepte,

aus denen du wählen kannst: Scharfes, grünes Gemüsecurry, Ra-
tatouille, Japchae.

Noah: Perfekt, danke :)

Mia: Ich würde dir sogar beim Kochen helfen, wenn du mich lieb
darum bittest ;)

Nicht, dass ich es ihm nicht zutraute, kochen zu können, immerhin
war ich in einem Haushalt aufgewachsen, in dem der Mann sich um
den Großteil der Essenszubereitungen gekümmert hatte. Meine
Mom war eine totale Niete in der Küche, sie schaffte es sogar, Nudeln anbrennen zu lassen, daher hatte sich, seit ich denken konnte,
Dad um das Kochen gekümmert.

Noah: Keine Sorge, ich lasse das Essen nicht anbrennen ;)

Mia: Beruhigend zu wissen, aber darum geht es mir gar nicht. Ich
fände es einfach schön, wenn wir das zusammen machen.

Noah: Okay, Samstagabend, 19 Uhr?

Mia: Klingt gut. Und wo?

Noah: Bei mir im Wohnheim. Kayson wird dafür sorgen, dass wir
die Küche für uns allein haben.

Meine Augenbrauen hoben sich.

Mia: Und wie genau will er das anstellen?

Noah: Er hat seine Mittel und Wege ... die ich dir leider nicht verraten darf.

Mia: Sonst müsstest du mich umbringen? ;)

Noah: Nein! Gott, nein! Was denkst du denn von mir?

Mia: Dass du ein guter Freund bist.

Noah: Der keine Verbindungen zur Mafia hat!

Mia: Okay, okay :p Ich glaube dir und lasse Kayson am Freitag
seine Magie anwenden, um uns eine freie Küche zu bescheren.

Ich zögerte, bevor ich die letzte Nachricht abschickte. Es juckte mich in den Fingern, noch ein »*Ich freu mich*« dranzuhängen, denn obwohl ich eine lange Zeit Situationen wie diese zu verhindern versucht hatte, stimmte es. Ich freute mich darauf, den Abend mit Noah zu verbringen und ihn näher kennenzulernen.

Trotzdem wusste ich nicht, ob es nicht zu früh für solche Aussagen war. Auch wenn Noah den Vorschlag mit dem Dinner gemacht hatte, wusste ich nicht so recht, wo ich bei ihm stand. Meine letzten Dating-Erfahrungen stammten aus der Highschool, was sich wie aus einem anderen Leben anfühlte. Ich war nicht einmal sicher, ob sich die Regeln dafür in der Zwischenzeit nicht geändert hatten.

Am Ende schickte ich die Nachricht ohne den Zusatz ab, weil ich viel zu unsicher war, wie Noah es auffassen könnte. Es dauerte nicht lange, bis ich eine Antwort erhielt.

Perfekt, ich freu mich :)

Mein Magen schlug einen Purzelbaum, und ich musste lachen. Da hatte ich so lange überlegt, ob ich es schreiben konnte, und Noah haute den Satz einfach raus. Eigentlich war es so herum sogar schöner, immerhin wusste ich nun, dass er so empfand, ohne sich gedrängt zu fühlen, nur meine Worte zu bestätigen. Ich schrieb ihm zurück, dass ich mich ebenfalls freute, und legte das Handy beiseite.

Den Rest des Sonntags verbrachte ich damit, meine Blogbeiträge für die kommende Woche vorzubereiten und meine Instagram-Posts zu planen. Dafür musste ich nicht nur Bilder machen und bearbeiten, ich musste auch Notizen zu den Texten schreiben, die zu den Bildern gehörten. Je mehr ich am Wochenende vorbereitete, desto einfacher fiel es mir unter der Woche, meine regelmäßigen Postings beizubehalten, und da ich normalerweise am Wochenende keine Verabredungen hatte, hatte sich dieser Rhythmus etabliert.

Das Geräusch der sich öffnenden Tür riss mich aus meiner Arbeit. »Hey.« Kady rauschte in den Raum, ließ ihre Tasche zu Boden gleiten und schmiss sich mit einem Ächzen auf ihr Bett.

»Hey ... ich hab dich nicht hier erwartet«, sagte ich ehrlicherweise. In den letzten zwei Wochen hatte sie mehr Zeit bei ihrem Freund als hier verbracht. Ich wusste gar nicht mehr, wann wir uns zuletzt gesehen hatten.

Kady schnaufte und schob sich eine blonde Haarsträhne hinters Ohr, die sich aus ihrem Zopf gelöst hatte. »Cooper und ich haben uns gestritten.«

»Oh.« Ich wusste nicht, was ich darauf sagen sollte. Kady und ich hatten nie über persönliche Dinge gesprochen. Aber von dem, was ich oberflächlich mitbekommen hatte, hatte ich immer gedacht, sie wären glücklich miteinander.

»Es ist komplett meine Schuld«, sprach Kady weiter. »Cooper meint, ich klammere zu viel, weil ich nur noch bei ihm bin, doch ich bin das ja vor allem ...« Sie wrang die Hände in ihrem Schoß und wandte den Blick von mir ab. »Ich war vor allem bei ihm, weil ich glaube, dass du mich nicht leiden kannst und froh bist, wenn ich nicht da bin.«

Das Herz rutschte mir in die Hose, und mein Mund wurde staubtrocken. »Das stimmt nicht«, sagte ich schnell. »Und es tut mir leid, wenn du dachtest, du wärst hier nicht willkommen. Ich bin sozial einfach inkompetent. In Small Talk bin ich nicht gut, und über mich selbst zu reden mag ich noch weniger. Aber das liegt überhaupt nicht an dir, du bist wirklich nett.«

Einen Augenblick lang starrte Kady mich an wie eine Erscheinung, der ein zweiter Kopf gewachsen war. »Ich glaube, ich habe dich noch nie so viel am Stück reden hören.«

Das machte mir nur noch deutlicher, wie hoch ich die undurchdringliche Mauer um mich herum aufgezogen hatte. »Es tut mir leid«, sagte ich erneut.

Kady rieb sich über die Augen. »Also findest du mich nicht komplett scheiße?«

»Ich finde dich überhaupt nicht scheiße.« Kady war *wirklich* nett. Obwohl wir uns nur oberflächlich kannten, hatte ich bisher keine Eigenschaften an ihr entdeckt, die mich nervten, oder bei denen ich froh war, wenn sie mich allein ließ. Im Gegenteil, es war eher wie bei Lizzy. Sie konnte meinem Vorhaben, niemanden an mich heranzulassen, gefährlich werden, weshalb ich wohl abweisender zu ihr gewesen war als ursprünglich geplant.

Kady bedachte mich weiterhin mit diesem prüfenden Blick, doch zum ersten Mal, seit wir uns kannten, hielt ich ihm stand. »Okay«, sagte sie schließlich, »Vorschlag zur Güte. Es ist völlig okay, wenn du nicht über persönliche Dinge reden willst, das hättest du mir auch einfach sagen können. Und ich bin selbst kein Typ, der übers Wetter reden will. Aber ich hätte gerne eine Mitbewohnerin, bei der ich mich über mein Studium auskotzen kann, wie sehr mich der Berg an neuem Stoff manchmal überfordert und wie nervig einige Profs sind.« Sie legte den Kopf schief und verengte die Augen. »Ich weiß ja nicht einmal, was du studierst.«

»Wirtschaftswissenschaften«, sagte ich wie aus der Pistole geschossen. »Und du?«

»Marketing. Ich will mich später auf Online-Marketing spezialisieren und am liebsten nach dem Studium meine eigene Agentur eröffnen.«

Wow, mir war nicht bewusst gewesen, wie ambitioniert Kady war. Oder wie klar sie ihre Ziele bereits vor Augen hatte. »Du weißt ziemlich genau, was du willst«, sagte ich anerkennend.

Sie zuckte mit den Schultern. »Es macht mir einfach Spaß. Ich arbeite jetzt schon nebenbei für einige Firmen, denen ich beim Aufbau der Webseite und kleineren Kampagnen helfe. Es ist schön zu sehen, wie sich danach Erfolge einstellen, und ich mache sogar die reinen Zahlenanalysen gerne.« Kady sprach mit so viel Begeisterung, dass aus jeder Silbe herauszuhören war, wie sehr sie diesen Job liebte.

»Ich finde es toll, dass du etwas gefunden hast, das dir so viel Freude bereitet. Und wegen deinem Vorschlag ... ich fände es schön, wenn wir mehr Zeit miteinander verbringen.« Die Worte waren raus, ehe ich sie durchdacht hatte. Sie waren einfach aus mir herausgepurzelt, als hätte mein Unterbewusstsein die Kontrolle übernommen und das gesagt, was ich mir insgeheim schon lange wünschte.

Ein strahlendes Lächeln breitete sich auf Kadys Gesicht aus, und sie wippte aufgeregt auf dem Bett. »Jetzt können wir endlich epische Netflix-Abende machen. Ich hoffe, du magst RomComs.«

»Ich liebe RomComs, vor allem, wenn sie voller guter Klischees sind. Aber wie stehst du zu K-Drama?«

Kady zog die Stirn kraus. »K-was?«

»K-Drama, das sind koreanische Serien. Netflix hat da einige im Angebot. Wie der Name schon sagt, sind sie voller Drama und Herzschmerz, aber auch Humor kommt nicht zu kurz. Man muss die halt mit Untertitel schauen, weil sie nicht synchronisiert werden, aber es lohnt sich trotzdem, versprochen.«

»So begeistert, wie du klingst, muss ich mir das wohl mal mit dir ansehen.« Kady grinste breit.

»K-Drama und K-Pop sind genau mein Ding, darüber könnte ich stundenlang erzählen«, gestand ich.

Kady deutete mit dem Finger auf mich. »Das sind die Dinge, die ich als deine Mitbewohnerin von dir wissen sollte.«

»Dann komm her.« Ich winkte Kady zu mir und klappte gleichzeitig meinen Laptop auf.

In den nächsten zwei Stunden führte ich sie in die Welt der koreanischen Serien und Popmusik ein. Ich erklärte ihr, dass die koreanischen Sänger und Schauspieler meist schon sehr früh gecastet wurden, um in Seoul in einer der vielen *Entertainment Companies* gefördert und ausgebildet zu werden. Dazu spielte ich ihr einige Lieder vor, zeigte ihr Videos, und wir sahen sogar eine Folge von *Boys Over Flowers* an.

Innerhalb kürzester Zeit starrte Kady wie gebannt auf den Bildschirm und stellte Unmengen an Fragen. Sie schien völlig fasziniert zu sein, und ich freute mich unbändig, dass sie meiner liebsten Freizeitbeschäftigung so viel Begeisterung entgegenbrachte. Als wir endlich ins Bett gingen, wusste ich nicht mehr, warum ich mich nicht schon viel früher mit ihr angefreundet hatte.

# KAPITEL 20

## Mia

*G*ehst du noch weg?« Kady steckte den Kopf in unser kleines Badezimmer, wo ich mich gerade für das Treffen mit Noah – ich wagte nicht, es ein Date zu nennen – fertig machte.

»Mhm«, brummte ich, während ich versuchte, mir einen Lidstrich zu ziehen, der nicht wie ein zerrupftes Etwas aussah. Drei Mal hatte ich ihn bereits aufgetragen und wieder weggewischt, weil ich es mit jedem neuen Versuch nur schlimmer gemacht hatte. Früher war ich gut darin gewesen, doch es war so lange her, seit ich mich zuletzt richtig geschminkt hatte, und zudem zitterte meine Hand vor Aufregung so sehr, dass ich nicht in der Lage war, einen geraden Strich zu ziehen. Ich sah mehr aus wie ein Clown und war kurz davor, alles hinzuschmeißen und einfach ungeschminkt zu Noah zu gehen.

Kady beobachtete mich mit verengten Augen und gab ein missbilligendes Schnalzen von sich, als ich es ein weiteres Mal versaute. »Setz dich.« Sie deutete auf den zugeklappten Toilettendeckel und schob sich an mir vorbei zum Waschbecken, wo ich meine Utensilien ausgebreitet hatte. Prüfend nahm sie den Kajal für den Lidstrich in die Hand, der eindeutig schon bessere Tage erlebt hatte.

»Wie alt ist der?«

Zögerlich kaute ich auf meiner Unterlippe herum. »So drei Jahre?« Ich hatte meine Schminksachen in meinem letzten Highschooljahr gekauft. Damals war es für mich eine Selbstverständlichkeit gewesen, mich zu schminken, bevor ich das Haus verließ; egal ob ich zur Schule, zum Feiern oder bloß einkaufen ging. Doch nach dem Vorfall mit Ellie hatte ich das Täschchen nicht mehr ansehen können.

Kady rümpfte die Nase und ließ ihren Blick über den Rest der Sachen wandern, die am Waschbecken verteilt lagen. »Und das hier?«

»Genauso. Ich hab ehrlich gesagt nicht gedacht, dass ich sie jemals wieder benutzen würde.«

Ein Schnauben kam über Kadys Lippen, und ihre Mundwinkel zuckten. In schnellen Bewegungen räumte sie meine Sachen zusammen und holte ihr eigenes Schminktäschchen aus dem Schrank. »Und was hat dich dazu gebracht, deine Meinung zu ändern?«

Ich spürte Hitze in meine Wangen steigen und senkte den Blick. Plötzlich war es mir unglaublich unangenehm, dass ich diesen ganzen Aufriss für einen Kerl betrieb. Ausgerechnet ich.

»Noah hat meine Meinung geändert«, murmelte ich.

»Noah?« Ein verschmitztes Lächeln umspielte ihre Lippen. »Kenne ich diesen mysteriösen Noah, der dich zu einem Date eingeladen hat?«

»Es ist kein Date«, widersprach ich sofort. »Noah kocht nur für mich, und er ist alles andere als mysteriös.«

Kadys Augen wurden tellergroß, dann brach sie in Gelächter aus. »Wenn er für dich kocht, ist das so was von ein Date. Es gibt nichts, was mehr *Date* schreit, als wenn sich ein Typ extra für dich in die Küche stellt. Schließ die Augen, bitte.«

Ein warmes Gefühl breitete sich in meiner Brust aus, während ich ihrer Aufforderung nachkam. »Meinst du wirklich?« Ich hatte mir bisher verboten, überhaupt darüber nachzudenken, was dieses Essen bedeuten könnte. Doch mein plötzlich rasender Puls machte deutlich, dass ich mir insgeheim wünschte, es könnte sich um ein Date handeln.

Mit sanften Strichen begann Kady, meine Augenlider zu schminken. »Wenn ein Mann für eine Frau kocht, hat das immer etwas zu bedeuten. Ich will zwar nicht sagen, dass Männer nicht kochen können, aus dem Zeitalter sind wir längst raus, aber wir sind Studenten an einem College … wann hast du hier zuletzt jemanden kochen sehen? Selbst hier im Frauenwohnheim?«

»Keine Ahnung … noch nie?« Allerdings redete ich mit allen anderen Studierenden noch weniger als mit Noah und Kady. Ich hatte wirklich keine Vergleichswerte.

»Eben«, stimmte Kady mir zu. »Wir essen in der Mensa oder ernähren uns von ungesundem Fast Food, aber wir stellen uns nicht in die Küche … außer wir wollen jemanden beeindrucken.« Beim letzten Satz klang sie viel zu selbstzufrieden für meinen Geschmack. »Augen auf und nach oben schauen.«

Mit einem Seufzen gehorchte ich. »Ich will da nur nicht zu viel reininterpretieren. Noah hat einen gewissen Ruf, dass er schnellem Sex nicht abgeneigt ist. Anfangs dachte ich, darauf wäre er auch bei mir aus.«

»Wie lange kennt ihr euch schon?«

»Ein paar Wochen.«

»Hmm.« Kady beugte sich näher zu mir und trug unter meinem rechten Auge Eyeliner auf. Erst als sie damit fertig war, sprach sie weiter. »Kein Kerl wartet ein paar Wochen, wenn er dich nur ins Bett kriegen will, dafür gibt es zu viele andere willige Kandidatinnen. Vielleicht hat er bei eurem Kennenlernen so empfunden, wünscht sich jetzt aber mehr. Gefühle entwickeln sich ja erst nach und nach.«

Ja, das hatte ich gemerkt.

»Wenn du dich trotzdem unwohl damit fühlst, frag ihn doch einfach. Wenn ihm wirklich etwas an dir liegt, wird er dir erklären können, was es damit auf sich hat.« Sie beugte sich wieder vor und versetzte auch meinem linken Auge einen Lidstrich.

Ich wartete, bis Kady fertig war und sich wieder aufgerichtet hatte. »Aber was, wenn mir die Antwort nicht gefällt?«

Nachdenklich zog sie die Stirn kraus und lehnte sich mit verschränkten Armen gegen das Waschbecken. »Die Möglichkeit besteht natürlich immer. Aber wenn es so ist, würdest du es nicht lieber früher anstatt später herausfinden wollen?«

»Wenn ich ehrlich bin, möchte ich das dann überhaupt nicht erfahren«, murmelte ich, was Kady ein Lachen entlockte.

Sie wedelte mit der Wimperntusche vor meiner Nase herum. »Entspann dich einfach. Ich bin sicher, er ist Hals über Kopf in dich verknallt. Die Wimpern noch, dann bist du fertig.« Kady kam näher und tuschte mit fachmännischen Griffen meine Wimpern dunkel, dann bedeutete sie mir mit einer Handbewegung, vor den Spiegel zu treten, um ihr Werk zu begutachten.

Ich sah ... aus wie immer, nur etwas verfeinert, wie ich erleichtert feststellte. Das obere Lid war mit einem dunkelgrünen Lidstrich versehen, was das dunkle Grau meiner Augen hervorstechen ließ. Auf meinen Wangen lag ein Hauch von Rouge, was meine Wangenknochen betonte. Zudem brachte ein dezenter Lipgloss meine Lippen gut zur Geltung. Alles in allem sah ich immer noch nach mir aus, aber trotzdem besser als ungeschminkt.

»Total schön geworden.« Strahlend drehte ich mich zu Kady um, die zufrieden nickte und auf meine Klamotten deutete.

»Das willst du anlassen?«

Ich sah an mir herab, auf die schwarze Jeans und den schwarzen Rollkragenpulli. Immerhin hatte ich heute mal keinen Hoodie an. »Das ist, was er bei mir bekommt, und wenn er mich so nicht mag ...« Ich ließ den Rest des Satzes in der Luft hängen und hob die Schultern.

Kady trat auf mich zu und zog mich in eine feste Umarmung. »Wenn er dich so nicht akzeptiert, kann er zur Hölle fahren. Aber ich bin sicher, er wird dich lieben.«

Das Lachen, das meine Lippen verließ, hatte einen leicht hysterischen Klang. Ich konnte es gar nicht abwarten, Noah wiederzusehen, gleichzeitig wünschte ich mir gerade, es irgendwie hinauszögern zu können. War das normal?

Ein letztes Mal sah ich in den Spiegel, trug zwei Spritzer von meinem Lieblingsparfüm auf, das nach Jasmin und Orangenblüte duftete, und nickte entschlossen. »Ich geh jetzt da rüber.«

Kady grinste breit. »Du wirst ihn umhauen.«

Da war ich mir nicht so sicher, trotzdem dankte ich ihr, schnappte meine Jacke und trat hinaus in den Gang. Ich lief die Treppen nach unten, ohne auf die Studentinnen in meiner Umgebung zu achten, doch als ich im Erdgeschoss ankam, hielt ich abrupt inne. Unzählige Leute waren im Gemeinschaftsraum zu sehen. An einem Tisch wurde Monopoly gespielt, und leise Musik dudelte aus irgendwelchen Boxen. Es war das typische Bild für einen Samstagabend, und plötzlich kamen mir Zweifel, ob wir in Noahs Wohnheim wirklich ungestört sein würden.

Eigentlich war es zu spät, sich darüber Gedanken zu machen, trotzdem begleiteten mich diese Fragen über den Campusplatz zum gegenüberliegenden Wohnheim. Der Schnee war mittlerweile komplett geschmolzen, und die Temperaturen hatten sich auch nachts oberhalb des Gefrierpunkts eingependelt, aber der eisige Wind, der mir die Haare ins Gesicht peitschte, verschaffte mir eine Gänsehaut.

In Noahs Wohnheim schlugen mir mollige Wärme und ein blumiger Duft entgegen, und dazu … absolute Ruhe. Erstaunt sah ich mich um. Der Gemeinschaftsraum war wirklich komplett leer, und direkt vor mir prangte ein Schild: *Gefahr! Betreten strengstens verboten!*

Ich unterdrückte ein Kichern, denn ich konnte kaum glauben, dass dieses Schild wirklich funktionierte. Gerade in einem Männerwohnheim hätte ich mir vorstellen können, dass es die Bewohner erst recht dazu anstachelte, sich darüber hinwegzusetzen.

So wie ich es jetzt tat.

Ich machte einen Bogen um das Schild und trat in den leeren Gemeinschaftsraum. An der Wand war einer der Tische bereits gedeckt, komplett mit Servietten, Blumen und einer Kerze. Wärme breitete sich in meiner Brust aus, und ein Prickeln in meinem Magen setzte ein. Noah hatte wirklich keine Mühen gescheut. Vielleicht hatte Kady mit ihrer Aussage, dass es sich hierbei eindeutig um ein Date handelte, doch recht.

Ich wollte mir die Tischdekoration gerade näher ansehen, als mich ein klapperndes Geräusch ablenkte, das aus der Küche zu kommen schien. Ich ging in die Richtung und fand Noah vor dem Herd vor. Zwei Töpfe standen vor ihm, in denen er herumrührte. Er hatte mich noch nicht bemerkt, was mir Zeit ließ, ihn in Ruhe zu beobachten.

Seine blonden Haare müssten mal wieder geschnitten werden. Die Enden kringelten sich im Nacken und hingen ihm vorne bis in die Augen. Meine Finger kribbelten mit dem Wunsch, ihm die Strähnen aus der Stirn zu streichen. Ich ließ meinen Blick an seinem Körper hinabwandern, über den hellblauen Pulli, den er trug und der so unglaublich weich aussah, und die dunkle Jeans, die sich perfekt an seinen Hintern schmiegte. Mein Blick blieb an den Rundungen hängen, und warmes Verlangen sammelte sich in meinem Unterleib.

Noah war wirklich hot. Alles an ihm fiel genau in mein Beuteschema, wenn man es so sagen wollte, doch sein Äußeres war nicht der Grund, warum ich heute hier war. Eigentlich war mir das schon länger klar, doch jetzt gerade wurde es mir wirklich bewusst. Die Gewissheit brannte sich in meine Haut, nistete sich in meinem Kopf und meinem Herzen ein, und ich hatte so das Gefühl, dass sie dort so schnell nicht wieder verschwinden würde. Ich war nicht bloß verknallt in Noah, weil er gut aussah. So war es vielleicht am Anfang gewesen, doch darüber war ich längst hinaus. Ich hatte mich wirklich in Noah verliebt. In seine flotten Sprüche, die nie verletzend waren. In seinen Humor, seine gütige Art und dass er keine Probleme damit hatte, auch mal seine verletzliche Seite zu zeigen. Er war immer für seine Freunde, Familie und auch für mich da, und das, obwohl er selbst genug Dinge zu klären hatte.

Weitere Wärme erfüllte mich, die diesmal jedoch nichts mit Verlangen zu tun hatte, sondern eher von tiefer Zuneigung herrührte. Es war so erleichternd, das zu empfinden, dass mir beinahe die Tränen kamen. Ich hatte mir so lange verboten, andere an mich heranzulassen und sie überhaupt nur zu mögen, dass ich befürchtet hatte, komplett abgestumpft geworden zu sein. Ich dachte, ich bräuchte niemanden in meinem Leben, um glücklich zu sein, doch damit hatte ich mich selbst belogen. Denn ich brauchte die Nähe zu anderen Menschen. Es war fast schon erschreckend, wie schnell ich aufgeblüht war, nachdem ich einmal aufgehört hatte, jeden von mir zu stoßen.

»Stehst du schon lange da?«

Noahs Stimme riss mich aus meinen Gedanken, und ich hob den Blick, bis ich ihm ins Gesicht sehen konnte. Seine Wangen waren leicht gerötet, vermutlich von der Wärme des Herds, und seine Augen funkelten mich verschmitzt an – er hatte genau bemerkt, wo ich hingestarrt hatte. Vor einigen Tagen wäre mir das noch unangenehm gewesen, heute beflügelte es mich eher.

Entschlossen trat ich vor, bis ich neben ihm stand. »Eine Minute vielleicht. Ich habe die Aussicht genossen.«

Überrascht zog Noah die Augenbrauen hoch. »Du magst Männer am Herd?« Seine Mundwinkel zuckten.

Ich biss mir auf die Unterlippe, um nicht lachen zu müssen. »Ich bin damit aufgewachsen, dass der Mann in der Küche steht, das ist für mich nichts Ungewöhnliches. Es gefällt mir aber sehr, wie viel Mühe du dir mit allem gemacht hast.« Ich deutete in Richtung Gemeinschaftsraum und den süß gedeckten Tisch. »Und du hast es tatsächlich geschafft, dass niemand hier ist. Mit einem simplen Schild.«

Noah lachte, ein warmer, tiefer Ton, der in meinem Inneren nachklang. »Das ist allein Kaysons Verdienst. Er ist im Wohnheim rumgelaufen und hat den Leuten gesagt, dass der Gemeinschaftsraum heute Sperrzone ist.«

»Und sie haben einfach so auf ihn gehört?« Ich konnte meine Überraschung nicht verbergen.

»Manchmal hat es gewisse Vorteile, wenn der Mitbewohner der Star der Basketballmannschaft ist.« Noah zuckte mit den Schultern und wandte sich wieder den Töpfen zu. Ein Unterton schwang in seiner Stimme mit, den ich nicht ganz deuten konnte. Es hörte sich fast so an, als gäbe es neben den Vorteilen auch Nachteile. Ich haderte mit mir, ob ich nachhaken sollte, aber obwohl ich neugierig war, entschied ich mich dagegen. Jetzt war weder die richtige Zeit noch der richtige Ort dafür.

»Kann ich dir was helfen?«, fragte ich stattdessen.

»Danke, aber ich bin eh fast fertig. Außerdem hab ich dir doch gesagt, dass ich mich um alles kümmere.« Er zwinkerte mir über die Schulter zu und verstärkte damit das Prickeln in meinem Magen. Plötzlich fühlte er sich übervoll an, sodass ich mich zu fragen begann, wie ich gleich überhaupt etwas runterbekommen sollte. Dabei hatte ich eigentlich wirklich Hunger, und was Noah fabrizierte, roch zudem fantastisch.

Kurz darauf war Noah fertig und schaufelte das Japchae zusammen mit Reis auf zwei Teller. Ich folgte ihm in den Gemeinschaftsraum und an den hübsch gedeckten Tisch. Es lag sogar eine fliederfarbene Tischdecke darauf, die perfekt zu der Kerze und den Blumen passte.

»Hast du das extra besorgt?«, fragte ich, als ich mich ihm gegenüber hinsetzte.

Unbeeindruckt zog Noah die Augenbrauen hoch und entlockte

mir damit ein Lachen, ehe er überhaupt ein Wort gesagt hatte. »Das hier ist ein Männerwohnheim. Es gab hier nicht mal einen anständigen Topf. Zumindest keinen, der nicht schon x-mal zweckentfremdet und mit irgendwas verkrustet war, von dem ich gar nicht wissen wollte, was es war.«

Ich hob meine Hand, um mein Lachen dahinter zu verstecken. Es war noch immer erstaunlich, wie einfach Noah mich zum Lachen bringen konnte. »Ihr bedient also jedes Klischee hier? Die Typen, die nicht kochen können?«

Noah schnaubte und drehte den Deckel der Colaflasche auf. »Ich kann nicht für alle sprechen, aber *ich* kann kochen, ich hab meistens nur keine Lust dazu.« Er schenkte uns beiden ein und nahm sein Glas zur Hand. »Auf einen schönen Abend.«

Sanft stieß ich mein Glas gegen seins. »Auf uns.«

Ich trank einen Schluck, dann griff ich nach meiner Gabel, spießte Brokkoli und anderes Gemüse auf und schob es mir in den Mund. Der Geschmack explodierte auf meiner Zunge, und ich musste ein genüssliches Seufzen unterdrücken. Es war gut. Richtig gut. Noah hatte nicht übertrieben.

»Das ist fantastisch«, sagte ich, nachdem ich geschluckt hatte. Sofort schob ich eine zweite Gabel hinterher.

Noah nickte. »Es schmeckt wirklich nicht schlecht. Dafür, dass kein Fleisch drin ist.« An dem Funkeln in seinen Augen erkannte ich deutlich, dass er mich nur aufziehen wollte, daher spielte ich mit.

»Ich halte es da wie Wonder Woman, die isst auch kein Fleisch.«

Noah zog die Augenbrauen hoch. »Diesmal kein Henry-Cavill-Vergleich?«

Ich seufzte theatralisch. »Ich kann ihn leider nicht für alles zum Vergleich ziehen. Dafür hat er nicht ausreichend Superheldenrollen gespielt.«

»Na ja, die Produzenten können ja auch nicht jede Rolle mit ihm besetzen. Das wäre ziemlich eintönig.«

»Och, er ist schon sehr vielseitig, er würde es hinkriegen«, hielt ich dagegen.

Er lachte leise. »Trotzdem sieht er in einem Kleid nicht so gut aus wie Gal Gadot.«

»Pah. Das ist alles Ansichtssache.«

»Über Geschmack lässt sich ja zum Glück streiten.« Noah stützte sich mit den Ellbogen auf dem Tisch ab und lehnte sich näher zu mir.

»Aber auch nur, weil du keinen hast.«

Ein warmes Lachen brach aus ihm heraus und er legte seine Hand auf meine. Ein Kribbeln raste durch meinen Arm. »Das solltest du noch mal überdenken, immerhin mag ich auch dich.«

Verdammt, damit hatte er mich. »Touché.« Meine Mundwinkel hoben sich, und ich drehte meine Hand, bis ich meine Finger mit Noahs verschränken konnte. »Du diskutierst gerne, oder?« Das war mir vorher schon aufgefallen. Er forderte mich mit kleinen Bemerkungen immer wieder heraus und brachte mich dazu, über mich selbst nachzudenken.

Nachdenklich legte er den Kopf schief. »Das ist ja kein wirkliches Diskutieren. Ich weiß, dass ich dich nicht überzeugen kann, und das will ich auch gar nicht. Was ich aber mag, ist dieses neckische Hin und Her, wenn jeder versucht, seine Meinung zu verteidigen. Das macht nicht nur Spaß, dabei kann man auch viel über andere lernen.«

Ich zog die Stirn kraus. »Wie das? Gerade wenn man doch so wie wir gerade nur herumblödelt, meint man viele Dinge doch gar nicht ernst.«

Noahs Augenbrauen hoben sich, und ein zweifelnder Ausdruck legte sich auf sein Gesicht. »Ist das so? Klar wollte ich dich nur aufziehen, aber ich hab es auch total ernst gemeint, dass mir Gal Gadot in einem Kleid besser gefällt als Henry Cavill.«

Ich entzog Noah meine Hand, lehnte mich zurück und verschränkte die Arme. Sofort wurde das Kribbeln in meinen Fingern stärker, weil der Wunsch, ihn weiterhin zu berühren, beinahe übermächtig wurde. Was machte dieser Typ nur mit mir?

Vor allem lenkte er mich von dem ab, was ich gerade hatte sagen wollen.

»Na ja, ich wollte dich mit dem Geschmack nur ärgern und hab das null ernst gemeint«, entgegnete ich. »Aber was genau willst du dadurch über mich gelernt haben? Außer dass ich auf Henry Cavill stehe – was ich dir vorher schon erzählt hatte.«

»Dass du für dich einstehst, wenn dir etwas wichtig ist.« Noah stützte sich mit den Ellbogen auf der Tischplatte ab und lehnte sich näher zu mir. Seine blauen Augen funkelten im Kerzenlicht, das sich in ihnen spiegelte, und er musterte mich in einer Mischung aus Neugierde und Herausforderung. »Was ist dir noch wichtig genug, dass du es verteidigen würdest?«

Mein Mund wurde staubtrocken, und mein Puls schoss in die Höhe. Es war so unfassbar lange her, seit mich jemand zuletzt auf diese Weise angesehen hatte. Als würde ihn tatsächlich interessieren, was ich zu sagen hatte. Als würde er noch viel mehr erfahren wollen als das, was er gefragt hatte. Als hätte er längst viel mehr über mich begriffen, als mir lieb war. Ein Schauer raste über meinen Rücken, und ich konnte mich nicht entscheiden, ob es einer der guten oder schlechten Sorte war.

Ich räusperte mich und musste kurz überlegen, worüber wir gesprochen hatten. »K-Pop und K-Drama«, fiel mir zuerst ein. »Meine Familie natürlich und meine … meine beste Freundin Ellie«, schloss ich leise. Obwohl wir seit zwei Jahren kein Wort miteinander gewechselt hatten, war sie noch immer eine der Ersten, an die ich denken musste. Für mich war sie trotzdem noch meine beste Freundin, obwohl ich befürchtete, dass sie mich ebenso für das verantwortlich machte, was ihr zugestoßen war – oder fast zugestoßen war –, wie alle anderen. Wie ich es ja auch selbst tat. Trotzdem war sie bei guten und schlechten Neuigkeiten noch immer die Erste, an die ich dachte. Was ich ihr sagen wollte, schrieb ich ihr regelmäßig in einem Brief, auch wenn ich die nie abschickte.

Ein verständnisvoller Ausdruck trat auf Noahs Gesicht, aber zum Glück konnte ich kein Mitleid darin entdecken. »Hast du mal darüber nachgedacht, dich bei ihr zu melden? Wenn du ihr eine Nachricht schreibst, wird sie die lesen und darauf antworten können, ohne dass ihre Eltern davon etwas mitbekommen.«

Nur mit Mühe konnte ich ein verzweifeltes Lachen unterdrücken. Manchmal fragte ich mich, ob er meine Gedanken lesen konnte. »Jeden Tag. Ich denke jeden verdammten Tag darüber nach, Ellie zu schreiben. Ich hab auch schon unzählige Briefe angefangen, aber nie einen davon abgeschickt.« Sehnsucht schnürte mir die Brust zu, und ich verkrampfte meine Hand unter dem Tisch, um das Gefühl zurückzudrängen.

»Warum nicht?«

Es lag nichts Anklagendes in Noahs Worten, bloß reines Interesse, trotzdem rollte eine Welle der Schuld über mich hinweg und erdrückte mich beinahe mit ihrem Gewicht. Denn ich hätte mich bei Ellie melden müssen, auch wenn mir ihre Eltern den Kontakt mit ihr verboten hatten. Ich hätte mich selbst davon vergewissern müssen, wie es ihr mit alldem ging, und für sie da sein müssen. Aber die Angst, dass Ellie mich ebenfalls für das Geschehene verantwortlich machen und von sich stoßen könnte, hatte mich jedes Mal gelähmt, wenn ich das Handy in die Hand genommen hatte.

»Ich könnte es einfach nicht ertragen, aus ihrem Mund zu hören, dass sie genauso denkt wie ihre Mom und alle anderen«, sagte ich so leise, dass ich nicht sicher war, ob Noah mich überhaupt verstand.

Doch anscheinend tat er das, denn er stand umgehend auf, zog seinen Stuhl um den Tisch herum und setzte sich neben mich. Vorsichtig befreite er meinen Arm, bis er meine Hand zwischen seine legen konnte. Noahs Handflächen waren warm, unheimlich weich und lösten ein Kribbeln tief in meinem Unterleib aus.

»Ich verstehe das, an deiner Stelle hätte ich dieselben Befürchtungen.« Noahs Stimme legte sich sanft wie eine Decke um mich und hüllte mich ein. »Aber denkst du nicht auch, dass ihr irgendwann darüber reden solltet? Wenn ihr so lange so gut befreundet wart, ist es gegenüber keiner von euch fair, das einfach im Sande verlaufen zu lassen. Und nachdem sie an dem Tag bei dir war und mitbekommen hat, wie alles abgelaufen ist, wird sie dir sicher nicht die Schuld daran geben, egal, was ihre Eltern denken.«

Ein harter Knoten bildete sich in meinem Magen, und Übelkeit wallte in mir auf. Das war eine Sache, die ich mir anfangs eingeredet hatte. *Vielleicht denkt Ellie nicht wie ihre Eltern und weiß, dass der wahre Schuldige derjenige ist, der ihr das angetan hat. Vielleicht meldet sie sich bei mir, sobald sie erfahren hat, dass ihre Eltern mir den Kontakt mit ihr verboten haben.*

Anfangs war ich sicher gewesen, dass es so ablaufen würde … ablaufen *müsste,* doch Ellie hatte sich nicht gemeldet. Mein Handy war stumm geblieben, egal wie sehr ich es zu hypnotisieren versucht hatte, mir endlich eine Nachricht meiner besten Freundin anzuzeigen. Sie war nie gekommen, und je länger ich vergebens darauf gewartet hatte, desto größer war meine Verzweiflung geworden.

Dabei hatte auch ich oft das Handy in der Hand gehabt, um Ellie zu schreiben. Nur hatte ich es nie getan. Erst wusste ich nicht, welche Worte ich wählen sollte. Alles kam mir ungenügend vor für das, was vorgefallen war. Je mehr Zeit verstrichen war, je mehr Leute sich von mir abgewandt hatten, und je mehr ich selbst daran geglaubt hatte, die Schuld an allem zu tragen, desto größer war die Hürde geworden, die ich hätte überwinden müssen. An manchen Tagen hatte ich mich wie gelähmt gefühlt, wenn ich aufs Handy starrte. Ich wollte Ellie unbedingt schreiben, gleichzeitig blockierte mich der bloße Gedanke daran derart, dass ich nur tatenlos im Bett liegen konnte.

Obwohl ich kein Wort gesagt hatte, schien Noah mich zu verstehen, denn Mitgefühl war in seinem Gesicht abzulesen, das kurz darauf von Entschlossenheit abgelöst wurde. »Ich will dir wirklich nicht zu nahe treten, aber wenn ihr wirklich so gut befreundet wart, solltest du mit ihr darüber reden, was geschehen ist. Vielleicht wartet sie genauso wie du jeden Tag darauf, von dir zu hören. Vielleicht hat sie aus irgendeinem Grund ebenfalls Bedenken, sich zuerst zu melden, und ihr seid beide einsam, ohne es sein zu müssen.«

*Ich bin nicht einsam,* rutschte es mir beinahe heraus, aber wem wollte ich eigentlich noch was vormachen? Die Einsamkeit der letzten zwei Jahre, gepaart mit Noahs Worten, schnürte mir die Luft ab. Ich hatte mir so lange eingeredet, dass es mir gut ging, wenn ich mich von anderen abkapselte, dass ich es wirklich geglaubt hatte.

Doch dann war Noah in mein Leben getreten und hatte mein selbst errichtetes Gefängnis zerstört. Er hatte es zum Einstürzen gebracht wie ein Kartenhaus, das nicht einmal dem kleinsten Windhauch standhalten konnte. Er ließ mich alles infrage stellen, was ich je zu wissen geglaubt hatte, und vielleicht – ganz vielleicht – hatte er auch damit recht. Konnte es sein, dass Ellie genauso wie ich darauf wartete, dass ich mich zuerst meldete? Hatte sie ähnliche Ängste wie ich und wagte sich deswegen nicht, mir zuerst zu schreiben?

Eine seltsame Mischung aus Aufregung und Nervosität verknotete meinen Magen und ließ meine Finger kribbeln. Ich wusste nicht mehr, was ich sagen oder bloß denken sollte. Das alles wuchs mir über den Kopf, und zugleich befürchtete ich, mit diesem Gespräch über meine Probleme unser Date zerstört zu haben. Welcher Mann wollte dabei schon über solche Themen diskutieren, wenn er eigentlich anderes im Sinn hatte?

Doch Noah überraschte mich ein weiteres Mal. Er legte den Arm um mich und zog mich an seine Brust. Und nach allem, was gerade in mir brodelte, lehnte ich mich einfach an ihn und schloss die Augen.

# KAPITEL 21

## *Noah*

M ia zu halten, fühlte sich unfassbar gut an. Ihre Wange lehnte an meiner, und ihre Haut war so unfassbar weich, dass ich augenblicklich ihren ganzen Körper erkunden wollte. Zusätzlich vernebelte mir ihr süßer Duft die Sinne, sodass ich kaum noch klar denken konnte.

Ich festigte meinen Griff um Mias Schulter und registrierte zufrieden, dass sie auf dem Stuhl näher zu mir rutschte, bis sie ihren Kopf in meine Halsbeuge kuscheln konnte. Ein leises Seufzen verließ ihre Lippen, als sie die perfekte Position erreicht hatte, die eine direkte Verbindung zu meinen Lenden zu haben schien. Ein heißer Schwall des Verlangens bildete sich dort, der Schockwellen durch meinen ganzen Körper entsandte. Mein Puls beschleunigte sich, und mein Unterbewusstsein projizierte Bilder vor meinem inneren Auge, was es gerne mit Mia anstellen würde.

Für einen Moment schloss ich die Augen und atmete tief durch. Ich musste mich zusammenreißen. Das war gerade völlig unangebracht. Nach allem, was Mia mir erzählt hatte, war das Letzte, woran ich denken sollte, wie gern ich sie küssen und ihren Körper erkunden wollte. Das war auch überhaupt nicht mein Hintergedanke gewesen, als ich sie in meine Arme gezogen hatte. Ich hatte mich bloß so machtlos gefühlt. Ich wollte ihr einfach nur helfen, das Verhältnis zu ihrer besten Freundin zu kitten, oder die ganze Situation für sie zu verbessern, doch das Einzige, was ich tun konnte, war, ihr Trost zu spenden und ihr zu sagen, dass ich für sie da war.

*Reiß dich zusammen.*

Ich schlug die Augen wieder auf und blickte direkt in Mias dunkelgraue Iriden. Sie waren so dunkel, dass sie fast schwarz wirkten, doch jetzt erkannte ich die Unterschiede zur Pupille und dass sie zum äußeren Rand hin heller wurden. Eine Sekunde lang konnte ich sie nur sprachlos anstarren. Sie war so unfassbar schön, dass sich etwas in meiner Brust zusammenzog. Ihre Haut war so weiß wie Porzellan, und ihre schwarzen Haare bildeten einen starken Kontrast dazu. Ein bisschen kam sie mir vor wie Schneewittchen. Zwar hatte sie niemand mit einem Apfel vergiftet, trotzdem hatte sie eine unheimliche Wandlung hinter sich. Wenn ich die Mia, die jetzt vor mir saß, mit der verglich, die ich vor einigen Wochen kennengelernt hatte, könnte man meinen, dass sie aus einem langen Schlaf erwacht war.

Ich musste ein verächtliches Schnauben unterdrücken, denn ich war alles, aber bestimmt kein Disney-Prinz, der sie gerettet hatte. Wie arrogant von mir, so auch nur zu denken. Das würde auch nur sie selbst können. Mia musste den Mut finden, um ihre beste Freundin anzurufen. Sie musste sich eingestehen, dass sie nicht schuld an dem hatte, was vorgefallen war. Sie musste es glauben, und das war nichts, wobei ich ihr helfen konnte. Egal wie oft ich ihr sagte, dass sie nicht dafür verantwortlich war, wenn sie es selbst nicht glaubte, würden meine Worte wie eine Rauchwolke zwischen uns verpuffen.

Eine sanfte Berührung an meiner Stirn holte mich in die Wirklichkeit zurück. Mit kühlen Fingern strich Mia meine Haare zur Seite und fuhr dann weiter über meine Schläfe und meine Wange hinab bis zu meinem Kinn. Ein warmer Schauer rieselte über meinen Rücken, und meine Haut prickelte noch lange, nachdem Mia sie längst nicht mehr berührte.

»Du hast kalte Finger«, war das Erste, was mir in den Sinn kam.

Mias Lippen verzogen sich zu einem schiefen Lächeln. »Hab ich oft. Niedriger Blutdruck.«

Ich nickte und musste den Wunsch unterdrücken, ihre Hände zwischen meine zu nehmen und so lange zu reiben, bis sie warm wurden.

Kurz huschte ihr Blick zur Seite, dann räusperte sie sich. »Wollen wir weiteressen, ehe das *Japchae* kalt wird?« Belustigung klang in ihren Worten durch, und ich stimmte in ihr Lachen mit ein.

»Zur Not schmeiß ich es noch mal in die Pfanne, um es aufzuwärmen.« Ich wollte Mia nicht loslassen. Am liebsten würde ich den Rest des Abends genau so mit ihr sitzen bleiben. Sie an meine Brust gekuschelt, wo sie sich so unfassbar perfekt anfühlte, dass es fast erschreckend war. Trotzdem nahm ich den Arm von ihren Schultern und rückte ein Stück von ihr ab. Aber ich stand nicht auf, noch nicht, und auch Mia wandte sich nicht von mir ab. Die Lippen leicht geöffnet, betrachtete sie mich weiterhin, und ihr Blick entzündete ein gänzlich anderes Feuer in mir.

Ich wollte sie an mich ziehen und ihr den besten Kuss ihres Lebens verpassen. Einen Kuss, der sie atemlos und nach mehr verlangend zurückließ. Denn genau das wollte ich auch. Mehr von dieser Frau, nach der ich nicht gesucht hatte, aber die trotzdem mein Leben auf den Kopf gestellt hatte. Zum ersten Mal seit dem Ende der Highschool dachte ich nicht mehr über Jenny nach. Mia war die Erste, die ich nicht mit Jenny verglich, nur um dann festzustellen, dass sie nicht mit ihr mithalten konnte. Man konnte Mia und Jenny auch gar nicht miteinander vergleichen. Sie waren völlig unterschiedliche Charaktere, die nicht viele Gemeinsamkeiten hatten. Ich war mir nicht einmal sicher, ob sie sich leiden könnten, wenn sie sich kennenlernten. Aber darum ging es auch gar nicht. Die Empfindungen, die Jenny damals in mir hervorgerufen hatte, und was ich jetzt für Mia fühlte, waren verdammt ähnlich, und nur darauf kam es an.

Mia räusperte sich und wandte sich ihrem Essen zu. Unser Blickkontakt brach, was ich schade fand, andererseits wusste ich genau, dass wir sonst unser Essen nie beendet hätten. Ich stand auf und zog meinen Stuhl zu meinem Platz zurück.

Das *Japchae* war wirklich kalt geworden, was seinem Geschmack aber keinen Abbruch tat. Trotzdem konnte ich mich nicht mehr darauf konzentrieren. Sämtliche meiner Sinne waren auf Mia ausgerichtet, und ich musste immer wieder zu ihr sehen. Ihr schien es ähnlich zu gehen, denn jedes Mal trafen sich unsere Blicke und hielten sich länger fest als nötig.

»Hast du eigentlich überlegt, was du wegen deinem Dad machen willst?«, fragte sie in die Stille hinein.

Mein Magen sank in Richtung Kniekehlen, als würde man in einem nach unten fahrenden Fahrstuhl plötzlich stecken bleiben. Ich legte meine Gabel beiseite und sah zu Mia auf, die mich interessiert musterte. »Noch nicht«, gestand ich.

»Okay.« Mia nickte. In ihrem Blick lag keine Wertung, bloß reines Interesse, was mich dazu animierte, weiterzusprechen.

»Dad hat sich bei Karla gemeldet, und sie will auf jeden Fall mit ihm reden, um zu erfahren, was er sich bei der ganzen Aktion gedacht hat. Sie wird mir sagen, was sie herausgefunden hat, dann sehen wir weiter.« Laut ausgesprochen, war es eigentlich ganz schön armselig, dass ich meine jüngere Schwester vorschickte, um Dinge über meinen Dad zu erfahren. Aber falls Mias Gedanken in die gleiche Richtung gingen, ließ sie sich nichts anmerken.

Ganz im Gegenteil, ein sanftes Lächeln strich über ihre Lippen. »Das ist doch schon mal ein Fortschritt. Als wir das letzte Mal gesprochen haben, wolltest du nie wieder was von ihm wissen.«

Ich zuckte mit den Schultern. »Ich habe auch nicht gesagt, dass ich ihm verzeihe oder mit ihm reden will. Aber er hat sich von sich aus bei Karla gemeldet, also scheint er zumindest eingesehen zu haben, dass er Scheiße gebaut hat.«

»Wir machen alle Fehler.« Mia zog die Stirn kraus und schüttelte den Kopf. »Damit will ich nicht sagen, dass man alle Fehler vergeben muss. Es gibt einfach Dinge, die man nicht entschuldigen kann. Aber wir haben nur diese eine Familie, und wenn uns die Person wichtig ist, sollten wir sie zumindest nicht ausschließen.«

Wut ballte sich zu einem heißen Knoten in meinem Magen, der Übelkeit meinen Hals hinaufkriechen ließ.

*Ausschließen.*

Das war genau das, was Dad mit uns gemacht hatte, und was ich ihm nie zugetraut hätte. Früher hatte er immer gepredigt, wie wichtig der Zusammenhalt in der Familie war, und dass man füreinander einstehen sollte, selbst wenn man sich mal stritt. Und jetzt? Hatte er genau das mit Füßen in den Dreck getreten.

»Ich weiß einfach nicht, was ich tun soll«, gestand ich ehrlich.

»Du musst erst mal gar nichts machen«, sagte Mia eindringlich. »Warte ab, was Karla dir erzählt, bis dahin kannst du ohnehin nur Mutmaßungen anstellen, die vermutlich meilenweit von der Realität entfernt sind. Und …« Mia senkte den Blick, und ihre Wangen röteten sich. »Und wenn du jemanden zum Reden brauchst, bin ich immer für dich da.«

Mein Atem stockte, und im ersten Moment glaubte ich, mich verhört zu haben. »Meinst du das ernst?«, kam es leise über meine Lippen.

Ein strahlendes Lächeln breitete sich auf ihrem Gesicht aus, das den ganzen Raum zu erhellen schien. »Absolut, ich bin bloß einen Anruf entfernt.«

Meine Kehle zog sich zusammen, und hinter meinen Lidern begann es zu brennen. *Nur einen Anruf entfernt.* Ich glaubte nicht, dass Mia verstand, was sie da gerade gesagt hatte. Sie bot mir genau das an, was mein Dad mir all die Monate verwehrt hatte. Sie zeigte mir, dass es noch Leute gab, auf die man sich verlassen konnte, und ich zweifelte nicht eine Sekunde daran, dass sie mit mir reden würde, egal zu welcher Uhrzeit ich sie anrief. Ein Gefühl, das ich schon längst vergessen geglaubt hatte, nistete sich in meinem Herzen ein. Ich konnte mit Worten nicht ausdrücken, wie viel mir das bedeutete. »Danke«, sagte ich jedoch schlicht, weil mir nichts anderes einfiel.

Erneut röteten sich Mias Wangen, und sie blickte auf die Tischplatte. Nach einigen Sekunden räusperte sie sich und sah wieder zu mir auf, ein herausforderndes Funkeln in den Augen. »Jetzt ist aber Schluss mit den ernsten Themen, das ist doch immerhin ein Date, oder?«

Meine Mundwinkel hoben sich. »Du hast recht, trotzdem bin ich froh, dass ich mit dir auch darüber reden kann.«

»Das bin ich auch, aber …«

Ich ließ sie nicht ausreden. »Ich wollte dir auch nicht widersprechen, denn ich habe etwas vorbereitet, das den Date-Part des heutigen Abends einleiten wird.«

Ich versuchte erst gar nicht, meine Freude darüber, dass Mia dieses Treffen als Date bezeichnete, zu verbergen. Vermutlich würde ich es selbst dann nicht schaffen, ein neutrales Gesicht zu machen, wenn mein Leben davon abhängen würde. Aber was machte das schon? Mia konnte ruhig sehen, wie glücklich ich war. Ich hatte es im Vorfeld absichtlich vermieden, das Wort zu benutzen, weil ich nicht sicher war, wie sie darauf reagieren würde. Aber es schien, als hätte ich mir umsonst Sorgen gemacht.

Eine Falte bildete sich zwischen Mias Augenbrauen, und Verwirrung trat auf ihre Züge. »Du hast etwas vorbereitet?«, echote sie.

Mein Grinsen wurde breiter. »Yup.« Ich stand auf und griff nach unseren nicht vollständig geleerten Tellern. »Ist eine Überraschung.«

Damit ließ ich sie sitzen und verschwand in der Küche. Die paar Mal, als ich Mia morgens im Café getroffen hatte, war mir aufgefallen, dass sie immer irgendwelche süßen Croissants gegessen hatte, daher würde ich ihr mit den Lava Cakes, die ich als Nachtisch besorgt hatte, hoffentlich eine Freude machen können.

Ich holte die kleinen Küchlein aus ihrer Verpackung, legte sie auf Teller und schob alles in die Mikrowelle, um den inneren Schokokern zu schmelzen.

»Oh, wow, sind das die mit flüssigem Kern?«, fragte Mia, als ich die Teller auf dem Tisch abstellte.

»Genau, ein Lava Cake für dich und einer für mich.«

»Geil.«

Mia riss mir die Gabel praktisch aus der Hand und machte sich sofort über die Köstlichkeit her. Sie stach in das fluffige Gebäck, bis die Schokosoße an der Seite hinausfloss, teilte ein großes Stück ab und schob es sich in den Mund. Kaum traf der Kuchen auf ihre Zunge, schloss sie die Augen, und ein Ausdruck völliger Glückseligkeit trat auf ihr Gesicht. Fast augenblicklich kam ein kehliger Laut über ihre Lippen, der mich vergessen ließ, dass wir gerade beim Essen waren.

»O mein Gott, ist das gut«, nuschelte sie mit vollem Mund und machte sich sofort daran, das nächste Stück vom Kuchen zu teilen.

Volltreffer, freute ich mich.

Nachdem Mia fertig war, ließ sie sich gegen die Stuhllehne fallen und rieb sich mit einer Hand über den Bauch. »Ich platze gleich.«

Ein Lachen war meine Antwort.

»Dann hab ich den perfekten Plan, wie wir die zugenommenen Kalorien wieder loswerden können.« Bei dem, was ich mir vorgenommen hatte, schlug mir das Herz auf einmal bis zum Hals. Das würde entweder sehr gut ausgehen oder in einer Katastrophe enden.

»Ich geh jetzt bestimmt nicht mit dir joggen«, sagte Mia entschieden.

»Keine Sorge, das hatte ich auch nicht vor.« Ich zog mein Handy aus der Hosentasche und verband es über Bluetooth mit den kleinen Boxen, die ich zuvor ins Regal gestellt hatte. Dann wählte ich das Lied aus, das ich extra für Mia heruntergeladen hatte – für das ich sogar Karla angerufen und um Hilfe gebeten hatte, weil ich bei K-Pop völlig ahnungslos war. *Promise* von Ateez.

Kaum zwei Töne erklangen aus den Lautsprechern, da riss Mia die Augen auf, und ihr Mund formte sich zu einem kleinen O. »Woher weißt du, dass das eine meiner Lieblingsbands ist?«, fragte sie ehrfürchtig.

Ich ging um den Tisch herum, bis ich direkt vor ihr stand. »Wusste ich nicht. Ich hab lediglich meine Schwester nach einem passenden Lied gefragt.«

»Passend wofür?«

Mein Puls dröhnte in meinen Ohren, und meine Hand zitterte leicht, als ich sie in Mias Richtung ausstreckte. »Tanz mit mir.«

Sekundenlang passierte nichts. Mia war wie erstarrt, und ich befürchtete schon, einen großen Fehler begangen zu haben. Dann räusperte sie sich. »Wie bitte?«, fragte sie kaum hörbar.

»Tanz mit mir«, wiederholte ich. »Wie damals auf der Studentenparty, nur dass die Musik diesmal dein Fall ist und wir uns nicht in seltsamen Verrenkungen verlieren.« Auf der Studentenparty damals hatte alles angefangen. Auch wenn wir uns vorher schon über den Weg gelaufen waren, hatte sie dort mein ehrliches Interesse geweckt. Zwar hatten wir da nicht *miteinander* getanzt, sondern in der Gruppe, trotzdem war das der Beginn der Reise, die uns an diesen Punkt geführt hatte. Es erschien mir passend, sie mit einem gemeinsamen Tanz zu küren und den Kreis zu schließen.

»Klingt nach einem Plan.« Mia legte ihre Hand in meine und ließ sich von mir auf die Beine ziehen. Dadurch stand sie so nah vor mir, dass unsere Oberkörper sich fast berührten. Die Luft zwischen uns knisterte regelrecht, und eine unsichtbare Macht wollte mich näher zu ihr ziehen.

Wie von selbst hoben sich meine Arme, und ich legte die Hände auf ihre Hüften. Die Wärme von Mias Körper drang durch ihren dünnen Rollkragenpulli zu mir hindurch, und ein wohliger Schauer raste über meinen Rücken. Es wurde nicht besser, als Mia die Arme über meine Schultern legte. Eine Hand vergrub sie am Hinterkopf in meinen Haaren, die andere legte sich auf meinen Nacken, wo sie mit dem Daumen kleine Kreise zog. Diese sanfte, fast schon unschuldige Berührung verschaffte mir eine Gänsehaut, und mein Griff um Mias Hüften verstärkte sich, bis ich befürchtete, die Kontrolle über mich zu verlieren.

»Was ist jetzt? Tanzen wir, oder bleiben wir weiterhin stehen?«, wisperte Mia mir zu.

Ein ersticktes Lachen kam über meine Lippen, und ich zog sie an mich, bis wir dicht aneinandergepresst waren. Erst dann begann ich mich zu bewegen. Langsam schunkelte ich im Takt der Musik von einem Bein auf das andere. Mia ließ sich führen und lehnte nach einigen Sekunden den Kopf gegen meine Schulter. Ihre Haare berührten meine Wangen, ihr blumiger Duft hüllte mich ein, und ihr Atem strich sanft über meinen Hals. Es war fast eine Überreizung meiner Sinne, doch ich wollte es nicht anders haben.

Ich festigte meinen Griff um sie und ließ meine Hände über ihren Rücken wandern. Mia in meinen Armen zu halten, fühlte sich perfekt an. Ich hatte so lange darauf gewartet und es mir seit Langem gewünscht, doch jetzt wusste ich, dass es jede Sekunde des Wartens wert gewesen war. *Gut Ding will Weile haben,* war einer der Ratschläge, die meine Mom mir früher immer eingetrichtert hatte, wenn ich zu ungeduldig gewesen war, und irgendwie verstand ich erst jetzt so richtig, was damit gemeint gewesen war. Wäre ich Mias Tempo nicht mitgegangen, wäre es vermutlich gar nicht zu diesem Tanz gekommen.

Das Lied war zu Ende, und anstatt wie erwartet in ein neues überzugehen, fing es noch einmal von vorne an. Verdammt, ich hatte vergessen, das Repeat herauszunehmen.

Lachend nahm Mia den Kopf von meiner Schulter und lehnte sich zurück, sodass sie mich ansehen konnte. »Willst du mir das Lied jetzt so oft vorspielen, bis ich es nicht mehr hören kann?«

»Vielleicht«, entgegnete ich schmunzelnd.

»Ich warne dich, ich kann das *sehr* oft hören. Wir werden in einer Woche immer noch hier stehen, und ich werde noch nicht genug davon haben.«

Unweigerlich zog ich sie noch enger an mich, obwohl das eigentlich nicht mehr möglich war. »Ich habe nichts dagegen. Ich kann bis zur Unendlichkeit mit dir weitertanzen, und es ist mir völlig egal, welches Lied dabei läuft. Nur du zählst.«

Die Andeutung eines Lächelns zupfte an Mias Mundwinkeln. »Wie machst du das nur?«

»Was?«

»Dass du immer das Richtige sagst.«

Entschieden schüttelte ich den Kopf. »Ich sag bestimmt nicht immer das Richtige. Ich kann mich sogar an sehr viele Situationen erinnern, in denen ich genau das Falsche gesagt habe. Du hattest vermutlich einfach nur Glück, dass du bis jetzt noch keine davon erlebt hast.«

»So bescheiden«, murmelte Mia, dann senkte sich ihr Blick auf meine Lippen. Ich erwartete, dass sie ihn sofort wieder hob, doch nichts dergleichen geschah. Mia betrachtete weiterhin meinen Mund, und mit jeder verstreichenden Sekunde wurde das verlangende Prickeln in meinen Lippen stärker.

Je länger Mia mich ansah, desto heftiger wurde das Knistern in der Luft zwischen uns. Wir waren uns näher gekommen, auch wenn ich keine Ahnung hatte, wer von uns beiden sich bewegt hatte. Aber ich konnte Mias süßen Atem auf meinen Lippen spüren, und das war vorher nicht der Fall gewesen.

Endlich hob Mia den Blick, und was ich darin entdeckte, ließ mich jegliche Reserviertheit vergessen. Feuer und Verlangen schimmerten in ihren Augen, die sich mit meinen aufgewühlten Emotionen deckten.

Ich überbrückte die letzten Zentimeter zwischen uns und presste meine Lippen auf Mias. Ich hatte einen sanften Kuss zum Herantasten geplant, doch nicht mit Mias Enthusiasmus gerechnet. Ihre Hände verkrallten sich in meinen Haaren, sie zog meinen Kopf zu sich runter, und als ich ihre Zungenspitze an meinen Lippen spürte, war es restlos um mich geschehen. Mein Denken schaltete sich ab, und ich überließ mich völlig dem Gefühl. Mias Lippen auf meinen, ihre Zunge, die meine in einen leidenschaftlichen Tanz verwickelte, ihre Hände, die in meinen Haaren verkrallt waren und daran zogen, und meine, die sich auf die Rundungen ihres Pos schoben, um sie noch enger an mich zu pressen.

Ich wusste nicht, wie viel Zeit vergangen war, bis Mia sich schwer atmend von mir löste. Auch ich rang um Luft, aber wer brauchte schon Sauerstoff, wenn man etwas so viel Besseres haben konnte?

Sanft strich ich Mia eine Haarsträhne hinter das Ohr und legte meine Hand an ihre Wange. Ihre Lippen waren von unserem Kuss gerötet, und ein Funkeln lag in ihren Augen, das ich nie zuvor bei ihr gesehen hatte. Am liebsten hätte ich sie gleich wieder geküsst.

»Nach deinen Küssen könnte ich süchtig werden.«

Keck grinste sie zu mir hoch. »Wenn du lieb bist, bekommst du noch weitere.«

»Ach ja?« Ich senkte meinen Kopf, bis unsere Nasenspitzen sich berührten. »Nur dann?«

Ehe Mia reagieren konnte, legte ich meine Hände an ihre Seiten und begann, sie durchzukitzeln. Sie stieß einen gellenden Schrei aus, der sicher durchs komplette Wohnheim zu hören war, und versuchte sich lachend aus meinem Griff zu winden.

»Noah, hör auf.«

Sofort ließ ich von ihr ab. Auch wenn das hier nur Spaß war, würde ich niemals weitermachen, wenn Mia mich bat aufzuhören. Egal wann und um was es ging. Selbst wenn ich mir wie jetzt ziemlich sicher war, dass sie es nicht ernst meinte. Allerdings war die Grenze zwischen ernst und nicht ernst ziemlich schwammig, und ich wollte nie zu denen gehören, die sie überschritten.

Mia beugte sich vor und stützte sich mit den Händen auf den Oberschenkeln ab, um ihre Atmung unter Kontrolle zu bringen.

»Also so bekommst du definitiv keine weiteren Küsse von mir«, stellte sie fest und richtete sich wieder auf.

»Wirklich nicht?« Ich setzte meinen besten Hundeblick auf, um sie vom Gegenteil zu überzeugen.

Sie lachte und schüttelte den Kopf. »Der Blick zieht bei mir nicht.« Verschmitzt grinsend drehte sie mir den Rücken zu.

Obwohl sie das nicht sehen konnte, schob ich meine Unterlippe noch weiter vor. »Sicher?« Mit zwei Schritten war ich bei ihr. Ich berührte sie nicht, stand aber so nah hinter ihr, dass sie meine Anwesenheit spüren musste. Sanft verteilte ich Küsse auf ihrem Hals. Es dauerte nicht lange, bis sämtliche Anspannung von Mia abließ und sie sich gegen mich lehnte. Wie von selbst legten sich meine Hände um ihre Hüften, um sie zu stützen.

»Na ja, vielleicht ein klitzekleines bisschen«, murmelte sie und drehte sich in meinen Armen. Neckend stieß sie ihre Nasenspitze an meine, doch immer, wenn ich meine Lippen auf ihre pressen wollte, zog sie ihren Kopf blitzschnell zurück. »Aber was du kannst, kann ich schon lange.«

»Ich merk schon, mit dir wird es nicht langweilig«, sagte ich schmunzelnd.

»Oh, das will ich doch hoffen.«

Dann endlich erbarmte sich Mia und verschloss meinen Mund mit einem weiteren süßen Kuss, von dem ich hoffte, dass er nie enden würde.

# KAPITEL 22

## Mia

Seit geschlagenen zehn Minuten drehte ich das Handy zwischen meinen Fingern und überlegte, was ich Noah schreiben konnte. Auf dem Schreibtisch vor mir lagen meine Unterlagen des Gesundheitskurses. Bis Mittwoch stand eine Hausarbeit an, in der wir die von Obama ins Leben gerufene Krankenversicherung mit denen vergleichen sollten, die in vielen Ländern Europas existierten. Eine Aufgabe, auf die ich mich eigentlich gefreut hatte, auf die ich mich jetzt aber selbst dann nicht konzentrieren könnte, wenn mein Leben davon abhängen würde.

Denn mein Kopf war voll mit jemand ganz anderem.

*Noah.*

Sobald ich die Augen schloss, kamen die Bilder zurück. Lachen, aber auch ernste Gespräche beim Essen, Schokosoße, die sich in Noahs Mundwinkel festgesetzt hatte, seine blauen Augen, die mich voller Verlangen betrachteten, während im Hintergrund eine meiner Lieblingsbands lief.

Es war ein perfekter Abend gewesen. Wenn ich Noah nicht vorher schon verfallen gewesen wäre, wäre es spätestens gestern um mich geschehen gewesen. Noch immer konnte ich nicht fassen, dass Noah für mich gekocht und zum Nachtisch diesen wunderbaren Lava Cake besorgt hatte. Doch das war längst nicht alles. Noah fand offenbar in jeder Situation die richtigen Worte, er hörte mir wirklich zu und war interessiert an dem, was ich zu sagen hatte.

Dann war da dieser Tanz.

Und dieser Kuss.

*Küsse,* musste ich mir selbst ins Gedächtnis rufen, denn es war bei Weitem nicht nur bei einem geblieben. Ich konnte gar nicht mehr zählen, wie oft wir uns geküsst hatten, aber es schien, als hätten Noah und ich nicht genug voneinander bekommen können. Ein wohliger Schauer durchlief mich, und meine Lippen begannen zu kribbeln, als könnte ich Noahs noch immer auf ihnen spüren.

Wie sollte man sich da auf so gewöhnliche Dinge wie eine Hausarbeit konzentrieren? Keine zwei Sätze bekam ich geschrieben, ehe meine Gedanken wieder abschweiften und unweigerlich bei Noah hängen blieben.

Mein Handy vibrierte mit einer eintreffenden Nachricht, was mich so sehr erschreckte, dass es mir fast aus den Fingern rutschte. Augenblicklich schoss mein Puls in die Höhe, weil sie nur von einer Person sein konnte. Manchmal fragte ich mich, ob er wirklich meine Gedanken lesen konnte, auch wenn wir uns nicht im selben Raum befanden.

Noah: Guten Morgen :) Hast du gut geschlafen?

Mia: Wie ein Baby :) Und du?

Noah: Ich konnte lange nicht einschlafen, weil du mir nicht aus dem Kopf gegangen bist, aber sonst auch gut.

Mein Herz schmolz noch ein bisschen mehr bei seinen Worten, und ich drückte das Handy für eine Sekunde wie einen wertvollen Schatz an meine Brust. Als ich es zurücknahm, traf eine weitere Nachricht ein.

Noah: Hast du heute schon was vor? Kayson hat ein Spiel, wo einige von uns hingehen, und ich wollte dich fragen, ob du Lust hast, mich zu begleiten?

Mia: Supergerne, ich hab heute eh nichts geplant. Aber ich warne dich vor, ich verstehe nichts von Basketball ;)

Noah: Das ist okay, Avery und Lizzy verstehen das Spiel auch nicht, sind aber trotzdem mit Begeisterung dabei.

Mia: Perfekt. Wann soll ich fertig sein?

Noah: Wir treffen uns um eins. Anpfiff ist zwar erst um zwei, aber wir wollen uns gute Plätze sichern. Ich hol dich um kurz vor eins ab, okay?

Mia: Alles klar, bis später. Ich freu mich :)

Noah: Ich mich auch!

Ich ließ das Handy sinken und drückte es ein weiteres Mal an meine Brust. Beim bloßen Gedanken daran, Noah in wenigen Stunden wiederzusehen, zog eine ganze Armada an Schmetterlingen in meinen Bauch ein. Irgendwo hatte ich mal gelesen, dass diese Sensation gar nichts mit dem Magen an sich zu tun hatte, sondern durch Vibrationen des Zwerchfells zustande kam, weil man flacher atmete. Weniger romantisch als die Vorstellung mit den Schmetterlingen, aber egal, woran es lag, ich freute mich einfach, dass mein Körper zu diesen Reaktionen – und dem Verlieben an sich – noch imstande war.

Und es fühlte sich großartig an. Besser, als ich es je für möglich hätte halten können. Wie aufwachen nach einem sehr langen Schlaf. Oder Farben sehen, nachdem mir die Welt in den letzten zwei Jahren nur in Schwarz-Weiß erschienen war.

Pünktlich um zehn vor eins klopfte es an meiner Tür. Obwohl ich bereits dahinterstand, wartete ich noch einige Sekunden, ehe ich öffnete. Ich wollte Noah nicht gleich unter die Nase reiben, dass ich bereits am Fenster ausgeharrt hatte, bis ich ihn über den Platz zwischen den Wohnheimen in meine Richtung hatte laufen sehen, weil ich aus lauter Nervosität eine halbe Stunde zu früh fertig gewesen war – inklusive angezogener Schuhe und Jacke.

»Hi«, sagte ich etwas atemlos, sobald ich ihn erblickte. Seine blonden Haare sahen frisch gestylt aus, als wäre er gerade erst aus der Dusche gekommen, und sein Lächeln ließ meine Knie weich werden. Augenblicklich musste ich wieder an unsere Küsse denken. Ob wir das heute wiederholen würden?

»Hey.« Noahs Blick wanderte an mir herab, langsam und sanft, wie eine Berührung. Dann nahm er mein Gesicht in seine Hände und presste die Lippen auf meine. Sofort trat alles andere in den Hintergrund. Ich hörte die Geräusche aus dem Flur nicht mehr, war mir nicht mehr bewusst, dass wir in der offenen Tür standen und uns jeder sehen konnte. Nur noch Noahs Küsse zählten und die überschäumenden Gefühle, die sie erneut in mir hervorriefen. Meine Arme schlangen sich um seine Mitte und zogen ihn näher zu mir heran, wobei das mit den dicken Jacken, die wir trugen, deutlich schwieriger war als gestern.

»Nehmt euch ein Zimmer«, rief eine junge Frau, die an uns vorbeilief. Ihre Stimme war mir völlig unbekannt, was nicht ungewöhnlich war. Ich kannte nicht einmal die Namen der Studentinnen, die in den Zimmern neben uns wohnten, vom Rest des Flurs ganz zu schweigen.

Noah stieß ein genervtes Geräusch aus und löste sich von meinem Mund. Ich wollte gerade protestieren, da wandte er den Kopf zur Seite. »Schau halt woanders hin, wenn es dich stört«, rief er der Frau hinterher, die längst nicht mehr zu sehen war.

Sanft legte ich eine Hand an seine Wange und drehte seinen Kopf zu mir zurück. »Scheiß auf sie und auf das, was sie denkt.«

Ein schiefes Grinsen schlich sich auf Noahs Gesicht. »Es ist mir völlig egal, was sie denkt, aber sie soll uns nicht nerven.« Er beugte sich zu mir und gab mir einen weiteren Kuss, einen kurzen, unschuldigen diesmal. »Wollen wir dann? Bevor wir zu spät kommen und uns von unseren Freunden ebenfalls dumme Sprüche anhören müssen.«

»Okay.« Ich schnappte meine Handtasche, schloss hinter uns ab und griff wie selbstverständlich nach Noahs Hand, ehe wir zur Haupttreppe gingen.

*Unsere Freunde.*

Noahs Worte hallten in meinem Kopf nach und lösten ein Gefühl in mir aus, das ich zuerst nicht benennen konnte. Aber es war etwas, das mich an Ellie erinnerte, und dann konnte es nur …

Zugehörigkeit, Verbundenheit.

Das war es, was ich gesucht hatte. Seit Ellie hatte ich niemanden mehr zu meinen Freunden gezählt – hatte es vermieden, dass mich jemand kennenlernte, um genau das zu verhindern. Die Angst, auch in ihrem Leben an etwas Schlimmem schuld zu sein, war einfach übermächtig gewesen. Und auch jetzt konnte ich sie nicht vollständig abschütteln. Sie lauerte im Hintergrund, verkrampfte meinen Magen und ließ einen kalten Schauder über meinen Rücken rasen. Dabei war ich mir eigentlich sicher, dass sich eine Situation wie in Seattle hier nicht wiederholen würde. Niemand würde Lizzy oder Avery bedrängen, solange Kayson und Theo in der Nähe waren. Ihnen würde nichts geschehen, nur weil sie sich mit mir abgaben, das musste ich einfach glauben.

Wir traten aus dem Gebäude in die frische Februarluft. Es war deutlich milder als in den letzten Wochen, und zusammen mit der Sonne, die noch immer von einem strahlend blauen Himmel zwischen den Hochhäusern hervorlugte, lag schon so etwas wie ein Hauch von Frühling in der Luft. Auf dem Campus in den kleinen Parks darum waren wieder deutlich mehr Tänzerinnen und Tänzer zu sehen, die ihr Können zur Schau stellten, um sich damit ein kleines Zubrot zu verdienen. Normalerweise blieb ich öfter bei ihnen stehen, um ihnen zuzusehen. Für mich waren sie der verlängerte Arm der Musiker. Mit ihren anmutigen Bewegungen erweckten sie die Musik, die wir erzeugten, auf eine andere Art zum Leben. Auch heute schweifte mein Blick immer wieder zu den einzelnen Gruppen, an denen wir vorbeigingen, auch wenn fürs Verweilen keine Zeit blieb.

»Warst du schon mal bei einem Basketballspiel?«, fragte Noah, als wir mit schnellen Schritten den Campus verließen.

»Noch nie, aber ich muss gestehen, dass ich generell keine Sportveranstaltungen schaue.« Auch meine Eltern hatten sich nie dafür begeistern können, sodass es bei uns zu Hause nie gelaufen war. Im Gegensatz zu vielen anderen Amerikanern war ich nicht damit aufgewachsen, dass auf jedem Fernseher im Haus irgendein Spiel zu sehen war.

»Ich würde sagen, dass ich schockiert bin, aber eigentlich fühle ich mich geehrt, dass du trotzdem mitkommst.« Sanft stupste Noah mich beim Laufen mit der Schulter an.

Mir fiel ein, was Noah bei unserer ersten Begegnung zu mir gesagt hatte. »Du kennst doch den Spruch: Es ist nicht wichtig, was man macht, sondern mit wem man unterwegs ist. Ich glaube, das kann witzig mit euch werden«, sagte ich und ignorierte dabei das Brennen in meinen Wangen. Hoffentlich sah Noah nicht, wie rot sie geworden waren, oder schrieb es zumindest der Kälte zu. Es war schon schlimm genug, dass er mich ständig aus dem Konzept brachte, er musste es nicht noch jedes Mal mitbekommen.

Die Sporthalle des LaGuardia Community College lag genau am entgegengesetzten Ende des Campus von den Wohnheimen. Die Red Hawks hatten heute ein Heimspiel, wie Noah mir unterwegs erklärte, weswegen so viele andere Leute in dieselbe Richtung unterwegs waren wie wir.

Auch vor dem Eingang tummelte sich bereits eine Traube Fans, die auf den Einlass warteten, doch Noah führte mich daran vorbei zu einem Seiteneingang, vor dem Lizzy, Avery und Theo bereits auf uns warteten. Nach einer kurzen Begrüßung klopfte Lizzy dreimal gegen die Tür, die daraufhin von einem großen, bulligen Security geöffnet wurde. Er warf einen prüfenden Blick auf uns, dann trat er zur Seite, um uns einzulassen. Wir kamen in einen nur spärlich beleuchteten Gang, durch den Lizzy uns zielsicher führte.

»Es hat eindeutig Vorteile, mit einem Basketballer zusammen zu sein«, sagte ich.

»Hey!«, protestierte Noah. »Es hat auch Vorteile, mich zu kennen, du profitierst auch gerade davon.«

Beschwichtigend griff ich nach seiner Hand und drückte sie. »Ich weiß.«

Lizzy grinste mich von der Seite an. »Funktioniert leider nur bei Heimspielen, und ich glaube immer noch, dass man mich gar nicht reinlassen würde, wenn Theo nicht dabei wäre.«

»Quatsch«, widersprach Avery sofort. »Wie oft soll ich dir noch sagen, dass du dich nicht kleinreden sollst?«

»Sie würden dich auf jeden Fall auch ohne mich reinlassen«, stimmte Theo zu. »Jeder weiß hier mittlerweile, wer du bist.«

Lizzy zog den Kopf ein. »Klar wissen sie, dass ich Kaysons Freundin bin, das heißt aber noch lange nicht, dass ich deswegen einen Sonderstatus habe. Ich bin halt nicht so ein glamouröses Anhängsel wie die Freundinnen manch anderer Spieler.«

»Sag so was nicht.« Avery verengte die Augen. »Außerdem dachte ich, die sind alle nett? Hat eine was Blödes zu dir gesagt?«

»Nein, nein«, wiegelte Lizzy sofort ab. »Sie haben mich alle super aufgenommen, aber mir muss niemand sagen, dass sie in einer anderen Liga spielen als ich, das sehe ich auch so.«

Avery stieß ein tiefes Seufzen aus, das mich vermuten ließ, sie hatten diese Diskussion schon öfter geführt. Sie zog ihre Freundin in eine feste Umarmung und murmelte ihr etwas zu, das ich nicht verstehen konnte.

Neugierig beobachtete ich die beiden. Lizzy war mir immer wie eine starke, selbstbewusste Person vorgekommen. Mit ihrer Ausstrahlung konnte sie jeden in ihren Bann ziehen, was besonders auf der Bühne deutlich wurde. Natürlich wusste ich über die Sache mit den Pillen im letzten Jahr Bescheid, aber ich hätte nie vermutet, dass sie noch immer unsicher war, was ihr Aussehen betraf.

Wir gingen weiter, und am Ende des Ganges stieß Lizzy eine weitere Tür auf, die uns direkt auf die Tribüne führte. Sie war schon zur Hälfte gefüllt, und das Geschnatter unzähliger Menschen drang an mein Ohr. Darunter mischte sich das Quietschen von Schuhsohlen auf dem Hallenboden und das dumpfe Aufprallen von Bällen der Spieler, die sich bereits auf dem Court aufwärmten.

Zielstrebig steuerte Lizzy einen Platz im unteren Bereich der Tribüne an, und sobald sie Kayson erblickte, war ihre Unsicherheit verflogen. Ein strahlendes Lächeln breitete sich auf ihrem Gesicht aus, und sie winkte ihm zu, als er in unsere Richtung schaute.

Kayson warf den Ball einem Mitspieler zu und joggte zu uns. »Hey«, grüßte er in die Runde, ehe er sich Lizzy zuwandte und ihr einen Kuss gab. Sie schien sich nicht daran zu stören, dass er bereits verschwitzt war, denn sie verschränkte die Hände in seinem Nacken und zog ihn eng an sich.

Ich musste mich abwenden, denn der Moment zwischen den beiden war so intim, dass ich mir wie eine Spannerin vorkam.

Noah legte einen Arm um meine Schultern und zog mich an seine Brust. Sofort drang mir sein unvergleichlicher Duft in die Nase, nach Zedernholz und Bergamotte, was von seinem Parfüm herrührte. Doch darunter konnte ich auch diesen ganz eigenen Noah-Geruch ausmachen, den kein Parfüm der Welt je übertünchen konnte, und den ich eigentlich noch lieber mochte. Tief atmete ich ein und drückte ihm einen Kuss auf die Wange, wobei mich der leichte Ansatz seiner Bartstoppeln an den Lippen kitzelte.

»Das wurde aber auch Zeit«, kommentierte Theo unsere Zweisamkeit. Noah wandte den Kopf in seine Richtung, und ich erwartete fast, dass er ihm ebenfalls einen Spruch drücken würde, wie der Frau vorhin im Flur. Doch er lächelte bloß, ohne irgendwas zu sagen. Wir hatten ja noch nicht mal drüber gesprochen, was das zwischen uns war. Momentan war es mir auch gar nicht wichtig, dem einen Stempel aufzudrücken. Ich mochte Noah und wollte sehen, wo es hinführen konnte. Und wenn ich seine Küsse richtig deutete, ging es ihm genauso.

Ich schmiegte mich eng an ihn und schloss die Augen. Noahs Hand strich in Kreisen über meinen Rücken, sein Pulli fühlte sich weich unter meinen Fingerspitzen an, und plötzlich kam mir dieser Moment so perfekt wie nichts zuvor in meinem Leben vor. Ich wollte ihn festhalten und wie ein Foto abspeichern, um mich in einsamen Momenten daran zurückerinnern zu können.

Er war zu perfekt, um wahr zu sein. Die letzten zwei Tage waren mir wie ein Traum vorgekommen, irgendwie abgeschnitten von meinem eigentlichen Leben. Als würde ich mich mit Noah in einer Blase befinden, die zerplatzen würde, sobald die Uni am Montag wieder losging. Ich glaubte nicht, dass dieser Zustand lange anhalten würde, glaubte nicht, dass ich es überhaupt verdiente, glücklich zu sein, während Ellie noch immer von ihrem Trauma gebeutelt in Seattle saß und kein Wort sprach.

*Es ist alles deine Schuld.*

Ein eiskalter Schauer rauschte über meinen Rücken, und ich riss die Augen auf. Ich durfte jetzt nicht daran denken, ich musste im Hier und Jetzt bleiben, bevor ich Noah und den anderen noch den Nachmittag versaute.

Ich löste mich von Noah und ließ meinen Blick durch die Halle gleiten. Die Ränge waren noch ziemlich leer, was sich aber bald ändern würde, wenn die Leute, die draußen angestanden hatten, alle eingelassen worden waren. Kayson war wieder auf dem Spielfeld und warf sich mit einem Teamkollegen einige Bälle zu. Avery und Lizzy hatten die Köpfe zusammengesteckt, während Noah und Theo in eine Diskussion darüber verfielen, welche Chancen sie den Red Hawks beim Spiel ausrechneten. Noah glaubte, sie würden gewinnen, und Theo hielt dagegen, so viel bekam ich mit, doch davon abgesehen schmissen sie mit Begriffen um sich, von denen ich die Hälfte nicht verstand.

Ich griff nach Noahs Hand und verschränkte unsere Finger miteinander. Sofort schlug mein Herz schneller, und als Noah mir aus den Augenwinkeln einen liebevollen Blick zuwarf, breitete sich ein Prickeln in meiner Magengrube aus. Für den Bruchteil einer Sekunde, den wir uns ansahen, schien die Welt um uns herum stehen zu bleiben. Die Sporthalle trat in den Hintergrund, die Gespräche um uns herum verstummten, nur noch Noah und ich existierten. Ein weiteres Lächeln zupfte an Noahs Mundwinkeln, er drückte meine Hand kurz, dann wandte er sich wieder seinem Gespräch mit Theo zu, und der Bann war gebrochen.

Die Realität sauste zurück und erschien mir für einen Moment unerträglich, als hätte jemand die Lautstärke so stark aufgedreht, dass es in den Ohren klingelte. Ich musste mich für einen Moment ablenken, daher drehte ich mich Lizzy zu.

»Noah meint, du kannst mit Basketball auch nichts anfangen?«

Sie schob sich eine dunkle Haarsträhne hinters Ohr und zuckte mit den Schultern. »Als Freundin des Centers der Red Hawks dürfte ich das eigentlich gar nicht laut sagen, aber ja, ich kann dieser Sportart noch immer nicht viel abgewinnen, auch wenn ich mittlerweile zumindest einige Regeln verstehe. Aber ich gehe trotzdem zu jedem Spiel, und es macht mir Spaß, Kayson zuzuschauen.« Wie um ihre Worte zu unterstreichen, drehte sie den Kopf und suchte Kayson mit ihren Blicken.

»Das ist doch die Hauptsache, dass du Freude daran hast, ihn zu beobachten«, entgegnete ich. »Dann bist du im Übrigen schon informierter als ich. Ich weiß nicht einmal, was ein Center ist und welche Aufgaben er hat.«

Herausfordernd zog Lizzy die Augenbrauen hoch. »Ich kann dir einen kleinen Exkurs über Basketball geben, aber ich kann nicht versprechen, dass all meine Angaben zu hundert Prozent stimmen.«

Ich musste grinsen. »Du kannst mir gern die Regeln erklären, ich verspreche auch, dass es mir nicht mal auffällt, wenn dir ein Fehler unterläuft.«

Lizzy nickte eifrig und erklärte mir die gröbsten Regeln im Basketball sowie die Rollen der einzelnen Spieler. Center, Power Forward, Point Guard, Shooting Guard und Small Forward. Lizzy sprach mit so viel Begeisterung, dass ich mich unwillkürlich fragte, ob sie Basketball tatsächlich so uninteressant fand, wie sie behauptete. Theo und Noah hörten uns aufmerksam zu und berichtigten sie nicht ein einziges Mal, was meine These nur unterstrich. Auch wenn ich Theo nicht sonderlich gut kannte, war ich mir bei Noah absolut sicher, dass er dazwischengehen würde, wenn Lizzy etwas Falsches sagte.

Leider musste ich gestehen, dass ich kaum etwas behalten konnte. Am Ende wusste ich nur, dass Kayson der Center und damit der Spielmacher war, aber was genau zu seinen Aufgaben gehörte, wurde mir nicht klar. Immerhin konnte jeder Spieler auf dem Feld irgendwie alles machen, blocken, angreifen und Körbe werfen, und warum manche Spieler größer als andere sein mussten, blieb mir weiterhin ein Mysterium.

Während Lizzy sprach, war Noah an mich herangetreten und hatte die Arme von hinten um meinen Bauch gelegt. Ich lehnte mich gegen ihn, und Noah stützte sein Kinn auf meiner Schulter ab. Ohne darüber nachzudenken, was ich tat, drehte ich den Kopf und drückte ihm einen Kuss auf die Wange.

»Hach, ihr seid so ein süßes Paar.«

Röte schoss mir ins Gesicht, weil ich Lizzys Anwesenheit komplett ausgeblendet hatte.

»Wir sind nicht süß«, protestierte Noah sofort, woraufhin Lizzy nur die Augen verdrehte und in ihrer Handtasche nach etwas kramte. Sie zog ihr Handy hervor, das sie prompt in unsere Richtung hielt.

»Nicht bewegen«, sagte sie, und das Geräusch des Auslösers verriet mir, dass sie ein Foto von uns machte.

Eine steile Falte erschien zwischen ihren Augenbrauen. »Ihr könntet ruhig beide etwas freundlicher schauen, dafür, dass ihr erst so frisch zusammen seid.« Lizzy drehte das Handy und hielt uns den Bildschirm unter die Nase.

Wir sahen wirklich nicht glücklich aus. Keiner von uns lachte, Noah blickte in die Kamera, als wüsste er nicht, was er von der ganzen Sache halten sollte, und ich wirkte mehr gelangweilt als alles andere.

Ein Lachen brach aus meiner Kehle raus, in das Noah mit einstimmte. »Du hättest uns vielleicht vorwarnen sollen, dass du ein Foto machen willst«, sagte ich.

»Genau«, stimmte Noah mir zu. »Dann hätten wir auch das schönste Sonntagslächeln ausgepackt.«

»Pff«, schnaubte Lizzy. »Dann jetzt noch mal, und wehe, ihr seht nicht happy aus.«

Noahs Griff um meine Mitte verstärkte sich, und ich legte meine Hände auf seine. Diesmal erschien das Lächeln ganz von selbst auf meinen Lippen, und ich war mir sicher, dass es bei Noah genauso sein würde.

Lizzy brachte sich in Position, betätigte den Auslöser und brüllte fast im selben Augenblick: »Theo!«

Gleichzeitig spürte ich eine Berührung an meiner Schulter, die mich herumfahren ließ. Theo stand schräg hinter uns, das Gesicht zu einer Grimasse verzogen, und ich hatte so eine Ahnung, was ich auf dem Foto sehen würde.

»Es hätte so schön werden können.« Lizzy seufzte gespielt genervt und hielt uns erneut den Bildschirm des Handys hin. Das Bild war genau, wie ich vermutet hatte.

Diesmal lächelten Noah und ich beide. Wir wirkten gelöst, wie wir einander in den Armen hielten. Es war das perfekte Foto, solange man sich nur auf uns konzentrierte. Denn über uns schwebte Theo, der eine Grimasse zog und die Hände zu Klauen über unseren Köpfen hielt, als wolle er jeden Moment über uns herfallen.

Ein weiteres Lachen kitzelte in meiner Kehle, und als Noah laut »Dein Ernst, Theo?« stöhnte, brach es aus mir heraus. Ich lachte so laut wie schon lange nicht mehr und so doll, dass mir Tränen in die Augen traten. Nicht nur, weil Theo auf dem Bild wirklich bescheuert aussah, sondern auch, weil mich die Situation überwältigte. Eigentlich war an ihr nichts besonders, es war ein völlig gewöhnlicher Nachmittag unter Freunden. Aber genau das machte ihn für mich so außergewöhnlich. Zum ersten Mal in einer sehr langen Zeit fühlte ich mich dazugehörig.

Zusätzlich mit meinem Lachen strömten all die angestauten Empfindungen aus mir heraus. Nie hatte sich etwas befreiender für mich angefühlt. Wie eine reinigende Dusche, die einen neuen Menschen hervorbrachte. Wobei … nein. Ich war noch immer dieselbe Mia. Meine Probleme, Befürchtungen und Ängste verschwanden nicht einfach, weil ich mich dazu entschlossen hatte, gegen sie anzukämpfen. Sie waren noch immer da, aber anstatt mich von ihnen kontrollieren zu lassen, hatte ich sie nun im Griff.

Noah senkte den Kopf und presste einen sanften Kuss auf meine Schläfe. »So lustig war das nun auch nicht.«

Ich brauchte ein paar Sekunden, bis ich mich beruhigt hatte. »Doch, war es«, sagte ich und wischte eine Träne aus meinem Augenwinkel. Dann drehte ich den Kopf, bis ich Lizzy ansehen konnte. »Du musst mir das Foto unbedingt schicken.« Es hielt den Beginn meines neuen Lebens fest, und wann immer die Zweifel in mir zu laut wurden, würde es mich hoffentlich an diesen Tag erinnern und meinen Entschluss, mir endlich wieder ein wenig Glück in meinem Leben zu erlauben, bekräftigen.

# KAPITEL 23

## *Mia*

ls mein Wecker am nächsten Morgen klingelte, hatte ich nicht wenig Lust, ihn gegen die Wand zu donnern. Ich fühlte mich gerädert, hatte zu wenig geschlafen, und meine Lust aufzustehen lag bei minus hundert.

Kurzerhand drehte ich mich auf die andere Seite und zog die Decke bis zur Nasenspitze hoch. Sofort prasselten die Ereignisse des gestrigen Tages wieder auf mich ein. Die Gespräche mit Noah und den anderen. Das Bild, das Lizzy von Noah, Theo und mir geschossen und mir geschickt hatte, sobald wir die Halle verlassen hatten.

Sogar das Spiel hatte mir gefallen. Zwar verstand ich die Regeln noch immer nicht und hatte den Geschehnissen auf dem Platz nur bedingt folgen können, aber die Atmosphäre in der Halle hatte mich mitgerissen. Eine kleine Gruppe Fans war mit Trommeln bewaffnet gewesen und hatte Lieder angestimmt, in die viele mit eingestiegen waren. In jeder Pause hatten zusätzlich die Cheerleader für Stimmung gesorgt. Doch am besten war es gewesen, wenn die Red Hawks einen Angriff auf den gegnerischen Korb eingeleitet hatten. Dann waren ausnahmslos alle von ihren Sitzen aufgesprungen und hatten das Team mit ihren Anfeuerungsrufen zusätzlich nach vorne gepeitscht.

Nach dem Spiel waren wir noch in Noahs Wohnheim gegangen, wo es eine spontane Party nach dem Sieg der Red Hawks gegeben hatte. Eigentlich hatte ich nicht lange bleiben wollen, doch dann war es so lustig gewesen, dass es weit nach eins gewesen war, als ich endlich den Weg in mein Bett gefunden hatte. Es war nicht verwunderlich, dass ich nicht bereit war aufzustehen und mich dem Tag zu widmen, aber mir blieb keine andere Wahl. Ginge es nur um meine Vorlesungen, würde ich vielleicht liegen bleiben, aber da ich mit Noah zum Frühstück verabredet war, quälte ich mich aus dem Bett und schlurfte ins Bad.

Ich war noch immer nicht richtig wach, als ich das kleine Café auf dem Campus erreichte, was eindeutig auch am New Yorker Mistwetter lag. Dunkle Wolken hingen so tief über der Stadt, dass sie die Wolkenkratzer fast erreichten und kaum Licht hindurchließen. Es regnete in Strömen, und die Kälte war mir in die Knochen gekrochen, kaum dass ich das Wohnheim verlassen hatte.

Noah war noch nicht da, daher bestellte ich für ihn mit und ließ alles an den Tisch bringen, an dem ich normalerweise allein saß. Es war ungewöhnlich leer im Café. Kaum die Hälfte der Tische war besetzt, dabei war es sonst montags immer proppenvoll. Vielleicht waren die anderen auch zu lange auf der Party gewesen und kamen deswegen nicht aus dem Bett. Auch die anwesenden Studierenden sahen so müde aus, wie ich mich fühlte, also konnte da was dran sein. Eine Welle der Zufriedenheit spülte über mich hinweg, weil ich mich diesen Leuten, die ich überhaupt nicht kannte, in gewisser Weise verbunden fühlte. Auch wenn ich nicht wirklich wissen konnte, ob sie auf der Party gewesen waren oder nur schlecht geschlafen hatten, konnte ich nachempfinden, wie sie sich fühlten, weil es mir ähnlich ging.

Die Bedienung brachte Noahs Kaffee und meinen Yudschatscha-Tee und stellte beides vor mir auf den Tisch. Das Aroma des Kaffees vermischte sich mit dem Honigduft meines Tees und stieg mir in die Nase. Ich atmete tief ein und spürte zum ersten Mal, wie sich meine Lebensgeister regten. Tee machte einfach alles besser.

Weil Noah immer noch nicht da war, zog ich mein Handy hervor, schoss ein Foto von unseren Tassen und schickte es ihm mit dem Zusatz:

Dein Kaffee und ich warten schon auf dich :)

Kaum hatte ich das Handy zurück in meine Tasche gesteckt, spürte ich eine Berührung am Rücken und kühle Lippen, die sich auf meinen Nacken pressten. Alles in mir erstarrte, wurde zu Eis, und mein Puls begann, laut in meinen Ohren zu hämmern. Bilder von einer Party in Seattle drängten sich mir auf und machten rationales Denken unmöglich. Plötzlich war ich nicht mehr in dem Café, sondern in einem dunklen Raum mit lauten Bässen und zuckenden Lichtern. Ich hörte das Schnaufen des Kerls, der mich in eine Ecke drängte, und spürte die Angst meinen Nacken hochkriechen.

»Mia? *Mia!*«

Wie durch Watte drang mein Name zu mir durch, als wäre die Person ganz weit weg. Aber die Stimme erkannte ich sofort, sie war mir mittlerweile so vertraut wie meine eigene. Angestrengt blinzelte ich, bis die Bilder in meinem Kopf verschwanden und ich das Café um mich herum wieder wahrnahm. Noah saß mir gegenüber, eine Hand auf meinen Unterarm gelegt und einen besorgten Ausdruck im Gesicht.

»Hey, ist alles okay? Du warst völlig weggetreten.«

Einen tiefen Atemzug nehmend, der auf halbem Weg in meine Lunge stecken blieb, rieb ich über meine Augen. Die Bilder waren zwar verschwunden, aber das beklemmende Gefühl hatte mich noch immer fest im Griff.

»Sorry, als du dich von hinten an mich geschlichen hast, hatte ich …« Ich konnte es nicht aussprechen. Obwohl Noah bereits alles wusste, bekam ich die Worte nicht über die Lippen.

»Was?« Verwirrung zeichnete seine Züge, die kurz darauf von blankem Entsetzen abgelöst wurde. »Oh, shit. Sorry, es tut mir so leid. Ich wollte keine schlechten Erinnerungen wachrufen. Das war unüberlegt von mir.« Noahs Hand wanderte an meinem Unterarm hinab, bis er meine Finger umfassen und sie mit seinen verschränken konnte. Diese Geste gab mir Kraft, und ich konnte endlich wieder richtig atmen.

»Du musst dich nicht entschuldigen«, beschwichtigte ich ihn. »Ich muss langsam mal lernen, dass nicht jeder, der sich mir unbemerkt nähert, böse Absichten hat. Das war genau genommen sowieso nur eine einzige Person. Und ich hab doch auf dich gewartet, hab dir sogar noch das Foto geschickt. Wieso war mir nicht sofort klar, dass du es bist?«

Die Worte sprudelten nur so aus mir heraus, während ich noch immer zu begreifen versuchte, was gerade passiert war. Es war nicht das erste Mal, dass ich seit dem Vorfall Angst vor einer Wiederholung hatte, aber nie in einer so unverfänglichen Situation. Sonst passierte es nachts, im Dunkeln und auf offener Straße, wenn irgendwo fremde Männer herumlungerten. Oder auf Partys, wenn ich von Typen angesprochen wurde, die nicht verstanden, dass ich kein Interesse an einer Unterhaltung oder was auch immer hatte. Aber frühmorgens in einem Café? Wenn ich noch dazu auf jemanden wartete? Das war noch nie vorgekommen.

Noah sah mich mitfühlend an. »Ich glaube nicht, dass das aufhört, ehe du nicht damit abgeschlossen hast.«

»Aber das habe ich doch schon längst«, entgegnete ich, obwohl ich wusste, dass er recht hatte.

Mit dem Daumen malte Noah sanfte Kreise auf meinen Handrücken, als wollte er mich vor seinen nächsten Worten beruhigen. »Du wirst nicht damit abschließen können, bevor du nicht mit Ellie geredet hast.«

Verwirrt schüttelte ich den Kopf. Ich hatte mit allem gerechnet, aber nicht damit. »Was hat Ellie damit zu tun? Sie hat doch nichts gemacht.« Außer, dass sie sich nie wieder bei mir gemeldet hatte, aber das hatte ich genauso wenig, daher konnte ich ihr das kaum vorhalten.

»Natürlich hat sie nichts gemacht, aber du auch nicht. Das ist etwas, das euch beiden angetan wurde. Hast du mal mit jemandem darüber geredet?«

Ich wusste, worauf er hinauswollte, stellte mich aber absichtlich ahnungslos. »Wir reden doch jetzt darüber. An den meisten Tagen würde ich aber lieber vergessen, dass es überhaupt passiert ist.«

Ein schweres Seufzen drang über Noahs Lippen. »Ich will dir wirklich nicht zu nahe treten, aber ich glaube nicht, dass Verdrängung der beste Weg ist, etwas Traumatisches zu verarbeiten.«

»Bist du jetzt unter die Psychologen gegangen?« Es war unfair, ihm das vorzuhalten, zumal er ja recht hatte. Anfangs hatte ich sogar darüber nachgedacht, eine Therapie zu machen, doch ich hatte es nie durchgezogen. Zu groß waren meine Ängste gewesen, dass eine Therapeutin, nachdem ich ihr die ganze Geschichte von Ellie und mir erzählte, auch zu dem Schluss kommen würde, dass ich für die ganze Sache verantwortlich war. Ich hatte gedacht, wenn ich es nie wieder laut aussprach, würden die Gedanken und Ängste irgendwann von selbst verschwinden, doch das war nicht der Fall.

»Nein, aber genau deswegen meine ich, dass ich mit Sicherheit nicht der richtige Ansprechpartner dafür bin. Du solltest vor allem auch mit Ellie in Kontakt treten – auf welche Art und Weise auch immer.«

Je länger wir darüber sprachen, desto mehr drehte sich mir der Magen um, und Übelkeit kroch meine Kehle hinauf. Ich war unausgeschlafen, hatte mich eigentlich auf einen entspannten Morgen mit Noah gefreut und fühlte mich nicht in der Lage, mich weiter mit diesem Thema zu befassen.

»Können wir über was anderes reden?«, bat ich ihn.

Reuevoll verzog Noah den Mund. »Ja, klar, sorry. Ich wollte nicht vor dem Frühstück schon alte Wunden aufreißen.«

»Schon okay«, murmelte ich, obwohl es das genau genommen nicht war.

»Siehst du, ich hab doch gesagt, dass ich nicht immer die richtigen Worte finde.« Noah zwinkerte mir zu und brachte mich damit zum Schmunzeln.

»Niemand kann perfekt sein, finde dich damit ab.« Ich seufzte theatralisch und hob entschuldigend die Schultern.

In gespieltem Entsetzen riss Noah die Augen auf und fasste sich mit der freien Hand an die Brust. »Wie soll ich jetzt weiterleben? Perfekt sein war alles, was ich je wollte. Ich werde nie wieder glücklich sein können.«

Selbst wenn ich gewollt hätte, hätte ich das Lachen nicht verhindern können. Es war erstaunlich, wie mühelos Noah es schaffte, meine Laune aufzuheitern. »Das ist eine Erkenntnis, die wir alle im Laufe unseres Lebens machen müssen. Die einen früher, die anderen später. Du wirst es überleben.«

Noahs Hand an seiner Brust verkrampfte sich, und er sackte vornüber auf den Tisch. Ein Röcheln kam über seine Lippen, als stünde er kurz vor seinem letzten Atemzug. »Da wär ich mir nicht so sicher«, krächzte er, was mich nur lauter lachen ließ.

Mittlerweile erregten wir Aufmerksamkeit im Café. Von mehreren Tischen sahen die Leute interessiert zu uns herüber, einige amüsiert, andere eher skeptisch. Doch zum ersten Mal war es mir egal, was sie dachten.

Trotzdem lehnte ich mich vor, bis ich Noah zuraunen konnte: »Ich glaube, die Leute hier finden dich albern.«

Er drehte sich um, bis er die anderen Tische sehen konnte, woraufhin sich alle von uns abwandten. Kopfschüttelnd sah er wieder zu mir. »Die sind nur neidisch, weil wir montagmorgens so viel mehr Spaß haben als sie. Aber wir sind nicht für deren langweilige Leben verantwortlich.«

Nach einem Blick auf seine Uhr stürzte Noah den Rest seines Kaffees hinunter. »Wir sollten langsam los, wenn wir nicht zu spät sein wollen.«

»Wer sagt, dass wir das nicht wollen?«, fragte ich herausfordernd, rutschte aber mit meinem Stuhl vom Tisch zurück. Ich wickelte mein unberührtes Croissant in eine Serviette und stopfte es in meinen Rucksack, um es später zu essen.

»Meine Hausarbeit, die ich jetzt gleich abgeben muss. Sonst würde ich heute wirklich ›Scheiß drauf‹ sagen, ich hab nämlich wirklich keine Lust.« Noah schlüpfte in seine Jacke, und auch ich zog meinen Mantel an.

»Ich auch nicht, aber nutzt ja nichts.«

Wir schulterten unsere Rucksäcke und verließen das Café. Auf der Straße griff Noah nach meiner Hand, verschränkte unsere Finger miteinander und ließ sie nicht mehr los, bis wir vor dem Gebäude angekommen waren, in das ich gehen musste.

»Wir sehen uns in der Mittagspause?«, fragte er und umfasste sanft mein Gesicht.

Meine Wangen, die zuvor noch von der Kälte gefroren hatten, entsandten nun wohlige Wärme in meinen ganzen Körper. »Gern.«

Noah sah mir tief in die Augen, hielt meinen Blick geradezu gefangen, dann senkte er den Kopf und presste seinen Mund auf meinen. Sobald er meine Lippen mit seiner Zunge teilte, war es restlos um mich geschehen. Ich schlang die Arme um seinen Nacken und gab mich ihm völlig hin. Noahs Kuss vertrieb die Kälte aus meinen Gliedern, er ließ meine Ängste, Zweifel und Bedenken verstummen und ersetzte sie mit reiner Glückseligkeit. Ich wünschte, er würde niemals enden, um diesen Moment für immer festhalten zu können.

Viel zu schnell löste sich Noah jedoch von mir. »Ich hol dich später ab, okay?«

Ich nickte.

Ein letzter, unschuldiger Kuss, dann wandte sich Noah ab und ging zu dem Gebäude, in dem er seine erste Vorlesung hatte. Ich sah ihm hinterher, bis er aus meinem Blickfeld verschwunden war, ehe ich mich selbst auf den Weg zu meiner ersten Stunde machte.

Den ganzen Tag bekam ich Noahs Worte nicht aus dem Kopf.

*Du wirst nicht damit abschließen können, ehe du nicht mit Ellie geredet hast.*

Er wusste nicht, wie recht er damit hatte. Irgendwie hatte ich es die ganze Zeit gespürt, es aber nicht wahrhaben wollen. Vielleicht war das der Grund, warum ich bis heute nicht aufgehört hatte, Briefe an Ellie zu schreiben, auch wenn ich nie einen davon abgeschickt hatte.

Wie so oft versuchte ich, diese Gedanken zu verdrängen, doch heute gelang es mir nicht. Den ganzen Tag konnte ich mich auf nichts konzentrieren, bekam in meinen Vorlesungen kaum mit, welcher Stoff durchgesprochen wurde, und war auch bei unserer gemeinsamen Mittagspause mehr als abwesend. Da war es nicht so dramatisch, weil Kayson und Theo eine lautstarke Diskussion über irgendein Basketballspiel führten, trotzdem warf Noah mir immer wieder besorgte Blicke zu, als hätte er meinen inneren Tumult bemerkt.

Ich wusste einfach nicht, was ich tun sollte. Ich konnte Ellie nicht anrufen, weil ich nicht wusste, ob sie wieder sprach. Eine simple Nachricht wollte ich ihr auch nicht schicken, weil ich darin nie alles ausdrücken konnte, was ich ihr mitteilen wollte.

Mein Magen zog sich zum x-ten Mal an diesem Tag zusammen, und ich schüttelte über mich selbst den Kopf. So ging es nicht weiter. Ich musste etwas unternehmen, musste mich endlich aus diesem Schneckenhaus befreien, das ich um mich gestülpt hatte. Es war an der Zeit, dass ich endlich einen der Briefe an Ellie abschickte. Das hätte ich längst tun sollen. Die Wahrscheinlichkeit, dass Ellie nach zwei Jahren nichts mehr von mir wissen wollte, war groß. Vielleicht würde sie mir gar nicht antworten, aber dann hatte ich es wenigstens versucht. Natürlich konnte es auch passieren, dass sie mir ebenfalls die Schuld gab. Doch dann wollte ich es von ihr hören. Ich wollte mir nicht mehr alle möglichen Horrorszenarien ausmalen, sondern aus ihrem Mund hören, wie sie die Sache sah. Denn vielleicht hatte Noah ja recht damit, dass sie mich nicht verurteilte und genauso darauf wartete, dass ich mich zuerst meldete, wie ich es bei ihr tat. Aber ich musste mein Vorhaben noch einmal vertagen, zunächst stand anderes an.

Entschlossen stieß ich die Tür zu unserem Proberaum auf und trat ein. Lizzy saß bereits auf einem Stuhl, ein Notizbuch aufgeschlagen auf dem Schoß. Ihre dunklen Haare waren zu einem losen Zopf gebunden, aus dem sich einige Strähnen gelöst hatten. Konzentriert hatte sie die Unterlippe zwischen die Zähne gezogen und hob den Kopf, sobald sie mich hörte.

»Oh hey, da bist du ja. Ich hatte schon Angst, du würdest nicht kommen.«

»Was? Warum? Wir waren doch verabredet.« Heute wollten wir endlich gemeinsam an den Texten feilen. Dazu hatten wir zuerst eine Stunde eingeräumt, bevor unsere eigentliche Probe startete. Ich freute mich schon seit Tagen darauf, ihr endlich zeigen zu können, woran ich bisher allein gearbeitet hatte.

»Ja, aber du warst so abwesend beim Mittagessen. Ich wusste nicht, ob alles okay ist.«

Shit, wenn selbst Lizzy mitbekommen hatte, dass etwas nicht stimmte, war es kein Wunder, dass Noah mich so besorgt gemustert hatte.

Ich zwang ein Lächeln auf meine Lippen. »Nein, alles okay. Ich kann mich heute nur schlecht konzentrieren, weil ich zu wenig geschlafen hab.«

Lizzys skeptischer Blick verriet mir, dass sie mir nicht glaubte, aber zum Glück hakte sie nicht weiter nach. »Okay, wollen wir dann anfangen?«

Erleichtert nickte ich. »Klar.« Ich zog meine Jacke aus, hängte sie an die Garderobe, holte mein Notizbuch hervor und setzte mich neben Lizzy. »Ich hab schon mal was vorbereitet.«

Nervös strich ich mit meinen Fingern über den Einband. Plötzlich kam die Angst wieder in mir hoch, dass meine Texte nicht gut genug für die Band sein könnten. Ich schluckte sie herunter und sah Lizzy direkt an. »Wir hatten ja schon drüber gesprochen, dass wir alltägliche Dinge aus dem College einbauen könnten. Daran habe ich mich orientiert.«

»Zeig mal her.« Neugierde trat auf ihre Züge, und sie streckte die Hand nach dem Buch aus.

Zögerlich reichte ich es ihr. »Es ist noch keine fertige Version. Die einzelnen Absätze passen noch nicht richtig zusammen. Aber es ist ein erster Ansatz, in welche Richtung es gehen könnte.«

»Ich habe auch kein fertiges Lied erwartet. Ich bin begeistert, dass du überhaupt schon allein angefangen hast.« Mit diesen Worten schlug Lizzy das Buch an der Stelle auf, wo das Bändchen steckte. Ich lehnte mich näher zu ihr und las über ihre Schulter mit, was ich in der letzten Woche geschrieben hatte, obwohl sich jedes Wort davon längst in mein Gedächtnis gebrannt hatte.

*They say it's the best time of our lives*
*But why does it not feel that way?*
*I don't have any time for myself*
*Rushing from classes to a study group*
*Only to end up falling asleep at the desk*

*Oh, but that's not true they say*
*You're as free as can be*
*Partying every night*
*Sleeping until midday*
*Enjoy it as long as you can*

*All these people judging us*
*Have they ever set foot in a college?*
*Did they never have to juggle classes, sports and a job – or two?*
*Or do they just remember the good times?*

»Das ist richtig gut.« Begeistert sah Lizzy zu mir auf. »Wir müssen da sicher noch an einigen Begriffen feilen und einiges besser herausarbeiten, aber für den Anfang ist das richtig klasse.«

Erleichterung durchströmte mich. »Ich hatte echt Schiss, dass du es kacke finden könntest.«

»Überhaupt nicht.« Energisch schüttelte sie den Kopf, bis ihr Pferdeschwanz umherflog. »Ich muss gestehen, dass ich anfangs nicht so begeistert von der Idee war, ein Thema aus dem College zu nehmen, aber nachdem ich deine Zeilen gelesen hab, glaube ich, das könnte funktionieren.«

»Meinst du echt? Ich finde das irgendwie noch … unfertig.« Mir fiel kein besseres Wort dafür ein. »Das sind ja jetzt alles keine neuen Erkenntnisse, sondern Dinge, die schon öfter von Studenten angesprochen wurden.«

»Hm.« Nachdenklich legte Lizzy den Kopf schief. »Vielleicht könnte man auch so was wie falsche Erwartungen einbauen, die man hat, bevor man mit dem Studium beginnt. Wie die neu gewonnene Freiheit und Selbstständigkeit, die wir uns so sehr ersehnt haben, was aber genau das ist, das uns auf die Füße fällt. Endlich schreibt uns niemand mehr vor, wann wir ins Bett gehen müssen, wie lange wir auf Partys sein dürfen und wann wir lernen sollen. Ich meine, wie viele müssen nach dem ersten Semester genau deswegen ihre Prüfungen wiederholen, weil sie gnadenlos durchgefallen sind? Wir könnten dem Ganzen dann noch einen lustigen Spin geben, indem wir heillos überspitzte Situationen darstellen.«

Grübelnd betrachtete ich sie, und je länger ich über ihren Vorschlag nachdachte, desto besser gefiel er mir. »Daraus könnte man fast schon ein eigenes Lied machen. Ich hatte mir das College komplett anders als die Highschool vorgestellt, aber in Wirklichkeit hat sich kaum etwas geändert. Nur dass ich jetzt nicht mehr zu Hause wohne.«

»Eben«, stimmte Lizzy mir zu. »Ich hatte mir das auch alles irgendwie … keine Ahnung … glamouröser vorgestellt.«

»Vielleicht können wir auch die anderen fragen, welche ihrer Erwartungen enttäuscht wurden, und daraus dann die besten Antworten nehmen«, schlug ich vor.

»Gute Idee.« Lizzy zog einen Kuli aus ihrer Tasche und machte kleine Notizen an den Rand neben meinen Text. Plötzlich riss sie abrupt den Kopf hoch. »Oh, mir fällt gerade noch was anderes ein. Wir brauchen ja immerhin noch einen dritten Song. Was hältst du davon, wenn wir darin ein bisschen die Partykultur aufgreifen? Also dass manche Männer immer noch meinen, dass man Frauen im dichten Gewühl einfach so an den Arsch grapschen kann. Oder dass Frauen noch immer der Meinung sind, dass man mit zu knapper Kleidung Männer dazu provoziert, und sie sich gegenseitig fertigmachen, anstatt einander zu unterstützen? Dabei …«

Lizzy sprach weiter, doch ich bekam nichts mehr davon mit. Ein lautes Rauschen in meinen Ohren war alles, was ich ausmachen konnte. Ihre Worte waren wie ein Schlag in die Magengrube, und ich fragte mich, warum Lizzy sie gewählt hatte. Wusste sie, was in Seattle passiert war? Ich konnte mir nicht vorstellen, dass Noah ihr irgendwas von unserem Gespräch verraten hatte, aber es war nicht so, als wäre das alles ein Geheimnis. Lizzy müsste nur meinen Namen googeln und würde auf die Zeitungsartikel von damals stoßen. Hatte sie das getan und sich den Rest zusammengereimt?

Eine Berührung an meiner Schulter holte mich in die Wirklichkeit zurück. Lizzy kniete vor mir, mit einem ähnlich besorgten Gesichtsausdruck wie Noah heute Morgen. »Geht es dir gut?«

Keuchend atmete ich ein und rieb mir über die Schläfen. »Woher weißt du es?« Es kam schärfer raus als beabsichtigt, aber ich hatte meine Emotionen nicht mehr unter Kontrolle. Ich spürte ein beständiges Summen unter meiner Haut wie von überschüssiger Elektrizität, die sich ein Ventil suchte. Ein Teil von mir wollte aufspringen und unruhig durch den Proberaum laufen, aber ein anderer Teil von mir war zur Salzsäule erstarrt.

»Woher weiß ich was?«, fragte Lizzy verwirrt und strich mit ihrer Hand beruhigend über meinen Oberarm.

»Was mir passiert ist«, stieß ich hervor.

»Was? Wovon redest du?«

»Na, du hast doch …« Ich brach ab und fasste mir an die Schläfen, hinter denen ein dumpfes Pochen begann. Lizzys Irritation war echt, das konnte ich deutlich erkennen, und anstatt sauer zu sein, weil ich sie angefahren hatte, rutschte sie noch etwas näher zu mir und griff nach meinen Händen.

»Du kannst mit mir über alles reden.«

Das hatte sie schon mal zu mir gesagt, ich erinnerte mich deutlich. In der Nacht, in der ich Noah alles erzählt hatte. Damals war ich noch nicht bereit dazu gewesen, mich ihr zu öffnen, doch heute spürte ich die Worte in meiner Kehle kitzeln, und ehe ich michs versah, purzelten sie aus mir heraus.

Ich erzählte Lizzy alles, was in Seattle passiert war. Angefangen von der Party, auf der Preston mich belästigt hatte, über Ellies Vergewaltigung, die nur in letzter Sekunde abgewendet werden konnte, bis hin zu ihren Eltern, die mir dafür die Schuld gaben. Die Angst, dass auch Lizzy mich dafür verurteilte, war allgegenwärtig, trotzdem war es gleichzeitig auch befreiend, eine weitere Person mit einzubeziehen.

Lizzys Gesichtsausdruck wechselte von Verwirrung über Fassungslosigkeit bis hin zu blanker Wut. »Sie haben dir nicht ernsthaft die Schuld gegeben, weil du kurze Klamotten getragen hast«, platzte es aus ihr heraus, als ich ihr von der Vernehmung erzählte.

»Doch, über solche Fragen wie: *Wie kurz war der Rock, den Sie an dem Tag getragen haben? Was genau haben Sie zu Mr Douglas gesagt, das ihm das Gefühl vermittelt hat, Sie wollten Sex mit ihm haben? Warum haben Sie sich nicht einfach von ihm abgewendet, wenn Sie nichts von ihm wollten? Warum mussten Sie ihn weiter provozieren und vor den anderen bloßstellen?*«

Eiseskälte erfasste mich, wenn ich daran zurückdachte. Zwei Polizisten waren mit meiner Mom und mir in dem Raum gewesen. Zuerst war ich froh gewesen, dass auch eine Polizistin dabei war, doch genau sie war es gewesen, die die unangenehmsten Fragen gestellt hatte. Mit jedem abfälligen Wort hatte sie deutlich gemacht, was sie von mir, meinem Verhalten und meinem Kleidungsstil hielt. Nie zuvor hatte ich mich derart gedemütigt gefühlt und mir danach geschworen, dass ich alles dransetzen würde, um nie wieder in eine ähnliche Situation zu geraten.

Fassungslos schüttelte Lizzy den Kopf. »Gerade Polizisten müssten mittlerweile so weit sensibilisiert sein, dass sie Missbrauchsopfer schützen und ihnen nicht noch die Schuld in die Schuhe schieben. Da zeigt sich so vieles, das in unserem Land grundfalsch läuft.«

»Das ist aber noch nicht alles.« Ich überraschte mich selbst mit diesen Worten. Umso mehr, weil mein Mund einfach weitersprach, als hätte er ein Eigenleben entwickelt. »Ich *habe* provoziert. Ich hab meine Reize ganz bewusst eingesetzt, um zu bekommen, was ich wollte. Ich habe Jungs sogar Hoffnungen gemacht, obwohl ich nie was mit ihnen angefangen hätte.«

Lizzy zog die Augenbrauen zusammen. »Was genau?«

Mein Blick senkte sich zu Boden. »Wenn Ellie und ich am Wochenende Alkohol trinken wollten, habe ich mich an einen der älteren Jungs rangemacht und ihm gesagt, wenn er was Hochprozentiges mitbringt, darf er den Abend mit uns verbringen. Ich habe mich auch immer mit den Strebern gut gestellt, damit ich Hausaufgaben von ihnen abschreiben kann.«

Lizzy schnaubte. »Deswegen bist du doch nicht schuld an dem, was Ellie passiert ist. Das war zwar echt nicht cool von dir, aber das gibt niemandem das Recht, sich an euch zu vergreifen.«

»Aber genau das haben meine Freundinnen damals gesagt, als sie sich von mir abgewendet haben. Dass es unausweichlich gewesen ist. Dass irgendwann etwas passieren musste, so provokativ, wie ich immer gewesen bin.«

Mit zu Fäusten geballten Händen blieb Lizzy vor mir stehen. Ihre Wangen waren gerötet, und Angriffslust funkelte in ihren Augen. »Das ist kompletter Bullshit. Selbst wenn du nackt auf dieser Party gewesen wärst und mit jedem anwesenden Typen geflirtet hättest, hätte das niemandem das Recht gegeben, sich an euch zu vergreifen.« Sie holte tief Luft, und ein Ausdruck trat auf ihre Züge, den ich nicht deuten konnte. »Hast du dich deswegen so lange nicht in die Band integriert? Weil du Angst hattest, wir könnten genauso denken?«

Ich nickte, auch wenn es nur ein Teil der Wahrheit war.

»Und Ellie spricht immer noch nicht?«

Hilflos hob ich die Schultern. »Ich weiß es nicht. Ihre Eltern haben mir den Kontakt zu ihr verboten. Erst hab ich mich nicht getraut, ihr zu schreiben, weil ich Angst hatte, ihre Eltern könnten ihr Handy überprüfen. Dann dachte ich, es wäre besser zu warten, bis sie sich meldet, was aber auch nie geschehen ist. Und mittlerweile ist so viel Zeit vergangen, dass ich keine Ahnung habe, wie ich überhaupt anfangen sollte.« Ein Schnauben kam über meine Lippen. »Ich weiß ja nicht mal, ob sie noch dieselbe Nummer hat.«

»Verstehe ich, aber du solltest dich dennoch bei ihr melden, wenn dir was an eurer Freundschaft liegt. Vielleicht wartet sie genau wie du darauf, dass du dich zuerst meldest.«

Meine Lippen verzogen sich. »Das hat Noah auch schon gesagt.«

»Ist ein schlaues Kerlchen, unser Noah. Also … nicht immer, aber meistens.« Lizzy grinste und drehte sich um, bis sie ihre Tasche entdeckte. Kurz kramte sie darin herum und zog ein Buch heraus, das sie mir unter die Nase hielt. »Du solltest das hier lesen. Hat mir meine Therapeutin empfohlen, und obwohl ich mich schon länger mit der Thematik beschäftige, ist es erstaunlich, wie viel sogar ich noch davon lernen konnte.«

Mit zitternden Fingern griff ich danach. *Everyday Sexism* von Laura Bates prangte in großen, bunten Lettern auf der Vorderseite. Von der Aufmachung mit den vielen bunten Farben sah es nach einem fröhlichen Buch aus, aber ich bezweifelte, dass der Inhalt da mithalten konnte.

Ich drehte das Buch, las die positiven Rückmeldungen verschiedener Zeitungen auf der Rückseite und blätterte durch einige Seiten. Ein seltsames Gefühl machte sich in mir breit. Nicht direkt Unwohlsein, aber eine Befürchtung, dass dieses Buch mich mit Dingen konfrontieren würde, die ich lieber verdrängte. »Klingt interessant«, sagte ich und wollte Lizzy das Buch zurückgeben.

Sie wiegelte ab. »Du kannst es mitnehmen. Lies es. Ich glaube, das könnte dir helfen.«

Skeptisch sah ich auf das Buch zurück. Ich glaubte kaum, dass es mir bei meinen Problemen helfen würde, allerdings würde Lizzy das auch nicht ohne triftigen Grund sagen. »Danke, ich werde später gleich reinlesen«, sagte ich und schob das Buch in meine Tasche.

»Falls du über den Inhalt des Buches – oder über irgendwas anderes – reden möchtest, kannst du dich jederzeit bei mir melden.«

Dieses Angebot hatte sie mir schon mal gemacht, und dass sie es heute – nach allem, was ich ihr erzählt hatte – wiederholte, rührte mich so sehr, dass meine Augen zu brennen begannen. Ohne darüber nachzudenken, ging ich auf Lizzy zu und zog sie in eine feste Umarmung. »Danke.« Es dauerte etwas, bis Lizzy sich bewegte, aber dann schloss sie ebenfalls die Arme um mich und drückte mich.

»Jederzeit.«

# KAPITEL 24

## Mia

Im Wohnheim angekommen, setzte ich mich zuallererst an meinen Schreibtisch und zog meinen Collegeblock hervor, um endlich diesen Brief an Ellie zu schreiben. Den, den ich beendete. Den, den ich abschickte.

Die ersten Minuten starrte ich bloß das leere Blatt an, weil ich nicht wusste, wie ich beginnen sollte. Mit einer Entschuldigung? Einer Erklärung? Der Frage danach, wie es Ellie geht? Am Ende entschied ich mich für etwas ganz anderes.

*Hey Ellie,*
*es gibt viele Dinge, die ich bereue und die ich mir nicht verzeihen kann, aber eine Sache sticht aus ihnen heraus: Dass wir uns damals im Park getrennt haben. Dass ich dich allein hab nach Hause gehen lassen. Vielleicht wäre alles anders gekommen, wenn wir zusammengeblieben wären …*

Wie im Rausch schrieb ich alles nieder, was sich in den letzten zwei Jahren in mir aufgestaut hatte. Am Ende wusste ich gar nicht mehr, was ich alles in den Brief hatte einfließen lassen, und ich las auch nicht noch mal drüber, sondern faltete die drei Seiten und schob sie in einen Briefumschlag. Würde ich ihn noch mal lesen, würden die Zweifel zurückkommen und ich könnte ihn womöglich nicht abschicken. Denn es gab keine Worte auf der Welt, die ausreichend waren, um ausdrücken zu können, wie leid mir das alles tat. Wie gern ich zurücknehmen würde, was geschehen war.

Ehe ich es mir doch noch anders überlegen konnte, kramte ich in meiner Schublade nach einer Briefmarke, klebte sie auf den Umschlag und zog meine Jacke an, um ihn sofort zum Briefkasten zu bringen. Das Herz schlug mir bis zum Hals, als ich ihn durch den dünnen Schlitz schob. Für den Bruchteil einer Sekunde zögerte ich. Dies war der allerletzte Moment, um diese Aktion noch abbrechen zu können. Wenn ich die Ecke des Umschlags losließ, war er draußen in der Welt und auf dem Weg zu Ellie. Genau davor hatte ich die letzten zwei Jahre Angst gehabt, doch jetzt spürte ich nichts mehr davon in mir. Im Gegenteil, es war genau das, was ich wollte.

Natürlich bestand immer noch die Möglichkeit, dass Ellie den Brief gar nicht las, weil sie mit unserer Freundschaft längst abgeschlossen hatte. Oder sie dachte wie ihre Mom und all die anderen und gab mir die Schuld an dem, was ihr zugestoßen war. Es gab unendlich viele Möglichkeiten, wie das noch falsch laufen konnte, aber ich hatte es zumindest versucht. Endlich hatte ich mich über meine Ängste hinwegsetzen können und war mit Ellie in Kontakt getreten.

Mit deutlich beschwingteren Schritten ging ich zum Wohnheim zurück. Dort zog ich bequeme Klamotten an, holte das Buch heraus, das Lizzy mir gegeben hatte, und begann, darin zu blättern. Bereits nach einigen Seiten verspürte ich einen gewissen Sog, denn dieses Buch erzählte nicht nur eine Geschichte, sondern ganz viele. Unzählige Frauen kamen darin zu Wort, die von ihren Erfahrungen mit Sexismus und sexueller Belästigung berichteten.

Ich fand mich in so vielen Erzählungen wieder, dass es fast erschreckend war. Manchmal sogar in Dingen, die mir bis heute nicht mal problematisch erschienen waren. Ganz alltägliche Dinge sogar, wie dass Gefühle weiblich assoziiert waren und damit als was Schlechtes angesehen wurden zum Beispiel. Dass Mädchen schon in sehr jungen Jahren erzählt wurde, dass sie gewisse Dinge nicht tun durften, sie hübscher und netter als andere Mädchen zu sein hatten und uns das gegenseitige Messen mit anderen Frauen sozusagen anerzogen wurde. Am meisten erschütterte mich jedoch zu lesen, wie vielen Frauen es ähnlich wie mir und Ellie erging. Wie viele ungewollt bedrängt, angesprochen oder sexuell von Männern belästigt wurden, obwohl sie teilweise mehrfach betonten, die Aufmerksamkeit nicht erhalten zu wollen. Warum wurde ein Nein von Frauen so oft ignoriert? Wir hatten eine Stimme und nutzten diese auch, trotzdem erweckte es manchmal den Anschein, als könnten wir auch genauso gut stumm bleiben, weil es denselben Effekt hatte – nämlich gar keinen.

In dem Buch wurde auch diskutiert, dass Frauen nicht dafür verantwortlich waren, wenn sich Männer ihnen aufdrängten. Ich saugte diesen Abschnitt regelrecht in mich auf, während sich etwas in mir veränderte. Mein Herz wurde schwer und meine Kehle zog sich zusammen, und als ich an die Stelle kam, an der stand, dass ein kurzer Rock keine Einladung für Männer war, uns drunter zu fassen, kam mir ein lautes Schluchzen über die Lippen. Etwas in mir, das schon länger von Rissen durchzogen war, brach endgültig auf und spülte die ganzen aufgestauten Empfindungen der letzten Jahre durch meinen Körper. In Form von Tränen flossen sie aus mir heraus, rollten über meine Wangen und tropften auf meine Hände, mein Bett und teilweise auch auf das Buch. Hoffentlich würde Lizzy deswegen nicht böse werden.

Ich konnte es nicht genau beschreiben, aber irgendwie realisierte ich erst jetzt zum ersten Mal, dass ich vielleicht doch nicht für das verantwortlich war, was Ellie und mir passiert war. Es stand in einem verdammten Buch, und zwar nicht in einer unrealistischen Liebesgeschichte, sondern in einem wissenschaftlichen Sachbuch, das noch viele weitere Probleme in unserer Gesellschaft anprangerte. Und so leid es mir tat, dass andere Frauen ähnliche Situationen hatten durchleben müssen, umso erleichternder war es zu lesen, dass ich nicht allein war. Es gab noch andere, die belästigt worden waren und denen im Nachhinein erzählt wurde, dass sie dafür verantwortlich waren. Denen eingetrichtert wurde, dass *sie* sich anders hätten verhalten müssen, um Männer zu schützen, die es im Leben ohnehin deutlich leichter hatten.

Einmal angefangen, konnte ich nicht mehr aufhören zu weinen, doch je länger ich las, desto mehr wurden die Tränen der Erleichterung und Trauer zu welchen der Wut. Wut über diese Ungerechtigkeit, dass das System noch immer die falschen Leute schützte, anstatt sich mit breiter Brust vor die Opfer zu stellen und sie vor weiteren Angriffen zu bewahren. Doch nicht nur das System war schuld, auch jeder und jede Einzelne von uns, die Opfern einzureden versuchten, an einer Belästigung die Verantwortung zu tragen.

Auch ich war Teil des Problems. Jahrelang hatte ich nicht nur selbst geglaubt, was mir eingeredet worden war, ich hatte im Stillen andere dafür verurteilt, es nicht besser zu wissen. Frauen, deren Röcke so kurz waren wie meiner damals, die einen freizügigen Lebensstil pflegten und sich keine Sorgen darum zu machen schienen, was sie damit auslösten.

Denn genauso sollte es sein. Frauen sollten das Leben führen können, das sie wollten, sollten dabei tragen können, was immer ihnen gefiel, ohne dass ihnen das in irgendeiner Art und Weise zum Nachteil wurde. Denn Männer hatten diese Freiheiten, und es wäre nur gerecht, wenn sie uns ebenfalls zustehen würden.

Das Vibrieren meines Handys riss mich aus meinen Gedanken. Abwesend wischte ich die restlichen Tränen von meinen Wangen, die irgendwann in den letzten Minuten versiegt waren, und griff danach.

Noah hatte mir geschrieben.

Noah: Hey :) Was machst du grad?

Mia: Ich lese.

Noah: Also bist du in deinem Zimmer und hast Zeit?

Mia: Ja.

Noah: Okay. Ich habe eine Überraschung für dich. Bis gleich!

Was hatte er vor?

Ich kam kaum dazu, diesen Gedanken zu Ende zu führen, da klopfte es an meiner Tür. Hatte Noah bereits im Flur ausgeharrt, während er mir geschrieben hatte? Hastig sprang ich aus meinem Bett, blickte an mir herab – und erstarrte. Ich trug nur knappe Shorts, in denen ich normalerweise schlafen ging, und meinen BTS-Hoodie, weil ich nicht mehr mit Besuch gerechnet hatte. Ein leises Schnauben kam über meine Lippen. Ich rechnete *nie* mit Besuch, aber es schien, als müsste ich diese Eventualitäten neuerdings in Erwägung ziehen.

Es klopfte erneut, und ich stieß einen Fluch aus. Ich hatte keine Zeit mehr, mich noch umzuziehen, geschweige denn zu prüfen, ob meine Haare okay waren und ob meine Augen so verheult aussahen, wie sie sich anfühlten. Nach einem letzten tiefen Atemzug drückte ich die Klinke herab und riss die Tür auf.

Noah stand im Flur, die Haare vom Wind zerzaust und die Wangen von der Kälte gerötet. Sein Blick brannte sich förmlich in mich hinein, und Hitze schoss durch meine Adern.

Schlagartig wurde mir bewusst, wie *attraktiv* Noah war. Seine breiten Schultern, die zu schmalen Hüften hinabführten. Die athletische Statur mit den muskulösen Oberschenkeln. Mir war vorher schon klar gewesen, dass er gut aussah, aber gerade fühlte es sich an, als würde ich ihn in einem völlig neuen Licht sehen.

Eine steile Falte bildete sich auf seiner Stirn. Er kam näher und zog die Tür hinter sich zu. »Hast du geweint?«

Verdammt. Erneut wischte ich mir über die Augen, auch wenn es dafür längst zu spät war. »Ist nicht so wichtig«, wollte ich die Sache herunterspielen.

Noah verengte die Augen. »Natürlich ist es das. Ist etwas passiert? Hat dich jemand …«

Ich ließ ihn gar nicht ausreden. »Nein, es ist nichts vorgefallen. Eigentlich ist es total bescheuert, ich hab bloß dieses Buch gelesen, das Lizzy mir mitgegeben hat.« Ich deutete auf das Buch, das noch immer auf meinem Bett lag, und Noah griff danach. Interessiert las er die Rückseite und blätterte durch einzelne Seiten.

»Hat es dir nicht gefallen?«

»Doch, es ist wirklich gut. Mir ist dadurch nur einiges bewusst geworden. Außerdem habe ich vorhin endlich einen Brief an Ellie geschrieben … und ihn auch abgeschickt. Ich glaube, das war emotional einfach ein bisschen viel für mich.«

In zwei Schritten war er bei mir und umfasste sanft mein Gesicht. »Du hast ihn wirklich abgeschickt? Ich bin so stolz auf dich.« Ein sanfter Kuss auf meine Lippen folgte. »Und wegen dem anderen … möchtest du darüber reden?«

»Ehrlich gesagt nicht.« Ich hatte heute gefühlt nichts anderes getan, als über dieses Thema zu reden und darüber nachzudenken. Ich brauchte eine Pause davon. Außerdem wollte ich zuerst weiter in dem Buch lesen.

Keck grinste ich zu ihm hoch. »Du meintest, du hättest eine Überraschung für mich?«

Er hielt eine braune Papiertüte hoch, die mir zuvor nicht aufgefallen war. »Da ich weiß, wie sehr du Süßes magst …«

Ich entriss ihm die Tüte und blickte hinein. Beim Anblick der kleinen Küchlein lief mir das Wasser im Mund zusammen. »Sind das Red Velvet Cakes?«

»Korrekt.« Noah grinste selbstzufrieden.

»Geil.« Ich zog ihn zum Bett, wo wir uns nebeneinander hinsetzten. Den ersten Kuchen reichte ich ihm, in den zweiten biss ich genüsslich hinein. Augenblicklich explodierte der süße Geschmack auf meiner Zunge. Außerdem war das Gebäck so weich, dass es fast zu schmelzen schien. Es war ein Genuss für alle Sinne.

»Gott, ist das gut«, nuschelte ich mit vollem Mund und biss gleich ein zweites Mal davon ab. Im Nu waren die Kuchen verputzt, und ich ging ins Bad, um mir die Hände zu waschen.

»Hast du Lust, einen Film zu schauen?«, fragte ich, als ich zurück war.

Noah hatte es sich auf meinem Bett bequem gemacht und sah aus, als hätte er schon immer dorthin gehört. In meiner Brust zog sich etwas verlangend zusammen, und ich fragte mich, was ich anstellen müsste, um ihn für immer dazubehalten.

»Klar. Worauf hast du Lust?«

Grinsend trat ich näher. »Wie wäre es mit *Dawn of Justice?*«

Mit einem gespielten Stöhnen schlug Noah eine Hand vor seine Augen. »Warum frage ich überhaupt? Natürlich willst du Henry Cavill anhimmeln.«

Ich schnaubte. »Eigentlich mag ich diesen Film einfach und würde ihn gerne mit dir zusammen sehen, aber wir können auch *Wonder Woman* schauen, wenn dir das lieber ist.«

Er schüttelte den Kopf. »Das war nur Spaß, wir können den gerne gucken.«

Ich zog einen Stuhl ans Bett heran, positionierte meinen Laptop darauf und rief den Film bei Netflix auf. Sobald die Anfangssequenz begann, lehnte ich mich zurück und kuschelte mich an Noah. Er schlang die Arme fest um mich, drückte mir einen Kuss auf den Haaransatz, und gemeinsam sahen wir den Film.

Je länger wir bewegungslos dalagen, desto mehr überfiel mich Müdigkeit. Der Tag schien seinen Tribut zu zollen, und mir fielen immer wieder die Augen zu. Ich fühlte mich sicher in Noahs Armen, geborgen, und wollte diesen Kokon nie wieder verlassen.

Irgendwann musste ich eingeschlafen sein, denn ich wurde wieder wach, als Noah den Bildschirm des Laptops runterklappte. Er machte Anstalten, aufzustehen, doch ich festigte meinen Griff um ihn.

»Bleibst du hier?«, murmelte ich.

Eindringlich sah er mich an. »Was ist mit deiner Mitbewohnerin?«

»Kady übernachtet bei ihrem Freund und ist frühestens Montagmorgen zurück.«

»Okay.« Ein Lächeln hüpfte über Noahs Gesicht. »Aber du musst mich trotzdem kurz loslassen. Ich will ungern in diesen Jeans schlafen.«

»Na gut«, grummelte ich und gab ihn widerwillig frei.

Er stand wirklich nur auf, um sich seiner Jeans und seines Pullis zu entledigen, und krabbelte danach nur noch mit T-Shirt und Boxershorts bekleidet zurück ins Bett. Ich kuschelte mich eng an ihn, den Kopf auf seiner Schulter gebettet und ein Bein über seine gelegt. Ein Seufzen kam über meine Lippen, während mein Herz glücklich gegen meinen Brustkorb schlug, weil er tatsächlich hiergeblieben war.

»Gute Nacht«, murmelte er mir zu, doch da war ich fast schon eingeschlafen.

Fingerspitzen, die sanft über mein Gesicht fuhren, weckten mich am nächsten Morgen. Zufrieden streckte ich mich und drehte mich auf die Seite, bis ich Noah ansehen konnte. Die Sonne schien bereits in mein Zimmer und verschaffte seinen Haaren einen goldenen Schimmer.

»Hast du gut geschlafen?« Noahs Stimme war belegt, als wäre er auch grad erst aufgewacht.

»So gut wie schon lange nicht mehr.« Ich beugte mich vor, küsste ihn auf die Wange und krabbelte dann über ihn drüber. »Ich bin gleich wieder zurück.«

Rasch flitzte ich ins Bad, ging auf die Toilette, wusch mir das Gesicht und putzte mir die Zähne. Dann kramte ich aus dem Badezimmerschrank eine noch verpackte Ersatzzahnbürste hervor, die ich Noah in die Hand drückte, der nach mir im Bad verschwand.

Als er zurückkam, war ich gerade dabei, seine Jeans und seinen Pulli vom Boden aufzuheben und über einen Stuhl zu hängen. Er blieb in der Tür stehen und ließ seinen Blick langsam über meinen Körper wandern. Mir wurde bewusst, dass er mich zum ersten Mal leicht bekleidet sah. Gestern hatte ich noch meinen Hoodie getragen, den ich zum Schlafen jedoch ausgezogen hatte. Nun stand ich nur in knappen, mit Minnie Maus bedruckten Shorts und einem Tanktop vor ihm.

Erneut wanderte sein Blick an mir hinab. Vor Verlangen fast schon benebelt, konnte ich ihn wie eine Berührung über meine Haut streicheln fühlen. Ein verheißungsvoller Schauer raste über meinen Rücken, und mein Unterleib zog sich erwartungsvoll zusammen.

Dann war Noah bei mir. Seine Hände lagen an meinen Wangen, und seine Nasenspitze schwebte Millimeter vor meiner. Er roch nach meiner Zahnpasta, seinem Aftershave, und darunter konnte ich Noahs ganz eigenen Duft ausmachen. Es war ein betörender Geruch, der meine Knie weich werden ließ – wobei das auch durch Noahs Nähe kommen konnte, die mich vollkommen einnahm.

Endlich lagen seine Lippen auf meinen. Der Kuss war forscher, drängender als unsere bisherigen und zog mir den Boden unter den Füßen weg. Ich ließ mich fallen, weil ich mir mittlerweile absolut sicher war, dass mir bei Noah nichts passieren würde. Und so war es auch. Noah schlang die Arme um mich und zog mich eng an seine Brust, wo sein Herz genauso sehr raste wie meins. Zusätzlich drängte er seine Hüften an meine, wo ich eindeutig spüren konnte, was unser Kuss in ihm auslöste.

Hitze wallte in mir auf, floss wie flüssige Lava durch meine Adern und schien sich zwischen meinen Oberschenkeln zu konzentrieren, wo ein verheißungsvolles Pochen begann.

Ich seufzte leise, und Noah nutzte diesen Moment, um mit seiner Zunge in meinen Mund vorzudringen. Seine Nasenspitze, die aus irgendeinem Grund ganz kalt war, drückte sich gegen meine Wange und ließ einen angenehmen Schauer über meinen Rücken rieseln.

Noahs Hände wanderten von meinen Wangen meinen Hals und Oberkörper hinab bis zu meinem Po. Fest umfasste er die Rundungen, presste mich noch enger an sich und rieb seine Erektion an meiner Hüfte. Dabei stieß er einen kehligen Laut aus, der tief in meinem Inneren nachhallte.

»Fuck, Mia, was machst du nur mit mir?« Seine Stimme klang rau und heiser, wie ich sie nie zuvor gehört hatte.

Verzweifelt versuchte ich, ein Lachen zu unterdrücken, denn die Frage war nicht, was ich mit ihm, sondern was er mit mir machte. Wir küssten uns erst seit wenigen Minuten, und ich konnte keinen klaren Gedanken mehr fassen. Das heiße Verlangen, das er in mir heraufbeschwor, zog wie ein Sturm über mich hinweg und riss mich mit sich. Meine Haut spannte vor Erregung, und ich konnte nur noch daran denken, dass ich mehr wollte. Mehr von Noahs Küssen, seinen Berührungen und dem, was er in mir auslöste. Nie zuvor hatte ich bei einem Mann derart empfunden, dass es mir vorkam, als würde ich kurz vor der Explosion stehen, obwohl wir beide noch überwiegend angezogen waren.

Ich brauchte einfach mehr. Und das *jetzt*.

Langsam schickte ich meine Hände auf Wanderschaft. Von seinem Nacken, wo ich sie in seinen weichen Haaren verkrallt hatte, über seine muskulösen Schultern und seine Brust hinab zum Bund seiner Boxershorts. Ich schlüpfte mit einer Hand unter sein T-Shirt, und sobald meine Fingerspitzen auf die nackte Haut seines Bauchs trafen, stieß Noah erneut ein leises Stöhnen aus, von dem ich einfach nicht genug bekommen konnte.

»Zieh das aus«, murmelte ich an seinen Lippen.

Sofort lehnte er sich zurück, bis er mich ansehen konnte. Seine Lippen waren vom Küssen geschwollen, und seine Atmung ging schnell, aber seine Stirn war konzentriert krausgezogen. »Bist du sicher?«

»Absolut. Ich will dich.« Nie zuvor war ich mir einer Sache so sicher gewesen wie dieser. Ich wollte Noah, alles von ihm. Vor allem vertraute ich ihm mittlerweile blind. Auch ohne dass er es sagte, wusste ich, dass er mich nie zu etwas drängen oder Dinge von mir verlangen würde, die ich nicht bereit war, ihm zu geben.

Erleichtert stieß Noah die Luft aus. »Okay. Das ist gut. Ich will dich nämlich auch. Mehr, als ich mit Worten ausdrücken kann. Aber ...« Er brach ab und schüttelte den Kopf. »Wenn ich irgendetwas mache, das du nicht möchtest, egal zu welcher Zeit, sag mir bitte Bescheid, dann hören wir sofort auf, okay?«

»Mach ich«, versprach ich ihm, auch wenn ich mir sicher war, dass es nicht dazu kommen würde.

Das schien Noah zu beruhigen, denn er griff endlich nach dem Bund seines T-Shirts und zog es sich über den Kopf. Weiche Haut kam zum Vorschein, die sich über seinen Oberkörper zog. Ich legte meine Finger auf seinen Bauch, und sofort spannten sich seine Bauchmuskeln an, und er atmete zitternd aus. Sanft streichelte ich darüber, zuerst hoch zu seiner Brust, dann wieder hinab zu dem Streifen heller Haare, die von seinem Bauchnabel zum Bund seiner Boxershorts führten.

Abrupt packte Noah meine Hüften, zog mich an sich und legte seine Lippen auf meine. Überrascht japste ich auf, was er erneut ausnutzte, um seine Zunge in meinen Mund zu schieben. Ohne den Kuss zu unterbrechen, fuhren seine Hände zu meinen Oberschenkeln. Als seine Finger über meine nackte Haut strichen, breitete sich wohlige Gänsehaut auf meinen Beinen aus, die im nächsten Moment ein Feuer in mir entfachte. Mein ganzer Körper war außer

Kontrolle. Noah legte erst mein rechtes Bein um seine Hüfte, ehe er das andere packte und mich hochhob, als würde ich nichts wiegen. Genüsslich saugte er an meiner Unterlippe, während er mit langsamen Schritten auf mein Bett zuging.

Er legte mich darauf ab und befand sich keine Minute später zwischen meinen Beinen. Mit seinen Händen fuhr er über meine Haut. Von den Knöcheln bis zu meinen Knien und weiter meine Oberschenkel hinauf, bis er meiner heftig pochenden Mitte verdammt nahe kam. Dorthin, wo ich ihn verzweifelt spüren wollte.

Verlangend hob ich mein Becken an, um ihm zu zeigen, wo ich seine Finger haben wollte, und Noahs Blick verdunkelte sich noch mehr. Doch anstatt mir zu geben, was ich so sehr ersehnte, nahm er die Hände von mir und stützte sie neben meinem Körper auf, bis er über mir schwebte, seine Nase nur Millimeter von meiner entfernt. Die Luft zwischen uns begann zu knistern. Alles, was wir im Begriff waren zu tun, ließ die Anspannung in mir ins Unermessliche steigern. Einerseits wollte ich, dass sich Noah *jetzt sofort* auf mich legte und mich mit seiner Zunge, seinen flinken Fingern und dem Rest seines Körpers um den Verstand brachte. Andererseits wusste ich auch, dass es nur besser werden würde, je länger wir es hinauszögerten.

Noch immer sah Noah mich einfach nur an. Heißes Verlangen brannte in seinem Blick, aber da war auch noch etwas anderes, Wärmeres, Tieferes, das eine ganz andere Art von Feuer in mir hervorrief. Eins, das wellenartig von meinem Herzen ausstrahlte und sich im Rest meines Körpers verteilte.

Ich hob eine Hand, legte sie an seine Wange und strich mit dem Daumen über seine Unterlippe. Ein Schaudern durchlief Noah, und die Muskeln in seinen Oberarmen zitterten, als hätte er Probleme, sich aufrecht zu halten.

»Du bist wunderschön«, murmelte er, wobei sein Atem meinen Daumen kitzelte.

Ich spürte, wie ich errötete, und lachte verlegen. Ich war es nicht mehr gewohnt, Komplimente zu erhalten, und hatte keine Ahnung, wie ich damit umgehen sollte.

»Und … ich bin verliebt in dich«, fügte Noah hinzu.

Mein Herz stockte, stolperte, und verfiel danach in einen unregelmäßigen Rhythmus. Tief in mir drin hatte ich gewusst, dass Noah genauso fühlte wie ich, aber es ihn aussprechen zu hören, war noch mal etwas völlig anderes. Die Schmetterlinge in meinem Bauch erwachten, und ein glückliches Lächeln breitete sich auf meinem Gesicht aus.

Noah räusperte sich. »Ich wollte, dass du das weißt, bevor wir weiter gehen. Ich hab einen Ruf als Womanizer, und der ist auch nicht unberechtigt. Als wir uns kennengelernt haben, dachte ich auch noch, dass du vielleicht jemand für eine heiße Nacht sein könntest, aber mittlerweile ist es so viel mehr als das. Du hast dich in mein Herz geschlichen und mir völlig den Kopf verdreht. Ich will diese heiße Nacht mit dir immer noch, aber ich will viele davon und nicht nur das. Ich will ruhige Abende vor dem Fernseher, ich will deine Hand halten, während du mir abends von deinem Tag erzählst. Ich will alles von dir erfahren und …«

Ich unterbrach Noah mit einem Kuss, denn ich hatte genug gehört. Vor allem hatte ich das alles geahnt, bevor er es ausgesprochen hatte.

Noah ließ sich in den Kuss fallen und senkte sich hinab, bis er meinen Körper komplett mit seinem bedeckte. Ich seufzte zufrieden, als sein Gewicht mich in die Matratze drückte, und schlang die Arme um ihn. Meine Hände gingen auf seinem Rücken auf Wanderschaft, und ich registrierte zufrieden die Schauder, die sie bei Noah hervorriefen.

Noahs Hand schlüpfte unter mein Tanktop und zog eine heiße Spur über meine Haut, bis er an meiner Brust angelangte. Ein leises Stöhnen entwich mir, als er meinen erregten Nippel mit seinem

Daumen umkreiste. Zwischen meinen Beinen wurde es feucht, und ich hob mein Becken, um mich an ihm zu reiben.

Doch es war nicht genug. Vermutlich würde es nie genug sein, wenn es Noah betraf, doch aktuell hatte ich das Gefühl, gleich durchzudrehen, wenn ich nicht etwas Erleichterung von dieser inneren Anspannung bekam.

»Du hast zu viel an«, sagte Noah, als hätte er meine Gedanken erraten.

»Du auch«, entgegnete ich, während ich mir bereits das Shirt über den Kopf zog. Innerhalb kürzester Zeit entledigten wir uns der restlichen Klamotten und legten uns seitlich einander zugewandt hin. Noah zog mich eng an sich, ich schob ein Knie zwischen seine Beine, und wir versanken in einem weiteren leidenschaftlichen Kuss. Noahs Hand streichelte dabei über meinen Körper. Von meiner Hüfte zu meinem Rücken, hinauf zu meiner Schulter, dann nach vorne, wo sie meine Brust umschloss. Sie löste ein Prickeln auf meiner Haut aus, das das Verlangen in mir in ungekannte Höhen katapultierte. Nie zuvor hatte ich bei einem Mann so empfunden. Mir war nicht einmal bewusst gewesen, dass man so viel auf einmal fühlen konnte, ohne zu zerspringen. Wobei ich mich gerade genauso fühlte, als würde ich gleich explodieren. Meine Haut spannte, als wäre sie plötzlich zu eng für meinen Körper, und das verlangende Pochen in meinem Unterleib war so heftig, dass ich kaum etwas anderes wahrnahm.

Gerade, als ich dachte, es keine Sekunde länger auszuhalten, ließ Noah von mir ab, drehte sich um und griff nach seiner Jeans, die auf dem Boden lag. Aus der hinteren Hosentasche holte er ein Kondom hervor.

»Wow, du hattest das also geplant?«, neckte ich ihn.

Noah errötete leicht und senkte den Blick. »Nun ja …«

Es war irgendwie süß, wie verlegen er plötzlich war, daher bohrte ich ein wenig nach. »Du hattest das also die ganze Zeit schon im Sinn? Mich erst mit Kuchen verführen und dann …«

Entrüstung schlich sich auf Noahs Züge, während ich verzweifelt die Zähne zusammenbiss, um nicht in Gelächter auszubrechen. »Ich würde niemals …«, brauste er auf, brach dann jedoch ab und zog die Stirn kraus. »Du verarschst mich nur, oder?«

Ein Kichern kam mir über die Lippen, und ich griff nach Noahs Hand, um ihn zu mir zu ziehen. »Nur ein kleines bisschen.« Ich küsste ihn. »Ich hab dir gesagt, ich vertraue dir, und das tue ich auch. Du musst dich nicht erklären.«

»Zum Glück, ich hatte jetzt nämlich andere Dinge im Kopf.« Damit verschloss er meinen Mund mit einem weiteren Kuss, der schnell an Intensität zunahm. Gleichzeitig schob Noah eine Hand zwischen meine Beine und drang mit einem Finger in mich ein. Sterne explodierten hinter meinen geschlossenen Lidern, und ein Stöhnen entwich meiner Kehle, das von Noahs Mund geschluckt wurde.

Viel zu schnell ließ er wieder von mir ab, aber ehe ich protestieren konnte, hörte ich bereits das Geräusch der aufreißenden Folienverpackung. Mit geschickten Fingern rollte Noah sich das Kondom über, dann rutschte er auf Knien zwischen meine Beine. Er stützte sich mit den Händen neben mir ab und drang quälend langsam in mich ein. Ich hielt die Luft an, ein leichtes Brennen teilte mir mit, dass mein letztes Mal eine lange Zeit her war, aber das nahm ich nur am Rande wahr. Es wurde überschattet von dem überschäumenden Gefühl in meiner Brust, das mir mitteilte, dass das hier genau richtig war.

»Alles okay?«, fragte Noah mit rauer Stimme, als er komplett in mir war.

Unter gesenkten Lidern sah ich zu ihm auf und nickte. »Beweg dich«, forderte ich ihn auf.

Das ließ er sich nicht zweimal sagen. Vorsichtig zog er sich zurück, um dann kraftvoll in mich zu stoßen, was uns beiden ein Stöhnen entlockte. Schnell fanden wir einen gemeinsamen Rhythmus, mit dem wir uns gegenseitig an die Schwelle des Orgasmus brachten. Aber ich wusste genau, dass das für mich nicht ausreichte, daher schob ich eine Hand zwischen unseren Körpern hindurch, um mich an meiner empfindlichsten Stelle zu streicheln. Kaum hatte ich mich selbst berührt, fiel ich über die Klippe.

Die ganze Anspannung entlud sich mit einem Mal. Mein Körper verfiel in unkontrollierte Zuckungen, und durch das Rauschen in meinen Ohren bekam ich nur am Rande mit, dass Noah mir kurz darauf folgte, ehe er kraftlos auf mir zusammensackte. Sein ganzes Gewicht lastete nun auf mir, doch das störte mich überhaupt nicht.

»Wahnsinn«, brachte Noah keuchend hervor.

Ich konnte ihm nur im Stillen zustimmen, denn ich war nicht mehr in der Lage dazu, Worte zu formulieren. Stattdessen schlang ich meine Arme um ihn und hielt ihn fest, während ich versuchte, meine Atmung zu kontrollieren und mein rasendes Herz zu beruhigen. Gleichzeitig machte sich ein Gefühl absoluter Zufriedenheit in mir breit, das mir gänzlich unbekannt war.

Irgendwann stand Noah auf, um das Kondom zu entsorgen. Ich stützte mich auf den Ellbogen auf, um ihn zu beobachten. Vielleicht starrte ich ihm dabei auch einfach nur auf seinen wohlgeformten Hintern.

Sofort kehrte er zurück ins Bett und kuschelte sich eng an mich. Sanft streichelte er über meine Schulter, während er mit einem absolut glückseligen Ausdruck die Augen schloss.

Ich könnte mich wirklich daran gewöhnen.

# KAPITEL 25

## *Noah*

Ich verbrachte das ganze Wochenende bei Mia. Samstag lagen wir die meiste Zeit im Bett, gingen eine Runde joggen, und abends begleitete mich Mia zu meiner Schicht im Restaurant. Sie nahm ihre Collegeunterlagen mit, setzte sich an einen Tisch und lernte, während ich arbeitete. Wann immer ich ein paar Minuten Zeit hatte, setzte ich mich zu ihr und unterhielt mich mit ihr.

Sonntag verließen wir das Wohnheim nur, um in unserem Café frühstücken zu gehen, ansonsten blieben wir den ganzen Tag in Mias Zimmer. Wir schauten *Wonder Woman,* und sie zeigte mir irgendeine koreanische Serie, während der wir übereinander herfielen.

Nach allem, was Mia bisher erlebt hatte, und so reserviert, wie sie mir lange begegnet war, hätte ich nie vermutet, dass sie sich mir so früh hingeben würde oder dass eine derartige Leidenschaft in ihr stecken könnte. Aber ich wollte mich nicht beschweren. Der Sex mit Mia war grandios, und ich war froh, dass wir es so schnell wiederholten. Dabei hatte ich meine Aussage am Freitag ernst gemeint. Ich war nicht nur wegen Sex mit ihr zusammen und hätte gewartet, bis sie bereit war. Das dachte ich immer noch, aber nachdem mein Körper einmal erfahren durfte, wie es war, mit Mia zu schlafen, wollte er eindeutig mehr davon. Viel mehr.

Ursprünglich hatte ich geplant, Sonntagabend in mein Wohnheim zu gehen, um noch einige Sachen für meine Vorlesungen vorzubereiten, doch dann konnte ich es nicht über mich bringen, mich von ihr zu trennen.

Am Montag wurde ich von Haaren, die mich an der Wange kitzelten, geweckt. Es war noch dunkel draußen, daher musste es noch früh sein, aber ich war zu faul, mich zu bewegen, um nachzusehen. Lieber festigte ich meinen Griff um Mia und vergrub mein Gesicht tiefer in ihren Haaren. Ihr süßer Duft nach Erdbeeren und Vanille drang mir in die Nase und rief Bilder des ganzen Wochenendes in mir hervor. Ich bildete mir ein, Mias Lippen auf den meinen und ihre Hände auf meinem Körper spüren zu können, und mein Blut schoss in südliche Regionen.

Mia regte sich in meinen Armen und gab einen unfassbar süßen Laut von sich. Kurz spannte sie sich an, streckte sich, dann drehte sie sich um, bis sie mich ansehen konnte. Ihre Haare lagen in einem wilden Nest um ihren Kopf herum, ihre Augen waren vom Schlaf noch ganz klein, und ein Abdruck des Kissens prangte auf ihrer rechten Wange, aber ihr Lächeln wirkte so glücklich und intim, dass es mein Herz höherschlagen ließ.

»Guten Morgen«, murmelte sie mit belegter Stimme.

»Morgen.« Sanft presste ich meine Lippen auf ihre. »Hast du gut geschlafen?«

»So gut wie schon lange nicht mehr. Ich weiß gar nicht, woran es liegt. Irgendwas muss mich ordentlich ausgepowert haben.«

»Hm.« Ich gab mich nachdenklich. »Oder irgendwer. Vielleicht war ich aber auch einfach der perfekte Schlafbegleiter.«

Mia lachte leise. »Du bist ganz schön von dir selbst überzeugt, Noah Snyder.«

Ich hob die Schulter, auf der ich nicht lag. »Ich kenne halt meine Qualitäten.«

Schnaubend drückte Mia gegen meine Brust, aber nicht fest genug, um mich von sich zu stoßen. »Spinner.«

»Aber du magst mich trotzdem.«

Sie verdrehte die Augen, konnte das Lächeln aber nicht verhindern. »Das tue ich wirklich, was dein Glück ist.« Unter dem Kissen nestelte sie nach ihrem Handy, das sie gestern Abend dort hingeschoben hatte, und warf einen Blick darauf. »Wenn wir jetzt aufstehen, schaffen wir es noch zum Frühstück in unser Café.«

Wärme breitete sich in mir aus, weil Mia es *unser* Café nannte, gleichzeitig verzog ich entschuldigend den Mund. »Ich kann leider nicht. Ich muss erst zu mir, duschen und mir vor allem andere Klamotten holen.« Unter keinen Umständen würde ich in den Sachen zu meinen Vorlesungen gehen, die ich die letzten zwei Tage getragen hatte – auch wenn sie mehr Zeit davon auf dem Boden gelegen hatten. Außerdem musste ich meine Unterlagen holen, die in meinem Wohnheim waren.

Mia warf einen Blick über mich hinweg. »Oh, stimmt. Daran habe ich gar nicht gedacht. Dann solltest du für die Zukunft vielleicht Sachen zum Wechseln bei mir deponieren, duschen könntest du nämlich auch hier.«

Die Aussicht, dass Mia ebenfalls vorhatte, dieses Wochenende zu wiederholen, ließ ein verheißungsvolles Prickeln durch meinen Körper schießen. »Klingt nach einem Plan.«

Nach einem weiteren Kuss stand ich auf. Unsere Klamotten lagen in einem wilden Haufen auf dem Boden. Ich suchte meine Sachen zusammen, trat angezogen wieder an das Bett und beugte mich über Mia. Ich küsste sie einmal, zweimal, dreimal. »Wir sehen uns in der Mittagspause in der Mensa?«

»Ich werde da sein. Und jetzt sieh zu, dass du duschen gehst. Du stinkst!«

Ich kniff sie in die Seiten, was ihr ein Quietschen entlockte. »Du wirst ganz schön frech.«

Keck grinste sie zu mir auf. »Das gefällt dir doch.«

Das tat es allerdings. Trotzdem gab ich ein theatralisches Seufzen von mir. »Du kannst froh sein, dass ich dich mag.« Ich senkte meine

Lippen ein letztes Mal auf ihre und verschloss sie mit einem süßen Kuss. »Bis später.« Dann wandte ich mich endlich ab und verließ ihr Zimmer.

Den ganzen Vormittag konnte ich mich kaum auf meine Vorlesungen konzentrieren. Ständig schweiften meine Gedanken zu Mia ab, und ich bekam so gut wie nichts von dem Stoff mit, den unsere Dozenten besprachen. Ich machte drei Kreuze, als es endlich Zeit für die Mittagspause war. Theo, Kayson, Avery und Lizzy saßen bereits an unserem Tisch, als ich zu ihnen kam.

Kurz darauf gesellte sich auch Mia mit einem voll beladenen Tablett zu uns. »Die Leute drehen alle durch. Da vorne streiten sich zwei um eine Flasche Cola, und das Mädel vor mir hätte besagte Flasche fast an den Kopf bekommen.«

Kayson und ich reckten die Köpfe, um zur Essensausgabe zu sehen, aber die zwei Streithähne waren schon verschwunden. Nur noch die Köchin, Mrs Bailey, war da, aber ihrem wütenden Gesichtsausdruck nach hatte sie ebenfalls mitbekommen, was Mia berichtete. »Den Leuten steigt vermutlich die Angst vor den anstehenden Prüfungen zu Kopf.«

»Vermutlich.« Mia setzte sich neben mich, beugte sich zu mir und verschloss meine Lippen mit einem Kuss. Sofort pulsierte Verlangen durch meine Adern, und Bilder von dem, was wir getan hatten, stiegen vor meinem inneren Auge auf. Wie Mia sich mir hingegeben hatte, war einfach unglaublich gewesen. Mein Blut geriet in Wallung und verlangte eine sofortige Wiederholung, doch dafür gab es keinen schlechteren Zeitpunkt.

Nur widerwillig löste ich mich von ihr und wandte mich wieder meinem Essen zu.

»Was haltet ihr davon, wenn wir am Wochenende mal wieder einen Spieleabend machen?«, fragte Avery.

»Bin dabei«, sagte Lizzy sofort. »Das haben wir schon viel zu lange nicht mehr gemacht, und das Wetter soll, gelinde gesagt, bescheiden werden, da will man eh nicht vor die Tür gehen.«

»Wochenende geht nicht«, brummte Theo. »Ich hab Samstag einen Wettkampf, und Kayson hat Sonntag ein Spiel.«

»Himmel.« Avery kniff sich in die Nasenwurzel, ehe sie entschlossen von Lizzy zu Mia sah. »Mädels, da unsere Jungs offenbar nicht in der Lage sind, den Freitag zum Wochenende dazu zu nehmen … was haltet ihr davon, wenn wir uns allein treffen?«

Lizzy warf einen herausfordernden Blick in Kaysons Richtung und grinste breit. »Dabei.«

»Ich auch«, sagte Mia und schob sich eine Gabel Nudeln in den Mund.

»Moment«, protestierte ich. »Ich hab nie behauptet, dass ich am Wochenende keine Zeit habe.«

Breit grinsend wandte Mia sich mir zu. »Und ich hab nicht gesagt, dass ich das ganze Wochenende mit den Mädels verbringe.«

»Genau«, mischte Lizzy sich ein. »Du wirst ja wohl einen Abend auf sie verzichten können.«

Avery nickte bekräftigend. »Stattdessen könnt ihr ja wieder eure berüchtigten Männerabende aufleben lassen.«

Nachdenklich zog Lizzy die Stirn kraus und tippte sich gegen das Kinn. »Du meinst die, an denen sie wie alte Herren vor der Playstation sitzen und Bier trinken?«

Mia lachte so überrascht auf, dass sie sich erschrocken die Hand vor den Mund hielt, während Kayson verächtlich schnaubte, das Zucken in seinen Mundwinkeln aber nicht unterbinden konnte.

»Okay, okay«, lenkte er ein. »Wir machen am Freitag was getrennt … und dann werden wir ja sehen, wer am meisten Spaß hat.«

»Ach, Schatz.« Seufzend tätschelte Lizzy seine Hand. »Dass ihr Männer auch aus allem einen Wettkampf machen müsst. Wie wäre es, wenn wir einfach alle eine gute Zeit haben und uns danach umso mehr freuen, am nächsten Tag was mit dem Partner machen zu können?«

Darauf hatte niemand eine schlaue Erwiderung, weil Lizzy vollkommen recht hatte. Es war auch nicht so, dass ich nicht einen Abend ohne Mia auskommen konnte, bloß … ich wollte es nicht. Zum ersten Mal, seit ich mich von Jenny getrennt hatte, wollte ich wieder so viel Zeit wie möglich mit einer anderen Person verbringen. Ich wollte alles über sie erfahren, abends neben ihr einschlafen und morgens neben ihr aufwachen, sie küssen, bis wir beide um Luft rangen, und sie beim Sex um den Verstand bringen.

Eine Berührung an meiner Hand riss mich aus meinen Gedanken. Mia schob ihre Finger zwischen meine und strich mit dem Daumen federleicht über meinen Handrücken. Ich sah zu ihr auf, unsere Blicke trafen sich und schienen miteinander zu verschmelzen. In ihrem lag so viel Zuneigung, dass es mir für einen Augenblick den Atem raubte.

Mit dem Stuhl rutschte ich so weit zu ihr heran, bis ich mich mit ihr unterhalten konnte, ohne dass die anderen uns zuhören konnten.

»Sehen wir uns heute Abend noch?«, raunte ich ihr zu. Mit der freien Hand wickelte ich eine ihrer Haarsträhnen um meinen Finger.

Mia dachte kurz über meine Frage nach. »Ich muss nach den Vorlesungen noch zwei Blogbeiträge vorbereiten, aber ich könnte so um sieben bei dir sein. Musst du heute nicht arbeiten?«

»Nein, erst morgen wieder. Und sieben klingt perfekt.«

Um uns herum standen die anderen bereits auf, weil die Mittagspause vorbei war. Schweren Herzens ließ ich Mia los, um ebenfalls meinen Rucksack zu schultern. Gemeinsam mit den anderen verließen wir die Mensa und traten aus den breiten Flügeltüren auf den Platz, der im Sommer Sitzmöglichkeiten draußen bot. Doch heute, an diesem grauen Mittag Anfang März, war davon nichts zu sehen.

Dunkle Wolken türmten sich am Himmel, die bald neuen Regen ankündigten, ein frischer Wind fegte Blätter über den Boden, und alle beeilten sich, so schnell wie möglich zu ihrer nächsten Vorlesung zu gelangen. Selbst in der Raucherecke schien weniger los zu sein als gewöhnlich.

Mia wickelte ihren Schal enger um ihren Hals. »Ich muss in die Richtung.« Sie reckte den Daumen über die Schulter.

»Ich leider in die andere.« Ich trat näher an sie heran und legte meine Hände auf ihre Wangen. Das Gefühl ihrer warmen Haut unter meinen Fingerspitzen jagte einen Schauer über meinen Rücken.

»Aber wir sehen uns ja später noch.« Mia schlang die Arme um mich und stellte sich auf die Zehenspitzen, bis ihre Nase wenige Millimeter vor meiner schwebte.

»Zum Glück.« Dann verschloss ich ihre Lippen mit einem sanften Kuss, der meinetwegen niemals enden müsste. Ich würde nie genug von Mias Küssen bekommen, das wusste ich jetzt schon.

Eine Hand landete auf meiner Schulter. »Komm schon, wir müssen los, Mann«, folgte Kaysons tiefe Stimme.

Seufzend löste ich mich von Mia. »Bis später, okay?«

Sie nickte. »Bis heute Abend.« Ein letzter Kuss, ein letztes Lächeln, dann wandte sie sich ab, um zu ihrer nächsten Vorlesung zu gehen.

Auch der Nachmittag zog sich wie Kaugummi. Jede Vorlesung war eine Tortur, und im Hinterkopf hatte ich die ganze Zeit die Frist der Columbia. Spätestens am Montag müsste ich ihnen Bescheid geben, ob ich den angebotenen Studienplatz nehmen würde, und ich hatte noch immer keine Entscheidung getroffen. Es war fast schon peinlich, dass ich weiterhin mit mir haderte, was ich tun sollte, aber ich hatte es in der letzten Woche erfolgreich verdrängt, über das Thema nachzudenken, wozu Mia natürlich ihren Teil beigetragen hatte.

Alles mit Mia war so neu und aufregend, dass es ein Leichtes war, meine Probleme auszublenden. Doch der heutige Tag hatte mir bewiesen, dass es kein Dauerzustand war. Ich konnte meine Augen nicht vor der Zukunft verschließen – das wollte ich eigentlich gar nicht. Es war immer mein Traum gewesen, Anwalt zu werden, daran hatte sich in den letzten Wochen nichts geändert. Aber ich konnte die Kosten für das Studium nicht allein stemmen, dafür brauchte ich die Unterstützung meines Dads.

War ich, nach allem, was vorgefallen war, bereit, mich ihm anzunähern, um Geld von ihm anzunehmen? Konnte ich das überhaupt mit meinem Gewissen vereinbaren?

Ich hatte nicht den Hauch einer Ahnung.

Noch immer nicht.

Im Wohnheim angekommen, schmiss ich frustriert meine Tasche in die Ecke. Ein Blick auf mein Handy zeigte mir, dass Karla sich nicht gemeldet hatte, und obwohl mir eine Hausarbeit im Nacken saß, konnte ich mich jetzt nicht mit meinen Unterlagen beschäftigen. Stattdessen schaltete ich Fernseher und Playstation an, um mich mit einem Spiel abzulenken und wenigstens für ein paar Minuten an was anderes zu denken. Mit dem Controller wählte ich *The Last of Us Part II* an. Erst letzte Woche hatte ich damit begonnen. Den ersten Teil, der schon vor vielen Jahren erschienen war, hatte ich abgöttisch geliebt und mittlerweile mehrmals durchgespielt. Jetzt war ich gespannt, wie es mit Ellie und Joel fünf Jahre nach dem Ende des ersten Teils weiterging.

Ich hatte keine fünf Minuten gespielt, Ellie und Joel hatten sich nach einem Streit gerade getrennt, da klingelte mein Telefon. Einen Fluch unterdrückend, pausierte ich das Spiel und nahm mein Handy vom Tisch.

»Hey, Karla«, ging ich ran, als ich sah, dass meine Schwester anrief.

»Hey, Noah, was macht New York?«, fragte sie fröhlich.

»Steht noch. Wie ist es in Chicago? Alles beim Alten?«

»Arschkalt ist es«, grummelte Karla. Ich konnte sie praktisch vor mir sehen, wie sie dabei frustriert die Nase krauszog. »Außerdem nerven unsere Lehrer. Du hast keine Ahnung, wie sie uns rannehmen, damit wir möglichst gute SAT's ablegen.«

»Du hast vollkommen recht«, erwiderte ich so ironisch wie möglich. »Ich kann überhaupt nicht nachvollziehen, wie das für dich sein muss.« Es war kaum zwei Jahre her, dass ich in ihrer Situation gesteckt und mich mit demselben Problem herumgeschlagen hatte.

»Idiot«, sagte Karla, aber ich konnte das Schmunzeln aus ihrer Stimme heraushören.

»Hast du jetzt schon entschieden, auf welches College du gehen willst?«

»Himmel, du klingst wie Mom.« Bei Karla raschelte es im Hintergrund, als würde sie gerade in einer Tüte herumkramen.

»Sorry, ich wollte dich nicht nerven, es interessiert mich halt.«

Karla stieß ein tiefes Seufzen aus. »Ich warte noch auf Antwort vom Art Institute of Chicago. Da will ich eigentlich hin, aber sie sind die Einzigen, die sich noch nicht gemeldet haben.«

»Das kommt bestimmt noch«, versicherte ich ihr.

»Ja, klar«, sagte sie gedehnt, sodass ich nicht sicher war, ob sie es glaubte oder die Kunstschule insgeheim bereits abgeschrieben hatte. »Aber deswegen habe ich nicht angerufen. Ich hab mit Dad gesprochen.«

Augenblicklich traten sämtliche Gedanken an Karlas Collegesuche in den Hintergrund. Mein Herz pochte ängstlich gegen meinen Brustkorb, und mein Mund war mit einem Mal staubtrocken. »Was hat er gesagt?«, krächzte ich.

Karla schwieg einen entsetzlich langen Moment, dann hörte ich sie tief Luft holen. »Dad hat sich entschuldigt und …«

»Das ist ja wohl auch das Mindeste«, fiel ich ihr ins Wort. Es wäre ja noch schöner gewesen, wenn er ohne Entschuldigung zur Tagesordnung übergegangen wäre. So als wäre nie etwas vorgefallen.

»Würdest du mich bitte ausreden lassen?«, holte Karla mich in die Realität zurück.

»Sorry. Was hat er noch gesagt?«

»Dad hat sich entschuldigt, dass er sich so lange nicht gemeldet hat und dass so lange kein Geld von ihm kam. Er …« Karla brach ab, und je länger sie schwieg, desto lauter rauschte das Blut in meinen Ohren.

»Was?«, hakte ich nach, als ich die Stille nicht mehr aushielt.

»Dir wird nicht gefallen, was ich zu sagen habe.«

»Ich will es trotzdem wissen.« Ich *musste* es wissen, sonst würde ich durchdrehen. Außerdem war ich mir ziemlich sicher, dass ich daran erkennen könnte, ob er die Wahrheit sagte oder uns schamlos anlog.

Karla schnaubte, sie glaubte mir kein Wort. »Okay, hier kommt es. Dad wusste bis vor wenigen Wochen nicht, dass er kein Geld mehr an uns überweist. Er hat das nie angeordnet, sondern Alice, seiner … *Freundin* eine Vollmacht über das Konto erteilt. Du weißt ja, dass sich Mom früher auch um die Finanzen gekümmert hat, und er dachte, er könnte das nun seiner neuen Freundin anvertrauen. Sie sollte ja nicht viel machen, nur ein paar Rechnungen begleichen und so.«

»Das ist doch Bullshit«, brach es aus mir heraus. Wollte er uns wirklich weismachen, dass er von seiner ehemaligen Sekretärin übers Ohr gehauen worden war? Wer sollte ihm das denn glauben? Es stimmte zwar, dass sich Mom früher um die Finanzen gekümmert hatte, aber als Banker konnte ich doch nicht der erstbesten Frau, die sich mir an den Hals warf, eine Vollmacht über mein Konto ausstellen.

»Herrgott, hörst du jetzt endlich mal auf, mich zu unterbrechen?«, regte Karla sich auf.

Bei ihrem herrischen Ton zog ich automatisch den Kopf ein, obwohl sie mich nicht sehen konnte. Manchmal war sie Mom so erschreckend ähnlich, dass es mir Angst machte.

»Red weiter.«

»Dad hat ihr also die Vollmacht erteilt, und Alice hat angefangen, die monatlichen Überweisungen auf ihr eigenes Konto umzuleiten. Erst nur den Unterhalt für Mom, dann die Strom- und Heizungsrechnungen. Aber das war ihr wohl nicht genug. Sie hat angefangen, die Rücklagen, wie Dads Lebensversicherung, meinen Collegefonds und einige andere Versicherungen stilllegen zu lassen, um auch das Geld auf ihr Konto umzuleiten.«

Ich konnte nicht anders, als Karla erneut ins Wort zu fallen. »Und das soll nie jemand gemerkt haben? Das kannst du doch wirklich nicht glauben.«

»Noah.« Karla sprach betont leise, aber bei dem drohenden Unterton in ihrer Stimme stellten sich trotzdem die Härchen in meinem Nacken auf.

»Sorry«, murmelte ich nur.

»Also, wie du schon gesagt hast, *natürlich* ist es irgendwann jemandem aufgefallen. Aber nur, weil Alice immer gieriger wurde. Zwei Dinge haben ihr das Genick gebrochen. Sie wollte deine Collegezahlungen einstellen und an Dads Aktien ran. Aber beides konnte sie nicht einfach mit ihrer Vollmacht machen, für beides wurde zusätzlich seine Unterschrift benötigt. Du kannst dir sicher vorstellen, wie dumm er geguckt haben muss, als innerhalb einer Stunde ein Brief von deinem College reingeflattert ist und der Aktienmanager der Bank vor seiner Tür stand, weil beide wissen wollten, ob er die Kündigung der Zahlungen wirklich beauftragt hat. Dad war schockiert, aber als er danach in seine Kontoauflistung der letzten Monate geschaut hat, ist ihm erst mal bewusst geworden, welchen Schaden Alice wirklich angerichtet hat.«

Ich schüttelte den Kopf, ehe Karla zu Ende erzählt hatte. Das konnte alles nicht wahr sein. Das war viel zu einfach und würde Dad am Ende noch als Opfer dastehen lassen. Ein verächtliches Schnauben kam mir über die Lippen. Ja, klar, dass ich nicht lachte. Denn wenn das alles stimmte, warum hatte er sich dann im letzten halben Jahr weder bei Karla noch bei mir gemeldet? Warum hatte er den Kontakt zu uns abgebrochen und war nicht ans Telefon gegangen, wenn wir ihn angerufen hatten, wenn er von der ganzen Sache angeblich nichts gewusst hatte? Das war doch ausgegorener Bullshit!

»Du kannst diesen Schwachsinn doch nicht glauben«, brauste ich auf. »Das denkt sich Dad doch nur aus, um vor uns besser dazustehen. Warum sonst hat er sich nie gemeldet oder hat zurückgerufen, wenn wir versucht haben, ihn zu erreichen?«

»Er wollte ja vor allem mit dir anfangs nicht reden, weil du so sauer warst. Nach eurem Streit wollte er dir erst etwas Zeit zum Abkühlen geben, ehe er dir erklärt, dass es zwischen ihm und Mom schon länger nicht mehr gepasst hat.«

Ich konnte nicht glauben, was ich da hörte. »Ach, jetzt soll ich schuld sein, oder was? Natürlich war ich wütend, dass er Mom verlassen hat. Was für ein verdammtes Klischee ist das bitte, mit seiner zwanzig Jahre jüngeren Sekretärin durchzubrennen? Ich hab ein Recht darauf, sauer zu sein, wenn er sich scheiße verhält, und er hat mir Rede und Antwort zu stehen. Wir sind keine Kinder mehr, die man auf ihr Zimmer schicken kann, wenn man sich mit irgendwas nicht auseinandersetzen will.« Wut ballte sich zu einem heißen Knoten in meiner Magengrube zusammen. Was glaubte Dad eigentlich, wer er war, dass er so mit uns umgehen konnte?

Schweigen grüßte mich vom anderen Ende der Leitung, und ich dachte schon, dass Karla einfach aufgelegt hatte, bis ich sie scharf einatmen hörte. »Na ja, du bist nicht immer rational, wenn du sauer bist.«

Ein hämisches Lachen brach aus mir heraus, obwohl nichts an

dieser Situation lustig war. »Ich finde mich sehr rational, ich hinterfrage die Dinge nämlich, die mir gesagt werden. Und mein gesunder Menschenverstand sagt mir, dass da was nicht stimmen kann.«

»Aber Dad hat gesagt …«

»Ach, komm schon, Karla«, fiel ich ihr ins Wort, als mir etwas dämmerte. »Du kannst mir nicht erzählen, dass du ihm so einfach alles abkaufst. Er ruft dich einmal an, tischt dir irgendwelche Ausreden auf, und sofort ist alles vergeben und vergessen?« Karla war schon immer Daddys kleines Mädchen gewesen. Von klein auf hatte sie eine viel engere Bindung zu ihm gehabt als zu Mom. Das hatte sich auch nicht geändert, als Dad in späteren Jahren wegen seines Jobs öfter von zu Hause weg gewesen war. Daher hatte es sie auch stärker getroffen, von Dad verlassen worden zu sein.

In gewisser Weise konnte ich sogar nachvollziehen, dass sie ihm unbedingt glauben wollte, um die Beziehung wieder kitten zu können. Aber dass sie deswegen auch die offensichtlichsten Zeichen übersah, wollte mir nicht in den Kopf.

»Weißt du was, Noah?« Schnaufend brach Karla ab, und ich konnte sie praktisch vor mir sehen, wie sie in ihre Nasenwurzel kniff, um die Fassung zu bewahren. »Ich hab nie gesagt, dass ich ihm alles vergebe und vergesse, aber ich hab wenigstens keine vorgefertigte Meinung, an der ich auf Biegen und Brechen festhalten will. Es ist doch völlig egal, was Dad oder ich sagen, welche Beweise wir vortragen, du rückst nicht einen Millimeter von deiner Einstellung ab. Ich weiß gar nicht, warum du überhaupt wissen wolltest, wie das Gespräch war, wenn du mir doch eh nicht richtig zuhörst und dir alles, was ich sage, so drehst, damit es in deine Wirklichkeit passt. Dich interessiert doch gar nicht, was vorgefallen ist. Du willst nur weiter meckern und Dad als den Bösen hinstellen.«

»Dazu muss ich ihn nicht hinstellen, das hat er ganz allein bewerkstelligt.«

»Gott im Himmel«, murmelte Karla, und der Frust war ihr deutlich in jeder Silbe anzuhören. Aber das war mir egal. Ich war mindestens genauso frustriert und so unfassbar wütend, dass Dad mit seiner kleinen Scharade bei Karla anscheinend Gehör gefunden hatte. Mich würde er nicht so leicht um den Finger wickeln können.

»Wir sollten das hier beenden, das hat doch keinen Sinn. Denk über meine Worte nach. Wenn du dich etwas beruhigt hast und klarer siehst, kannst du dich bei mir melden.« Mittlerweile klang Karla mehr resigniert als alles andere.

»Das wird nie passieren«, entgegnete ich barsch.

»Das fände ich sehr schade.« Damit legte Karla auf.

Die Wut, die schon die ganze Zeit in mir gebrodelt hatte, brach aus mir heraus, und ich schleuderte mein Handy aufs Bett. Ein lauter Schrei entwich mir, und ich wollte auf irgendetwas einschlagen, nach etwas treten, was ich entbehren konnte, aber da war einfach nichts. Meine Playstation höhnte mich von der Seite aus an, aber selbst in meinem aktuellen Zustand wusste ich, dass ich es bitter bereuen würde, ihr auch nur einen Kratzer zuzufügen.

In Ermangelung anderer Möglichkeiten zog ich meine Joggingklamotten an, um eine Runde durch den Campuspark zu laufen. Vielleicht auch eher fünf oder zwölf. Sport war für mich eins der besten Mittel zur Frustbewältigung, und ich war mir sicher, dass es mir danach deutlich besser gehen würde.

Ich riss die Tür auf, um das Wohnheimzimmer zu verlassen – und erstarrte mitten in der Bewegung.

Mia stand vor mir, die Faust erhoben, als hätte sie soeben an die Tür klopfen wollen. Erstaunt trat sie einen Schritt zurück und ließ ihren Blick über meine Erscheinung wandern.

*Shit!*

Ich hatte völlig vergessen, dass ich mit Mia verabredet war.

# KAPITEL 26

## *Mia*

Meine Augenbrauen hoben sich, als ich Noah sah. Er trug die Sportsachen, mit denen er sich schon einige Male mit mir zum Joggen verabredet hatte. Seine Haare waren ein heilloses Durcheinander, als wäre er sich in den letzten Minuten ein paarmal zu oft mit den Fingern hindurchgefahren. Ich verstand die Wut in seinen Augen nicht, spürte selbige aber in mir aufsteigen. Hatte er vergessen, dass wir verabredet waren?

»Wolltest du irgendwohin?«, fragte ich schnippischer als beabsichtigt.

Ein verzweifelter Laut verließ Noahs Kehle, und er rieb sich über das Gesicht. »Fuck, es tut mir so leid. Komm rein.«

Er trat zur Seite, und ich ging an ihm vorbei ins Zimmer. Es sah aus, als hätte eine Bombe eingeschlagen. Fernseher und Playstation waren an, das Spiel darauf war aber pausiert. Decken und Kissen lagen auf dem Boden verteilt, als hätte ein Sturm im Raum gewütet. Noah lief unruhig auf und ab, ballte die Hände immer wieder zu Fäusten und öffnete sie wieder.

»Was ist passiert?« Es war offensichtlich, dass irgendwas vorgefallen sein musste. Ich hatte Noah noch nie so fahrig erlebt. Normalerweise war er die Ruhe in Person. Selbst wenn er wütend wurde, erhob er maximal die Stimme, aber heute schien er geradezu außer sich zu sein.

»Karla hat angerufen, sie hat mit Dad gesprochen«, sagte er in einem Tonfall, als würde das alles erklären. Leider verstand ich gar nichts.

»Und?«, hakte ich nach, weil Noah keine Anstalten machte, weiterzusprechen.

Seine Miene verfinsterte sich. »Er hat ihr einen Haufen Lügen aufgetischt, und sie hat es anstandslos geglaubt. Ich kann nicht fassen, dass Karla sich so leicht um den Finger hat wickeln lassen und jetzt von mir erwartet, dasselbe zu tun.«

Er lief noch immer im Zimmer umher und schien komplett unter Strom zu stehen. Es würde mich nicht einmal wundern, wenn ich einen Stromschlag bekäme, sobald ich ihn berührte.

Ich ließ mich auf Noahs Bett sinken und klopfte auf den Platz neben mir. »Jetzt beruhig dich erst mal und komm her.« Ich musste Noah etwas runterholen, ansonsten war mit ihm offenbar kein vernünftiges Gespräch möglich.

»Ich will mich nicht beruhigen. Ich will irgendwo reinschlagen oder, noch besser, dieses Arschloch zur Rede stellen und ihm sagen, dass ich ihm seine lahmen Ausreden nicht glaube. Karla mag er überzeugt haben, aber da ist er bei mir an der falschen Adresse. Ich hab ihn längst durchschaut.«

Ich stützte mich mit den Ellbogen auf den Knien ab und blickte Noah eindringlich an. »In deinem aktuellen Zustand solltest du besser niemanden anrufen.«

Abrupt blieb er stehen und sah mich mit wütend verengten Augen an. »Was soll das denn heißen?«

»Du wirkst etwas …« *Irrational,* lag mir auf der Zunge, aber ich konnte mich gerade noch davon abhalten, es laut auszusprechen. Ich wusste einfach nicht, wie ich mit diesem Noah umgehen sollte. Ich hatte ihn noch nie so erlebt. Er war zwar schon früher mal sauer wegen seines Dads gewesen, aber nicht so wie jetzt, wo mich das Gefühl beschlich, dass ich keinen Zugang zu ihm fand. Vermutlich war es egal, was ich zu ihm sagte, er würde mir ohnehin nicht zuhören.

»Willst du jetzt etwa auch behaupten, ich wäre nicht zurechnungsfähig?«, brauste Noah auf. »Nur weil ich sauer bin, heißt das noch lange nicht, dass ich nicht klar denken kann. Im Gegenteil, mein Gehirn arbeitet auf Hochtouren.«

Ich unterdrückte ein Seufzen und beschloss, meine Strategie zu ändern. »Was genau hat dein Dad denn gesagt, und woher weißt du, dass es nicht wahr ist?«

Mit dem Rücken lehnte er sich gegen den Schrank und verschränkte die Arme. »Weil einfach alles, was er von sich gibt, erstunken und erlogen ist. Angeblich hat er gar nicht gewusst, dass die Zahlungen eingestellt wurden. Er hat seiner neuen *Freundin* eine Vollmacht über sein Konto erteilt, damit sie sich um die Finanzen kümmern kann, wie Mom es früher gemacht hat. Sie soll dann wohl die Zahlungen nach und nach eingestellt und auf ihr eigenes Konto umgeleitet haben.«

Okay, das klang etwas hanebüchen, aber nicht komplett an den Haaren herbeigezogen. Nicht jeder konnte mit Geld umgehen, und manche wurden gierig, wenn sie plötzlich mit Summen hantieren sollten, die sie nicht gewohnt waren.

»Woher weißt du, dass es gelogen ist?«, hakte ich nach, weil Noah mir darauf eine Antwort schuldig geblieben war.

»Weil es Bullshit ist. Warum sollte Alice so etwas tun? Warum ist es nicht viel früher aufgefallen? Mir kann doch niemand weismachen, dass Dad ein halbes Jahr lang nicht auf seine Kontobewegungen geschaut hat. Es ist doch offensichtlich, dass er die ganze Sache selbst angeleiert hat, sich jetzt aus irgendeinem Grund von Alice getrennt und festgestellt hat, dass es vielleicht doch scheiße war, was er getan hat. Plötzlich steht er ganz allein da und erinnert sich daran, dass er noch Kinder hat, die er mal wieder anrufen könnte. Denn ganz ehrlich, wenn er das alles nicht gemacht hat, warum hat er sich so lange nicht bei Karla und mir gemeldet? Nach unserem Streit hat er mich sogar zweimal weggedrückt, als ich ihn angerufen hab. Das passt doch nicht zusammen.«

Da war was dran, das war zumindest seltsam, das musste ich zugeben. Trotzdem sagte mir mein Gefühl, dass ich das nicht auf sich beruhen lassen könnte. »Das würde mich auch zweifeln lassen. Aber willst du dich wirklich damit zufriedengeben? Ich würde trotzdem Gewissheit haben und herausfinden wollen, was geschehen ist. Du willst immerhin Anwalt werden, da müsste es dir doch genauso gehen.«

»Das ist hier unnötig. Ich weiß genau, dass es nicht stimmt, und will mir von ihm keine weiteren Lügen anhören. Er soll mich nur in Ruhe lassen. Für mich ist er gestorben.«

Noah wurde immer lauter, und es schmerzte mich zu sehen, wie sehr er dichtmachte. Das passte überhaupt nicht zu dem Kerl, den ich kennengelernt und der mir in den letzten Wochen so sehr geholfen hatte. Ich wollte genauso für ihn da sein, aber aktuell schien er nicht einmal mich an sich heranzulassen. Trotzdem wollte ich noch nicht aufgeben.

»Aber er ist dein Dad. Denkst du nicht, dass er es zumindest verdient hat, dass du ihm zuhörst? Wenn er dir dann keine Beweise liefern kann oder du ihn bei einer Lüge entlarvst, okay, aber dann hast du ihm zumindest die Chance gegeben, sich zu erklären, und kannst dann auch vernünftig damit abschließen.«

Noah lachte höhnisch und schüttelte den Kopf. »Ist das dein Ernst? Ausgerechnet du willst mir was von Chance und vernünftig abschließen erzählen? Wie lange hast du dich nicht bei deiner besten Freundin gemeldet? Wir haben jetzt schon so oft darüber gesprochen, und du hast sie immer noch nicht angerufen. Nur einen popeligen Brief hast du ihr geschrieben, als würde das zwei Jahre Funkstille wieder wettmachen.«

Noahs Worte waren wie ein Schlag in die Magengrube. Natürlich hatte er vollkommen recht damit, doch das war nicht, was mich daran am meisten verletzte. Mir wurde dadurch erst bewusst, dass es gerade egal war, was ich sagte, er würde mir ohnehin nicht zuhören.

Er war so sehr in seiner Wut gefangen, dass er nichts anderes hören wollte. In gewisser Weise konnte ich ihn sogar verstehen. Er hatte ein Recht darauf, wütend und verletzt zu sein, doch dass er seine Aggressionen an mir ausließ, wollte ich nicht weiter hinnehmen.

Ich stand vom Bett auf und ging langsam in Richtung Tür. »Stimmt, ich bin nicht besser als du«, sagte ich und war stolz auf mich, dass meine Stimme dabei kaum zitterte. »Und was hat es mir gebracht? Zwei unglückliche Jahre. Glaub mir, das willst du nicht erleben. Aber ich merke schon, dass ich bei dir gerade nicht weiterkomme. Ich will mich auch nicht länger von dir anpampen lassen, wenn du eigentlich auf jemand anderen sauer bist. Du kannst dich melden, wenn du dich beruhigt hast.«

Ohne auf seine Antwort zu warten, drehte ich mich um und verließ Noahs Zimmer. Das Zuknallen der Tür war gleichermaßen beruhigend und erschreckend. Ich stritt mich nicht gerne, daher war ich erleichtert, die Auseinandersetzung nicht fortführen zu müssen. Andererseits behagte es mir nicht, Noah in dieser Verfassung allein gelassen zu haben.

Auf dem Weg zurück in mein Wohnheimzimmer verrauchte meine Wut fast vollständig und ließ bloß eine tiefe Traurigkeit zurück. Diesen Abend hatte ich mir anders vorgestellt. Ich hatte auf eine Wiederholung des Wochenendes gehofft, und mich sogar darauf eingerichtet, bei Noah zu übernachten, damit wir das gemeinsame Frühstück nachholen konnten, das wir heute leider verpasst hatten. Stattdessen war es zu diesem blöden Streit gekommen, bei dem wir uns Dinge an den Kopf geworfen hatten, die wir morgen sicher bereuen würden. Ich für meinen Teil tat es jetzt schon, vor allem tat es mir leid, dass ich Noah zu einer Diskussion hatte zwingen wollen. Es war offensichtlich gewesen, dass er dazu nicht in der Verfassung gewesen war. Er hatte sich nur auskotzen und seinen Dad zum Teufel wünschen wollen, und ich hätte ihn lassen sollen. Bis morgen hätte er sich garantiert beruhigt und würde die Sache anders sehen.

Ich hätte nur für ihn da sein müssen, ohne irgendetwas zu sagen, doch aus irgendeinem Grund hatte ich das nicht gekonnt. Schon dieser Schockmoment, weil Noah in seinem Zustand unser Treffen vergessen hatte, hatte mich völlig aus der Bahn geworfen, und von da an war es nur noch bergab gegangen.

Kopfschüttelnd ließ ich die Tür zu meinem Wohnheimzimmer hinter mir ins Schloss fallen, zog meine Jacke aus und schmiss sie achtlos auf einen Stuhl. Rastlos ging ich im Zimmer auf und ab, von einer seltsamen Unruhe erfasst, die wie Elektrizität über meine Haut summte. Zum ersten Mal wünschte ich mir, dass Kady da wäre, anstatt bei ihrem Freund zu sein. Ich brauchte jemanden, mit dem ich reden konnte, damit ich nicht nur meinen eigenen Gedanken überlassen war, die alles mit jeder Sekunde nur schlimmer zu machen schienen.

*Was machte Noah gerade?*

*Wie sauer war er auf mich?*

*Würde er sich vielleicht nie wieder bei mir melden?*

Vor einem Monat war ich noch stolz darauf gewesen, niemanden außer mir selbst zu brauchen, und jetzt schien mich die Einsamkeit zu erdrücken. Sie lastete zentnerschwer auf mir und schien mich mit aller Macht zerquetschen zu wollen.

Das Klingeln meines Handys riss mich aus der Abwärtsspirale meiner Gedanken. Für einen winzigen, wundervollen Moment dachte ich, Noah würde anrufen. Dass ihm ebenfalls bereits leidtat, wie unser Treffen abgelaufen war, und er sich entschuldigen wollte.

Die Enttäuschung kam mit dem Blick auf das Display, von dem mir eine unbekannte Nummer entgegenblinkte. Sofort vermutete ich irgendeinen Werbeanbieter, der mir einen *unschlagbaren Deal* andrehen wollte, bei dem ich am Ende draufzahlen würde. Normalerweise hätte ich den Anruf auf die Mailbox umleiten lassen, doch heute konnte ich die Ablenkung gut gebrauchen, daher hob ich ab. »Hallo?«

»Mia?«

Mein Name.

Ein Wort.

Drei Buchstaben.

Gesprochen von einer Stimme, die ich aus Millionen anderer ausfindig machen konnte, egal wie lange ich sie nicht mehr gehört hatte. Auch wenn sie wie jetzt kratzig klang, als wäre sie zu lange nicht benutzt worden. Ich hatte so lange auf sie gewartet, dass mir augenblicklich Tränen in die Augen schossen und sich meine Kehle zuzog.

»Ellie?«, brachte ich schluchzend über die Lippen. Ich konnte nicht glauben, dass sie mich anrief. Dass es wirklich sie war und sie offensichtlich wieder sprechen konnte. Hatte sie sich deswegen so lange nicht gemeldet, weil sie auf diesen Moment warten wollte? Oder war mein Brief der Auslöser gewesen?

Stille am anderen Ende der Leitung, nur unterbrochen von hektischen Atemzügen. Sekunden zogen sich zu einer Ewigkeit dahin. Die Stille dröhnte in meinen Ohren, und die Gedanken überschlugen sich in meinem Kopf. Warum sagte sie nichts, wenn sie mich doch angerufen hatte? Musste sie sich für das wappnen, was sie mir mitteilen wollte? Würde sie mir jetzt ebenfalls die Schuld an dem geben, was ihr passiert war?

Mein Magen zog sich zusammen, und Übelkeit stieg in mir auf. Als ich dachte, dieses angespannte Schweigen keine Sekunde länger ertragen zu können, sprach Ellie endlich wieder.

»Es geht dir also gut, ja? Du wurdest nicht plötzlich von einer schweren Krankheit heimgesucht, die es dir unmöglich gemacht hat, dich bei mir zu melden? Du bist einfach so nach New York City verschwunden, ohne dich umzudrehen, um weit weg von mir ein neues Leben zu beginnen? Damit du nicht daran erinnert werden musst, wie kaputt ich jetzt bin.« Ellies Stimme klang rauer, als ich es gewohnt war, und deutlich leiser, aber ich konnte die Wut darin klar ausmachen.

»Was meinst du?« Ihre Worte verwirrten mich. Ich war so sehr darauf vorbereitet gewesen, Schuldzuweisungen zu hören, dass mein Hirn nicht hinterherkam, weswegen sie mich eigentlich anklagte.

»Du bist abgehauen und hast dich nicht ein einziges Mal bei mir gemeldet. Und nun denkst du, du könntest das alles mit diesem *Brief* wieder gutmachen?« Jetzt wurde Ellie lauter. »Ich habe damals auf dich gezählt. Du warst meine beste Freundin und hast mich im Stich gelassen, als ich dich am meisten gebraucht hab. Du hast mich nicht im Krankenhaus besucht, hast mir nicht beigestanden … nicht mal eine verdammte Nachricht hast du mir geschickt, sondern dich einfach aus meinem Leben gelöscht, als hätte es unsere Freundschaft nie gegeben. Als wäre sie dir nie etwas wert gewesen. Und das alles wegen eines Vorfalls, für den wir beide nicht verantwortlich waren?«

Ein unkontrolliertes Schluchzen brach aus mir heraus. Da hatte ich die Antwort, auf die ich so lange gewartet hatte. Ellie machte mich nicht für die Vergewaltigung verantwortlich. Sie dachte nicht wie ihre Eltern.

Trotzdem zersprang mein Herz in Abermillionen Teile, die sich auf den Boden zu meinen Füßen ergossen. Ellie klagte mich für etwas ganz anderes an, und diese Beschuldigungen konnte ich nicht von mir weisen. Ich *hatte* sie allein gelassen, als sie mich am meisten brauchte, hatte mich nicht bei ihr gemeldet, obwohl ich nichts lieber getan hätte. Aber nach dem Aufeinandertreffen mit Ellies Mom im Krankenhaus, als ich sie besuchen wollte, war ich so verunsichert und verängstigt gewesen, dass ich mich erst letzte Woche dazu durchringen konnte, den Brief abzuschicken.

Das war keine Entschuldigung, das war mir bewusst. Ich konnte absolut verstehen, warum Ellie sich im Stich gelassen fühlte, aber ich wollte ihr zumindest zu erklären versuchen, warum ich so gehandelt hatte.

»Ich wollte nicht …«, begann ich, wurde aber umgehend von ihr unterbrochen.

»Ich will deine Ausflüchte nicht hören. Du hattest zwei Jahre Zeit, dich bei mir zu melden. Ein simples ›Hi‹ hätte schon ausgereicht, um mir zu zeigen, dass du mich nicht komplett vergessen hast, während ich darum gekämpft habe, meine Stimme zurückzuerlangen.« Ellie lachte, aber ich konnte keinen Anflug von Humor darin entdecken. »In gewisser Weise muss ich dir fast dankbar sein. Weißt du, was mich angetrieben hat, jeden Tag an mir zu arbeiten, um wieder sprechen zu können?«

»Nein«, sagte ich, obwohl ich mir ziemlich sicher war, die Antwort zu kennen.

»Um diesen Tag zu erleben. Um dich anrufen und dir sagen zu können, wie scheiße es von dir war, mich aufzugeben. Dein lächerlicher Brief, den ich übrigens nicht gelesen habe, kann nicht wettmachen, dass du mich zwei Jahre ignoriert hast. Ich bin so maßlos enttäuscht von dir, dass ich nicht einmal Worte dafür finde. Ich hoffe wirklich, du hast dein Leben ohne mich genossen. Oder, nein. Eigentlich hoffe ich das Gegenteil.«

Damit legte Ellie auf. Das beständige Tuten des unterbrochenen Anrufs hallte laut in meinem Kopf wider. Dazu gesellte sich das immer lauter werdende Rauschen des Blutes in meinen Ohren. Meine Hand sank, und das Telefon fiel aus meinen tauben Fingern. Tränen liefen über meine Wangen, und meine Beine gaben unter mir nach. Ich sank zu Boden, zog die Beine an die Brust und vergrub mein Gesicht an meinen Knien.

Ellie hasste mich, und ich konnte es ihr nicht einmal verübeln. Ich hatte einfach alles falsch gemacht. Die ganze Zeit war ich so sehr darauf fixiert gewesen, dass sie mir ebenfalls die Schuld geben könnte, dass ich dabei überhaupt nicht bedacht hatte, wie mein plötzliches Verschwinden bei ihr ankommen würde.

Ich hatte gedacht, dass Ellie erfahren würde, was im Krankenhaus vorgefallen war, und sich melden würde, wenn sie anderer Meinung war. Weil ich nichts von ihr gehört hatte, war ich davon ausgegangen, dass sie mich ebenfalls verantwortlich machte. Deswegen hatte ich mich mehr und mehr in mich zurückgezogen, bis aus mir eine Person geworden war, die ich selbst nicht mehr erkannte.

Nur in einer Sache lag Ellie komplett falsch. Ich hatte sie nie vergessen, und es war nicht ein einziger Tag vergangen, an dem ich nicht an sie gedacht hatte. Dabei hatte ich mein Möglichstes getan, um das zu erreichen. Das war der Grund gewesen, warum ich mir ein College ausgesucht hatte, das am anderen Ende des Landes lag. Ich hatte die naive Hoffnung gehabt, dass ich durch die räumliche Trennung auch eine gedankliche Abkapselung von der Sache erreichen konnte. Dass ich vergessen könnte, was geschehen war, und es mich nicht mehr auf Schritt und Tritt begleitete. Mit Feuereifer hatte ich mich in mein Studium und die Erstellung meines Blogs gestürzt, aber es hatte nichts gebracht.

Ich konnte Ellie nicht einfach vergessen. Vermutlich würde mir das nie gelingen. Sie fehlte mir jeden Tag, und ich erwischte mich noch heute dabei, wie ich tolle Neuigkeiten zuerst mit ihr teilen wollte. Wie oft ich mein Handy in der Hand gehabt hatte, um ihr etwas zu erzählen oder mich zu entschuldigen, wusste ich gar nicht mehr. Unzählige Nachrichten hatte ich bereits getippt, ehe ich sie panisch wieder löschte. Von den angefangenen Briefen, die noch immer in meiner Schublade schlummerten, wollte ich gar nicht erst anfangen.

Genau das wurde mir nun zum Verhängnis. Meine Angst vor Ablehnung war dafür verantwortlich, dass ich keine einzige dieser Nachrichten oder Briefe abgeschickt hatte. In meinem Kopf hatte ich Ellies Schweigen so sehr damit gleichgesetzt, dass sie mir ebenfalls die Schuld gab, dass ich nicht auf *Senden* hatte drücken können, egal wie sehr ich es mir gewünscht hatte. Es war irgendwie ironisch, dass genau das am Ende mein größter Fehler war.

Eine Welle des Schmerzes rollte über mich hinweg, und ich krümmte mich noch etwas mehr zusammen. Jede Zelle in meinem Körper tat weh, selbst meine Gedanken waren davon nicht ausgeschlossen. Tränen rannen noch immer über meine Wangen, als wollten sie meinen Schmerz nach draußen spülen, aber es wurde nicht weniger. Es nahm mich komplett ein und zog mich in einen Strudel aus Dunkelheit und Schuldgefühlen. Ich wusste nicht, wie ich jemals wieder etwas anderes fühlen sollte.

Ich hatte nicht einmal mehr die Energie, um mich aufzurappeln. Vor meinem Fenster wurde es langsam dunkel, während ich immer noch auf dem Boden kauerte und überlegte, was ich jetzt tun sollte. Ich wollte Ellie anrufen und ihr erklären, was damals wirklich vorgefallen war, doch sie hatte ihren Standpunkt mehr als deutlich gemacht. Sie wollte nicht mit mir reden, nichts mehr mit mir zu tun haben. Es schien, als hätte ich meine beste Freundin ein weiteres Mal verloren.

# KAPITEL 27

## *Noah*

Ich war so ein Idiot!

Je öfter ich den Streit mit Mia in meinem Kopf Revue passieren ließ, desto mehr wollte ich mich deswegen treten. Gestern war ich so in meiner Wut gefangen gewesen, dass ich jedes Wort für gerechtfertigt gehalten hatte, doch heute verstand ich, dass ich nur meinem Ärger irgendwie Luft machen musste. Dass ausgerechnet Mia diejenige gewesen war, die in dem Moment alles abbekommen hatte, bereute ich mehr, als ich mit Worten ausdrücken konnte.

Sie hatte mich völlig auf dem falschen Fuß erwischt. Durch das Telefonat hatte ich vergessen, überhaupt mit ihr verabredet gewesen zu sein, und als sie plötzlich vor mir stand, wurde das Gefühlschaos in mir nur größer. Ich wollte sie nicht wegschicken, obwohl es vermutlich das Beste gewesen wäre. Karla hatte nämlich recht. Ich war oft irrational, wenn ich wütend war. Ich wollte dann keine Lösung für mein Problem präsentiert bekommen oder erwachsen reagieren. Ich wollte in meiner Wut brodeln und mich aufregen.

Was jedoch am schlimmsten war: Alles, was zu mir gesagt wurde, verstand ich dann als Angriff auf meine Person, obwohl es gar nicht so gemeint war.

Genau das war gestern geschehen. Ich hatte mich von Mia in die Ecke gedrängt gefühlt, obwohl sie mir nur helfen wollte, und hatte blind um mich geschlagen. Nur so konnte ich mir erklären, warum ich diese gemeinen Dinge über Ellie gesagt hatte. Denn eigentlich verurteilte ich Mia nicht dafür, dass sie sich so lange nicht getraut hatte, sich bei ihrer besten Freundin zu melden. Ich konnte es sogar verstehen. Wenn dir jeder sagt, dass du an etwas schuld bist, dann glaubst du es irgendwann selbst.

Fahrig strich ich durch meine Haare und zog mein Handy aus der Hosentasche. Ich musste das wieder geradebiegen.

Es tut mir so leid, was ich gestern alles gesagt habe. Können wir später reden?

Ich schickte die Nachricht ab, schmiss mein Handy aufs Bett und verschwand im Bad, um mich fertig zu machen. Gott, ich hasste diesen Tag jetzt schon.

Auf dem Weg zu meiner ersten Vorlesung checkte ich praktisch sekündlich, ob Mia mir geantwortet hatte, doch es kam nichts. Sie hatte meine Nachricht nicht einmal angesehen, was kein gutes Zeichen war. War sie so sauer auf mich, dass sie gar nicht in Betracht zog, sich meine Entschuldigung anzuhören?

Ich machte einen Abstecher zu dem kleinen Café, in dem wir uns in den letzten Wochen öfter zum Frühstück getroffen hatten. Auch hier war sie nicht, und eine Schwere legte sich um mein Herz, die mir den Brustkorb zuschnürte.

Missmutig steuerte ich im Vorlesungssaal die letzte Reihe an, weit weg von den Leuten, mit denen ich normalerweise zusammensaß. Ich wollte heute mit niemandem reden, wollte keine gute Laune vortäuschen, wo ich doch auf mehreren Ebenen niedergeschlagen war. Es war nicht nur die Sache mit Mia, die an mir nagte, auch das Gespräch mit Karla über unseren Dad war überpräsent in meinem Kopf. Zwar war die Wut von gestern etwas verraucht, aber ich konnte immer noch nicht glauben, was ich gehört hatte. Welcher Mensch schaute sich denn ein halbes Jahr lang seinen Kontostand nicht an?

Gerade wenn größere Anschaffungen anstanden, musste man doch wissen, wie viel Geld man noch zur Verfügung hatte. Und nachdem Dad ausgezogen war, musste er sich praktisch alles neu kaufen. Wer überließ das alles einer nahezu fremden Person?

Abwesend rieb ich über meine Schläfen, hinter denen ein dumpfes Pochen einsetzte. Das hatte doch keinen Sinn. Ich würde jetzt keine Lösung dafür finden und sollte mich besser auf die Vorlesung konzentrieren. Mein Dozent war bereits seit mehreren Minuten da, aber bisher hatte ich kein Wort von dem mitbekommen, was er gesagt hatte.

Den Blick nach vorne gerichtet, legte ich das Handy neben mir auf den Tisch. In diesem Moment vibrierte es mit einer eintreffenden Nachricht und verschaffte mir fast einen Herzinfarkt. Ich riss es an mich, in der Hoffnung, dass Mia mir endlich geantwortet hatte, doch die Nachricht war von meiner Schwester.

Wenn du mir immer noch nicht glaubst, geh in die Verwaltung zu Mrs Stevenson.

Ich runzelte die Stirn. Mrs Stevenson kannte ich. Sie war für die Studiengebühren und Stipendien zuständig. Am Anfang jedes Semesters war ich bei ihr, um das Formular zu unterschreiben, dass ich ein weiteres Semester am LaGuardia studierte und die monatlichen Gebühren vom Konto meines Dads abgebucht wurden.

Noah: Woher kennst du sie?
Karla: Sprich mit ihr!!!!

Oh wow, wenn Karla mehr als drei Ausrufezeichen benutzte, war sie immer noch sauer wegen gestern. Nicht, dass ich es ihr verdenken konnte. Auch ihr gegenüber war ich unfair gewesen, aber im Gegensatz zu Mia redete sie wenigstens noch mit mir. Ich schreib ihr ein

»Okay« zurück und nahm mir vor, nach den Vorlesungen in der Verwaltung vorbeizuschauen.

Danach ging ich noch mal in den Chat mit Mia. Sie hatte nicht geantwortet und die Nachricht noch nicht gelesen. Zuletzt online war sie gestern Abend gewesen, um die Zeit rum, als sie von mir abgehauen sein musste.

Zu der Niedergeschlagenheit mischte sich nun auch Sorge, ob Mia auf dem Weg zu ihrem Wohnheim etwas zugestoßen war. Eigentlich konnte ich es mir nicht vorstellen. Unsere Wohnheime lagen kaum zweihundert Meter auseinander, verbunden durch einen offenen Platz, auf dem sich immer viele Studenten tummelten. Wäre etwas passiert, hätte es auf jeden Fall irgendjemand mitbekommen, und das ganze College wüsste mittlerweile davon.

Vermutlich suchte mein schlechtes Gewissen nur nach einem Grund, warum Mia meine Nachricht bis jetzt nicht gelesen haben konnte.


Der Tag zog sich weiter in die Länge. Ich legte meine ganze Hoffnung darauf, Mia in der Mittagspause zu sehen, doch sobald ich die Mensa betrat und einen Blick zu unserem Tisch warf, verpuffte auch diese in einer hoffnungslosen Rauchwolke. Mias dunkler Haarschopf war nirgendwo zu sehen, ich hätte sie sofort unter einer Million anderer Menschen erkannt.

Lustlos holte ich mir was zu essen und ging zu meinen Freunden.

»Wow, du siehst aus wie das blühende Leben«, begrüßte Avery mich.

»Ich hab mich mit Mia gestritten, und jetzt befürchte ich, dass sie nie wieder ein Wort mit mir spricht.« Dann erzählte ich ihnen die Kurzversion von dem, was sich gestern zugetragen hatte. Das Telefonat mit Karla, was sie über Dad erzählt hatte und wie es zu dem Streit mit Mia gekommen war, bei dem ich ihr vorgehalten hatte, dass sie mir keine Ratschläge geben sollte, an die sie sich selbst nicht hielt – oder viel zu spät hielt.

»Manchmal bist du echt ein Idiot.« Traurig schüttelte Kayson mit dem Kopf.

»Bist du«, stimmte Theo zu, die Stirn in tiefe Falten gelegt. »Und ich verstehe, dass Mia abgehauen ist. Ich hätte mir das auch nicht länger anhören wollen. Aber wieso sollte sie deswegen nie wieder mit dir reden?«

»Ich hab ihr heute Morgen geschrieben und mich entschuldigt. Bis jetzt keine Antwort.« Zur Verdeutlichung hielt ich mein Handy in die Höhe. Ich machte mir gar nicht mehr die Mühe, es in meine Tasche zu packen, weil ich eh alle paar Minuten drauf sah.

»Vielleicht hat sie zu tun oder hat ihr Handy vergessen?«, überlegte Lizzy. »Denn ich stimme Theo zu. Was du gesagt hast, war echt blöd, ist aber kein Grund, nie wieder mit dir zu reden. Warte einfach mal ab, vermutlich klärt sich das alles von allein.«

Die Worte meiner Freunde sollten mich beruhigen, aber das genaue Gegenteil war der Fall. Irgendwas stimmte an dieser Sache nicht. Auch anfangs, als Mia mir nicht immer sofort – wenn überhaupt – geantwortet hatte, hatte sie meine Nachrichten zumindest angesehen. Vielleicht reagierte ich gerade etwas über, aber dass sie seit gestern Abend nicht mehr online gewesen war, stimmte mich besorgt.

Auch dass ich sie den ganzen Tag am College nicht gesehen hatte, konnte eigentlich nur eins bedeuten: Sie war nicht da gewesen. Sonst rannten wir uns mehrfach über den Weg, weil wir die meisten Vorlesungen im selben Gebäude hatten, doch heute war von Mia weit und breit nichts zu sehen gewesen. Wenn sie mir also nicht aktiv aus dem Weg ging, weil sie sauer auf mich war, musste etwas anderes dahinterstecken. Es musste einen anderen Grund für Mias Fehlen geben, aber ich hatte nicht den Hauch einer Ahnung, welcher das sein konnte.

Niedergeschlagen machte ich mich nach meiner letzten Vorlesung auf den Weg in Richtung Verwaltungsgebäude. Ich schob die schwere Eisentür auf, betrat den dämmrigen Flur und erinnerte mich augenblicklich daran, wie ich hier in Mia gelaufen war. Es schien eine Ewigkeit her zu sein, dabei waren seitdem kaum zwei Monate vergangen. Aber wir waren nicht mehr dieselben Menschen. Mia hatte sich von dieser zurückgezogenen Studentin, die niemanden an sich herangelassen hatte, in eine fröhliche und offene Frau verwandelt, die der Mittelpunkt meiner Aufmerksamkeit war. Auch ich hatte mich geändert. Anfangs war Mia für mich nichts weiter als ein schneller Flirt gewesen. Eine Frau unter vielen, mit der ich gerne eine heiße Nacht verbringen wollte. Doch mit jedem neuen Detail, das ich über sie erfahren hatte, hatte sie sich mehr in mein Herz geschlichen. Mittlerweile konnte ich nicht mehr nachvollziehen, warum ich jemals so gedacht hatte.

Ich klopfte an Mrs Stevensons Tür und trat nach einem gedämpften »Herein« ein. Mrs Stevenson war eine schmale Frau Anfang vierzig, deren hellbraune Haare noch keine grauen Strähnen vorwiesen und immer akkurat um ihre Schultern fielen. Sie trug einen weinroten Blazer und darunter eine helle Bluse, mehr konnte ich dank des riesigen Schreibtisches, hinter dem sie saß, nicht von ihr erkennen. Eine randlose Brille saß tief auf ihrer Nase, die sie nun nach oben schob, um mich zu mustern.

»Ah, Mr Snyder«, begrüßte sie mich, als hätte sie mich erwartet, und deutete mit einem Kopfnicken auf den Platz sich gegenüber.

Ich fragte mich, ob sie wohl jeden der über zweitausend Studentinnen und Studenten mit Namen begrüßte, wenn sie unangemeldet in ihrem Büro auftauchten. Dann schüttelte ich über mich selbst den Kopf. Das war nun wirklich nicht wichtig.

»Hallo, Mrs Stevenson.« Ich räusperte mich und wusste nicht so recht, wie ich beginnen sollte. Vielleicht hätte ich mir doch zuerst eine Strategie zulegen sollen.

»Sie sind vermutlich wegen der Unstimmigkeiten bei Ihren Studiengebühren hier, richtig?«, kam sie mir gleich zu Hilfe, und ich nickte erleichtert.

»Mein Dad hat mir erzählt, dass wohl jemand versucht hat, die Zahlungen einzustellen.«

»Das ist korrekt.« Mrs Stevenson zog eine Schublade rechts von sich auf, die voller Akten war. Mit dem Zeigefinger fuhr sie über die Aktenrücken, bis sie an einer bestimmten angelangte und sie hervorzog. Sie schlug sie auf, blätterte darin herum und zog schließlich ein DIN-A4-Blatt hervor, das sie mir reichte.

»Das ist das Schreiben der Bank Ihres Vaters, das mich vor knapp zwei Wochen erreicht hat. Nun ist es nicht einmal ungewöhnlich, dass Eltern während des Studiums ihrer Kinder irgendwann die Gebühren nicht mehr zahlen – meistens, weil sie sie schlicht nicht mehr stemmen können –, aber nicht mitten im Semester. Sie verstehen, wir schließen einen Vertrag inklusive einer Einzugsermächtigung für ein ganzes Semester ab, den Ihr Vater unterschrieben hat. Daher kann nur er diesen Vertrag auch aufkündigen.«

Ich warf einen Blick auf das Dokument in meinen Händen. Es war eine ziemlich formelle Kündigung, von Alice Hastings im Namen meines Vaters aufgesetzt, mit der Bitte, den Einzug der Studiengebühren mit sofortiger Wirkung einzustellen.

»Und danach haben Sie ihn angerufen?«, mutmaßte ich.

»Natürlich nicht.« Mrs Stevenson wirkte so schockiert, als wollte ich ihr einen Mord unterstellen. »Es gibt eine offizielle Vorgehensweise dafür. Ich habe ein Schreiben an Ihren Dad inklusive des Kündigungsformulars gesendet. Er hat mich danach angerufen, weil er offenbar von der Kündigung nichts wusste, und hat mir eingebläut, die Gebühren bloß weiter einzuziehen.«

Mir rauschte der Kopf so sehr, dass mir kurzzeitig schwindelig wurde. Sollte am Ende etwa alles wahr sein, was Karla mir erzählt hatte? Hatte Alice wirklich ohne das Wissen meines Vaters gehandelt? Aber warum sollte sie das tun? Und warum hatte Dad sich so lange nicht gemeldet?

Die Gedanken überschlugen sich regelrecht in meinem Kopf, und plötzlich hatte ich das Gefühl, keine Luft mehr zu bekommen. Ich musste hier raus. Achtlos legte ich den Zettel zurück auf den Tisch, murmelte Mrs Stevenson ein »Danke« zu und stand mit zittrigen Knien auf. Ich stolperte regelrecht aus dem Büro, nahm die Studierenden um mich herum im Flur gar nicht wahr.

Erst als ich draußen war und die frische Luft mein überhitztes Gesicht kühlte, konnte ich einen tiefen Atemzug nehmen. Meine Gedanken waren noch immer ein heilloses Durcheinander, als hätte ein Sturm sie auseinandergefegt, aber eine Sache war mir sonnenklar: Ich hatte Fehler gemacht. Nicht nur einen, sondern gleich mehrere. Ich hatte mich zu sehr von meiner Wut leiten lassen und damit nicht nur eine Kluft zwischen Mia und mich gerissen, sondern auch einen Streit mit Karla angezettelt. Ganz davon zu schweigen, dass ich es nicht einmal in Betracht gezogen hatte, dass Dad die Wahrheit sagen könnte.

Mehrfach raufte ich mir auf dem Weg ins Wohnheim die Haare, aber wenigstens wusste ich jetzt endlich, was zu tun war. Ich musste die Wogen glätten, gleich bei mehreren Leuten.

# KAPITEL 28

## Mia

Ich war wie gelähmt.

Lag nur auf meinem Bett herum und fand nicht mal die Motivation, meinen kleinen Finger zu rühren.

Sekunden wurden zu Minuten, Minuten zu Stunden und Stunden zu Tagen, was ich nur daran bemerkte, dass die Lichtverhältnisse sich änderten. Kady war irgendwann vorbeigekommen und hatte sich nach meinem Befinden erkundigen wollen, aber ich hatte sie ignoriert. Nicht einmal, weil ich sie vor den Kopf stoßen wollte, sondern weil ich nicht die Kraft hatte, mich zu ihr umzudrehen und mit ihr zu reden.

Das Gespräch mit Ellie lief wie in Dauerschleife in meinen Gedanken ab, und mit jeder Wiederholung fühlte ich mich schlechter. Ich befand mich in einer Abwärtsspirale, die mich immer weiter in ein schwarzes Loch ziehen wollte. Schuldgefühle drückten auf mich ein, ließen meine Glieder schwer wie Blei werden, weil ich bei Ellie alles falsch gemacht hatte, was man nur falsch machen konnte. Dass ich Angst vor ihrer Reaktion gehabt hatte, war einfach keine adäquate Ausrede mehr, denn das jetzt war viel schlimmer als alles, was sie mir hätte vorwerfen können.

Ich verstand, warum sie sauer auf mich war. An ihrer Stelle wäre ich es vermutlich genauso. Ich würde mich ebenfalls im Stich gelassen fühlen. Verraten von der besten Freundin, mit der man zuvor alles geteilt hatte.

Wie hatte ich nur so dumm sein können? Was hätte es schon für einen Unterschied gemacht, wenn Ellie mir ebenfalls die Schuld gegeben hätte? An der Situation und meiner Einsamkeit hätte es überhaupt nichts geändert. Warum hatte ich mich also nicht dazu durchringen können, ihr eher zu schreiben? Nicht nur in den letzten Wochen, nachdem ich mit Noah und Lizzy gesprochen hatte, die beide auf meiner Seite gewesen waren. Sondern schon vor einem Jahr? Warum hatte ich ihr nicht direkt eine Nachricht geschrieben, nachdem ihre Mom mich aus dem Krankenhaus geworfen hatte? Ein »Hey, ich wollte dich besuchen, aber deine Mom lässt mich nicht zu dir« hätte doch ausgereicht.

Ich würde mir die Haare raufen, wenn ich in der Lage dazu wäre, mich zu rühren. Ich fühlte mich so schwer, als würden Bleigewichte an meinen Gliedern hängen, die mich mit unsichtbarer Kraft aufs Bett niederdrückten. Dabei lag nichts auf mir außer meiner Decke, die mich in eine warme Umarmung hüllte.

Ein lautes Pochen an der Tür ließ mich erschrocken zusammenfahren.

Wer mochte das sein? Kady hatte ihre Schlüsselkarte, und sonst kam kaum jemand zu Besuch. Vermutlich hatte sich jemand im Zimmer geirrt, anders konnte ich es mir nicht erklären. Ich schloss die Augen, um damit die Außenwelt auszusperren, obwohl mir das den letzten Tag schon nicht gelungen war.

Erneut dieses Klopfen, lauter diesmal. Es schien in meinem Kopf nachzuhallen, und ich presste genervt die Zähne aufeinander. Wer auch immer da war, sollte verschwinden. Ich wollte niemanden sehen, mit niemandem reden, sondern einfach nur weiter in Selbstmitleid versinken.

Wieder ein Pochen, dann: »Mia, mach die Tür auf. Wir wissen, dass du da bist.«

Lizzys Stimme ließ mich aufhorchen. Auch wenn wir uns einander angenähert hatten, war sie so ziemlich die letzte Person, die ich erwartet hatte. Noah vielleicht, obwohl auch er mir nach der einen Nachricht nicht mehr geschrieben hatte, aber niemals Lizzy. Mein Herz klopfte aufgeregt, und zum ersten Mal seit Montag spürte ich so etwas wie nervöse Energie in mir aufsteigen.

Trotzdem sträubte sich mein Innerstes noch immer dagegen, mit irgendwem zu reden. Diesmal wusste ich ganz sicher, dass ich ganz allein für dieses Schlamassel verantwortlich war. Was brachte es also, jemandem davon zu erzählen?

Es wurde ein weiteres Mal an meine Tür geklopft. »Wenn du uns nicht aufmachst, holen wir die Wohnheimleitung, damit er uns aufschließt«, drohte Lizzy. Ihre Stimme hatte einen entschlossenen Unterton, und ich glaubte ihr sofort, dass sie es durchziehen würde.

»Okay, okay«, murmelte ich und rappelte mich auf. Schwankend kam ich auf die Beine, meine Glieder fühlten sich ganz steif und wie eingerostet von der langen Nichtbenutzung an. Als wäre ich in den letzten vierundzwanzig Stunden um zehn Jahre gealtert.

Ich schlurfte zur Tür und öffnete. Lizzy, Chloe und Virginia standen davor, Lizzys erhobene Faust deutete an, dass sie gerade zum wiederholten Mal gegen die Tür hatte donnern wollen.

»Ah, da bist du ja.« Lizzys Blick wanderte an meinem Körper herab und wieder hinauf. Ein übermäßig fröhliches Grinsen auf den Lippen, schob sie sich an mir vorbei. Die anderen folgten, Chloe schloss die Tür hinter sich und sah sich neugierig um.

»Hier stinkt's«, sagte Virginia und rümpfte die Nase.

»Aber wirklich«, stimmte Lizzy ihr zu und sah mich unverfroren an. »Wann hast du zuletzt geduscht?«

Chloe trat neben sie. »Oder das Fenster geöffnet?«

»Montag?« Glaubte ich, war aber nicht so wichtig. »Was macht ihr hier?« Das interessierte mich viel brennender.

»Du warst nicht bei der Probe, wir haben uns Sorgen gemacht«, erklärte Virginia.

»Außerdem hat Noah uns von eurem Streit erzählt«, fügte Lizzy an.

Fast hätte ich gelacht, denn wegen des simplen Streits hätte ich mich sicher nicht so fertiggemacht, doch das sich in mir aufbäumende schlechte Gewissen machte es sofort wieder zunichte. Dachte Noah etwa, dass ich mich deswegen nicht meldete? Eine Sekunde später wollte ich mir die Hand vor die Stirn schlagen. Was sollte er denn sonst denken? Er war nicht hier gewesen, hatte nicht mitbekommen, dass Ellie mich angerufen hatte. Woher sollte er also wissen, was wirklich mit mir los war?

»Wir haben Nervennahrung mitgebracht.« Lizzy hob eine prall gefüllte Einkaufstüte an, die mir zuvor gar nicht aufgefallen war.

»Und Alkohol.« Chloe zog eine Flasche Sekt aus dem Rucksack.

Mein Blick schweifte von der Flasche in die Tüte, wo sich Schokolade, Gummibärchen und Chips befanden. Alles, was mein Herz begehrte.

Hinter meinen Augenlidern begann es verräterisch zu kribbeln, und meine Kehle zog sich zu. Ich war unfassbar gerührt von diesen drei Frauen, die ich eigentlich kaum kannte und bei denen ich im letzten Jahr alles versucht hatte, um sie bloß nicht zu nah an mich heranzulassen. Trotzdem waren sie hier, bewaffnet mit all den Köstlichkeiten, weil sie dachten, der Streit mit Noah hätte mich aus der Bahn geworfen.

Ich wusste nicht, wann ich mich zuletzt einer Gruppe derart zugehörig gefühlt hatte.

Das war gelogen.

Ich wusste es genau.

Das konnte nur mit Ellie und unseren Freundinnen gewesen sein.

Dieser Gedanke war der Anstoß, der meine Tränen endgültig zum Überlaufen brachte. Dick rollten sie über meine Wangen, und ein lautes Schluchzen kämpfte sich aus meiner Kehle frei.

Eine Sekunde später war Lizzy bei mir und zog mich in eine Umarmung. Dann legten sich weitere Arme um mich und noch welche, bis ich mich in einem Kokon aus Armen und Körpern wiederfand. Kurz versteifte ich mich, weil ich so viel Nähe nicht gewohnt war, doch dann bemerkte ich, wie beruhigend und befreiend es war, von ihnen gehalten zu werden. Endlich konnte ich loslassen und mir sicher sein, dass diese drei mich auffangen würden. Ich konnte gar nicht sagen, warum ich das so sicher wusste, aber ich hatte nicht den geringsten Zweifel daran.

Meine Tränen liefen unaufhörlich und spülten so viel von meiner Angst und den angestauten Gefühlen aus mir heraus. Ich hatte überhaupt kein Zeitgefühl mehr, wie lange es dauerte, bis sie endlich versiegten. Bis meine Schluchzer nachließen und auch das Zittern in meinen Gliedern endlich abebbte.

Aber Lizzy, Chloe und Virginia ließen mich keine Sekunde lang los. Sie waren einfach nur da, sagten kein Wort, aber hielten mich unabdinglich fest und gaben mir somit zu verstehen, dass ich nicht alleine war. Ich konnte meine Dankbarkeit für sie nicht in Worte fassen.

Irgendwann versiegten meine Tränen, und ich löste mich von den Mädels. »Danke, dass ihr gekommen seid.«

»Jederzeit«, versicherte Virginia sofort.

»Wenn wir Bescheid gewusst hätten, wären wir auch schon eher gekommen«, fügte Lizzy hinzu.

Mein Blick senkte sich gen Boden, und ich betrachtete die Socken an meinen Füßen, die ich seit gestern nicht gewechselt hatte. »Ich wusste nicht, dass es eine Möglichkeit ist.«

Lizzy griff nach meiner Hand. »Jederzeit. Und jetzt erzähl uns mal, was los ist. So wie du aussiehst, geht es hier um mehr als den simplen Streit zwischen Noah und dir, von dem er uns berichtet hat.«

Stöhnend rieb ich über meine Schläfen. »Das hat alles überhaupt nichts mit Noah zu tun. Also klar, wir haben uns gestritten, und er hat ein paar blöde Dinge zu mir gesagt, aber ich wusste die ganze Zeit, dass er eigentlich nur auf seinen Dad sauer ist und nicht auf mich. Ich … wollen wir uns nicht setzen?« Ich ging zum Bett, schob Bettdecke und Kissen nach hinten zur Wand, damit wir genügend Platz hatten. »Und ich könnte was von dem Sekt gebrauchen.«

»Zu Befehl.« Breit grinsend machte Chloe sich daran, die Sektflasche zu öffnen, während Lizzy und Virginia bereits neben mir Platz nahmen. Sie schenkte uns allen ein, dann setzte sie sich zu uns.

»Jetzt erzähl.«

»Es geht nicht um Noah, sondern um Ellie, meine beste Freundin, die fast vergewaltigt wurde.« Ich nahm einen Schluck Sekt, um Kraft aus dem süßen Prickeln auf meiner Zunge zu ziehen, dann erzählte ich ihnen alles, was passiert war. Angefangen von den Geschehnissen in Seattle vor zwei Jahren, weil Chloe und Virginia diese Geschichte noch nicht kannten, über meine Angst, mich bei Ellie zu melden, wie ich es endlich über mich gebracht hatte, ihr den Brief zu schreiben, bis hin zu dem Telefonat. Ich ließ nichts aus. Einmal angefangen, sprudelten die Worte nur so aus mir heraus, als hätte ich, trotz der Lethargie, in der ich gefangen gewesen war, insgeheim nur darauf gewartet, mit irgendwem darüber reden zu können.

Lizzy, Chloe und Virginia hörten mir aufmerksam zu und unterbrachen mich nicht. Nur ihre immer schockierter dreinblickenden Gesichter spiegelten mir, was sie dachten.

»Und jetzt weiß ich einfach nicht, was ich tun soll. Ich will Ellie unbedingt anrufen und ihr alles erklären, befürchte aber, dass es dafür zu spät ist«, schloss ich meinen Bericht.

Entschieden schüttelte Lizzy den Kopf. »Es ist nicht zu spät, sonst hätte Ellie sich nicht bei dir gemeldet. Wenn es zu spät wäre, wäre ihr die ganze Sache egal. Dann hätte sie deinen Brief weggeworfen, ohne einen weiteren Gedanken an dich zu verschwenden. Nach dem, was du erzählst, hat es sie genauso mitgenommen wie dich, dass ihr keinen Kontakt miteinander hattet. Sie hat dich noch nicht aufgegeben.«

»Glaubst du wirklich?« Leise Hoffnung keimte zum ersten Mal seit Ellies Anruf in mir auf. Wie eine Flamme, die in mir entzündet wurde und Wärme in sämtliche meiner Zellen entsandte.

»Auf jeden Fall«, stimmte Chloe zu. »Zu spät ist es erst, wenn Ellie mit dir abgeschlossen hätte, und dann hätte sie sich gar nicht die Mühe gemacht, dich anzurufen. Dann wärst du ihr nämlich egal.«

Chloe und Virginia tauschten einen Blick, in dem eine stumme Kommunikation abzulaufen schien. Sie kannten sich erst, seit wir die Band gegründet hatten, aber in ihrem natürlichen Umgang erkannte ich etwas, das mich an Ellie erinnerte. Es machte mir umso deutlicher, was wir verloren hatten.

»Denkt ihr, sie wird mir verzeihen können?«, fragte ich.

Betretenes Schweigen breitete sich aus, und mein Herz sackte bis zu meinen Füßen hinab, so schwer wurde es.

Schließlich räusperte sich Virginia. »Das kann niemand von uns sagen. Wir kennen sie und eure Freundschaft nicht, daher können wir das nicht einschätzen.«

»Aber dass sie dich angerufen hat, ist auf jeden Fall ein gutes Zeichen«, fügte Lizzy an. »Sie hat dich noch nicht aufgegeben. Es besteht noch eine Chance, eure Freundschaft zu kitten. Auch wenn natürlich niemand sagen kann, ob sie wieder so wird wie vorher.«

Chloe nickte bekräftigend. »Eins ist jedenfalls sicher, wenn du es nicht wenigstens versuchst, wirst du es nie herausfinden. Auch wenn sie dir Vorhaltungen gemacht hat, ist Ellie einen Schritt auf dich zugegangen, indem sie sich bei dir gemeldet hat, jetzt musst du handeln. Sie hat dir sozusagen einen Strohhalm gereicht, nach dem du nur greifen musst. Und ich möchte anmerken, dass sie jedes Recht dazu hat, sauer zu sein. Ich verstehe zwar auch, warum du Angst hattest, dich bei ihr zu melden, mir wäre es an deiner Stelle vermutlich ähnlich gegangen. Trotzdem kann ich nachvollziehen, dass Ellie wütend und enttäuscht ist, und das musst du anerkennen.«

»Oh, das tue ich auch«, sagte ich schnell. »Ich ärgere mich nur, dass ich das nicht vorhergesehen habe. Ich war so in meiner Panik und den ganzen Schuldgefühlen gefangen, dass ich gar nicht realisiert hab, wie mein Verhalten auf Ellie wirken könnte. Das tut mir unfassbar leid, und ich hoffe, dass ich zumindest die Chance erhalte, ihr zu erklären, was meine Beweggründe waren.«

»Die wirst du auf jeden Fall bekommen.« Aufmunternd drückte Lizzy meine Hand. »Nur musst du dich dazu zeitnah bei ihr melden und nicht wieder Wochen verstreichen lassen.«

Sofort schüttelte ich den Kopf. Diesen Fehler würde ich kein weiteres Mal begehen. »Ich rufe sie gleich morgen früh an. Ich will alles in meiner Macht Stehende tun, um das geradezubiegen.« Und danach würde ich bei Noah vorbeigehen. Auch mit ihm wollte ich die Funkstille beenden.

Lizzy nickte mir anerkennend zu und senkte den Blick auf die Sachen, die sie mitgebracht hatten. »Und was machen wir jetzt mit dem ganzen Kram hier? Das können wir doch nicht verkommen lassen.«

Ich wollte ebenfalls nicht, dass sie schon gingen. »Wie wäre es, wenn wir eine Runde K-Drama schauen?«

Lizzy und Chloe warfen mir verwirrte Blicke zu, während Virginias Augen aufleuchteten.

»Ich bin dafür.«

»K-was?«, hakte Chloe nach.

»K-Drama«, wiederholte ich.

»Das sind koreanische Serien. Die sind super, ihr werdet sie lieben«, erklärte Virginia.

»Ah, okay. Ich glaub, ich hab das schon mal irgendwo gehört«, überlegte Lizzy. »Mach mal an.«

Ich sprang auf, um meinen Laptop zu holen, und stellte eine meiner liebsten Serien an. Wenn diese sie nicht überzeugte, würde es keine tun.

Lizzy, Chloe und Virginia blieben fast bis Mitternacht. Wir schauten fünf Folgen von *It's Okay To Not Be Okay*, und danach war ich mir sicher, dass Virginia und ich sie vom K-Drama überzeugt hatten.

Zufrieden und deutlich ruhiger als die Tage zuvor ging ich ins Bett. Doch sobald ich allein im Dunkeln lag, wurden meine Gedanken so laut, dass ich kein Auge zubekam. Ich malte mir das Telefonat mit Ellie in allen möglichen Variationen aus. Von einem rosaroten Verlauf, wo sie mir sofort verzieh und wir umgehend wieder beste Freundinnen wurden, bis hin zur totalen Katastrophe, wo sie mich nicht zu Wort kommen ließ, sondern mich sofort anschrie, sie hätte mir doch gesagt, ich solle sie in Ruhe lassen, war alles dabei. Meine Gedanken dröhnten laut wie ein Flugzeug beim Start in meinen Kopf und übertönten alles andere.

Als ich endlich keine weitere Option fand, wie das Telefonat mit Ellie ablaufen konnte, hatte mein Hirn noch nicht genug vom Grübeln und wandte sich dem Gespräch mit Noah zu. Auch dort präsentierte es mir alle möglichen Ausgänge, bis ich um drei Uhr morgens so genervt von mir selbst war, dass ich es aufgab, an Schlaf zu denken.

Bis ich es um acht Uhr für vertretbar hielt, Ellie anzurufen, wollte ich mich mit Lernen ablenken, doch ich konnte mich kaum für eine Minute am Stück konzentrieren. Nachdem ich einen Satz fünfmal gelesen hatte, ohne seinen tieferen Sinn zu verstehen, ließ ich es sein. Ich war offensichtlich nicht in der Lage, die Zusammenhänge zu begreifen, daher schnappte ich mir meinen Laptop und schlug die restliche Zeit mit weiteren Folgen *It's Okay To Not Be Okay* tot.

Ohne auf die Uhr zu schauen, erfasste mich pünktlich um acht Uhr eine derartige Nervosität und Angst, dass ich zu zittern begann.

Gleichzeitig überhäufte mich mein Hirn erneut mit Ausflüchten, warum es besser wäre, Ellie doch nicht so frühmorgens anzurufen.

*Vielleicht schläft sie noch.* *Früher war Ellie ein Morgenmensch, aber vielleicht ist sie mittlerweile vor dem ersten Kaffee so ungenießbar wie ich vor dem ersten Tee. Vielleicht ist sie in der Uni, Therapie oder sonst wo.*

Diesmal ließ ich mich nicht von der Stimme beirren. Obwohl die Angst mir fast die Kehle zuschnürte, griff ich nach meinem Handy und wählte die Nummer, von der Ellie mich angerufen hatte. Mein Herz donnerte stürmisch in meiner Brust, und meine Hände waren vor Nervosität schweißnass, aber ich zwang mich zu gleichmäßigen Atemzügen.

»Ja?«, ging Ellie nach dem vierten Klingeln ran.

Erleichterung erfasste mich, dass sie überhaupt abgehoben hatte. »Hi, Ellie, hier ist Mia.«

»Ja, ich hab gesehen, dass du es bist.«

»Ich …« Hatte ich mir zuvor noch einen Plan zurechtgelegt, was ich ihr sagen wollte, waren meine Gedanken jetzt ein heilloses Chaos. Als hätte ein Orkan alles durcheinandergewirbelt, was zuvor fein säuberlich auf dem Tisch gelegen hatte.

»Es tut mir leid«, war das Erste, das mir in den Sinn kam, und ich versuchte, den roten Faden von da wieder aufzunehmen. »Ich weiß, dass es zu wenig und zu spät ist, und du hast jedes Recht, sauer auf mich zu sein, aber ich wollte dir zumindest erklären, warum ich so gehandelt habe. Du musst auch gar nichts dazu sagen, hör mir nur bitte zu.«

Schweigen am anderen Ende der Leitung, das nicht lauter in meinem Kopf dröhnen könnte und sich mit dem wilden Klopfen meines Herzens zu einer bedrückenden Symphonie vermischte.

Schließlich räusperte sie sich. »Ich weiß. Ich hab deinen Brief doch gelesen.«

»Hast … hast du?« Überrascht stolperte ich über die Worte.

Ellie atmete schwer aus. »Ja. Aber ich würde es gern aus deinem Mund hören.«

Vor Dankbarkeit schossen mir Tränen in die Augen, und ich atmete zitternd ein. Das hier war mehr, als ich zu hoffen gewagt hatte. Obwohl das Gespräch mit Lizzy, Chloe und Virginia mir die Kraft gegeben hatte, diesen Anruf endlich zu tätigen, hatte ich insgeheim trotzdem befürchtet, dass Ellie nicht rangehen könnte oder sofort wieder auflegen würde, wenn sie erfuhr, worüber ich mit ihr reden wollte. Doch das war nicht geschehen, und ich würde diese Chance bestmöglich nutzen.

»Am Morgen …« Meine Stimme versagte mir. Ich musste mich räuspern und von vorne beginnen. »Ich sehe es noch klar vor meinen Augen, als wäre es gestern geschehen. Am Morgen nach dieser Party hat es plötzlich an der Tür geklingelt. Die Polizei war da, hat uns erzählt, was passiert ist, und meine Mom und mich mit aufs Revier zur Befragung genommen. Ich hab ihnen erzählt, was auf der Party mit Preston vorgefallen ist, dass ich auf dem Heimweg irgendwie ein schlechtes Gefühl hatte, das aber nicht deuten konnte. Und dann …«

Noch heute rieselte ein kalter Schauer meinen Rücken hinab, und mein Blut gefror zu Eis, wenn ich an die Vernehmung zurückdachte. »Sie haben mir unterstellt, dass ich schuld daran sei. Ich war zu freizügig angezogen, hätte zuerst mit Preston geflirtet, und dass mir seine Aufmerksamkeit gefallen hätte, ehe ich entschied, doch kein Interesse an ihm zu haben. Zusätzlich hätte ich ihn auch noch provoziert, indem ich veranlasst hatte, dass er rausgeschmissen wird. Sie haben es nicht so deutlich gesagt, sondern mir eher nicht richtig zugehört und mir die Worte im Munde verdreht, aber die Message ist klar und deutlich bei mir angekommen. Es ist so schlimm geworden, dass Mom die Befragung irgendwann abgebrochen und gemeint hat, wir würden sie nur im Beisein unserer Anwältin fortführen.«

Noch immer hörte ich keinen Mucks von Ellie, nicht einmal ihre Atmung. Ich fragte mich, ob sie überhaupt noch da war oder längst aufgelegt hatte, aber das hätte ich mitbekommen. Also redete ich einfach weiter, denn wenn ich die nächsten Worte jetzt nicht aussprechen würde, fände ich vermutlich nie wieder den Mut dazu.

»Nachdem wir das Präsidium endlich verlassen konnten, wollte ich nur noch zu dir. Mom meinte, ich sollte erst mal nach Hause, mich ausruhen, aber ich *musste* wissen, wie es dir ging, also bin ich gleich los zum Krankenhaus. Nur haben mich deine Eltern nicht zu dir gelassen. Bereits an der Anmeldung wurde ich nicht weitergelassen, und sie haben deine Eltern gerufen. Sie meinten, dass ich schon immer einen schlechten Einfluss auf dich gehabt hätte. Dass du dich wegen mir total verändert hast und sie insgeheim schon lange darauf gewartet haben, dass etwas passiert. Und dann haben sie mir den Kontakt mit dir verboten. Haben mir gesagt, ich soll nicht mehr vorbeikommen oder dich anderweitig kontaktieren. Da dachte ich, du würdest genauso denken wie sie.«

Ich stieß einen langen Atemzug aus, als ich zu Ende gesprochen hatte, der einen Großteil der in mir angestauten Empfindungen mit sich nahm. Ich fühlte mich gleich leichter und befreiter, als wäre mir eine Tonnenlast von den Schultern genommen worden. Mir wurde erst jetzt klar, wie sehr mich das in den letzten Jahren bedrückt hatte, weil es plötzlich nicht mehr da war.

Ellie schwieg, aber ich konnte ihre gleichmäßigen Atemzüge hören. Ich zwang mich dazu, nichts weiter zu sagen, um ihr die Zeit und Ruhe zu geben, zu verarbeiten, was sie gehört hatte.

Schließlich atmete sie scharf ein. »Meine Eltern haben dir den Umgang mit mir verboten?« Ellies Stimme war erschreckend tonlos und ließ meine Kehle trocken werden. »Das hat nicht im Brief gestanden.«

Hatte es nicht? Ich hatte den Brief wie im Rausch geschrieben und konnte mich noch immer nicht daran erinnern, was darin stand. »Ja«, krächzte ich.

»Ich wusste das nicht, sonst hätte ich mich bei dir gemeldet. Aber meine Eltern haben dich nie erwähnt, wenn sie mich besucht haben.«

Ein Lachen brach aus mir heraus, in dem nicht ein Funken Humor steckte. »Darauf hatte ich gewartet. Ich dachte, wenn du anderer Meinung als deine Eltern bist, wirst du mir schreiben, sobald du dafür bereit bist.«

»Ich wusste es wirklich nicht«, wiederholte Ellie, leiser diesmal. »Ich dachte, du hättest keinen Bock mehr, dich mit mir abzugeben, weil ich nicht mehr reden konnte. Dass ich es dadurch nicht mehr wert wäre, ein Teil deines Lebens zu sein. Das hat mich anfangs in ein ziemliches Loch fallen lassen, hat mich vermutlich auch zusätzlich gehemmt, wieder sprechen zu können. Bis irgendwann die Kehrtwende kam. Ich kann gar nicht mehr sagen, was es war, aber eines Tages dachte ich mir: jetzt erst recht. Jetzt kämpfst du dich hier raus und zeigst allen, was in dir steckt.«

»Und ich hab jeden Tag mit mir gehadert, weil ich mich melden wollte, aber die Angst davor, dass du genauso denken könntest wie deine Eltern, hat mich davon abgehalten.«

Erneut verfiel Ellie in Schweigen, und ich zwang mich ein weiteres Mal, es nicht zu durchbrechen. Es gab noch so vieles, was ich ihr sagen wollte, so vieles, das ich von ihr erfahren wollte, aber das waren Gespräche für die Zukunft … falls sie entschied, dass es eine Zukunft für uns geben sollte.

»Ich muss das erst mal sacken lassen«, sagte Ellie irgendwann, und mein Herz sank ins Bodenlose. »Ich glaube dir und bin froh, dass du mir das erzählt hast, aber ich muss das für mich erst mal verarbeiten.«

»Okay«, murmelte ich und war erschrocken, wie tonlos meine Stimme klang.

»Ich melde mich wieder bei dir.« Damit legte Ellie auf, ehe ich etwas erwidern konnte.

Kraftlos ließ ich das Handy herabgleiten und spürte Tränen in meinen Augen aufsteigen. Das Gespräch war gleichzeitig gut und unfassbar schlecht gelaufen, und ich hatte keine Ahnung, was ich davon halten sollte. Wie es jetzt weiterging. Ob ich jemals wieder von Ellie hören würde.

# KAPITEL 29

## *Noah*

*E*s klingelte einmal, zweimal, dreimal, und ich war schon kurz davor, wieder aufzulegen, als endlich das erlösende Klicken in der Leitung erklang.

»Noah, ich bin so froh, dass du anrufst.«

Die Stimme meines Dads zu hören, brachte so viele unterschiedliche Emotionen in mir hoch, dass es mir für einen Augenblick die Stimme verschlug. Da war Erleichterung, Freude, aber auch Wut, Verzweiflung und eine lähmende Traurigkeit darüber, wie unsere Familie, die ich als Kind für unverwüstlich gehalten hatte, auseinandergedriftet war.

»Hey, Dad. Wie geht's?« Innerlich schlug ich mir wegen der dummen Floskel gegen die Stirn, aber wie sonst sollte ich dieses Gespräch beginnen? Gleich mit der Tür ins Haus fallen, nachdem wir einige Monate nicht miteinander gesprochen hatten?

»Ich fühle mich ziemlich dumm, ehrlich gesagt, dass ich auf einen der ältesten Tricks hereingefallen bin. Dass ich in meinem Alter noch mal so blind vor Liebe war, dass ich vertraut habe, ohne zu überprüfen.«

Okay, also fingen wir doch direkt mit dem Thema an. War mir auch recht. »Was ist denn genau passiert?«

Dad stieß ein Seufzen aus, das tief aus seiner Seele zu stammen schien und all seine Verzweiflung transportierte. »Alice war schon ein paar Jahre meine Sekretärin. Ich fand sie nett und hübsch, aber sie war so viel jünger als ich, dass ich nie dachte, sie könnte Interesse an mir haben. Bis die Firmenweihnachtsfeier vor einem Jahr stattfand. Da war sie plötzlich wie ausgewechselt, hat sich den ganzen Abend mit mir unterhalten, mit mir getanzt, mich regelrecht umschwärmt. Ich hab mich vor allem geschmeichelt gefühlt und den Abend genossen. Danach hat sie auch bei der Arbeit so weitergemacht. Ich will auch gar nicht zu sehr ins Detail gehen, aber eine Sache ist wichtig. Zwischen uns ist nichts gelaufen, bevor ich mich von deiner Mom getrennt hab.«

Ich glaubte ihm, aber darum ging es mir ehrlich gesagt gar nicht. »Wie kam es dazu, dass du ihr die Kontovollmacht überschrieben hast?«

Ein missmutiger Laut drang durch die Leitung zu mir durch, und ich konnte Dad praktisch vor mir sehen, wie er sich mit gerunzelter Stirn das ergraute Haar nach hinten strich. »Das ist der Part, wo ich dumm war. Du weißt, dass Mom das bei uns früher immer erledigt hat. Aus dem einfachen Grund, weil ich mich bei der Arbeit schon den ganzen Tag mit Zahlen beschäftige und abends keine Lust habe, das noch mal zu tun. Irgendwann hatte ich das Alice gegenüber erwähnt, und sie hat angeboten, das zu übernehmen. Es war zu einem Zeitpunkt, wo ich ohnehin viel um die Ohren hatte. Ich hatte erst den Streit mit dir gehabt, als du mir an den Kopf geworfen hast, die Familie im Stich zu lassen, und auch Karla hatte mir kurz zuvor gesagt, dass ich für sie gestorben sei.«

Überrascht hoben sich meine Augenbrauen. Mir war nicht bewusst gewesen, dass Karla das zu Dad gesagt hatte. Sie hatte es vor mir mit keinem Wort erwähnt, und ich war davon ausgegangen, dass sie deutlich nachsichtiger mit ihm umgegangen war, weil sie ein viel engeres Verhältnis gepflegt hatten.

Unbeirrt sprach Dad weiter. »Ich hab überhaupt nicht weiter darüber nachgedacht, sondern Alice die Vollmacht ausgestellt. Die ersten zwei, drei Monate habe ich das Konto noch überprüft, nachdem ich ihr Überweisungen gegeben hatte, doch danach habe ich sie machen lassen. Hätte mich das LaGuardia nicht angeschrieben, weil Alice eine Kündigung des Dauerauftrages geschickt hat, es wäre mir vermutlich bis heute nicht aufgefallen, dass sie so viel Geld zu sich transferiert hat.«

»Wärst du mal ans Telefon gegangen, als ich angerufen hatte, hätte ich es dir schon viel eher gesagt.« Diese Spitze konnte ich mir nicht verkneifen. Es war immerhin nicht so, als hätten Karla und ich eine Zeit lang nicht versucht, zumindest eine Erklärung von ihm zu bekommen.

»Ich weiß, und das tut mir auch leid. Aber es war kurz nach unserem Streit, ich war mir sicher, dass unser Gespräch nur wieder in Vorhaltungen enden würde, und wollte erst etwas Gras über die Sache wachsen lassen. Ja, das war äußerst feige von mir«, fügte Dad an, als wüsste er, was ich darauf sagen wollte.

»Es ist auch ohnehin nicht mehr zu ändern«, sagte ich resigniert. »Was hast du jetzt vor? Wirst du Alice anzeigen?«

Dad schwieg. Sekunden tröpfelten zu einer Ewigkeit dahin, die mich immer unruhiger werden ließ. »Werde ich nicht«, sagte er schließlich. »Ich habe mich von ihr getrennt, habe ihr sämtliche Vollmachten entzogen und im Büro dafür gesorgt, dass sie in eine andere Abteilung versetzt wird. Aber ich kann sie nicht anzeigen. Alice hat das Geld nicht für sich genommen. Ihre Mutter ist schwer krank, und Alice hat damit ihre Behandlungen bezahlt, weil sie keine Krankenversicherung hat.«

»Aber sie müsste doch über die Bank versichert sein«, ging ich dazwischen.

»Alice ja, aber das schließt ihre Mutter nicht ein.« Ein humorloses Lachen drang über Dads Lippen. »Der Witz ist, hätte Alice mir davon erzählt, hätte ich ihr das Geld dafür freiwillig gegeben. Stattdessen hat sie mich monatelang hintergangen, belogen und um Geld betrogen, das eigentlich für euch gedacht war. Das kann ich ihr nicht verzeihen. Du musst wissen, dass ich euch nie etwas Schlechtes wollte, Noah. Weder dir noch Karla oder eurer Mom. Ja, deine Mom und ich haben uns auseinandergelebt, und zwar schon lange, bevor Alice auf den Plan getreten ist, aber wir werden trotzdem immer eine Familie sein. Ich will weiterhin an eurem Leben teilhaben und für euch da sein.«

Ein Kloß in meinem Hals schnürte mir die Kehle zu, und ich musste schlucken. In mir kämpften die unterschiedlichen Emotionen miteinander, die ich kaum auseinanderhalten konnte. »Danke, dass du mir davon erzählt hast. Ich verstehe dich jetzt besser, aber ich weiß nicht, ob ich dir sofort verzeihen kann. Ich brauche Zeit.«

»Selbstverständlich«, sagte Dad sofort. »Nimm dir so viel Zeit, wie du brauchst. Danke, dass du mir zugehört hast.«

Ich hätte es viel eher tun sollen. Wenn ich nicht so verbohrt gewesen wäre, hätte ich die Sache vielleicht viel eher beenden und uns allen viel Kummer ersparen können. Aber dafür war es zu spät. Wir hatten alle unsere Fehler gemacht und mussten nun mit den Konsequenzen leben.

Eine plötzliche Müdigkeit überkam mich, die meine Gedanken lähmte und meine Glieder schwer werden ließ.

»Ich melde mich wieder, okay?«

»Noah, warte, eine Sache noch.« Jetzt hörte Dad sich dringlich an.

»Was gibt's?«

»Ich weiß, dass du dich jetzt für eine Uni entscheiden musst, an der du deinen Bachelor machen kannst, und völlig egal, welche es am Ende wird, ich werde die Studiengebühren weiterhin übernehmen. Schick mir das Formular einfach zu.«

Zum ersten Mal seit Tagen breitete sich die Andeutung eines Lächelns auf meinen Lippen aus. Deswegen hatte ich Dad gar nicht angerufen, und ehrlich gesagt hatte ich daran heute noch gar nicht gedacht. »Die Columbia will mich«, sagte ich.

»Noah, das ist fantastisch. Ich bin so stolz auf dich.« Er klang auch danach, und ich konnte Dad praktisch vor mir sehen, wie er mit vor Stolz geschwellter Brust und einem breiten Grinsen am Telefon war. Und das, mehr als alles andere, stimmte mich versöhnlich. Trotz allem, was vorgefallen war, obwohl ich ihm gesagt hatte, dass ich nicht wusste, wann und ob ich ihm verzeihen konnte, war seine erste Reaktion, stolz auf mich zu sein.

»Danke, Dad. Ich muss bis Ende der Woche auch die Zusage schicken.«

»Warum hast du das noch nicht getan?«

»Es war so viel los. Du weißt doch, wie das Studentenleben ist.« Auf einmal wollte ich ihm nicht mehr sagen, dass ich wegen ihm damit gehadert hatte, ob ich der Columbia zusagen sollte. Ob ich überhaupt weiterhin sein Geld annehmen wollte.

»Klar, das verstehe ich. Aber lass diese Chance nicht verstreichen.«

»Werde ich nicht. Bis bald, Dad.«

»Mach's gut, Noah.«

Ich legte auf, schmiss mein Handy aufs Bett und nahm einen tiefen Atemzug. Zum ersten Mal seit Monaten fühlte es sich auch so an, als würde die Luft alle Zellen in meiner Lunge erreichen. Eine Last war von meinen Schultern genommen worden, durch die ich mich zwanzig Kilo leichter fühlte. Heute Abend würde ich das Antwortschreiben an die Columbia aufsetzen, und endlich – *endlich* – stellte sich auch so etwas wie Vorfreude ein, dass ich von meiner favorisierten Universität angenommen worden war, bei der ich später auch die Law School würde besuchen können. Noch sechs Monate, dann würde mein neues Leben beginnen, aber eins, das ich mit meinen Freunden würde teilen können, da ich nicht weit weg von ihnen sein würde.

Doch zuerst musste ich die Sache mit Mia richtigstellen. Bereits gestern hatte ich mir vorgenommen, bei ihr vorbeizugehen, wenn sie sich bis heute nicht gemeldet hatte. Sie würde mir nicht länger aus dem Weg gehen können.

Ich schnappte mir meine Jacke, wickelte einen Schal um meinen Hals, weil es in den letzten Tagen wieder kühler geworden war, und schlüpfte in meine Sneakers. Nach dem Gespräch mit Dad war ich voller neuer Energie, die mich dazu antrieb, mich zu beeilen.

Das Handy steckte ich in meine Jackentasche, riss die Tür auf – und stoppte mitten in der Bewegung.

Mia stand im Flur, die Faust erhoben, als hätte sie gerade an meine Tür klopfen wollen. Es kam mir wie ein Déjà-vu vor, immerhin hatte Mia vor einigen Tagen genau so vor meiner Tür gestanden, als ich nach dem Gespräch mit Karla meinen Frust beim Joggen hatte loswerden wollen. Gleichzeitig fragte ich mich, ob ich sie mir nur einbildete. Ob ich sie so sehr vermisste, dass mir mein Unterbewusstsein ihr Bild projizierte, doch dann räusperte sie sich und senkte verlegen den Blick.

»Du bist schon wieder auf dem Sprung?«, murmelte sie so leise, dass ich sie kaum verstehen konnte.

Bilder vom letzten Mal, als sie mich an der Tür überrascht und es in unserem Streit geendet hatte, stiegen in mir auf. »Ja, ich wollte gerade zu dir.« Ich konnte das Zucken in meinen Mundwinkeln nicht mehr zurückhalten.

Überrascht sah Mia zu mir auf. »Wolltest du?« Zweifel schimmerten in ihren Augen, und am liebsten hätte ich sie sofort in den Arm genommen und jeden einzelnen davon weggeküsst.

»Du hast noch immer nicht auf meine Nachricht geantwortet, warst gestern nicht bei deinen Vorlesungen, und ich wollte nachsehen, ob es dir gut geht.«

»Sorry.« Erneut blickte sie zu Boden. »Es hatte nichts mit dir zu tun, das musst du mir glauben.«

»Komm erst mal rein.« Ich trat einen Schritt zur Seite, um sie einzulassen, und zog meine Jacke wieder aus.

Mia setzte sich auf mein Bett, die Hände im Schoß verknotet. »Es tut mir wirklich leid, dass ich mich nicht gemeldet hab. Das lag nicht an dir oder unserem Streit, sondern weil Ellie mich angerufen hat, nachdem ich von hier weg bin.«

Eine Sekunde musste ich überlegen, wer Ellie war, dann durchzuckte die Erkenntnis mich wie ein Blitz. In zwei Schritten war ich bei Mia und setzte mich neben sie. »Ellie hat dich angerufen? Sie spricht wieder?«

»Tut sie. Und sie war stinksauer auf mich.« Sardonisch verzog Mia den Mund.

»Was? Warum? Gibt sie dir doch die Schuld?«

»Nein, sie war sauer, weil ich sie allein gelassen hab, als sie mich am meisten gebraucht hat. Sie wusste nicht, dass ihre Eltern mir den Kontakt zu ihr verboten haben, und dachte, ich hätte keine Lust mehr, mich mit ihr abzugeben, weil sie nicht mehr sprechen kann. Was total bescheuert ist, aber ich kann sie auch verstehen. Vermutlich hätte ich an ihrer Stelle dasselbe gedacht. Ich meine, ich hab mich ja auch in falschen Vermutungen verstrickt und mich aus Angst nicht bei ihr gemeldet. Wenn ich ihr nur eine popelige Nachricht geschrieben hätte, wäre alles anders gekommen.«

Deutlich zeichnete sich die Trauer über verpasste Chancen auf Mias Zügen ab, und ich griff nach ihrer Hand. »Aber jetzt habt ihr euch ausgesprochen?«

Hilflos hob sie die Schultern. »So mehr oder weniger. Ich habe sie vorhin angerufen und ihr alles in Ruhe erklärt. Sie hat mir auch geglaubt, sagt aber, dass sie Zeit braucht und nicht weiß, ob sie mir verzeihen kann. Ich verstehe das, und unsere Freundschaft wird wohl nie wieder so werden, wie sie einmal war, aber wenn Ellie keinen Kontakt mehr zu mir will, werde ich es mir nie vergeben, diese verfluchte Nachricht damals nicht geschrieben zu haben.«

Mias Verzweiflung war fast greifbar, flirrte in der Luft zwischen uns herum, und ich hielt die Distanz zwischen uns nicht mehr aus.

Sanft zog ich sie an mich und legte die Arme um sie. Sie ließ sich gegen mich fallen, vergrub ihr Gesicht an meinem Hals und krallte ihre Hände in meinen Pulli. Ein Schaudern durchlief sie, dann floss die Anspannung aus ihr heraus, und sie schlang ebenfalls die Arme um mich. Es fühlte sich so unfassbar gut an, Mia endlich wieder halten zu können, dass ich für einen Moment die Augen schloss und diesen Moment in mich aufnahm.

Mias kühle Nasenspitze, die meinen Hals kitzelte, ihr warmer Atem, der mir eine Gänsehaut verschaffte, und ihr gleichmäßiger Herzschlag, den ich an meiner Brust spürte. Wärme breitete sich von meinem Herzen in jede Zelle meines Körpers aus, und ich zog sie noch ein weniger enger an mich, obwohl das eigentlich gar nicht mehr möglich war. Am liebsten hätte ich sie nie wieder losgelassen.

»Ich bin sicher, dass Ellie dir verzeihen wird«, murmelte ich und presste einen Kuss auf ihren Scheitel.

»Ich hoffe, du hast recht.«

Wir verfielen in Schweigen, aber weitere Worte waren auch nicht nötig. Beruhigend strich ich mit der Hand über Mias Rücken und merkte, wie sie sich immer weiter entspannte. Ihre Atmung wurde flacher, und sie schmiegte sich jetzt mehr an mich, als dass sie sich an mir festkrallte.

Irgendwann hielt ich es nicht länger aus. »Ich hab mit Dad gesprochen.«

Ruckartig lehnte Mia sich zurück, bis sie mich ansehen konnte. »Was? Wow! Und das sagst du erst jetzt? Glaubst du ihm nun?«

Verlegen senkte ich den Blick. »Ich war bei Mrs Stevenson, die mir bestätigt hat, dass Alice, also Dads Ex-Freundin, die Kündigung der Collegegebührenzahlung beantragt hat, woraufhin sie meinen Dad kontaktiert hatte.« Dann erzählte ich ihr alles, was bei dem Gespräch mit Dad herausgekommen war. Mia hörte aufmerksam zu, ein kleines Lächeln auf den Lippen, das breiter wurde, je mehr sie erfuhr.

»Das ist großartig, Noah. Ich bin froh, dass ihr das klären konntet.«

»Ich auch. Ich hab Dad zwar gesagt, dass ich etwas Zeit brauche, aber nicht, weil ich ihm nicht verzeihen kann. Das habe ich schon längst, glaube ich, aber ich brauche einfach ein paar Tage, um das alles zu verarbeiten.«

»Völlig verständlich.« Mia kuschelte sich wieder an mich und hob zudem die Beine, um sie über meinen Schoß zu legen. »Es tut mir übrigens leid, dass es zu unserem Streit gekommen ist. Ich hätte dich nicht so sehr drängen sollen, deinem Dad zu verzeihen. Ich konnte deine Wut nämlich eigentlich nachvollziehen.«

»Mir tut es auch leid. Es war unfair, dir vorzuwerfen, dass du bei Ellie nicht anders gehandelt hast, immerhin sind unsere Situationen gar nicht miteinander zu vergleichen.«

Ich spürte, wie Mia mit den Schultern zuckte. »Es ist okay, ich war dir nie wirklich böse. Du hast nur um dich geschlagen, weil du verletzt warst. Eigentlich bin ich nur gegangen, damit die Situation nicht weiter eskaliert, und wollte dir am nächsten Tag gleich schreiben.«

Meine Mundwinkel hoben sich. »Aber dann hat Ellie angerufen.«

»Genau, sie hat mich völlig aus der Bahn geworfen, aber es hatte nie etwas mit dir zu tun.«

Ich legte meine Hand an Mias Wange und wartete, bis sie zu mir aufsah. »Ich bin froh, dass wir das geklärt haben, du hast mir gefehlt.«

»Du mir auch.« Dann lagen endlich ihre Lippen auf meinen und verschlossen sie mit einem süßen Kuss. Es war ein vorsichtiger, fast schon unschuldiger Kuss, als müssten wir uns nach den letzten zwei Tagen neu kennenlernen. Es lag so viel Gefühl darin, dass meine Knie weich wurden und ich dankbar war, bereits zu sitzen.

Ich vergrub meine Hand in Mias Haaren und gab mich völlig unserem Kuss hin. Da war noch so viel mehr in mir, das ich ihr sagen wollte. Dass ich mich unsterblich in sie verliebt hatte. Dass ich nicht wollte, dass dieser Kuss je endete. Dass sie mein Leben bereicherte, auch wenn wir uns stritten. Dass sie mir nach zwei Jahren Einsamkeit die Liebe zurückgebracht hatte.

Doch dafür war später noch Zeit. Wir hatten unendlich viel Zeit dafür, all die Gespräche nachzuholen, die wir noch nicht geführt hatten. Jetzt wollte ich nur den Moment mit ihr genießen und nicht an morgen denken.

# KAPITEL 30
## SEATTLE – ZWEI MONATE SPÄTER

## Mia

*D*er Wind kitzelte in meiner Nase und wehte mir die Haare aus dem Gesicht. Es war ein seltsames Gefühl, wieder hier zu sein. Seattle war fast mein ganzes Leben lang meine Heimat gewesen, und doch fühlte ich mich New York mittlerweile irgendwie verbundener. Hier hatte ich wundervolle Momente erlebt, die ich nie missen wollte, aber auch das schrecklichste Erlebnis überhaupt. Alles in meinem Umfeld erinnerte mich an diese verhängnisvolle Nacht. Der kleine Park, durch den wir damals gegangen waren und in dem Ellie und ich uns getrennt hatten. Das Haus, vor dem wir standen, sah genauso aus wie mein Elternhaus, das nur zwei Straßen weiter lag.

Ich fröstelte und zog meine Jacke enger um mich, obwohl ich wusste, dass es nicht am Wind lag.

»Bist du bereit?«

Noahs Stimme riss mich aus meinen Gedanken, und ich wandte mich ihm zu. Seine blonden Haare waren vom Wind zerzaust, seine Wangen gerötet, und der Blick aus seinen blauen Augen lag sanft auf mir. Mein Herz quoll über vor Liebe und Dankbarkeit für diesen Mann, der die letzten zwei Monate kaum von meiner Seite gewichen war. Er hatte mir nicht nur den Glauben an mich selbst zurückgegeben, sondern mir auch gezeigt, was wahre Liebe war. Und auch heute war er bei mir, obwohl ich ihm mehrfach gesagt hatte, dass ich es auch allein hinbekommen würde. Trotzdem war er hier, neben mir, wie ein Fels in der Brandung, der jedem Sturm trotzte.

»So bereit, wie es eben geht«, sagte ich und versuchte mich an einem Lächeln. Ich war unerwartet nervös, diesen Schritt zu gehen. Als wir gestern am Seattle-Tacoma International Airport aus dem Flugzeug gestiegen waren, war ich noch ganz ruhig gewesen, doch seit heute Morgen nahm meine innere Unruhe ständig zu.

Noah griff nach meiner Hand und zog mich zu sich. Ich ließ mich gegen seine Brust fallen, sicher, dass er mich auffing, schlang die Arme um seine Mitte und blickte in sein wunderschönes Gesicht.

»Ich bin so stolz auf dich.« Er senkte den Kopf und küsste mich. Sobald seine Lippen auf meinen lagen, trat alles andere in den Hintergrund. Ich gönnte mir diesen kurzen Moment Leichtigkeit, ehe ich mich meiner Vergangenheit stellte.

Viel zu schnell löste sich Noah von mir, und sofort schoss mein Blick wieder zu dem dunklen Hinterhof, an dessen Eingang wir standen. Er kam mir wie ein dunkles Ungetüm vor, der Rachen eines Monsters, das mich mit Haut und Haaren verschlingen würde, sobald ich eintrat.

Dabei passierte das nur in meinem Kopf. Die Sonne schien hinein, beleuchtete jeden Winkel und ließ nichts daran bedrohlich wirken, aber mein Kopf schien das Memo nicht bekommen zu haben.

*Ich weiß halt, was hier passiert ist.*

Es hatte mein Leben grundlegend verändert. Nicht nur meine Freundschaft zu Ellie, sondern auch alles andere. Seitdem hatte ich keine Kleider oder Röcke getragen, obwohl ich sie vorher geliebt hatte, weil sie mir jetzt das Gefühl gaben, etwas zu provozieren. Ich hatte niemanden mehr an mich herangelassen, weil die Angst, es könnte sich wiederholen, zu groß gewesen war. Wie sehr ich mich von allen abgekapselt hatte, war mir erst aufgefallen, nachdem ich Noah kennengelernt und er mir vor Augen geführt hatte, wie einsam ich mich fühlte.

Nie wieder!

Ich wollte nie wieder so werden. Nie wieder allein sein und alle um mich herum von mir stoßen. Nie wieder aus Angst den Leuten, die mir am meisten bedeuteten, nicht schreiben. Nie wieder weglaufen, wenn ich eigentlich bleiben musste.

Das hier war der erste Schritt, um mir einen Teil dessen zurückzuholen, was ich verloren hatte.

Noah drückte meine Hand und holte mich in die Wirklichkeit zurück. Ich sah zu ihm auf, nickte ihm entschlossen zu, und gemeinsam setzten wir uns in Bewegung.

Ein schmaler Gang führte zwischen zwei Häusern auf den Hinterhof zu, der überraschend hell und geräumig war. Die Sonne brannte auf uns herab und war hier, wo es windstill war, auch schon wärmend. Rechts standen Mülltonnen an einer Hauswand, die mit bunten Graffiti besprüht war. Links standen ein Metalltisch und einige Stühle vor einem Hintereingang zum Haus, aus dem Mr Beaver gekommen war, der Ellie in letzter Sekunde gerettet hatte.

Doch all das nahm ich nur am Rande wahr, denn auf einem der Stühle saß Ellie. Ihre rotbraunen Haare waren kürzer, als ich sie in Erinnerung hatte, doch davon abgesehen sah sie noch genauso aus wie früher. Dieselbe sportliche Figur – ob sie immer noch Handball spielte? Dieselbe randlose Brille, hinter der blaue Augen hervorblitzten. Dieselben Converse-Sneakers, die sie früher schon abgöttisch geliebt hatte. Fast könnte ich mir einbilden, dass die letzten zwei Jahre nicht geschehen waren. Fast …

Ellie erblickte uns und stand auf. Mein Herz setzte für einen Schlag aus und verfiel danach in einen schnelleren Rhythmus, als sie breit lächelnd auf uns zukam. Auf einmal prasselten all die Empfindungen auf mich ein, die ich die letzten Tage so sorgsam verdrängt hatte. Mitgefühl wegen dem, was passiert war, unendliche Traurigkeit, weil wir zwei Jahre auf diese Wiedervereinigung warten mussten, Ärger auf mich selbst, weil ich maßgeblich daran schuld war, und unendliche Freude, weil wir trotz allem heute hier standen.

Meine Augen begannen zu brennen, und ein Schluchzer wollte sich aus meiner Kehle befreien, aber bevor es dazu kam, zog Ellie mich bereits in eine feste Umarmung. Ich krallte mich an ihr fest, atmete tief den Geruch ihres Mangoshampoos ein und spürte, wie die ersten Tränen über meine Wangen rollten.

Ellie zu umarmen, war wie nach Hause kommen. Aber ein Zuhause, das so sehr umgestellt worden war, dass ich es kaum wiedererkannte. Vertraut und neu zugleich. Ein frischer Wind in einer bekannten Umgebung.

Viel zu schnell löste sie sich von mir, hielt mich eine Armeslänge von sich entfernt und musterte mich eingehend. »Du siehst irgendwie anders aus.«

Ein ersticktes Lachen kam über meine Lippen. »Und du genauso wie immer.«

Ellie hob die Schultern. »Wüsste auch nicht, warum ich ändern sollte, was mir gefällt.« Dann wandte sie sich Noah zu. »Du bist also der Mann, der Mia aus ihrem Loch geholt hat.«

Verschämt lachend schüttelte er den Kopf. »So extrem würde ich das nicht nennen. Mia hat viel Arbeit allein geleistet.«

»Lizzy hat auch sehr geholfen«, fügte ich an. Die Gespräche mit ihr und vor allem das Buch, das sie mir geliehen hatte, hatten maßgeblich dazu beigetragen, dass ich einige Dinge heute etwas anders sah. Ich mochte mich noch nicht wieder trauen, kurze Röcke zu tragen, aber ich wusste jetzt, dass meine Kleidung, egal wie kurz und knapp sie war, keine Einladung für Männer war, sich an mir zu vergreifen.

Ellie machte eine wegwischende Handbewegung. »Egal, ich freue mich trotzdem, dass du mitgekommen bist. Wollen wir uns setzen?« Sie reckte den Daumen über ihre Schulter.

Wir folgten ihr zu dem Tisch und ließen uns auf die darum verteilten Stühle nieder. »Weißt du jetzt eigentlich, was du studieren willst?« Ellie hatte mir bei einem unserer letzten Telefonate erzählt, dass sie endlich ihren Highschoolabschluss nachgeholt hatte und sich nach Colleges umsah, aber noch nicht genau wusste, in welche Richtung sie gehen wollte.

»Auf jeden Fall was Naturwissenschaftliches. Vermutlich erst mal Biologie, und dann schau ich weiter, worauf ich mich spezialisieren will.« Ellie schob sich eine Haarsträhne hinter das Ohr.

»Aber das klingt doch schon mal super, damit kannst du später viel machen. Du könntest sogar noch Medizin damit studieren.«

Ein lautes Lachen brach aus ihr heraus. »Ganz bestimmt nicht. Das wäre mir viel zu viel Verantwortung, wenn Menschenleben an meiner Arbeit hängen würden.«

Ich konnte sie so gut verstehen, damit könnte ich auch nicht umgehen.

»Ich bin so froh, dass du diesem Treffen zugestimmt hast«, platzte es aus mir heraus. »Und ich muss dir noch mal persönlich sagen, wie leid es mir tut, dass ich mich nicht gemeldet hab.«

Den Kopf schüttelnd, griff Ellie über den Tisch hinweg nach meiner Hand. »Ich verstehe dich mittlerweile viel besser. Ich habe lange mit Mom darüber gesprochen, was damals vorgefallen ist, genauso wie mit Ivy und Jess. Die beiden haben mir auch erzählt, was du in den letzten Wochen an der Highschool erleben musstest.«

Ivy und Jess waren die Freundinnen, die mich damals ebenfalls hatten fallen lassen. Die mich zwar nicht öffentlich gedemütigt hatten wie viele andere, aber auch nicht eingegriffen hatten, um es zu verhindern. Und offenbar hatten sie Ellie auch erst von den Vorkommnissen erzählt, nachdem sie nachgefragt hatte.

»Wir haben alle Fehler gemacht«, sprach Ellie weiter, »aber ich will mich nicht mehr darauf konzentrieren. Ich will nach vorne blicken und das Beste aus der Zeit machen, die uns bleibt.«

Meine Mundwinkel hoben sich, und ich drückte ihre Hand. »Das will ich auch. Ich hab dich jeden Tag in den letzten zwei Jahren vermisst.«

Ellie nickte. »Ich dich auch.«

Ich kramte in meiner Umhängetasche und zog den Ordner heraus, den ich mitgebracht hatte. Über den Tisch hinweg reichte ich ihn Ellie. »Das ist für dich.«

»Was ist das?«

»Darin sind all die Briefe, die ich an dich geschrieben, aber nie abgeschickt habe. Ich möchte, dass du sie hast.«

Ihre Augen weiteten sich überrascht, als sie nach dem Ordner griff und ihn sanft an ihre Brust drückte. »Das wäre doch nicht nötig gewesen. Ich glaube dir.«

Ein Lächeln schlich sich auf meine Lippen. »Das weiß ich. Diese Briefe waren immer für dich bestimmt. Darin stehen alle Sachen, die ich dir unbedingt mitteilen wollte. Auch wenn ich sie nie abgeschickt habe, konnte ich sie auch nicht wegwerfen. Und jetzt gelangen sie endlich zu der ihnen bestimmten Person.«

Ellie drückte den Ordner noch etwas fester gegen ihre Brust. »Danke.« Ihre Stimme klang belegt, und sie räusperte sich. »Wirst du in New York bleiben?«

»Erst mal ja. Ich will dort auf jeden Fall mein Studium beenden. Was danach ist …?« Ich warf einen Seitenblick auf Noah und hob die Schultern. Ich würde mein Graduate-Studium ebenfalls am La-Guardia absolvieren, und Noah würde für seinen Bachelor auf die Columbia wechseln. Wir überlegten, ob wir uns für die nächsten zwei Jahre gemeinsam eine Wohnung mieten sollten, aber weiter hinaus in die Zukunft blickte ich aktuell nicht.

»Ich finde das so spannend, dass du jetzt in New York lebst. Wie ist es da so? Erzähl mal.«

Und das taten wir. Wir berichteten Ellie von der Stadt, die niemals schlief, die aber auch ruhige und besonnene Ecken hatte, wenn man wusste, wo man danach suchen musste. Wir erzählten von überfüllten U-Bahnen und dem überlaufenen Times Square, aber auch von einsamen Spaziergängen am Ufer des East River. New York war eine laute, bunte und chaotische Stadt, aber sie besaß auch ein ganz gewisses Flair, das man nirgendwo anders fand.

Ellie hörte aufmerksam und interessiert zu, bis ihr Blick plötzlich nach rechts über meine Schulter schweifte und sich auf etwas oder jemanden hinter mir richtete. Ihre Mundwinkel hoben sich, und sie nickte fast unmerklich, was mich dazu veranlasste, mich umzudrehen.

Mara, Ellies Mom, stand im Eingang zum Hinterhof, ein unsicheres Lächeln auf den Lippen. Ich erkannte sie sofort, auch wenn sie im Gegensatz zu ihrer Tochter deutlich gealtert war, seit wir uns zuletzt gesehen hatten. Unzählige graue Strähnen zierten ihre vormals braunen Haare, und ihre Augen lagen in tiefen Höhlen, die von etlichen Falten umgeben waren.

Heiß und kalt lief es mir über den Rücken. Ich musste den Drang unterdrücken, mich hinter irgendwas oder irgendwem zu verstecken. All die Dinge, die sie im Krankenhaus zu mir gesagt hatte, fielen mir wieder ein, und eins davon hallte lauter als der Rest in meinem Kopf wider.

*Du bist schuld. Du bist schuld. Du bist schuld.*

Warum war sie hier? Wollte sie mir wie damals Vorhaltungen machen und mir sagen, was ihre Tochter in den letzten Jahren wegen mir verpasst hatte?

»Mom möchte mit dir reden«, durchbrach Ellies Stimme meine Gedanken.

Ich wirbelte zu ihr herum, mein Herz pochte wild, als wäre ich einen Marathon gelaufen, und die Gedanken überschlugen sich in meinem Kopf. Ich schluckte, um die nahende Verzweiflung zu vertreiben, die meine Kehle hinaufkroch.

Dann war Mara bei mir. Sie nahm in dem Stuhl neben mir Platz, sah überallhin, nur nicht in mein Gesicht, und wrang ihre Hände im Schoß. Sie wirkte genauso nervös, wie ich mich fühlte, was meine Panik ein wenig abschwächte.

»Du siehst gut aus«, sagte sie, weiter ohne mich anzusehen.

Das gab mir die Zeit, sie eingehend zu betrachten. Mara war immer eine hübsche Frau gewesen, doch heute sah sie vor allem alt und müde aus. Deutlich älter, als sie eigentlich war. Die Sorgen um Ellie hatten Spuren auf ihr hinterlassen, die niemandem verborgen bleiben konnten.

»Du auch«, sagte ich dennoch.

Endlich sah Mara mich an. Etwas schimmerte in ihren Augen, das ich nicht benennen konnte, mir aber trotzdem einen Stich durchs Herz fahren ließ.

»Ich wollte unbedingt vorbeikommen, um mich persönlich bei dir zu entschuldigen.«

Mein Herz setzte aus, und für einen Moment vergaß ich zu atmen. Damit hatte ich nicht gerechnet. »Warum?«, hauchte ich.

»Was ich zu dir gesagt habe, war unverzeihlich. Natürlich warst du nicht schuld daran, was Ellie passiert ist. Frauen sind nie schuld daran, wenn Männer sich an ihnen vergreifen, egal was sie tragen oder wie sie sich verhalten. Das konnte ich damals aber nicht sehen, und das tut mir leid. Als du zu uns ins Krankenhaus kamst, war ich krank vor Sorge um Ellie und konnte überhaupt nicht klar denken. Auch in der Zeit danach nicht. Preston hat eine lächerlich milde Strafe bekommen, und ich brauchte jemanden, dem ich die Schuld geben konnte, sonst wäre ich vermutlich durchgedreht.«

Ich verstand sie sogar. Auch wenn es mir damals das Herz zerrissen hatte, konnte ich nachvollziehen, wie viel schlimmer diese Situation für Mara gewesen war und dass sie etwas gebraucht hatte, an das sie sich klammern konnte.

»Was hat sich geändert?«, fragte ich leise.

Sie warf einen Blick auf ihre Tochter, und ein sanftes Lächeln umspielte ihre Lippen. »Nachdem du mit Ellie geredet hast, haben wir viele Gespräche geführt. Sie hat mit mir geschimpft, weil ich dir den Kontakt mit ihr verboten hatte, und vor allem hat sie mir erzählt, was damals aus ihrer Sicht geschehen war. Es klang völlig anders als das, was die Polizisten uns erzählt haben, und ich musste einsehen, dass ich einen riesigen Fehler gemacht hab. Ich weiß, dass das nichts wieder gutmacht, was du in den letzten Jahren durchstehen musstest, aber ich hoffe trotzdem, dass du meine Entschuldigung annimmst.«

Tränen der Erleichterung schossen in meine Augen, und mein Herz fühlte sich plötzlich ganz leicht an. Ich hätte nie damit gerechnet, diese Absolution von Mara zu erhalten, aber jetzt wurde mir bewusst, dass es etwas war, was ich mir insgeheim schon lange gewünscht hatte. Auch wenn ich mittlerweile begriffen hatte, dass ich keine Schuld an dem Vorfall trug, tat es unheimlich gut zu hören, dass Mara ebenfalls so dachte.

»Ich verzeihe dir«, brachte ich irgendwie über die Lippen und drückte kurz ihren Unterarm. Ich tat es nicht nur für sie, sondern auch für mich selbst. Zwei Jahre lang hatte ich an diesem Vorfall zu knabbern gehabt, hatte mir Vorwürfe gemacht und mich selbst damit blockiert. Ich wollte das nicht mehr. Nicht mehr an alten Ärgernissen und Vorwürfen festhalten, und mich vor allem nicht mehr zurückhalten. Wie Ellie bereits so treffend gesagt hatte, wollte ich endlich mein Leben leben und sehen, was die Zukunft für mich bereithielt.

Wir blieben noch zwei Stunden bei Ellie und Mara, quatschten über alles Mögliche und erzählten einander, was wir in den letzten zwei Jahren bei den jeweils anderen verpasst hatten. Nach den anfänglichen Startschwierigkeiten lockerte die Atmosphäre zusehends auf, je mehr wir uns unterhielten. Es wurde fast so wie früher, und meine Hoffnung wuchs, dass Ellie und ich wirklich wieder etwas wie eine Freundschaft aufbauen konnten.

Zur Verabschiedung nahmen Ellie und ich uns so fest in die Arme, dass uns kurzzeitig die Luft wegblieb.

»Wir bleiben in Kontakt, ja?«, murmelte sie mir zu.

Ich nickte heftig. »Ich melde mich morgen bei dir, dann können wir uns noch mal treffen, bevor Noah und ich zurück nach New York fliegen.« Wir würden die ganze Woche in Seattle bleiben und Spring Break hier verbringen. Da würde sich bestimmt noch mal die Gelegenheit bieten, Zeit mit Ellie zu verbringen.

»Perfekt, ich freu mich.«

Auch Mara nahm mich zum Abschluss in den Arm und flüsterte mir zu, wie froh sie war, dass Ellie und ich wieder zueinandergefunden hatten. Wir verabschiedeten uns von ihnen, und Hand in Hand verließen Noah und ich den Hinterhof, um in Richtung meines Elternhauses zu gehen. Der Wind strich mir sanft über die Wangen, und der Tag kam mir auf einmal viel freundlicher vor als noch vor ein paar Stunden.

»Ich bin unheimlich stolz auf dich«, sagte Noah in die Stille hinein.

Lächelnd wandte ich mich ihm zu. »Das hab ich alles dir zu verdanken, weißt du das eigentlich? Ohne dich hätte ich es nie geschafft, diesen Teufelskreis zu durchbrechen und meine selbst auferlegte Isolation zu verlassen.«

Heftig schüttelte Noah den Kopf und blieb stehen. Seine Hände legten sich an meine Wangen, und er sah mich eindringlich an. »Nein, das ist alles aus dir selbst gekommen. Ich mag immer an deiner Seite gestanden haben und für dich da gewesen sein, aber die Entscheidungen sind immer von dir gekommen. *Du* hast dich dazu entschieden, mehr Zeit mit mir zu verbringen. *Du* hast uns von dir aus erzählt, was damals vorgefallen ist, und *du* hast Ellie von ganz allein geschrieben und sie angerufen. Es ist an der Zeit, dass du anerkennst, was du geleistet hast, und stolz auf dich bist. Denn ich bin es längst, und all unsere Freunde auch.«

Glück schwellte in meiner Brust auf, und anstatt einer Antwort zog ich Noah zu einem Kuss zu mir, mit dem ich alles auszudrücken versuchte, was ich nicht in Worte fassen konnte. Ich freute mich, dass er mir einen so großen Anteil an meiner Verwandlung gab, und mir war auch klar, dass er mit seinen Worten recht hatte. Trotzdem hatte er den Anstoß dafür gegeben. Hätte ich ihn nicht kennengelernt, würde ich noch immer einsam in meinem Wohnheimzimmer sitzen und nichts anderes haben als meinen Blog. Ich hätte mich niemandem geöffnet, hätte keine Freunde gefunden und mich vor allem nicht in diesen wundervollen Mann verliebt, der mich auch nach mehreren Monaten noch mit einem simplen Kuss um den Verstand bringen konnte.

Noah war der Anstoß gewesen, der alles ins Rollen gebracht hatte, und das würde ich nie vergessen, egal wohin uns unsere Reise in den nächsten Jahren bringen würde.

# EPILOG
## DREI WOCHEN SPÄTER

### Mia

*D*ie Letzten, denen wir einen Vertrag anbieten, um ihre Songs professionell einzuspielen, sind die *Purple Dragons.*« Ich stieß einen Freudenschrei aus, riss die Arme in die Höhe und konnte mich nur mit Mühe davon abhalten, in einen wilden Tanz auszubrechen. Genauer gesagt, hielt mich nur Lizzy davon ab, die mir ebenfalls schreiend in die Arme fiel und mich so fest drückte, dass ich kurzzeitig Angst hatte, sie würde mich zerquetschen. Dann spürte ich weitere Arme um mich herum, die nur von Virginia und Chloe stammen konnten, und ich realisierte, was geschehen war.

Wir hatten es tatsächlich geschafft!

Mit unseren drei neu einstudierten eigenen Liedern hatten wir die Leute vom Plattenlabel überzeugt, sodass wir diese Songs in einem professionellen Studio einspielen durften. Es würde eine CD mit all unseren Liedern geben, und sie würde für andere käuflich zu erwerben sein. Wow! Irgendwie begriff ich noch gar nicht, was das alles für uns bedeuten könnte. Würden wir berühmt werden? Unser Studium schmeißen und uns nur noch der Musik widmen? Ich wusste es nicht, und eigentlich war es viel zu früh, sich darüber Gedanken zu machen, aber gleichzeitig konnte ich es auch nicht verhindern.

Bereits die letzten Wochen waren mir wie ein Traum erschienen. Nachdem Noah und ich aus Seattle zurückgekehrt waren, hatten wir uns nach bezahlbaren Wohnungen in der Umgebung des Campus umgesehen und ein hübsches kleines Apartment gefunden, das wir in den Semesterferien beziehen wollten. Noahs Dad und meine Eltern würden einen Teil zur Miete beisteuern, sodass wir uns voll und ganz auf unser Studium konzentrieren konnten. Noah und ich hatten alle Entscheidungen gemeinsam gefällt und waren uns dadurch näher gekommen als je zuvor. Wir hatten Seiten am anderen kennengelernt, die wir zuvor nicht für möglich gehalten hatten – wie Noahs dringendes Bedürfnis nach einer Dachgeschosswohnung, damit niemand über uns wohnte und uns mit lärmenden Tritten stören konnte. Unsere Beziehung war gefestigter denn je, und eigentlich hatte ich gedacht, dass ich nicht glücklicher sein konnte.

Doch dieser Moment bewies mir, dass ich falschgelegen hatte.

Sobald Lizzy, Chloe und Virginia mich losließen, nahm Noah mich in die Arme, hob mich hoch und wirbelte mich im Kreis herum, bis mir schwindelig wurde.

»Ich bin so stolz auf euch. Auf dich ganz besonders«, sagte er und drückte mir einen Kuss auf die Lippen. Das war eine weitere Neuerung. Noah sagte mir mittlerweile regelmäßig, dass er stolz auf mich war, und ich musste zugeben, dass es mir unheimlich gut gefiel.

Nachdem wir uns alle umarmt hatten, bekamen wir vom Vorsitzenden des Plattenlabels einen vorläufigen Vertrag ausgehändigt, den wir uns in Ruhe durchlesen sollten. Wenn wir mit allen Punkten einverstanden waren, würde der Vertrag in der kommenden Woche aufgesetzt und von allen Parteien unterschrieben werden. Danach würde es ins Studio gehen.

»Das muss gefeiert werden«, sagte Theo, als wir draußen auf der Straße vor dem Gebäude des Labels waren. »Und ich kenne den perfekten Platz dafür.«

Er führte uns durch einige Seitenstraßen in Downtown Manhattan. Die Gehwege waren überfüllt von Leuten, die auf dem Sprung zur nächsten Party waren. Die Gerüche unterschiedlicher Streetfood-Stände begleiteten uns, bis wir an einer kleinen Bar angelangten. Ruhige Soulmusik drang durch die geöffneten Fenster nach draußen, ansonsten wirkte der Laden von außen eher unscheinbar.

Das Innere war rustikal und in warmen, erdigen Farben gehalten, was eine angenehme Atmosphäre schaffte. Eine große Theke aus dunklem Holz befand sich auf der rechten Seite, einige Sitzmöglichkeiten auf der anderen, und im hinteren Bereich gab es eine kleine Tanzfläche, auf der sich aber noch keine Leute befanden – was um drei Uhr nachmittags vielleicht nicht ungewöhnlich war.

Wir gingen in den hinteren Bereich und mussten zwei Tische zusammenziehen, damit für alle Platz war. Theo und Kayson holten Getränke für uns, und zur Feier des Tages bestellte ich einen Sekt.

»Was meint ihr, wie das im Tonstudio ablaufen wird?«, fragte Virginia, nachdem wir unsere Getränke erhalten hatten.

»Die Musik und unsere Stimmen werden separat eingespielt, soweit ich weiß«, sagte Lizzy. »Und vermutlich brauchen wir einen ganzen Tag, bis wir ein Lied im Kasten haben.«

»Es würde mich nicht einmal wundern, wenn es mehr ist«, gab Kayson zu bedenken.

»Hey!«, protestierte Chloe. »So schlecht sind wir auch nicht.«

Abwehrend hob er die Hände. »So war das gar nicht gemeint, aber ich folge ja einigen Bands auf Instagram, und da liest man öfter, dass sie teilweise drei oder mehr Tage brauchen, bis ein Lied eingespielt ist.«

Lizzy nickte zustimmend. »Sie brauchen ja auch mehrere Wochen, um ein ganzes Album aufzunehmen.«

»Aber schreiben sie die Lieder dann nicht meistens auch?«, warf Avery ein.

Während ich weiter der Unterhaltung meiner Freunde zuhörte, rutschte ich mit meinem Stuhl näher zu Noah, bis ich mich bei ihm anlehnen konnte. Sofort legte er den Arm um mich und küsste mich auf die Schläfe. »Alles okay?«, fragte er so leise, dass nur ich ihn verstehen konnte.

Ich drehte meinen Kopf, bis ich ihm zulächeln konnte. »Bestens.« Es war die reine Wahrheit. Ich wusste nicht, wann ich mich das letzte Mal so glücklich und zufrieden gefühlt hatte. Nicht nur, dass ich in den letzten Monaten endlich aus meinem Schneckenhaus gekommen war, Freunde gefunden hatte, auf die ich mich verlassen konnte, und mich endlich mit Ellie versöhnt hatte, ich hatte mich zudem in den besten Mann verliebt, den ich mir hätte wünschen können. Der Vertrag mit dem Plattenlabel war sozusagen das i-Tüpfelchen, das dem Ganzen die Krone aufsetzte. Ich konnte es gar nicht abwarten, Ellie morgen anzurufen und ihr davon zu erzählen.

»Hast du Lust zu tanzen?«, raunte Noah mir zu.

Überrascht sah ich zu ihm auf. In der Bar war kaum etwas los, außer uns waren nur an zwei weiteren Tischen Leute, und keine Seele befand sich auf der Tanzfläche. Aber Noah wirkte nicht, als würde er scherzen, und gerade lief ein ruhiges Lied von Adele, zu dem man wunderbar schunkeln konnte, daher nickte ich. Sofort griff Noah nach meiner Hand, zog mich vom Stuhl hoch und hinter sich her zur Tanzfläche. Die erstaunten Blicke unserer Freunde ignorierte ich geflissentlich.

Noah schlang die Arme um mich und zog mich eng an sich. Ich legte meinen Kopf auf seiner Schulter ab, die Stirn an seinen Hals gelehnt, und ließ mich von ihm führen.

»Erinnerst du dich noch an unseren allerersten Tanz, nach dem du vor mir geflohen bist?«, raunte er mir mit einem Schmunzeln in der Stimme zu.

Ich lachte leise. »Ich werde nie wieder vor dir weglaufen«, versicherte ich ihm.

»Versprochen?«

Ich hob den Kopf, um ihn ansehen zu können. »Versprochen.«

Dann presste ich meine Lippen auf seine, um mein Versprechen zu besiegeln.

Ich wusste nicht, was die Zukunft für uns bereithielt, aber einer Sache war ich mir absolut sicher. Ich würde mich nie wieder von den Leuten um mich herum abgrenzen. Vor allem von Noah nicht. Auch wenn ich mich allein aus meinem Loch gekämpft hatte, hatte er den Anstoß dazu gegeben. Durch ihn war der Spaß am Leben zu mir zurückgekehrt, und er hatte mir zudem gezeigt, was wahre Liebe war. Und ich würde daran festhalten, solange es ging.

# DANKSAGUNG

Ende. Aus. Vorbei. Die Between-Us-Reihe ist abgeschlossen, und ich blicke mit einem lachenden und einem weinenden Auge auf die letzten anderthalb Jahre. Dieses Buch zu schreiben, ist mir besonders schwergefallen. Mitten in der Corona-Pandemie hat es mir seelisch alles abverlangt, aber mit etwas Abstand kann ich sagen, dass es mir sehr gefällt und ich stolz auf das Endergebnis bin.

Das alles wäre ohne die Hilfe einiger besonderer Menschen nicht möglich gewesen.

Mein erster Dank geht an das komplette Team von Droemer Knaur, allen voran meiner wundervollen Lektorin Sabine Ley, die kräftig den Rotstift angesetzt hat und noch einiges mehr aus diesem Buch herausgeholt hat. Ohne dich wäre es nur halb so gut gewesen.

Gar nicht möglich wäre dieses Buch ohne Micha und Klaus Gröner gewesen, meine wunderbaren Agenten bei der erzähl:perspektive Literaturagentur. Ihr leistet tolle Arbeit, und ich möchte noch mal anmerken, dass ich das Brokkoli-Buch lesen möchte!

Eine fette Umarmung geht an die Writing Mafia (nein, ich kann euch nicht sagen, was sich hinter dem Namen verbirgt, sonst müssten wir euch leider töten :D): Becka, Caro und Nadine. Ihr habt meine Launen und mein Jammern ertragen, als dieses Buch es mir unheimlich schwer gemacht hat, und allein dafür hättet ihr einen Orden verdient. Dass ich ohne euch keine Bücher mehr schreiben könnte, muss ich nicht mehr extra erwähnen, oder?

Dasselbe gilt für die PJs. Alex, Anabelle, Ava, Bianca, Klaudia, Laura, Laura (Jesus), Marie, Nicole und Tami. Ich kann mir eine Zeit, in der ich nicht mit euch befreundet bin, gar nicht mehr vorstellen.

Danke an meine Testleserinnen: Tabi, Mina, Yvonne, Justine und Anna. Danke für eure Begeisterung und die hilfreichen Tipps. Ihr habt mir sehr weitergeholfen. Doppeltes Danke an Tabi für die Playlist und die Erklärungen dazu. Du hast dir so viel Mühe damit gemacht, ich bin immer noch ganz gerührt.

Dicken Knutscher an Jana und Katharina. Seit unserer Anfangszeit bei Forever seid ihr immer da. Wir haben so viel zusammen durchgemacht, uns immer gegenseitig unterstützt und angefeuert. Danke für alles!

Natürlich darf meine Familie hier nicht fehlen. Danke, dass ihr immer da seid, mir den Rücken freihaltet und euch mindestens so sehr auf meine neuen Bücher freut wie ich.

Auch wenn sie es nie lesen werden, danke ich Laura Bates für *Everyday Sexism* und Florence Given für *Women don't owe you pretty.* Beide Bücher habe ich gelesen, während ich an A STORM BETWEEN US gearbeitet habe, und sie haben dem Buch noch mal eine andere Tiefe gegeben.

Ich danke allen Blogger*innen und Buchhändler*innen dafür, dass sie meine Bücher besprechen, Rezensionen schreiben und sie auf hübschen Tischen im Buchhandel auslegen. Ich weiß, dass ich heute nicht da stehen würde, wo ich bin, wenn es euch nicht gäbe.

Last but not least, danke an DICH, liebe*r Leser*in. Danke, dass du dieses Buch aus Hunderten Neuerscheinungen ausgewählt hast, und ich hoffe, du hattest viel Freude damit.

Die Between-Us-Reihe ist hiermit beendet, aber meine Reise bei Knaur Romance hat erst begonnen. Ich hoffe, wir lesen uns im Juni wieder, wenn es in NO FLAMES TOO WILD nach Australien geht. Wenn ihr in der Zwischenzeit mit mir quatschen wollt, schaut gerne auf meinem Instagram-Account unter @nina.bilinszki vorbei.

Alles Liebe,
eure Nina

# PLAYLIST

*Tanzt du noch einmal mit mir? – Broilers*
*Goodbye – Takida*
*First Date – Danko Jones*
*What I've Done – Linkin Park*
*Limitless – Bon Jovi*
*Never There – Sum 41*
*Supermassive Black Hole – Muse*
*Best Of The Broken – H.E.A.T.*
*U + Ur Hand – P!nk*
*House On Fire – Rise Against*
*For Evigt – Volbeat feat. Johan Olsen*
*All The Small Things – Blink-182*
*Down By The River – The New Roses*
*I Beg To Differ (This Will Get Better) – Billy Talent*
*Killing Loneliness – HIM*
*The Show Must Go On – Queen*
*Driving in Style – Thundermother*
*First Time – Cervello*

# MIAS PLAYLIST

*Orbit – Hwa Sa*
*Raise The Roof – NCT U*
*Promise – ATEEZ*
*Let Go – BTS*
*Obsession – EXO*
*Life Goes On – BTS*
*MIROH – Stray Kids*
*Dear My Friend – Agust D, Kim Jong Wan*
*Fireworks (I'm The One) – ATEEZ*
*Celebrity – IU*
*Pretty Savage – BLACKPINK*
*THE BADDEST – K/DA,(G)I-DLE, Bea Miller, Wolftyla*
*Fever – ENHYPEN*
*Gravity – Kim Jong Wan*

# TRIGGERWARNUNG

(Achtung: Spoiler!)

Dieses Buch enthält Elemente, die triggern können.

Diese sind:

- (Versuchte) Vergewaltigung
- Sexuelle Belästigung
- Victim Blaming

Wir haben uns sehr bemüht, sämtliche potenziellen Trigger anzuführen. Da jeder Mensch besonders und einzigartig ist, hat jede*r Lesende auch eine eigene Wahrnehmung von potenziellen Triggern. Wir bitten daher um Verständnis, dass wir nicht gewährleisten können, dass die Aufzählung vollständig ist.